HOLLAND BROTHERS: BURNOUT

REBECCA JENSHAK

Rebecca Jenshak
www.rebeccajenshak.com
Couverture par Lori Jackson Designs
Traduit par Pape Camara et Literary Queens
ISBN: 978-1-951815-96-7

Il s'agit d'une œuvre de fiction créée sans recours à l'IA. Les personnages et événements décrits dans ce livre sont fictifs. Les noms, les personnages, les lieux et les intrigues sont le produit de l'imagination de l'auteur. Toute ressemblance avec des personnes, existantes ou ayant existé, serait fortuite et non intentionnelle.

GLOSSAIRE

Hart Attack : Cette figure inventée par Carey Hart est une évolution du Superman Seat Grab. Cependant, au lieu de voler à l'horizontale au-dessus de la moto, le corps du pilote est à la verticale, les pieds au-dessus de sa tête. Peut également être réalisée la tête en bas, en salto arrière.

Heelclicker : Une figure où le pilote lève les deux jambes et les enroule autour de ses bras en frappant ses talons l'un contre l'autre devant sa poitrine. Peut également être réalisée la tête en bas, en salto arrière.

Holy Grab : Une figure où le pilote se met en position Superman avant de lâcher le guidon, de s'éloigner de la moto, puis de la rattraper par l'arrière de la selle à deux mains avant de s'installer dessus.

Kiss of Death : Une figure où le pilote effectue un Superman, mais cette fois, l'arrière de la moto s'abaisse, de sorte que le casque du pilote se trouve près du garde-boue avant ou le touche. Peut également être réalisée la tête en bas, en salto arrière.

Nac-Nac : Une figure où le pilote balance une de ses jambes derrière lui de l'autre côté de la moto, puis la ramène juste avant d'atterrir. Peut également être réalisée la tête en bas, en salto arrière.

Oxecutioner : Pour réaliser cette figure inventée par Jeff « Ox » Kargola, le pilote exécute un Hart Attack à une main, mais attrape ensuite sa botte avec sa main libre.

Relevé : mouvement dans lequel le gymnaste se hisse sur la pointe des pieds.

Rigamortis : Une figure où le pilote étend son corps verticalement, les pieds au-dessus du guidon et pointant vers le ciel, et la tête penchée vers l'arrière, juste au-dessus de la selle.

Superman Seat Grab : Une figure où le pilote lève les jambes derrière lui de manière à voler en position horizontale au-dessus de la moto. Peut également être réalisée la tête en bas, en salto arrière.

Volt : Une figure où le pilote lâche le guidon, effectue une rotation à 360° à côté de sa moto avant de la rattraper et de remonter en selle.

Whip : Une figure où le pilote incline sa moto dans les airs.

PROLOGUE

Assis sur ma moto derrière la grille, je sens l'adrénaline palpiter dans mes veines. J'entends le doux ronronnement du moteur sous mes fesses et des gouttes de sueur coulent une à une sur ma nuque.

Link, mon coéquipier, est à côté de moi, sur une Honda rouge identique à la mienne, et parle bruyamment en tapotant distraitement son guidon.

— Celle-ci est pour moi. Il est temps que commence l'ère de Link.

Il répète ça comme un mantra jusqu'à ce que je ne puisse m'empêcher de réagir. Je ricane et lui jette un regard en coin.

— T'as quelque chose à dire, Holland ?

— Négatif, répliqué-je. La putain d'ère de Link ? demandé-je ensuite à voix basse en secouant la tête.

Soit il a la super audition de Superman, soit il lit dans mes pensées comme dans un livre ouvert, car il ne lâche pas l'affaire.

— Tu crois pas ?

— La course est ouverte à tous, lui dis-je. T'es un bon pilote. Reste sur ta moto et évite de te relâcher.

En réponse, il lève les yeux au ciel avant de mettre ses lunettes en place.

— Comme si j'allais écouter des conseils venant de toi. Je suis peut-être plus jeune, mais je suis sur le circuit depuis plus longtemps. T'as eu de la chance cette saison. Mike et le reste de l'équipe se sont laissés embobiner par ton histoire de retour triomphant, mais ils verront bien. Je vais montrer à tout le monde de quoi *je* suis capable. Si t'as un peu de jugeote, tu resteras hors de mon chemin. Peut-être que la saison prochaine, ils te garderont pour que tu bloques pour moi.

Ses paroles m'affectent plus que je ne veux l'admettre. J'ai bossé d'arrache-pied pour revenir sur le circuit, mais je ne peux pas rattraper les années que j'ai passées à m'occuper de mes frères.

Je chasse Link et tout le reste de mon esprit. Le grand moment est venu. C'est la dernière course de la saison de moto-cross. Je suis arrivé deuxième lors de la première manche de la journée, donc je dois franchir la ligne d'arrivée en tête de celle-ci pour remporter la course. Et j'ai *besoin* de la remporter.

Il fait facilement quarante degrés ici, mais la foule est en délire et debout, rassemblée autour du circuit pour nous encourager lorsqu'on filera devant elle à toute vitesse.

J'adore ce sport. Il n'y a rien de plus agréable que de rouler sur la terre battue sous un soleil de plomb.

La tension est palpable derrière la ligne de départ. Chacun est dans son monde en attendant le signal. Je m'imagine trente minutes plus tard, debout sur le podium, le trophée du vainqueur dans les mains.

— Tu me regardes, maman ?

Je murmure cette question et pose ma main gauche sur l'embouchure de mon casque pour embrasser le tatouage en forme de rose qui se trouve entre mon pouce et mon index.

— Celle-ci est pour toi. Joyeux anniversaire.

Dix ans sans elle et j'ignore comment j'ai survécu une seule seconde. J'ai l'impression qu'elle nous a quittés il y a une éternité et en même temps que c'était il y a tout juste cinq minutes. Elle aurait eu cinquante ans aujourd'hui et je sais qu'elle aurait adoré me voir courir.

C'est peut-être papa qui m'a appris à piloter, mais c'est elle qui m'a toujours dit qu'aucun rêve n'était trop grandiose et que j'étais capable de tout accomplir si je m'y mettais corps et âme.

La fille qui tient la pancarte annonçant qu'il reste trente secondes avant le départ la tourne sur le côté et quitte la piste, suivie de près par l'arbitre. C'est le moment.

Je fais vrombir le moteur et regarde droit devant moi, ignorant tout le reste. Lorsque la grille tombe au sol, mon instinct prend le relais. Ma mémoire musculaire et ma détermination de terminer cette saison sur la première marche du podium me font filer devant tous les autres pilotes dans la première ligne droite.

C'est toujours un bordel monstre jusqu'à ce qu'on atteigne le premier virage. La terre jaillit sous nos pneus et on joue des coudes pour prendre une position favorable tout en essayant d'éviter la collision. Dix secondes suffisent pour séparer les prétendants sérieux du reste du peloton. Ma vitesse est mon plus grand atout et je m'en sers à chaque fois que j'en ai l'occasion.

Les coureurs habituels sont en tête dès le début. Trois d'entre nous se bagarrent pour les places d'honneur depuis le début de la saison. Il y a toujours quelques autres pilotes qui parviennent à rester dans la course au début, mais m'avoir pendant trente minutes juste derrière suffit à faire craquer quasiment tout le monde sous la pression.

Je ne lâche rien. J'utilise chaque ligne droite, chaque bosse, chaque saut pour me faufiler devant toutes les personnes qui se trouvent entre la ligne d'arrivée et moi.

À mi-parcours, je me retrouve en troisième position. Je refoule ma frustration et me concentre sur tout ce que je peux faire en attendant mon heure. Il suffit d'une seule erreur, d'un seul manquement de la part des gars qui sont devant moi pour que je puisse prendre l'avantage. Une fois que je suis en tête, rien ne peut m'arrêter. Je n'ai jamais perdu une pole position. Il faut juste que je la prenne.

Alors que j'aborde le dernier virage de la piste, je sens une moto dans mon sillage. Une lumière rouge clignote dans mon champ de vision et je serre les dents lorsque mon coéquipier Link met la gomme sur la ligne d'arrivée en même temps que moi.

Link pourrait être un bon pilote s'il n'était pas si agressif. Il prend trop de risques. Et venant d'un autre pilote, ce n'est pas rien, parce qu'on est tous complètement tarés. Il a plus d'abandons que de victoires. La dernière chose dont j'ai besoin, c'est qu'il se plante devant moi et me fasse perdre de précieuses secondes.

Je suis sur la ligne intérieure et gagne de l'avance sur lui alors qu'on aborde à nouveau le premier virage. Il parvient à rester à mon niveau, ce qui m'irrite encore plus. Je n'arrive pas à me débarrasser de ce gamin. Il finit par commettre une erreur lors du saut suivant en atterrissant sur une portion de terre molle qui lui fait perdre un peu de temps. Je pousse un soupir de soulagement et me reconcentre sur les leaders.

Je passe la section suivante sans encombre et réduis l'écart qui me sépare des premiers. La deuxième place est à ma portée au tour suivant si je parviens à trouver la bonne trajectoire et à passer devant lui. Il fatigue. Je le vois. Je le *sens*.

Mes frères disaient toujours que dans les cinq dernières

minutes d'une course, je trouvais un second souffle, et c'est exactement l'impression que j'ai en ce moment. Je fais abstraction de toute distraction. Je ne pense qu'aux dix prochaines minutes.

Le deuxième prend un virage bien trop rapidement et sa roue arrière, en dérapant, me laisse l'occasion de le doubler.

Plus qu'une personne entre la victoire et moi.

Alors que j'enchaîne une série de petits sauts, cette putain de bécane rouge refait son apparition. Je pose les yeux sur son pilote juste assez longtemps pour voir un sourire arrogant plaqué sur son visage. Si on parvenait tous les deux à terminer sur le podium, ce serait vraiment énorme pour Thorne Racing. J'en ai envie, mais j'ai surtout envie de finir le premier.

Je prends chaque virage le plus serré possible et grince des dents chaque fois que Link tente de passer devant moi. Il reste moins de trois minutes. Il faut que je passe à l'action rapidement si je veux prendre la tête.

J'aperçois une ouverture quand on grimpe la montée côte à côte. Après le prochain virage, il y a un passage cahoteux avant un double saut. Link a eu du mal à le négocier lors des essais. Prendre assez de vitesse avant de se lancer n'est pas évident et tout le monde est crevé à ce stade de la course.

Je suis on ne peut plus concentré. Je prends le premier saut puis incline mon corps et la moto d'un côté avant de me redresser rapidement pour trouver la trajectoire idéale. Je l'ai battu et il le sait. Mais au lieu d'accepter la défaite avec fair-play, Link rapproche sa moto de la mienne. Il n'a pas la place de me doubler par l'intérieur, mais il tente de le faire quand même. Son pneu avant heurte ma roue arrière juste assez pour me faire sortir de piste et m'envoyer dévaler un talus escarpé. Je suis éjecté de la selle et atterris à plat sur le dos.

Pour la première fois depuis le début de la course, le bruit de la foule me parvient aux oreilles. Ses cris étouffés sont à peine audibles par-dessus le souffle haletant qui s'échappe de mes lèvres. J'ai mal partout, mais ça n'a aucune importance. Je porte la rose tatouée sur ma main gauche à l'embouchure de mon casque, alors que tout devient noir autour de moi.

— Désolé, maman.

1

AVERY

Quand j'arrive au bout de la poutre, je lève les mains au-dessus de ma tête et pivote sur la pointe des pieds. Ça y est. Le dernier mouvement de mon enchaînement. Je pourrais le faire les yeux fermés. Quand je dors, je ne rêve que de cet enchaînement. Il m'a valu une médaille d'argent aux derniers Jeux Olympiques il y a près de deux ans, alors je ne pourrai jamais l'oublier.

Je visualise cet enchaînement toute la journée, tous les jours. Pendant que je mange, que je prends ma douche ou que je rêvasse en classe. Il n'y a aucun autre endroit où je préfère être que sur cette poutre.

J'inspire en me préparant pour ma sortie. Un double salto arrière tendu avec vrille. C'est l'une des sorties les plus difficiles. Peu de gens la maîtrisent parfaitement, car atterrir proprement sans se blesser est particulièrement difficile. Il faut de la vitesse et de la puissance pour vriller et faire un salto arrière du bout de la poutre avant d'atterrir parfaitement droite et la poitrine bien haute. Aucune athlète universitaire ne prend la peine de la tenter. Il est plus important d'exécuter proprement un enchaînement que de réaliser des figures difficiles. Mais j'adore les défis.

Je ne suis pas par nature une preneuse de risque, mais la gymnastique m'a toujours permis d'être un peu différente de la personne que je suis en dehors du gymnase.

Ou du moins, c'était le cas.

Ça fait des mois que je n'ai pas tenté cette sortie. Parfois, lorsque je sens l'envie de m'apitoyer sur mon sort, je me demande si je serai capable de la refaire un jour.

Je chasse cette pensée de mon esprit et me redresse de toute ma hauteur.

— Tu vas assurer, Avery.

L'encouragement vient de ma gauche, de l'endroit où se trouvent mes coéquipières. Leurs regards me transpercent comme des aiguilles. Ma respiration accélère et mon genou droit se bloque.

J'entame ma rondade plus lentement que j'aurais besoin de le faire pour réussir cette sortie difficile et, plutôt que de risquer de me blesser à nouveau, je me contente d'un simple salto arrière tendu et atterris sur un tapis à côté de la poutre.

Je ne lève pas les yeux quand je les entends applaudir, car j'ai peur de ce que je verrai sur leurs visages. *Pauvre Avery avec son genou blessé ! Pauvre Avery qui n'a toujours pas retrouvé le niveau qu'elle avait avant sa blessure ! Pauvre Avery, pauvre Avery !*

— Suivante, appelle la coach alors que je quitte le tapis.

Mon genou est douloureux lorsque je traverse la salle pour aller chercher ma bouteille d'eau.

Dans un coin, quelques gars de l'équipe masculine s'entraînent toujours sur les barres parallèles. Tristan exécute une sortie en salto groupé avec vrille alors que je m'approche. À bout de souffle, mais avec son sourire en coin habituel, il se dirige vers moi d'un air fanfaron.

— Et c'est comme ça qu'on fait, Ollie.

Il m'appelle toujours comme ça, car mon nom de famille est Oliver. C'est le surnom que j'aime le moins au monde.

Tristan Williams, double médaillé d'or olympique, largement considéré comme le meilleur gymnaste universitaire du pays. Et largement considéré par moi comme la personne la plus agaçante de la planète.

— C'est comme ça qu'on fait quoi ? Qu'on fait le crétin ou qu'on exécute une sortie bancale ? lui demandé-je avec un sourire forcé.

— Au moins, moi, je fais des sorties. C'était quoi, cette connerie de débutant ?

Il agite son bras musclé vers la poutre.

Je l'évite et laisse un large espace entre nous avant de marcher vers le côté du gymnase où se trouvent mes affaires. Je ramasse ma bouteille d'eau au sol et en bois une longue gorgée avant de me retourner. Il est toujours debout là, les mains sur les hanches et attendant ma réponse.

— Quoi ? lui demandé-je avec toute l'insolence dont je suis capable.

Je m'assois au sol et enlève la bande qui enveloppe mon genou.

— Pourquoi tu ne t'entraînes pas ?

Il articule chaque mot avec soin.

— Je m'entraîne.

— Non, c'est faux. Ça fait une heure que tu clopines dans la salle, que tu fais des enchaînements foireux et que tu te débines au moment d'exécuter une sortie comme si tu t'étais blessée hier et pas il y a plusieurs mois. Pendant combien de temps tu vas continuer à blâmer ton genou ?

Je plisse les yeux, et une joie à peine contenue, celle d'avoir réussi à me faire réagir, s'affiche sur son visage. Je jurerais qu'il prend un malin plaisir à me mettre sur les nerfs.

— Excuse-moi, cet été, t'as obtenu un diplôme de médecine dont personne ne m'a parlé ?

— Tu fais quoi, ce soir ? Tu veux sortir ? demande-t-il après avoir levé les yeux au ciel d'un air dramatique.

— Qui, moi ? La fille qui fait des enchaînements foireux ?

Je lui pose la question d'une voix mielleuse, puis j'arrête de jouer la comédie.

— Laisse tomber. Je préférerais encore regarder de la peinture sécher que de t'écouter chanter tes louanges toute la soirée.

Je plaisante à moitié pour continuer la petite joute verbale qu'on aime se livrer tous les deux, mais il a vraiment une très haute opinion de lui-même. Et je ne veux vraiment pas passer mon vendredi soir avec lui.

Il ricane brièvement.

— Je serai toujours cash avec toi, Ollie. Tu vaux mieux que ça.

Il fait un geste de la main vers le sol, comme pour désigner ce que je fais pendant mes séances d'entraînement.

— Sors-toi la tête du cul.

J'avale la boule qui commence à se former dans ma gorge tandis qu'il s'éloigne pour rejoindre les autres gars. Je jette mon bandage au sol, plie la jambe droite et fixe la peau rouge et légèrement enflée de mon genou. La cicatrice qui s'étend juste en dessous à la verticale est toujours en relief et hideuse. J'étire la jambe devant moi et me penche en avant. Elle est encore un peu plus faible que ma jambe gauche, donc difficile de dire si ma douleur actuelle vient de là ou si j'ai un peu trop forcé.

Les médecins pensaient que je serais complètement guérie à présent. C'est ce que je pensais aussi.

La rentrée scolaire a eu lieu il y a un mois. Les entraînements complets ont commencé cette semaine, mais j'ai passé tout l'été au gymnase, à rééduquer mon genou et à maintenir mon niveau comme j'ai pu avec une seule jambe fonctionnelle.

Après le désastre qu'a été la saison dernière, il faut que je revienne plus forte que jamais.

Quelques minutes après dix-huit heures, la coach annonce la fin de l'entraînement. J'attrape mon sac et enfile mes tongs, mais avant que je puisse franchir la porte, quelqu'un hurle mon nom de l'autre côté du gymnase.

Je m'arrête mais ne me retourne pas, espérant avoir mal entendu.

— Avery, répète-t-elle en criant toujours. Je peux te voir avant que tu t'en ailles ?

Je n'ai pas besoin de me retourner pour savoir que c'est la coach Weaver. La peur qui me noue l'estomac me le révèle, tout comme son épais accent allemand. Quand je croise finalement son regard, je hoche la tête et retourne dans le gymnase pour me rendre du côté de la poutre.

Quand je m'approche, elle est en train de parler avec deux filles de première année, donc je reste en retrait. Voir ces filles la regarder avec admiration et une bonne dose de crainte me fait sourire. Je me souviens d'avoir ressenti exactement la même chose l'année dernière. Pour être honnête, elle continue de me terrifier, mais c'est une excellente coach. J'aime son style. Elle parle peu, mais ça rend chacun de ses mots plus percutants.

— Salut, Coach, dis-je lorsque les autres filles s'éloignent finalement.

— Avery.

Elle baisse la voix et fait un pas vers moi en même temps que son regard descend sur mon genou avant de remonter vers mon visage.

— Comment va ton genou ?

— Bien, répliqué-je gaiement.

Trop gaiement.

— Il est un peu enflé, mais le médecin a dit que c'était attendu.

— Et comment *tu* vas ?

La question me surprend à tel point que je n'essaie même pas d'enjoliver ma réponse.

— Je suis frustrée. Je pensais que je serais déjà de retour à cent pour cent, mais mon genou continue de se bloquer malgré moi.

— Quand tu es tendue, ton corps est tendu.

Je hoche la tête et laisse ses paroles me submerger de honte.

— Un jour à la fois. La semaine prochaine, je veux que tu travailles exclusivement au sol.

— Au sol ?

Je fronce les sourcils.

— Oui. Pas de poutre, pas de saut de cheval. Rien de risqué. Tu peux travailler tes figures au sol.

J'ai l'impression de faire dix pas en arrière, ce qui, pour info, n'est pas la direction que je veux prendre.

— Mais, Coach...

— C'est tout pour moi. Profite bien de ton week-end. Mets de la glace sur ton genou ce soir.

Le retour à pied jusqu'à ma chambre ne m'aide pas vraiment à me changer les idées, mais dès que j'entre dans la suite que je partage avec ma colocataire Quinn, je me surprends à sourire devant la scène que j'ai sous les yeux. Elle fait un pont arrière, ce qui ne serait pas si étrange si elle ne portait pas une minijupe en cuir noir, un débardeur blanc et des bottes à semelles compensées, et si elle n'était pas en train de regarder un vieil épisode de *Friends*.

— Comment tu peux regarder la télé comme ça ? lui demandé-je en jetant mon sac dans ma chambre, située à droite de l'appartement, avant de m'affaler sur le canapé qui se trouve dans le salon.

Elle lève une jambe, puis l'autre, et effectue un appui renversé.

— J'ai vu cet épisode tellement de fois que je peux le réciter par cœur.

Quinn se laisse retomber en face de moi en effectuant un grand écart.

— Comment était l'entraînement ?

— Pas terrible.

Comme elle m'y fait penser, je me lève et sors un sachet de glace du mini-frigidaire, puis je me rassois sur le canapé et maintiens ma jambe surélevée pour me mettre la glace sur le genou.

— Je suis encore restée figée sur la poutre.

— Ton genou te fait mal ?

— Oui. Non. Je sais pas. Je sens toujours qu'il y a quelque chose qui cloche et il est enflé à cause des quelques mouvements que j'ai faits cette semaine.

— Je pense que c'est normal. Ça va prendre du temps, mais on n'est qu'en septembre. T'as encore beaucoup de temps.

C'est ce que je pensais aussi. Juste après l'opération, puis cet été quand j'ai été autorisée à reprendre l'entraînement, mais j'ai l'impression d'être à des années du niveau de forme nécessaire pour la compétition, et la saison approche à grands pas.

— La coach m'a dit que la semaine prochaine, elle voulait que je me contente de travailler au sol.

Les sourcils foncés de ma colocataire se relèvent, mais elle met du temps à répondre, comme si elle pesait ses mots.

— C'est peut-être mieux comme ça.

Je sens mon visage s'échauffer et mon expression doit trahir mon indignation, car elle ajoute rapidement autre chose.

— Pour le moment. A-chérie, dit-elle en utilisant le surnom qu'elle me donne.

C'est bien mieux que « Ollie ».

— T'es la meilleure gymnaste de l'équipe. Elle ne s'inquiète pas pour tes enchaînements, elle veut juste s'assurer que ton genou va bien et que t'as la tête où il faut.

C'est logique, ou peut-être que je veux croire que ça l'est pour ne pas avoir à considérer ça comme un nouvel échec. Mais ça m'énerve que ce soit plus ou moins ce qu'a dit Tristan.

— T'as peut-être raison. Je crois que je suis juste sur les nerfs parce que je suis tombée sur Tristan.

Je grogne en repensant à son sourire de petit con.

— J'arrive pas à croire que je l'ai embrassé. Beurk !

— T'étais bourrée et tu venais de rompre. Et il est vraiment canon, donc c'est pardonnable.

Ce souvenir me fait frissonner. Tristan est arrogant et prétentieux. C'est un excellent gymnaste, je le reconnais, mais sa personnalité est à chier.

— T'es tombée sur lui où ? demande Quinn en se redressant de son grand écart pour faire un poirier.

C'est la seule personne que je connaisse qui parvient à rester cool et détendue avec sa jupe retroussée autour de ses hanches comme une ceinture.

— Au gymnase. Certains gars sont restés après l'entraînement.

— Évidemment, qu'est-ce qu'ils pourraient faire d'autre un vendredi soir ?

— Tu veux dire, comme nous ? Tu fais des pirouettes en tenue de soirée et moi, la seule chose que je vais faire ce soir, c'est prendre une douche et aller me coucher.

Je ne me suis pas foulée à l'entraînement cette semaine, mais j'ai tout de même l'impression d'être passée sous un bus.

— C'est pas vrai. *On* va sortir. Je suis justement en train de m'assurer que j'ai pas perdu toutes mes compétences. Je fais peut-être plus de compétition, mais faire le grand écart ou une roue sans les mains, ça en jette toujours en soirée.

Elle retombe sur ses pieds et arrange sa tenue. Étrangement, elle est toujours aussi fabuleuse, pas un seul de ses cheveux brun foncé ne dépasse.

Je ris en voyant le grand sourire qui illumine son visage. Elle est cent pour cent sérieuse et je l'adore pour ça. Quinn et moi, on a toutes les deux rejoint l'équipe de gymnastique de l'université de Valley en première année, mais à la fin de l'année dernière, elle a arrêté pour avoir une vie plus normale. On peut difficilement en vouloir à qui que ce soit de vouloir plus de temps libre. Je passe deux à trois heures par jour au gymnase, et souvent même plus. Si l'on ajoute à ça les cours et les révisions, il ne me reste plus beaucoup de temps pour autre chose.

J'aime beaucoup trop ça pour laisser tomber, mais je comprends la décision de Quinn.

— *On* sort ?

Sur une échelle d'un à dix, mon envie de sortir oscille autour de moins cinq.

— Oui. Colter se produit ce soir et je lui ai promis qu'on passerait le voir.

— Oh !

— Il veut que tu voies à quel point tu l'as aidé, précise-t-elle.

— Ouais, bien sûr. Mais... tu peux pas juste prendre une vidéo pour moi ? Je vais avoir besoin d'au moins une heure pour me préparer et je suis pas vraiment d'humeur.

Elle secoue lentement la tête d'un côté à l'autre.

— T'as dit la même chose le week-end dernier.

J'ouvre la bouche pour protester.

— Et le week-end d'avant.

Mes lèvres se referment brusquement. Merde !

Elle rit et pose les deux mains sur ses hanches.

— Ce sera sympa.

Quinn et son petit ami Colter forment le couple le plus mignon qui soit. Elle est toute menue et d'une douceur angélique (même en cuir et en bottes) et lui, c'est un pilote de moto-cross sauvage et complètement taré. Je les adore, mais la dernière fois que je suis sortie avec eux, j'ai eu l'impression de tenir la chandelle.

— Colter sera occupé, donc ce sera comme une super soirée entre filles avec des beaux mecs à mater, dit-elle comme si elle pouvait lire dans mes pensées.

Je ris quand elle fait une moue pleine d'espoir.

— D'accord. D'accord.

Je tends les mains.

— Tu m'aides à me lever et à me trouver quelque chose à me mettre ?

— Ça marche, dit-elle en m'attrapant et en me tirant vers elle avec plus de force que ses bras menus en semblent capables. Je t'ai préparé deux tenues différentes sur mon lit.

— Il y en a une qui comporte un jogging ? demandé-je avec espoir.

— Vas-y.

Elle pointe le doigt vers la salle de bain en riant.

2

AVERY

Le bruit des moteurs vrombissants déchire le silence nocturne alors que Quinn passe son bras par la fenêtre passager de ma Bronco et pointe le doigt vers une place libre dans le parking du champ de foire.

— Là, dit-elle.

— Je croyais que t'avais dit que c'était un petit événement ?

Je braque le volant et me dirige vers la place de parking.

— Mon mec n'est pas n'importe qui.

Elle hausse les épaules et m'offre un sourire.

Un reflet noir et argenté que je capte du coin de l'œil me fait freiner brusquement. Je pousse un cri de surprise lorsque la moto s'arrête juste devant moi. Elle a l'air toute neuve, élégante et brillante sous mes feux de croisement.

Le motard est vêtu de noir de la tête aux pieds, comme sa moto. Le seul bout de peau visible se trouve sous une partie déchirée de son jean noir. Je ne vois pas ses yeux à travers la visière sombre de son casque, mais un frisson me parcourt la colonne vertébrale alors qu'on est tous deux prisonniers d'un face-à-face qui me semble aussi lourd qu'intense.

— Connard, marmonné-je en frappant le haut de mon volant.

Il accélère et disparaît entre les rangées de véhicules.

Une fois que je me suis garée, Quinn me conduit à l'événement. Le stade est à ciel ouvert, avec des gradins de chaque côté de la piste.

Il y a un monde fou. Des familles avec des enfants en bas âge portant des protections auditives, des couples, et le long de la barrière qui sépare la foule de la piste, des groupes de motos sont garés, leurs propriétaires debout à côté et regardant l'action.

Une grande rampe est installée au centre de la piste et, autour, d'autres rampes plus petites et de différentes tailles. Chacun à son tour, les pilotes foncent sur la rampe principale et réalisent des figures : ils font des loopings, ils pivotent en l'air en ne s'agrippant qu'à la selle ou au guidon avec les pieds écartés sur le côté ou au-dessus de leur tête, puis atterrissent quelques secondes plus tard avant de se remettre en position assise.

— On est en retard ? demandé-je à Quinn en la suivant jusqu'à la partie la plus éloignée des gradins.

— Non, ils sont juste en train de s'échauffer, me répond-elle en criant par-dessus son épaule pour tenter de se faire entendre par-dessus le vacarme.

J'attire quelques regards alors qu'on s'approche d'un autre grand groupe près de la barrière. D'autres mecs avec leurs motos et des filles agglutinées autour d'eux. Ces dernières portent toutes des shorts courts ou des jeans moulants. Le noir est la couleur de choix de toutes ces filles. J'ai ignoré les deux tenues suggérées par Quinn et en ai choisi une moi-même. Ma robe rose pâle à dentelle et mes baskets blanches n'étaient peut-être pas le choix idéal pour un événement comme celui-ci, mais je ne suis pas sortie depuis la première semaine de cours et je voulais être mignonne.

Un mec en particulier attire mon attention. Je suis à peu près certaine que c'est le gars du parking, mais ils se ressemblent tous. Il a abandonné sa veste, et son débardeur noir met en valeur ses bras et son dos musclés, ainsi que les tatouages qui s'étendent de son dos jusqu'au bout de ses doigts.

Il est assis sur sa moto, une main posée sur sa cuisse et l'autre tenant son casque. Sa posture dégage une confiance et une aisance absolues.

Une foule s'est formée autour de lui, des garçons et des filles se disputent son attention. À première vue, je dirais qu'il doit avoir entre vingt et vingt-cinq ans. Il a les cheveux bruns, courts et ondulés, avec un aspect ébouriffé probablement dû aux doigts qu'il a passés dedans ou à son casque. Ou plus probablement, à en juger par la femme qui se tient le plus près de lui et le regarde comme un trophée, quelqu'un d'autre a passé ses doigts dans les cheveux du motard.

Ils sont clairement tous ravis de le voir, mais je n'entends pas suffisamment ce qu'ils se disent pour comprendre pourquoi il est assez important pour que tout le monde se concentre sur lui plutôt que sur la piste. Il doit sentir mon regard, car lorsque Quinn et moi approchons du groupe, il jette un coup d'œil dans ma direction.

Il ne croise pas exactement mon regard. Au lieu de ça, ses yeux balayent paresseusement ma robe et mes jambes nues, puis descendent vers mes pieds, sur lesquels ils s'attardent si longtemps qu'on pourrait croire que je suis pieds nus ou que je porte des talons de quinze centimètres recouverts de paillettes roses.

Gênée, je baisse les yeux. Mes chaussures toutes blanches commencent déjà à être couvertes de la poussière de la piste, mais à part ça, je ne comprends pas pourquoi elles attirent tant l'attention de monsieur le beau motard tatoué.

Quand je relève les yeux, son regard a enfin trouvé le moyen de remonter sur mon visage. Je retiens mon souffle lorsqu'il plisse les yeux et que ses sourcils foncés se relèvent. Un défi arrogant avec une pointe de perplexité, comme s'il ne savait pas trop quoi penser de moi. Je viens de le surprendre en train de me reluquer et il me regarde comme si c'était moi qui devrais être gênée.

Je suis trop stupéfaite par sa réaction pour faire autre chose que le fixer en retour. Quand je passe devant lui, seuls quelques centimètres nous séparent. L'air est électrique autour de lui. Il n'a pas bougé d'un pouce et son immobilité me donne un peu l'impression de défiler devant lui. Ou de marcher sur une planche surplombant un océan infesté de requins.

Je n'aime pas la façon dont mon cœur accélère et dont mon visage rougit sous son regard scrutateur.

Dès qu'on l'a dépassé, je presse le pas pour marcher près de Quinn.

— T'es sûre que ma tenue est appropriée ? demandé-je à mon amie alors qu'elle trouve enfin une place qui lui plaît et commence à monter les marches des gradins.

Elle me regarde rapidement de haut en bas, puis hoche la tête.

— T'es canon. Je connais personne d'autre que toi qui pourrait porter cette robe. Et je sais pas comment tu t'es débrouillée pour conserver ton bronzage de cet été.

C'est parce que j'ai littéralement vécu dans la piscine cet été pour soigner mon genou.

On s'assoit dans une rangée vide au milieu des gradins. On a une belle vue sur les pilotes qui continuent de s'échauffer sur la piste. J'aperçois Colter, et Quinn le voit aussi, à en juger par son sourire.

— J'ai l'impression que j'aurais dû mettre quelque chose...

— Quelque chose comme quoi ?

Elle hausse un sourcil d'un air interrogateur.

— Quelque chose de moins rose et moins en dentelle.

Elle rit doucement, ne quittant son petit ami des yeux qu'une fraction de seconde. Elle retire sa veste en cuir et me la tend.

— Mets ça.

— T'es sûre ?

— T'es superbe comme ça, mais si ça te met plus à l'aise...

Elle hausse les épaules.

Je glisse les bras dans les manches douces comme de la soie et hausse les épaules pour l'enfiler. Sa chaleur corporelle a réchauffé le cuir et, au moins au-dessus de la ceinture, je fais un peu moins tâche.

— Waouh ! J'ai automatiquement l'impression d'être une dure à cuire. Je te préviens, il est possible que tu ne la récupères pas.

Quinn ricane.

— Je sais où t'habites, connasse.

Tout le monde se lève lorsque la voix du présentateur grésille dans les haut-parleurs. Il souhaite à tout le monde la bienvenue tandis que les pilotes attendent impatiemment sur leurs motos. C'est tout juste si je ne vois pas l'adrénaline suinter de leur peau. Mon excitation grandit. Je n'ai pas vu Colter en action depuis le printemps dernier. Il est talentueux et n'a peur de rien. Il est aussi un peu fou, mais d'une manière vraiment adorable.

Quand il est passé des courses de moto tout-terrain au freestyle, il s'est beaucoup entraîné avec Quinn et moi. Le contrôle et la force nécessaires à certaines des figures qu'il réalise sont franchement bluffantes.

Le présentateur nomme chaque pilote et énumère ses exploits tandis que chacun d'eux s'élance sur la piste en saluant les fans, avant de revenir au point de départ et de prendre de la vitesse pour foncer sur la rampe.

Au risque de me répéter, certaines des figures qu'ils sont capables de réaliser sont vraiment incroyables. Quand c'est au tour de Colter, il fait une pirouette arrière, puis lève les jambes derrière lui pour voler à l'horizontale au-dessus de sa moto.

Quinn hurle à côté de moi, ses deux mains autour de sa bouche pour se faire un haut-parleur naturel. Quand Colter atterrit, il fait le tour de la piste en roulant très près de la barrière et debout sur les repose-pieds de sa moto. Il embrasse le bout de ses doigts, puis pointe l'index vers Quinn avant de repartir en trombe.

Le spectacle continue avec l'ensemble des pilotes, sept en tout, qui réalisent des figures synchronisées au son d'une musique assourdissante. Leur timing, leur technique, et même la hauteur à laquelle ils s'élancent dans les airs sont presque identiques. Ils font des pirouettes arrière et plein d'autres figures qui ont l'air terrifiantes.

La seule autre fois où j'ai vu Colter en action, c'était sur la petite piste sur laquelle il s'entraîne. J'y suis allée une fois avec Quinn et c'était sympa, mais ça... ça dépasse tout ce que j'avais imaginé. Les battements de mon cœur vont crescendo alors que leurs exploits deviennent de plus en plus époustouflants.

Au bout d'un moment, ils brisent leur formation et s'arrêtent à une extrémité de la piste, puis, un par un, ils réalisent des figures en alternant entre les différentes rampes et en faisant participer le public.

Ça sent la fumée et la gomme brûlée, avec une touche d'essence, et la musique est si forte que je sens les basses vibrer dans mon corps. C'est électrique.

Le présentateur nomme les figures une fois qu'elles ont été réalisées. Les noms me font sourire : Hart Attack, Kiss of Death, Rigamortis, Holy Grab, Oxecutioner, et bien d'autres encore.

— Celui qui a trouvé tous ces noms a un sens de l'humour tordu, crié-je pour couvrir le bruit et la musique.

Mais c'est aussi un bon rappel qu'un mouvement de travers

et ces gars pourraient se blesser gravement. Ces mecs sont carrément fêlés.

— La plupart portent le nom de pilotes, répond-elle sans quitter la piste des yeux.

Quand c'est au tour de Colter, mes yeux sont rivés sur chacun de ses mouvements. Il est doué. Peut-être le meilleur du groupe. Et grâce à tout le temps qu'on a passé ensemble alors qu'il s'entraînait à faire le poirier et à avoir un meilleur contrôle du haut de son corps, je remarque qu'il s'est beaucoup amélioré dans ce domaine. Ses parcours sont droits et ses mouvements sont fluides.

Quand il fait pivoter la moto et lâche prise en ne gardant qu'une main sur la selle, je retiens mon souffle avec tout le reste des spectateurs. Et quand il atterrit proprement, je ressens une vague de fierté en sachant avoir eu un petit rôle à jouer dans l'aisance avec laquelle il nous en met plein la vue.

Lorsqu'il a terminé, je suis debout à côté de Quinn et l'applaudis en l'acclamant bruyamment. Colter repasse devant nous, cette fois-ci en roulant sur une roue pour frimer devant sa copine. Les garçons des premiers gradins hurlent et le charrient un peu lorsqu'il passe. Mon attention est attirée par le mec de tout à l'heure. Il n'a toujours pas bougé de sa moto, mais il a l'air aussi à l'aise dessus que s'il s'agissait de son trône personnel. Il pose les yeux sur moi et, pendant quelques secondes qui me semblent des minutes, on se regarde fixement.

Je détourne le regard la première et me rassois sur les gradins en bois.

— Il était génial, non ? demande Quinn en souriant jusqu'aux oreilles.

— Ouais, vraiment. J'arrive pas à croire qu'il ait autant progressé depuis cet été. T'as continué de t'entraîner avec lui ?

— Moi ?

Elle ricane.

— Je suis pas assez patiente. C'est toi qui as tout fait.

— T'étais là aussi.

Colter s'est entraîné avec nous pendant des mois. C'était sympa parce que j'ai pu faire la connaissance du petit copain de ma meilleure amie et lui donner mon approbation. Il est vraiment génial et Quinn est complètement folle de lui.

— Ouais, mais je suis surtout restée assise là à le mater en salivant.

— C'est un peu ce que tu fais, là, tout de suite.

Un sourire gigantesque fend son visage.

— Il est canon. Le mater est une obligation.

Sans réfléchir, je tente un autre coup d'œil au mec assis sur sa moto. En parlant de canon... il a tout du bad boy qui vous brisera le cœur, mais le fera avec un sourire ravageur. Il se penche en avant et enroule ses doigts autour du guidon. Le mouvement étire son t-shirt dans son dos et sur ses reins, et ses biceps se contractent sous ses tatouages. Si le danger avait une image, ce serait celle de ce mec tout en noir avec sa moto assortie.

— Putain ! marmonné-je.

Il se retourne et me surprend en train de le mater. Un sourire suffisant redresse le coin de ses lèvres. Je détourne rapidement les yeux et les braque vers la piste, mais pas avant qu'une vague de chaleur ne vienne me couvrir la nuque.

— T'as vu ça ? demande Quinn d'un ton admiratif. C'est la seule nana de l'équipe, mais elle représente les femmes comme il se doit. En plus de ça, elle est tellement sexy ! Ses cheveux roux me font craquer.

— Hein ?

Confuse, je tourne la tête vers mon amie.

Elle fait un geste de la main vers la piste, où une femme enlève son casque et libère sa tignasse rousse avec un mouvement de tête digne d'une pub pour shampoing avant de saluer la foule.

— Tu crois que je pourrais convaincre Colter de coucher avec elle et de me laisser regarder ?

— Sérieusement ?

— Je plaisante, mais j'y ai déjà pensé. Colter est ouvert à toutes sortes de choses en théorie, mais je pense qu'il tuerait n'importe quel mec qui s'approcherait de moi à poil. Et je ferais probablement la même chose à quiconque essaierait de poser le petit doigt sur mon homme. Et toi ?

Je secoue la tête en riant.

— Vous êtes parfaits l'un pour l'autre.

— T'as jamais pensé à coucher avec plusieurs personnes ?

— Non, pas vraiment. Mes fantasmes sexuels sont plutôt du genre tête-à-tête, avoué-je. J'ai déjà un mal fou à trouver une seule personne avec qui j'aie envie de coucher, donc en trouver plusieurs me semble être une mission impossible.

— C'est vrai. T'es super exigeante. Sauf avec Tristan.

Je plisse le nez en me rappelant ce moment. Il m'a embrassée comme si c'était une compétition et qu'il était déterminé à la gagner. J'ai mal aux lèvres rien que d'y penser.

La femme à la moto se met debout sur la selle et lève les bras au ciel.

— Elle est sexy, non ? Quand elle a rejoint l'équipe, j'étais verte de jalousie que Colter passe autant de temps avec elle, mais il dit que les rousses, c'est pas sa came. Quelque chose à propos des films Chucky, qui l'ont traumatisé quand il était petit.

— Elle est plutôt sexy.

Je hoche la tête.

La foule l'adore, les hommes comme les femmes. En parlant d'hommes, je sens *son* regard sur moi et je baisse les yeux vers le connard canon pour constater qu'il est de nouveau en train de me mater. En fait, il ne me reluque pas vraiment, mais me regarde plutôt comme si je l'amusais. Je hausse le menton d'un air provocateur, puis je tourne la tête vers Quinn.

— Ce type, là-bas, il n'arrête pas de me regarder.

Elle détourne son regard de la rouquine et le cherche des yeux.

— Lequel ?

— T-shirt noir, tatouages, sexy à crever ?

Son rire est étouffé par le bruit d'un moteur qui vrombit.

— Dans cette foule, il faut que tu sois plus précise.

— Celui qui est assis sur sa moto.

Quelques secondes plus tard, je sais qu'elle l'a trouvé quand elle minaude comme une jeune fille en fleur.

— Oooh. Il est mignon.

Mignon ? Cet homme est tout en angles saillants et en dureté de granit. Canon et ravageur, oui. Mignon ? Pas vraiment.

— Il regarde toujours par ici ?

— Non. Enfin, peut-être tout à l'heure, mais maintenant il est un peu occupé.

Sa voix prend un ton chantant et enjoué.

Je me retourne juste à temps pour voir une superbe brune à califourchon sur la selle de sa moto, face à lui. Ses bras pendouillent sur les épaules du motard. Lui ne la touche pas du tout, mais, à sa façon de se pencher vers elle, il savoure l'attention qu'elle lui porte. Presque nonchalamment, il attrape l'arrière de sa tête et approche la bouche de la jeune femme de la sienne avant de lui offrir un baiser qui me noue l'estomac.

— Tu le connais ? demandé-je à Quinn.

— Non, mais je reconnais quelques-uns des gars qui sont avec lui. C'est des pilotes du coin. Colter les connaît sûrement. On pourra le lui demander plus tard. Colter pourra peut-être te présenter et on fera un double rencard !

— Non merci. C'est vraiment pas mon type.

— Cet homme est le type de tout le monde, au moins pour une nuit.

Elle n'a probablement pas tort.

Le reste de la soirée passe rapidement, et avant que je m'en rende compte, Quinn m'entraîne vers un coin du parking où Colter et les autres pilotes chargent leur équipement dans des remorques. Une petite foule s'est formée à proximité et j'aperçois mon bad boy tatoué parmi eux, mais je fais attention à ne pas me faire à nouveau surprendre en train de le mater.

Quinn se met à courir vers son homme. Il porte toujours tout son équipement, à l'exception de son casque. Il l'attrape dans ses bras et la soulève pour lui offrir un baiser passionné. Je marche lentement vers eux, et tandis que je m'approche, ils se saluent comme s'ils ne s'étaient pas vus depuis des mois plutôt que quelques heures.

Colter repose Quinn au sol, mais continue de l'enlacer. Il fait une tête de plus qu'elle et profite de cette différence de taille pour me sourire par-dessus son épaule.

— Salut, Avery.

— Salut toi-même.

Je lui souris. C'est facile d'apprécier Colter. Et le fait qu'il rende mon amie si heureuse n'est qu'un bonus.

— Comment t'as trouvé le show ? me demande-t-il.

— C'était incroyable. Tes parcours étaient droits et bien propres. Je suis tellement fière de toi !

Son sourire s'élargit.

— Merci.

D'autres membres de l'équipe s'affairent autour de nous. Colter dépose un autre baiser sur les lèvres de Quinn.

— Je dois aller aider les gars. Vous restez dans le coin ? Il y a une glacière avec des boissons à l'arrière de mon pick-up.

Mon amie se tourne vers moi et me regarde avec des yeux pétillants d'espoir.

— Ouais.

Je hausse légèrement une épaule en signe d'approbation.

— Cool. Prenez une boisson. Je reviens vite.

Il embrasse Quinn à nouveau. Sérieusement, ces deux-là ne peuvent pas se passer l'un de l'autre, et voir ça, c'est aussi réconfortant qu'écœurant. Lorsque Colter a tourné les talons, Quinn pivote sur la pointe des pieds pour m'offrir un sourire radieux. Voir à quel point elle est heureuse rend difficile de ne pas être heureuse pour elle.

Ce n'est pas nécessairement quelque chose que je recherche, mais ce serait sympa que l'univers m'envoie un homme canon et gentil qui ait envie de me rouler une pelle de temps en temps. Après l'année pourrie que je viens de passer, il me semble que ce n'est pas trop demander.

3

KNOX

— Knox Holland, mon salaud !

Colter descend de son pick-up surélevé, un large sourire plaqué sur le visage. Depuis toutes les années que je le connais, je ne pense pas l'avoir déjà vu sans ce sourire niais et joyeux sur la tronche.

Mon propre sourire, beaucoup plus rare, celui-ci, s'élargit à mesure que je m'approche de mon vieux pote.

— T'es venu, dit-il en marchant vers moi avec un large sourire.

On se serre la main et il m'entraîne dans un câlin à un bras.

— T'en as pensé quoi ? reprend-il.

— Je pense que je pourrais encore te botter le cul dans n'importe quelle course.

Ses yeux sombres pétillent d'amusement et il rit.

— Tu rêves. T'as de la chance que j'aie raccroché. Tout le fric que tu gagnes serait dans ma poche.

— Choisis l'heure et le lieu, et on vérifie ta petite théorie, dis-je en sachant qu'il ne me prendra pas au mot.

Aucun de nous ne se laisse atteindre par les taquineries de l'autre. Je connais Colter depuis qu'on est enfants. On a grandi ensemble à Valley, on s'est rencontrés à l'école primaire et on fait des courses de moto-cross depuis aussi longtemps. Il y a environ un an, au moment où j'ai recommencé la compétition, il est passé au freestyle. Maintenant, il passe ses journées à faire des cascades de dingue sur sa bécane au lieu de faire de la course.

Est-ce que c'est une coïncidence qu'il ait arrêté la course au moment de mon retour ? Je ne pense pas. Je ne lui en veux pas. Je suis rapide comme l'éclair.

— Je ferai la course contre toi quand tu seras capable d'exécuter le Kiss of Death avec double salto arrière.

Son visage me met au défi de tenter cette cascade de malade où le pilote fait pivoter la moto en s'accrochant au guidon de toutes ses forces et en tendant les jambes en l'air.

— J'aime avoir tous mes os *à l'intérieur* de mon corps.

Ses épaules tremblent lorsqu'il rit à nouveau. Quelqu'un l'appelle et lui lance une bière. Il hoche la tête en la rattrapant d'une main.

— T'en veux une ? me demande-t-il en me la tendant.

— Non merci.

Il hoche la tête à nouveau et secoue la canette plusieurs fois avant de l'ouvrir. Il prend une longue gorgée avant de me reposer la question.

— Franchement, t'en as pensé quoi ?

— C'était une tuerie. Je savais pas que tu faisais ce genre de figures. Tu comptes participer aux prochains X Games ?

— Putain, j'en sais rien. Pour l'instant, je pense qu'à cette tournée. On est bookés presque tous les week-ends jusqu'à Noël.

— Sérieusement ?

Je ne sais pas trop ce que j'avais imaginé quand j'ai entendu qu'il était en tournée et participait à des événements de moto freestyle, mais dans ma tête, c'était beaucoup moins pro que ce qu'ils ont fait ce soir.

— Ouais.

Il secoue la tête et prend une autre gorgée.

— Tout le long de la côte ouest. Des rallyes de monster trucks, des foires, tout ça.

— C'est vraiment cool, mec.

— Merci. Comment ça va pour toi ? J'ai été désolé d'apprendre que Thorne t'avait laissé tomber. T'as fait une saison d'enfer. Ce gamin, Link, c'est un sacré numéro.

Je ris brièvement.

— Ouais, un sacré numéro.

— T'as déjà signé avec quelqu'un d'autre ?

— Non, pas encore.

Il me regarde avec une expression de surprise à peine contenue.

— Je trouverai une solution.

J'essaie de minimiser les choses, mais la vérité, c'est que ça m'a fait mal. Après m'avoir percuté lors de la dernière course, Link a remporté la victoire. J'ai eu de la chance de ne pas être blessé, juste un peu amoché. Mais j'étais furieux. J'ai dit des choses, il a dit des choses, puis j'ai perdu la tête. Devant les médias et Mike, le propriétaire de notre équipe, je l'ai poussé et ça a été le coup de grâce. Ils m'ont viré sur-le-champ.

— J'en doute pas. T'as fait une saison de malade. Tu seras l'homme à battre la saison prochaine, tout le monde le sait. Je parie que t'auras une nouvelle équipe d'ici la fin de la semaine. Tu quitteras cette chaleur infernale et tu t'entraîneras sur une piste chic au bord de l'océan avec des diététiciens, des entraînements spécialisés et tout le tralala.

— Nan. J'avais l'intention de revenir ici de toute façon. C'est la dernière année de lycée de Flynn, donc il faut que je reste dans le coin autant que possible.

— Bébé Holland est en terminale ?

Colter hausse les sourcils, estomaqué.

— Putain ! J'arrive pas à croire que ça fait déjà plus de cinq ans qu'on a obtenu notre diplôme.

Je hoche la tête. Moi aussi, j'ai du mal à y croire, mais c'est parce que je n'ai pas obtenu mon diplôme. Toutefois, je comprends ce qu'il veut dire. Et c'est une raison de plus pour que je reste ici et m'assure que Flynn termine ses études et obtienne une bourse dans l'une des meilleures universités de la région.

— Sérieusement, t'as assuré là-bas.

Je ramène la conversation sur Colter.

— Je suis impressionné. L'ambiance, l'énergie, tout l'événement était mortel.

— T'avais jamais assisté à un événement de freestyle avant ?

— Juste aux petits pendant les courses. J'ai toujours voulu aller aux X Games, mais j'ai jamais pu.

Il m'offre un grand sourire qui le fait ressembler davantage à la girafe aux dents de lapin qu'il était il y a quinze ans.

— Eh bien, si tu cherches quelque chose à faire en attendant de trouver une autre équipe, on pourrait utiliser une personne de plus.

— Du freestyle ?

— Pourquoi pas ? Je t'ai vu faire quelques figures.

— Ouais, juste pour déconner.

— C'est tout ce qu'on fait.

Il minimise le talent nécessaire pour faire pivoter une moto en exécutant des acrobaties au-dessus avant d'atterrir proprement.

— Je pense pas.

Mon seul objectif pour les mois qui viennent, c'est de m'entraîner comme un fou et de convaincre Mike de me reprendre dans l'équipe.

— Si tu changes d'avis, dis-le-moi. Même si tu veux pas faire de figures, on a toujours besoin d'aide pour monter et démonter le matériel. On part jeudi soir ou vendredi matin et on revient samedi soir ou dimanche. Ça va vite. C'est sympa. J'enverrai ton salaire directement dans le fonds de pénalité Knox Holland en prévision de toutes les bastons que tu ne manqueras pas de provoquer.

— Va te faire foutre.

Je me gratte le côté du visage avec le majeur.

En riant, il me tape sur l'épaule.

— Allez, viens, je veux te présenter certains membres de mon équipe.

Colter me guide et s'arrête pour prendre une autre bière dans la glacière à l'arrière de son pick-up.

— T'es sûr que tu veux pas boire un truc ?

— Certain.

Même si j'adorerais noyer mon chagrin dans l'alcool, je dois garder les idées claires pour réfléchir à ce que je vais faire ensuite. Je ne peux pas avoir travaillé si dur pour que tout s'arrête après une seule saison.

Je pourrais essayer de rejoindre une autre équipe. Mais il est peu probable que je puisse trouver une place. Toutes les meilleures équipes ont déjà leurs pilotes vedettes et ne les laisseront partir qu'en cas de blessure ou de départ à la retraite. Je ne vois pas où je pourrais trouver une ouverture. Je pourrais aussi rejoindre une petite équipe. Mais elles n'ont pas le même budget, donc je m'en sortirais mieux en trouvant quelques sponsors moi-même. L'avantage d'une équipe, c'est qu'elle s'occupe de toutes ces conneries, ça me permettrait de me concentrer sur la course.

Il prend une autre bière pour lui et se dirige vers un groupe de personnes qui traînent devant un vieux camping-car délabré. Je reconnais le type torse nu assis sur les marches du véhicule, parce que je l'ai vu non seulement à l'événement de ce soir, mais aussi à plusieurs autres événements au cours des années.

— Knox, c'est Sam, mais on l'appelle Oak, dit Colter en désignant le type torse nu.

Il incline ensuite la tête vers moi.

— Knox et moi, on a grandi ici à faire des courses à Valley. Je le laissais me foutre des branlées sur la piste.

Laissais ?

— Tu rêves.

Je ricane, puis tends la main à Oak. Il est grand et mince, avec des mèches qui lui tombent sous les épaules.

— J'ai jamais vu quelqu'un exécuter un Volt si facilement. C'était dingue.

— Salut, merci mec.

On se serre la main, puis Colter se dirige vers la seule femme de l'équipe.

Elle a de longs cheveux roux flamboyants et une expression qui dit très clairement qu'il vaut mieux éviter de la faire chier. Elle est sexy, mais ce n'est pas mon type. L'énergie qu'elle dégage me rappelle trop la mienne. Je n'ai pas très envie de baiser une version féminine de moi-même. Le sourire en coin qu'elle m'adresse semble dire : « *Pareil pour moi, mon pote.* »

— C'est Brooklyn.

— Tu me dis quelque chose, dis-je en m'approchant d'elle pour voir son visage un peu mieux.

Le large écart de ses yeux et sa façon de plisser les lèvres me rappellent quelqu'un.

— C'est quoi, ton nom de famille ?

— C'est pas important.

Elle prend soudain un air timide qui est étrange chez elle. Maintenant, je suis intrigué.

— Son père, c'est..., commence Colter mais elle lui donne un coup de poing dans le ventre avant qu'il puisse terminer.

Il se plie en deux et crache un rire sifflant, mais dès qu'il se reprend, il me murmure son nom.

Mes sourcils se relèvent brusquement quand je comprends qui elle est.

— Sans déconner ?

— Si tu le dis à qui que ce soit, je te castre, me dit-elle avant de frapper Colter à nouveau et de se détourner de nous en secouant sa queue de cheval.

Colter se redresse et expire bruyamment.

— Elle a l'air sympa, dis-je sèchement.

Je crois que mes couilles viennent de remonter dans mon corps pour chercher un abri.

Sa voix est encore tendue lorsqu'il me répond.

— Elle met un peu de temps à se détendre, mais elle est douée pour organiser les événements et communiquer avec les salles.

— Je suppose qu'elle n'est pas très proche de son vieux.

— Elle veut juste se faire un nom. Ça doit pas être facile d'être la fille d'une légende.

Je crache un rire bref. Ouais, je ne sais absolument rien de ça. La seule chose de légendaire chez mon père, c'était son incompétence.

— Et lui, c'est Shane. La mère poule du groupe.

Colter fait un clin d'œil.

Le costaud assis sur une caisse à l'envers lui adresse un sourire moqueur avant de me jeter un coup d'œil et de hausser le menton vers moi.

— Salut ! Knox Holland, c'est bien ça ?

— Ouais, c'est ça.

Je croise les bras sur ma poitrine.

Il hoche lentement la tête, puis lève la main et caresse sa barbe.

— J'étais à Salt Lake City pour le championnat le mois dernier. Je suis désolé de la façon dont les choses se sont passées.

Une nouvelle vague de colère et de déception m'envahit. Je serre les poings et les laisse retomber le long de mon corps. Je ne sais pas quoi dire d'autre que ce que je réponds finalement.

— Merci.

Avant que l'un de nous puisse ajouter autre chose, une petite brune se faufile entre nous et se jette dans les bras de Colter.

Il passe un bras autour de sa taille et dépose un baiser rapide sur ses lèvres.

— Bébé, je veux te présenter quelqu'un.

Ils se tournent vers moi et je la reconnais tout de suite. Elle était assise tout à l'heure avec la bombe à l'allure un peu prude.

— Saluuuut, dit-elle d'une voix traînante en me dévisageant avec un sourire, un peu comme si j'étais le sujet d'une blague dont j'ignorais tout.

— Salut, je m'appelle Knox, dis-je.

— Knox et moi, on est allés à l'école ensemble, lui dit Colter. Il se penche et l'embrasse dans le cou.

— C'est ma petite amie, Quinn, reprend-il.

— Enchantée, dit-elle.

Elle lève la main et agite les doigts. Son petit ami continue de l'embrasser dans le cou tandis qu'elle tend cette même main pour attirer une autre fille vers elle. *La bombe.*

Le coin de mes lèvres se redresse lorsque je la regarde de plus près. De longs cheveux blonds et bouclés encadrent son visage en forme de cœur, et ses yeux sont d'un bleu vif, presque fluo. Elle porte une robe courte et moulante en dentelle rose pâle. Ma bouche s'assèche. Elle est sexy, ça ne fait aucun doute. Je la fixe intensément, admirant ses longues jambes bronzées jusqu'à ses baskets blanches sales. C'est la seule partie de son corps qui ne soit pas impeccable. Où est-ce qu'elle croyait aller dans cette putain de tenue, et comment est-ce qu'elle a atterri ici ?

À un moment donné, elle a enfilé une courte veste noire en

cuir par-dessus sa robe, comme pour se fondre dans le décor. Ça n'a pas aidé. Elle fait tache dans cet endroit, toute prude et en rose. Même sa voiture fait tache. Une Bronco rétro avec une peinture rose clair. Il n'y a que du noir et du chrome dans le coin, et puis elle.

— C'est mon amie, Avery. Je crois que vous vous êtes rencontrés tout à l'heure.

Quinn glousse avant de se blottir contre Colter, et les deux se remettent à s'embrasser plus sérieusement.

Avery et moi, on reste debout là à se regarder un moment, sans rien dire au début, mais Quinn et Colter ne semblent pas avoir l'intention de s'arrêter pour reprendre leur souffle.

— Salut, dit-elle avant de remuer, mal à l'aise.

— Je m'appelle Knox.

Je ne sais pas pourquoi je ne dis rien d'autre. Je me contente de la regarder. Je ne suis pas du genre à rester bouche bée devant une femme, mais elle est tellement coincée ! Indéniablement sexy, mais clairement désireuse d'être au centre de l'attention. Je ferais mieux de laisser Brooklyn m'arracher les yeux que de me frotter à celle-là. Mais bon sang, je suis tenté de lui demander si elle veut grimper sur ma moto et aller faire un tour.

— T'es aussi un coureur freestyle ? demande-t-elle.

— Un pilote.

— Quoi ?

— Un pilote, pas un coureur.

— Ouais. Peu importe. Tu savais ce que je voulais dire.

Son ton est plus dur que je ne m'y attendais, et je dois retenir un ricanement. La bombe est insolente.

Elle regarde son amie pour trouver une échappatoire, mais Quinn est toujours en train de rouler une pelle à Colter, alors elle repose les yeux sur moi.

— Alors ?

— Ils font des figures, pas des courses, donc c'est pas des

coureurs, c'est des pilotes, précisé-je. Et ouais, je pilote un moto-cross.

— C'est quoi, la différence ?

— Moi, quand je pilote, je *cours*.

Sa langue jaillit et glisse sur ses lèvres roses. Elles sont pulpeuses et charnues, avec une petite moue qui me donne envie de l'embrasser pour savoir ce que ça ferait de les sentir contre les miennes.

L'un des gars avec qui je traînais tout à l'heure m'appelle et je lui jette un coup d'œil. Il me fait un signe de la main vers sa moto pour m'indiquer qu'il veut partir faire un tour.

— Je pourrais te montrer.

— Me montrer ?

Sa voix grimpe de plusieurs octaves.

— Ouais. Tu veux faire un tour avec moi ?

Je suis pris d'une vague d'excitation en l'imaginant assise à l'arrière de ma moto.

Ces lèvres sans défaut s'entrouvrent et forment un « o », mais aucun son n'en sort alors qu'elle réfléchit à ma question. Je suis presque certain qu'elle essaie de trouver une façon polie de me dire d'aller me faire foutre. Je ris, sachant perti-nemment, avant même de la voir secouer la tête, qu'elle refusera.

— Je n'irai nulle part avec toi. Je te connais même pas.

— Colter se portera garant pour moi.

Mais quand je jette un coup d'œil vers lui, il a toujours la langue enfoncée dans la gorge de sa copine.

— T'as peur de te salir ?

— J'ai peur de mourir, rétorque-t-elle. Je connais tes talents de pilote, tu te rappelles ?

Un coin de ma bouche se redresse.

— Tu veux dire quand t'as failli me renverser ?

— T'es sorti de nulle part.

Son ton se durcit et elle tente de me lancer un regard noir, mais elle est tellement adorable que mon sourire s'élargit.

— Juste un tour, princesse.

— Princesse ?

Elle ricane, ce qui accentue encore son air de nana prétentieuse et coincée.

— Je te ramènerai avant que ta copine ne décide de reprendre son souffle. T'aimeras peut-être ça.

— J'en doute, vu que tu seras là. Pourquoi tu demandes pas à ta copine ?

— Ma quoi ?

— La fille que t'embrassais tout à l'heure. Elle sait que tu flirtes avec d'autres nanas ?

— On dirait que tu m'as surveillé de près ce soir. Je suis flatté.

Je fais un pas vers elle et baisse la voix.

— C'est pas ma copine, et je t'ai juste demandé si tu voulais faire un tour sur ma moto, pas sur ma bite. Même si...

Sa mâchoire se décroche et ses joues rougissent joliment.

— La réponse à ces deux propositions serait un grand non.

— Tant pis pour toi.

Je lui fais un clin d'œil et recule d'un pas avant de tourner les yeux vers Colter. J'élève la voix pour qu'il m'entende par-dessus leur roulage de pelle bruyant.

— Je dois y aller, mec.

Il écarte finalement la bouche de celle de sa copine, mais garde ses bras autour d'elle.

— Merci d'être venu. Je te vois la semaine prochaine sur la piste ?

— Compte sur moi.

Je fais un signe de tête à sa copine, puis jette un dernier regard à Avery.

— À plus tard, princesse.

4

KNOX

La semaine suivante, je suis en route pour aller chercher Flynn à son entraînement de basket lorsque mon téléphone vibre dans le porte-gobelet. Je me gare et regarde le nom affiché à l'écran, le cœur plein d'espoir. Je le prends et pose le pouce sur « accepter » avant de le porter à mon oreille.

— Salut, Mike.

— Knox.

La voix du propriétaire de mon ancienne équipe est enjouée et décontractée, ce qui me donne encore plus d'espoir que cet appel est porteur de bonnes nouvelles.

— Salut, comment ça va à Valley ?

— Bien, répliqué-je laconiquement. Je m'entraîne tous les jours, je travaille dur.

— Ouais, j'ai reçu tes messages. Je suis content que tout se passe bien.

— Oui, ça se passe bien. Je me sens plus fort que jamais et mes temps n'ont jamais été aussi bons.

— Je suis vraiment heureux de l'entendre. Sincèrement.

— Ça veut dire que tu vas me donner une autre chance ?

Je retiens mon souffle. C'est le grand moment. J'ai besoin de réintégrer l'équipe. J'ai besoin d'une autre chance. J'ai fait trop de sacrifices pour que tout s'arrête avant même d'avoir vraiment commencé.

Son soupir me noue l'estomac.

— Tes compétences de pilote n'ont jamais été le problème, Knox.

— Je resterai loin de Link.

— Je suis désolé, mais je n'ai pas changé d'avis.

— C'est des conneries.

Ma colère prend le dessus et les mots s'échappent de ma bouche avant que je puisse les retenir.

— Je peux gagner. Je *vais* gagner.

En courant pour eux toute la saison, j'ai offert à l'équipe Thorne de nombreuses places sur le podium. Cette année, je suis passé du statut de pilote ringard oublié de tous pendant cinq longues années à celui de prétendant au titre. J'avais ce championnat dans la poche. Puis une seule erreur et ils me mettent à la porte. Moi, au lieu du gars qui m'a fait perdre la course. Les accidents arrivent sur la piste, mais Link savait très bien ce qu'il faisait. Il connaissait les risques et a décidé de s'en taper. Il a été imprudent et m'a coûté tout ce que j'avais.

— Ta capacité à remporter des courses n'a jamais été le problème. Tu es un pilote talentueux, ça ne fait aucun doute, mais j'ai deux autres gars à prendre en considération. Ce n'est pas l'équipe Knox. On est un groupe soudé. On veut des gars qui peuvent bosser ensemble et s'entraider.

Avec tout le mal du monde, je me retiens de lâcher « Comme Link m'a aidé ? ». C'est des conneries.

— Je t'apprécie, Knox, vraiment, mais tu as une mauvaise attitude et tu te laisses dominer par ton tempérament.

— Link m'a coûté le championnat ! crié-je en agrippant le volant de toutes mes forces.

Je me fiche de lui donner raison en perdant mon sang-froid. C'est Link qui a merdé, pas moi.

— Et tu as fait un scandale et rompu ton contrat en levant la main sur ton propre coéquipier.

J'étais furieux quand j'ai vu Link sur le podium en train de célébrer ce qui aurait dû être ma victoire. Je n'ai vu que du rouge. J'étais si près du but ! Cinq ans sur la touche, à attendre mon heure, et voilà que l'occasion se présentait enfin, elle était si proche que je sentais presque le trophée sur le bout de mes doigts... et puis tout s'est envolé.

— Ça se reproduira plus, dis-je en serrant les dents.

Il crache un rire bref.

— Ce n'était pas un incident isolé. Link et toi, vous vous êtes disputés toute la saison. Je sais qu'il n'est pas parfait, mais tu aurais dû montrer l'exemple, pas jeter de l'huile sur le feu.

— J'ai dit que ça se reproduirait plus.

Je peux la boucler et garder mes mains pour moi. Je suis prêt à tout pour une chance de plus.

— Même si je te croyais, je ne pourrais pas convaincre les autres propriétaires. On ne peut pas autoriser ce genre d'ambiance au sein de l'équipe. Tu es un risque qu'on ne peut pas se permettre.

— Allez, Mike. Juste une dernière chance, c'est tout ce que je demande.

— Je suis désolé, répète-t-il d'une voix résolue. Vraiment, mais tu ne courras pas avec nous la saison prochaine.

Je ferme les yeux et laisse ma tête retomber en arrière.

Devant mon silence, il ajoute autre chose.

— Si j'étais toi, je passerais les mois prochains à réfléchir à mes actes. Si tu veux faire carrière, il faut que tu grandisses et trouves un moyen de ne plus te laisser dominer par tes émotions. Le monde de la course de moto est petit, et les gens parlent.

Que je grandisse ? Il pense que j'ai besoin de grandir. C'est risible, vraiment. Il n'a aucune idée des responsabilités que j'ai dû endosser dès mon plus jeune âge ni du poids qui pèse sur mes épaules. Je ne cherche pas la pitié, si je devais recommencer, je ferais tout exactement pareil. Mais c'est ma chance.

Je veux juste courir. Je veux *gagner*. Et je ferai tout ce qu'il faut pour prouver ma valeur.

Je me gare devant le gymnase du lycée de Valley alors que Flynn traverse la porte à double battant avec quelques-uns de ses coéquipiers de l'équipe de basket. Quand il aperçoit mon pick-up, il fait un signe du menton vers ses potes et se met à trottiner vers moi.

Flynn ouvre la portière côté passager et jette à l'arrière, avec son sac de sport, un paquet de tissu rouge floqué au nom du lycée.

— C'est quoi, tout ça ? demandé-je.

— Les nouveaux survêtements sont arrivés.

— Merde ! J'ai complètement oublié.

Je mets le pick-up sur Park.

— Ton coach est toujours là ?

Flynn me regarde avec une expression confuse sur son front en sueur, sur lequel ses cheveux roux foncés sont plaqués.

— Pour le payer, précisé-je.

Flynn m'avait dit avoir besoin d'argent pour les survêtements, mais avec tout ce qui se passe en ce moment, ça m'est sorti de la tête.

— Je l'ai déjà payé.

— T'as trouvé un boulot pendant que j'avais le dos tourné ? lui demandé-je en sachant très bien que ce n'est pas le cas.

Suivre ses études tout en jouant dans l'équipe du lycée est

un travail à plein temps. J'ai fait de mon mieux pour qu'il n'ait pas de soucis d'argent et qu'il puisse se concentrer sur sa vie d'adolescent.

Je veux qu'il profite de la vie de lycéen que je n'ai pas pu avoir. Notre mère est décédée plusieurs années avant mon entrée en terminale et notre père était rarement présent. Hendrick était déjà parti à l'université, c'était donc à moi de m'assurer que nous ayons un toit au-dessus de la tête, de la nourriture dans le ventre, des vêtements sur le dos et toutes les conneries nécessaires pour l'école. J'ai arrêté les études dès que j'ai eu dix-huit ans et j'ai trouvé un job dans une entreprise locale de CVC pour qu'on puisse rester tous ensemble, mais même en travaillant à plein temps, il était rare que j'aie assez d'argent en plus pour sortir avec des amis.

C'est pour ça que j'ai arrêté la course un moment. Le moto-cross peut coûter cher, entre l'entretien constant et les frais d'inscription. Et puis, c'était difficile d'être loin du travail et de mes frères.

Archer et Brogan m'aidaient quand ils pouvaient, en trouvant des petits boulots pendant l'été et après l'école, quand la saison de football américain était terminée, mais je n'ai jamais voulu que mes frères aient l'impression de devoir renoncer à certaines choses pour me sortir du pétrin. Que l'un de nous mette ses rêves en suspens était largement suffisant.

Flynn n'avait que huit ans quand maman est morte. C'est lui qu'on a protégé le plus. On n'a jamais parlé de ça, mais avec le recul, je me rends compte qu'on a tous fait des sacrifices pour qu'il ait une vie aussi normale que possible.

— C'est Hendrick qui m'a donné l'argent, me dit mon petit frère en me tirant de mes pensées.

Agacé, pas contre lui mais contre moi-même d'avoir oublié de m'occuper de ça et d'en avoir fait le problème de quelqu'un d'autre, je lui réponds en faisant de mon mieux pour garder une voix neutre.

— Je t'ai dit que je te donnerai l'argent.

— Je sais, mais j'ai oublié de te le rappeler et j'en avais besoin aujourd'hui, alors j'ai demandé à Hendrick quand il m'a déposé ce matin.

Je hoche la tête en remuant la mâchoire. Je devrais être reconnaissant, mais au lieu de ça, j'ai l'impression d'avoir échoué.

Le seul jour où je n'ai pas emmené Flynn au lycée. C'est généralement moi qui le dépose et le récupère, mais ce matin, j'étais occupé à passer des coups de fil et à m'inquiéter pour ma carrière, alors quand Hendrick a proposé de déposer notre petit frère, j'ai saisi l'occasion. L'autre option, laisser Flynn emprunter ma voiture, était absolument hors de question. Il a son permis mais conduit comme un pied. Il a déjà détruit une bagnole.

— Il y a quoi pour le dîner ? Je meurs de faim. Aujourd'hui, le coach nous a fait courir pendant trente minutes parce que deux gars faisaient les cons.

Flynn ne parle généralement pas autant pendant le trajet du retour, et je sais que c'est parce qu'il essaie de faire en sorte que je me sente moins coupable. Il me comprend mieux que personne.

On discute pendant tout le trajet, mais ma gêne ne s'estompe pas. Dès qu'on arrive à la maison, Flynn se dirige directement vers sa chambre.

Archer et Brogan regardent la télévision dans le salon, et Hendrick et sa fiancée, Jane, sont assis à la table de la salle à manger.

— Salut, me lance Hendrick alors que je pose mes clés sur le comptoir de la cuisine.

Tout le monde l'imite et un chœur de « Salut ! » s'élève dans la pièce. Je murmure distraitement une salutation, le regard rivé sur les restes de lasagnes.

— T'as préparé le dîner ?

Ma question a un ton plus agressif que j'en avais l'intention. Il est assez rare que quelqu'un se donne la peine de cuisiner, à moins de compter les plats à réchauffer au micro-ondes.

— C'est Jane qui s'en est occupée.

Hendrick la regarde comme si elle avait inventé le repas au lieu de le cuisiner. Mon frère aîné est vraiment mordu.

Mon estomac gargouille. Ça sent bon et je n'ai pas déjeuné.

— Merci, Hollywood.

Elle me lance un regard sévère mais taquin en entendant son surnom. Jane a joué dans une série télévisée quand elle était plus jeune. Je n'ai jamais regardé cette série, mais j'ai entendu Jane chanter une ou deux fois et elle a une voix incroyable.

Je me sers une assiette de lasagnes et l'emporte à la table de la salle à manger. Ce serait impoli de ne pas en manger, même si j'avais prévu de me griller des steaks ce soir.

Jane fait ses devoirs à table. Elle est en dernière année à Valley U, comme Brogan et Archer. Hendrick, assis à côté d'elle et affalé sur le dossier de sa chaise avec une tasse de café devant lui, étudie sa copine comme une équation à résoudre.

Quand Flynn sort de sa chambre pour se servir, je me souviens de l'argent. Je pose ma fourchette, attrape mon porte-feuille, en sors quelques billets et les pose devant mon frère aîné.

— C'est quoi, ça ? demande Hendrick en les regardant prudemment.

— C'est pour payer les survêtements de Flynn.

Il hausse un sourcil et sa tête s'incline d'un côté, puis il repousse l'argent vers moi.

— Va te faire foutre. Je veux pas de ton argent.

— Je te laisserai pas payer les survêtements.

— Pourquoi pas ?

Je sais reconnaître une question piège quand j'en entends une.

— J'avais déjà mis l'argent de côté. Ça m'est juste sorti de la tête et j'ai oublié de le lui donner.

Je vois bien que Hendrick veut contester, alors j'ajoute autre chose.

— Si tu veux pas le prendre, je le mettrai dans le pot à pourboires la prochaine fois que je passerai au bar.

— Tu peux t'assurer que je travaillerai quand tu le feras ? demande sans se retourner Brogan, toujours assis devant la télévision.

Flynn prend place au bout de la table. Son regard vacille entre nous. On a tous la tête dure, donc ce n'est pas anormal que deux ou plusieurs d'entre nous se chamaillent. Les disputes violentes sont moins fréquentes, mais pas non plus impossibles.

Visiblement agacé mais résigné, Hendrick accepte l'argent. Il ne l'a pas encore pris, mais le laisse posé entre nous avant de reprendre sa position ; affalé contre le dossier de sa chaise et un bras posé à l'arrière de celle de Jane.

Il ne peut pas payer quoi que ce soit en ce moment de toute façon. Il a ouvert un bar il y a environ un an. Ça marche bien, mais quelque chose a toujours besoin d'être réparé, et Jane et lui prévoient un mariage extravagant pour l'été prochain.

On retombe tous dans un silence confortable. Je suis perdu dans mes pensées pendant que je mange en me repassant la journée dans ma tête. Je me suis bien entraîné sur la piste, mais je repense au coup de fil de Mike.

— T'as trouvé une nouvelle équipe aujourd'hui ? marmonne Flynn avec la bouche pleine.

Tous les regards se tournent vers moi. Je secoue la tête. La nourriture que je mâche n'a plus le même goût et je repousse mon assiette.

— Non, pas encore.

— T'en as contacté combien ? demande Hendrick après un autre moment de silence.

Toutes.

— Quelques-unes.

— Tu trouveras une équipe, dit Flynn avec optimisme. T'es le meilleur pilote. Ils seraient idiots de pas saisir l'occasion de te recruter.

— Ouais, on verra, dis-je d'une voix rauque.

Ma peau est tendue et ma bouche sèche. Je me racle la gorge et me lève. Une fois mon assiette débarrassée et mise dans le lave-vaisselle, je me dirige droit vers le garage.

Mon corps se détend et mon esprit s'éclaircit quand je commence à bricoler ma moto. Hendrick me rejoint peu après. Il me tend une bière.

— Merci, dis-je en l'acceptant.

Il boit une gorgée en scrutant mes gestes.

— Je me souviens que notre vieux bossait souvent ici sur nos motos ou bricolait la sienne. Tu te souviens du quad qu'il a construit ?

Je grogne pour acquiescer.

— Il était doué avec les moteurs. Comme toi.

Être comparé à mon père, même pour quelque chose de positif, me donne envie de brûler tout le garage et de piétiner les cendres.

Mais qu'il aille se faire foutre, je ne le laisserai pas me prendre ça aussi. Son sang coule peut-être dans mes veines, mais tout ce que j'ai, je l'ai obtenu à la sueur de mon front.

— Alors, c'est quoi, le plan ? T'as d'autres personnes à contacter demain ou tu vas essayer de pousser Mike à changer d'avis ? demande Hendrick, assis sur le banc de musculation dans le coin du garage.

— J'ai déjà plus ou moins appelé tout le monde, avoué-je sans le regarder. Et Mike m'a dit clairement qu'ils ne changeraient pas d'avis.

— Tu lui as dit ce qu'a dit Link avant la course ? Qu'il essaierait de te mettre sur la touche ?

— C'est pas important. Ça changera rien.

— Comment tu peux le savoir si tu ne le lui dis pas ? Mike est un type bien. S'il connaissait toute l'histoire...

— Laisse tomber, d'accord ?

Mike sait que l'accident a eu lieu par la faute de Link. Tout le monde le sait. Ils ont mis ça sur le compte de sa jeunesse et de son ambition.

Il a l'air de vouloir insister, mais il ne le fait pas. Au lieu de ça, il expire bruyamment et se passe une main dans les cheveux.

— Je pourrais demander à mon ancien agent s'il a des idées.

Je réfléchis à sa proposition. Hendrick a été joueur professionnel de football américain pendant un petit bout de temps, mais ça fait plus d'un an qu'il s'est séparé de son agent et je doute qu'ils soient restés en contact.

— Nan, ça va.

Je ne veux voir personne tirer de ficelles pour moi. Je veux gagner ma place par moi-même. J'ouvre la canette de bière, bois une gorgée, puis la pose au sol pour retourner bosser sur ma moto.

— Je peux déposer Flynn à l'école demain, ça te laissera le temps de réfléchir.

— Je m'en occupe.

— D'accord, je passerai le chercher, alors.

— Non, ça va.

Ce n'est pas comme si j'avais beaucoup d'autres choses à

faire. Faire de la muscu, m'entraîner et essayer de trouver comment je vais pouvoir tout gérer seul la saison prochaine.

Hen rit, ce qui détourne mon attention de ma moto. Ses yeux brillent d'un air amusé et ses lèvres s'incurvent en un sourire narquois.

— Quoi ? demandé-je en haussant un sourcil d'un air provocateur.

— T'es la personne la plus têtue que j'aie jamais rencontrée. Tu veux pas voir quelqu'un t'aider avec Flynn, payer pour quoi que ce soit, préparer le dîner ou essayer de te pistonner.

Je le fixe, attendant qu'il m'explique en quoi c'est une mauvaise chose. J'aime faire les choses moi-même, en quoi est-ce que ça fait de moi quelqu'un d'obstiné ?

— On veut t'aider, dit Hendrick. Ton retour à la compétition a été carrément génial pour nous tous. T'es une source d'inspiration. Surtout pour Flynn.

J'ai envie de lever les yeux au ciel ou de lui dire que leur aide n'est pas nécessaire, mais quelque chose sur le visage de mon frère m'en empêche. Il me regarde avec des yeux profonds et inquiets.

— Laisse-nous te filer un putain de coup de main. T'es pas seul dans cette histoire. Je suis désolé que tant de responsabilités te soient tombées sur le dos quand papa est parti et que j'étais absent, mais je suis de retour maintenant, Archer et Brogan participent davantage, et Flynn ferait n'importe quoi pour te voir réussir. T'es son putain de héros, alors commence à agir comme tel au lieu de faire comme si tes rêves étaient secondaires. C'est important qu'il te voie poursuivre tes objectifs.

Ses paroles flottent entre nous pendant quelques instants, puis un coin de ma bouche se redresse.

— Putain, Henny ! Quand est-ce que t'es devenu un coach en motivation ?

— Ça a marché ? demande-t-il en souriant avant de prendre une autre gorgée.

— Si j'avais d'autres options, alors ouais, peut-être, mais je pense pas en avoir.

Je comprends ce qu'il dit, mais je ne vois pas comment régler ce problème.

Il hoche lentement la tête.

— J'ai vu Colter le week-end dernier et quelques gars du coin. Je vais rouler avec eux et tout seul, histoire de voir ce que je peux faire.

Je hausse une épaule.

— Colter, répète-t-il tandis que son sourire s'élargit. Je me souviens que tous les deux, vous rouliez comme des chauves-souris s'échappant d'une des caves de l'enfer. Maman avait toujours peur que tu finisses par te tuer en essayant de le battre.

— En essayant ? dis-je avec un ricanement. Je suis beaucoup plus rapide que lui.

— Il fait toujours de la course ?

— Non, il s'est mis au freestyle. C'est un putain de crack.

— Ça m'étonne pas. Lui et toi, vous avez toujours été les meilleurs.

— Il m'a proposé de partir en tournée avec son équipe avant la reprise de la saison.

— Pour faire du freestyle ?

D'un geste de la main, je balaie cette idée. Ce n'est pas comme si j'y réfléchissais sérieusement.

— Il m'a dit que je pourrais voyager avec eux et les aider à monter et démonter le matériel jusqu'à ce que je sois prêt à me lancer.

— Tu devrais accepter.

— Pourquoi ?

— T'as besoin d'une équipe et il t'en propose une.

Mais pas le bon genre d'équipe. Aucun de ces gars ni Brooklyn ne fait de la course.

— Écoute-moi une seconde.

Hendrick se penche en avant, ses yeux brillent et il déborde d'enthousiasme.

— Thorne t'a laissé tomber parce que t'étais un mauvais coéquipier.

Ce rappel me fait serrer la mâchoire. *Merci beaucoup, frérot.*

— Montre-leur que tu peux faire partie d'une équipe.

— C'est quelque chose qui m'éloigne de mes objectifs et une perte de temps que je pourrais consacrer à m'entraîner pour la saison prochaine. Le freestyle, c'est sympa à regarder, mais la vitesse, c'est ce que je veux faire.

— Remplace les heures que tu passes à broyer du noir par des heures d'entraînement au freestyle. Ça peut pas être si difficile que ça.

En fait, ce serait sans doute foutrement difficile, mais son enthousiasme est tellement palpable que je me surprends à y réfléchir.

— Je serais absent presque tous les week-ends.

— Et alors ? On a survécu pendant la saison quand t'étais en compétition.

— C'était l'été.

Brogan et Archer se détendaient et profitaient de leurs mois de vacances, et Flynn n'avait que ses camps sportifs et ses entraînements à gérer.

— On s'en sortira, me rassure Hendrick.

— Je sais pas, dis-je sans arriver à me débarrasser de cette idée.

Est-ce que ça pourrait vraiment marcher ?

— Promets-moi qu'au moins, t'y réfléchiras, d'accord ?

— Pourquoi t'insistes autant ?

Ça voudrait dire plus de travail pour lui et pour tout le monde. Ça rendra leur vie plus difficile, pas l'inverse.

— Parce que tu m'as dit un jour que je devais me battre comme un lion pour mes rêves, parce que l'un de nous devrait avoir la chance de les réaliser.

— Je parlais de toi, lui rappelé-je.

Son regard sombre et sérieux plonge dans le mien.

— Je sais bien, et j'ai poursuivi les miens. J'ai fait ce que je voulais faire, et je regrette pas que ce soit terminé. Maintenant, c'est ton tour. Alors bats-toi comme un lion pour tes rêves.

5

KNOX

— C'était pas mal, dit Colter alors que j'arrête ma moto près de lui.

Brooklyn ricane mais le son est à peine audible par-dessus les vrombissements du moteur de sa Kawasaki KX250F verte. C'est le même modèle que celui que conduisait son père.

— Je faisais un meilleur Heelclicker que ça quand je portais encore des couches.

Elle ne plaisante probablement pas. Mon regard s'arrête sur Oak.

Le grand type élancé hausse les épaules, le visage impassible.

— Au moins, t'as pas crashé ta bécane.

Ça fait une heure que tous les trois me regardent tenter différentes figures pour évaluer mon niveau et déterminer par où commencer. Jusqu'à présent, j'ai réussi à exécuter tout ce que j'ai fait (bien que pas très gracieusement), mais pas assez bien pour considérer que c'est acquis et passer à quelque chose de plus difficile. Je ne me suis jamais beaucoup soucié de quoi j'ai l'air pour le public. En course, la seule chose qui compte, c'est d'être le premier à franchir la ligne d'arrivée.

Colter me tend son portable pour que je puisse regarder le saut que je viens de réaliser. Le Heelclicker est probablement la figure la plus simple qui soit, mais même celle-ci ne semble pas très fluide maintenant que je la regarde en replay.

Pendant le saut, tu balances tes pieds sur le côté et les ramènes par-dessus tes bras avant de toucher tes talons l'un contre l'autre. Simple. J'ai fait cette figure un million de fois à l'entraînement ou en franchissant la ligne d'arrivée, mais je ne me suis jamais intéressé à l'aspect esthétique. Le freestyle, c'est une question de style et de finesse — deux qualités qui me font apparemment défaut.

Mon timing n'est pas bon. Je touche les talons trop tôt ou trop tard quand je saute du grand tremplin, et mes jambes sont super repliées et ont l'air bizarre. Est-ce que j'ai toujours été aussi peu flexible ?

— Putain, marmonné-je en lui rendant son portable.

— Tu devrais peut-être essayer de lever une jambe à la fois, me dit Colter. Familiarise-toi avec le mouvement, change de jambe, ensuite, tu pourras réessayer la figure complète. Progresse petit à petit.

— J'y vais, dit Brooklyn en riant brièvement et en secouant ses cheveux roux. On dirait que tous les deux, vous allez rester là un moment et j'ai des projets.

Oak s'en va aussi en nous offrant un salut militaire et je reste seul avec Colter.

— Peut-être que c'était une mauvaise idée.

Cette pensée m'a traversé l'esprit au moins mille fois depuis que Hendrick m'a convaincu de tenter cette folie.

Colter secoue la tête. Pour une raison que j'ignore, il est convaincu que je peux y arriver. J'espère qu'il a raison.

— Il faut juste que tu t'entraînes. Allez, on recommence.

Avec un soupir, je hoche la tête et m'élance vers la rampe.

Je fais exactement ce que Colter m'a suggéré de faire ; lever une jambe à la fois jusqu'à ce que je me sente en confiance, avant de retenter la figure complète.

Cette fois, quand je rejoue la vidéo, c'est mieux. Toujours pas très joli, mais je n'ai plus l'air à deux doigts d'être catapulté par-dessus le guidon.

La nuit commence à tomber lorsqu'on décide enfin d'arrêter. J'installe ma moto sur la remorque tandis que Colter s'appuie contre son pick-up et continue de jouer les vidéos de tout à l'heure.

— T'as fait beaucoup de progrès aujourd'hui, dit-il en levant les yeux de son téléphone. Demain à la même heure ?

— Ouais, je serai là.

Je remue les épaules en arrière et étire mon cou sur le côté. Je n'ai jamais eu ce genre de courbatures.

Je vais devoir intensifier mon programme de muscu pour travailler davantage le haut de mon corps et mes abdominaux.

— Cool, dit-il avant de ranger son portable dans sa poche et d'ouvrir la portière de son pick-up. T'y arriveras. Il faut du temps pour développer le bon feeling.

Je hoche la tête en espérant de toutes mes forces qu'il ait raison.

À la fin du troisième jour d'entraînement, j'ai ajouté deux nouvelles figures à la liste de celles que j'ai réussi à exécuter correctement, mais Brooklyn a commencé à me surnommer Le Dégonflé, car la moitié du temps, j'ai du mal à me remettre en selle après une figure. Je suis lent parce que je veux exécuter la figure parfaitement. Même quand j'arrive à trouver le bon timing, j'ai toujours l'air un peu maladroit sur les vidéos. Je déteste ne pas être bon dans quelque chose. Surtout dans quelque chose en rapport avec le moto-cross.

Colter et moi, on est à nouveau seuls, pour la troisième nuit d'affilée. Les deux premiers jours, il semblait optimiste, mais ce soir, je sens qu'il commence à douter que j'y arrive à temps.

— Je peux y arriver, dis-je en essayant de retrouver un peu de confiance.

Je suis trop têtu pour laisser tomber maintenant. Même si je ne participe jamais à la tournée, je perfectionnerai les figures que j'ai apprises.

Il enfonce ses deux mains dans les poches de son pantalon.

— J'ai une idée, mais je pense que tu vas pas beaucoup l'apprécier.

Je hausse un sourcil, l'air interrogatif.

— OK. Balance.

— Au printemps dernier, je me suis entraîné avec Avery pendant quelques mois, et ça m'a beaucoup aidé à gagner de la puissance et à mieux contrôler mon corps dans les airs.

— Tu me dis ça que maintenant ?

Ma colonne vertébrale se redresse. Je suis prêt à tout pour progresser. L'année dernière, j'ai dû m'entraîner avec un préparateur physique tous les jours pour rester en forme. Je n'ai pas peur de bosser dur.

— Tu y penses sérieusement ? fait Colter, dont le visage exprime clairement la surprise. Je pensais que tu refuserais, sinon je t'en aurais parlé plus tôt.

— L'équipe nous faisait travailler avec des préparateurs physiques tout le temps. C'est qui et dans quelle salle elle s'entraîne ?

Déjà prêt à noter ses coordonnées, je sors mon portable.

Colter marque une pause et une myriade d'expressions traversent son visage.

— Avery. Tu l'as rencontrée le week-end dernier. C'est l'amie de Quinn. Et sa colocataire.

L'image de la jolie blonde envahit mon esprit et mon espoir s'évanouit.

— Elle est préparatrice physique ?

— Non. Elle est gymnaste à l'université de Valley.

— Cette nana guindée est gymnaste ?

Il hoche la tête avec conviction, en souriant comme s'il se réjouissait de ma surprise. Je passe tout ça en revue dans ma tête en essayant de l'imaginer faire des roues et des saltos. Intéressant.

— Et tu t'es entraîné avec elle ? À faire quoi ?

Je suis curieux, même si je pense qu'il n'y a aucune chance qu'elle puisse m'aider.

— Plein de choses. La gymnastique, c'est super dur. Elle m'a appris à faire le poirier, à retomber sur mes pieds avec élégance, le poirier japonais, la roue, les saltos, des séries de sauts acrobatiques, et j'ai même bossé un peu sur les anneaux. C'était dur.

Un sourire illumine mon visage.

— Qu'est-ce que j'aurais donné pour voir ça !

— Je sais que ça paraît dingue, mais ça m'a vachement aidé. J'ai fait d'énormes progrès en moins de temps que les autres gars.

Si je connais bien Colter, je sais qu'il a aussi passé beaucoup d'heures à s'entraîner sur sa moto, ce qui est probablement ce qui a fait toute la différence.

— Je vais la voir ce soir. Je peux lui demander si elle aurait le temps de t'aider.

Il me regarde comme s'il espérait que j'accepte. Je déteste le décevoir, mais faire des saltos et crapahuter sur un tapis n'est pas ma conception de l'entraînement.

— Ça va.

Je lève la main.

— Je peux m'entraîner tout seul et passer plus de temps ici.

— T'es déjà là à partir du moment où tu déposes Flynn le

matin jusqu'à ce que tu doives aller le chercher après son entraînement.

— On n'est qu'au troisième jour. Et puis, mon Heelclicker est presque aussi bon que le tien maintenant.

Il ricane.

— Ouais, bien sûr. Tu rêves éveillé, Holland.

Je contourne mon pick-up et ouvre la portière côté conducteur avant de m'installer derrière le volant.

— Attends un peu, tu verras, je vais le faire la tête en bas pendant un salto arrière avant que tu comprennes ce qui se passe.

6

AVERY

— J'ai pas envie de bosser sur la poutre aujourd'hui, dit Hope d'un ton réprobateur d'adolescente alors qu'on se dirige vers le coin droit du gymnase.

Je lui jette un coup d'œil par-dessus mon épaule en me hissant sur l'une des poutres les plus basses afin d'exécuter l'enchaînement avec Hope.

— Pourquoi pas ?

— Tu devrais voir ta tête.

Elle rit et son expression ne pourrait trahir davantage ses treize ans lorsqu'elle sourit et dévoile son appareil dentaire et ses bagues couleur lavande.

— T'as l'air tellement offensée ! Comme si tu ne pouvais pas imaginer que quelqu'un n'aime pas la poutre autant que toi.

— Je ne peux pas, répliqué-je honnêtement.

Ce soir, le club de gymnastique du quartier est bondé de jeunes gymnastes. De garçons qui ne semblent pas avoir plus de quatre ou cinq ans jusqu'à des lycéennes qui se préparent pour le début de la saison. Je viens ici presque tous les soirs pour faire quelques sessions en plus. C'est agréable de s'entraîner au milieu de l'énergie vibrante de la jeunesse.

Hope grimpe sur la poutre et la chevauche, puis replie les jambes avant de se mettre debout.

— Commençons par les tours, lui suggéré-je.

— Argh. J'espérais qu'on travaillerait les sorties.

C'est parce qu'elle est douée pour ça. Le tumbling est son point fort. Elle est excellente en gymnastique au sol et c'est tout ce qu'elle veut travailler. Mais avec un peu plus d'efforts, elle pourrait transposer certaines de ses compétences et exceller à la poutre également.

— Si tes tours sont bons, on passera aux sauts écarts.

Une petite lueur d'excitation brille dans ses yeux. La plupart des enfants seraient ravis de travailler sur les figures les plus simples, mais pas Hope. Je pense que c'est pour ça que j'aime tant travailler avec elle. Elle n'a peur de rien.

Je ne suis pas officiellement son coach ou quelque chose du genre, mais depuis que j'ai commencé à venir dans ce gymnase, elle me suit comme mon ombre. Je ne peux pas m'entraîner comme je le voudrais, donc c'est fun de voir ses progrès, vu que les miens sont au point mort.

— Tristan, c'est ton petit copain ? me demande-t-elle.

— Quoi ? Non. Qu'est-ce qui te fait dire ça ?

Je me place à côté d'elle, puis je jette un coup d'œil par-dessus mon épaule et trouve Tristan de l'autre côté du gymnase. Il hausse discrètement le menton lorsque nos regards se croisent.

— Il n'arrête pas de regarder par ici.

— C'est pas mon petit copain, réitéré-je en me retournant.

— Pourquoi pas ? Il est canon.

— Les mecs canons sont souvent des crétins.

Une image de ce connard de Knox lors de la compétition de freestyle me traverse l'esprit.

— Je pense pas que cette logique fonctionne, dit-elle. Toi,

t'es canon et t'es pas une garce, donc c'est pas possible qu'un garçon soit canon sans être un crétin ?

— Ohh, merci. Mais je maintiens ce que j'ai dit.

Je marche sur la poutre en suivant le rythme de Hope. On s'arrête au milieu et je lui montre d'abord un tour, puis je me tourne vers elle pour observer sa posture.

Quand elle lève la jambe gauche, elle vacille.

— Rentre le ventre. Les hanches en avant, la corrigé-je alors qu'elle retrouve son équilibre. Maintiens le relevé pendant cinq secondes.

Hope perd l'équilibre, puis recommence. Elle lève la jambe gauche en touchant du pied son genou droit et les bras levés au-dessus de la tête. À chaque fois, elle vacille un peu moins. Je vois le moment où elle se reconcentre. Elle serre la mâchoire et cesse de jeter des coups d'œil à ce que font les autres.

— Bien. Maintenant, dix secondes.

Elle ne répond même pas et se contente de hocher la tête puis de recommencer en maintenant la position pendant que je compte lentement jusqu'à dix. Lors de la troisième tentative, elle écarte les bras soudainement pour éviter de tomber.

— Zut, marmonne-t-elle.

— Non, c'était très bien. Ta posture est plus harmonieuse. Passons aux demi-tours. N'oublie pas de pousser sur le talon à chaque fois.

J'en fais un puis m'assois sur la poutre avec les deux jambes pendant d'un côté. Je n'ai toujours pas reçu le feu vert pour m'entraîner à la poutre, et même si la coach Weaver n'est pas là, je ne veux pas forcer.

Elle enchaîne une douzaine de demi-tours pendant que je l'observe et lui suggère quelques petites corrections, puis j'aperçois du coin de l'œil le père de Hope debout sur le seuil de la porte du gymnase. Je lève les yeux vers l'horloge accrochée au mur, puis je le regarde et lui fais un signe de la main avec le sourire.

Je laisse Hope faire encore quelques demi-tours de plus avant de l'interrompre.

— Ton père est là. Il est plus tard que je ne le pensais. On pourra continuer à travailler là-dessus demain.

— Déjà ?

Elle perd sa bonne posture et reprend le ton enfantin qu'elle avait tout à l'heure.

— Ouaip.

Je bondis de la poutre.

— Tu pourras t'entraîner à la maison après avoir fait tes devoirs.

Cette remarque la fait grogner, ce qui me fait rire. Quand elle descend finalement, je tire sur l'une des tresses rouges qui tombent dans son dos.

— Si t'es pas bonne à l'école, ton père ne te laissera plus rester aussi tard avec moi après l'entraînement.

— D'accord, concède-t-elle en ayant l'air on ne peut plus mécontente. Demain, on pourra travailler au sol ? demande-t-elle ensuite d'une voix bien plus enjouée.

— On verra.

Je la raccompagne à la porte et salue son père, qui me remercie avant de pousser une Hope réticente hors du gymnase. Ensuite, je prends mes affaires et rentre chez moi. Elle n'est pas la seule à avoir des devoirs ce soir.

Mais avant ça, je dois prendre une douche et me rendre présentable pour une interview que je vais donner à un podcast. La dernière fois qu'on m'a demandé d'en faire une, j'ai commis l'erreur de penser que ce n'était qu'un enregistrement audio. Je me suis trompée et me suis présentée tout droit sortie de l'entraînement, avec l'air d'un lutin en sueur. Oups !

La résidence universitaire est calme lorsque j'entre et

monte au quatrième étage. De la musique s'échappe des portes entrouvertes de certaines chambres, mais le couloir est désert.

Quand je pénètre dans mon appartement, la scène qui s'offre à moi m'arrache un sourire. Colter et Quinn sont blottis sur le canapé et regardent la télé. Elle est recroquevillée contre lui, la tête posée sur ses genoux, et Colter caresse distraitement ses cheveux bruns.

— Salut, dis-je en fermant la porte derrière moi.

— Salut, Aves, répond Colter alors que Quinn lève un bras paresseusement.

— Vous regardez quoi ?

Je laisse tomber mon sac par terre et m'assois à l'autre bout du canapé, près des pieds de Quinn.

Ma coloc étend ses jambes sur mes genoux.

— *Chirurgie à tout prix*. Les implants fessiers de cette nana se sont retournés. T'aurais dû voir ça. C'était dégoûtant.

— Beurk ! dis-je.

— Tu fais quoi, ce soir ? demande Quinn. Tu veux sortir avec nous après ta douche ?

Elle plisse le nez comme si elle pouvait me sentir.

Je transpire, mais je ne sens pas *si* mauvais que ça.

— Je peux pas. J'ai une interview pour un podcast.

— Si tard ?

— Je leur ai dit que je pouvais le faire un jour de semaine seulement après l'entraînement, dis-je avant de soupirer bruyamment, sans grande envie de me lever maintenant que je suis assise. Je devrais aller prendre une douche, et ensuite aller à la bibliothèque pour voir si je peux me prendre une salle d'étude pour éviter les bruits de fond pendant l'interview.

— Tu peux la faire ici. On allait dîner dans ce restaurant mexicain que t'aimes tellement, mais on t'attendait pour savoir si tu voulais venir avec nous.

Quinn détourne son regard de la télévision et le pose sur moi.

Mon estomac gargouille.

Elle sourit d'un air entendu.

— Tu veux que je te ramène quelque chose ?

Je pose une main sur mon ventre et ris.

— Oui, s'il te plaît.

Elle se redresse, Colter se lève, puis l'aide à faire de même et la tire vers lui pour déposer un baiser sur ses lèvres. J'ai le cœur serré en voyant à quel point ils sont mignons ensemble. J'étais totalement prête à détester Colter quand je l'ai rencontré, car j'étais certaine qu'il finirait par briser le cœur de mon amie, mais à présent, c'est tellement évident qu'il l'adore !

— Donne-moi deux minutes pour enfiler des chaussures et prendre une veste, dit Quinn en se dirigeant vers sa chambre, de l'autre côté de la suite.

Je souris à Colter, qui la regarde s'éloigner. Son regard revient lentement vers moi. Difficile de dire lequel des deux est le plus obsédé par l'autre.

— Comment va ton genou ? demande-t-il.

— Ça va.

Je tends la jambe et la plie un peu plus pour sentir l'articulation bouger.

— Tant mieux. Je suis content de l'entendre, dit-il en balançant le poids de son corps d'une jambe à l'autre. T'aurais un peu de temps libre pour entraîner quelqu'un le mois prochain ?

— Je te manque déjà ?

Un petit rire vient secouer le haut de son corps.

— Nan, pas moi. J'ai un nouveau gars dans l'équipe et il coince sur les mêmes trucs que moi à l'époque. Je pense que tu pourrais être exactement ce qu'il lui faut.

— Je suis flattée, dis-je sincèrement. J'aurai pas beaucoup de temps quand les compétitions auront commencé, mais je m'entraîne presque tous les soirs de semaine au club de gymnastique. Il pourrait venir à ce moment-là ?

— Je sais pas trop à quoi ressemble son emploi du temps en soirée. Je sais qu'il est dispo la journée.

— Je pourrais aussi me libérer tous les jours avant l'entraînement de l'équipe, sauf le vendredi. J'ai un cours qui finit tard ce jour-là, mais je suis libre les autres jours.

— Ça pourrait lui convenir un peu mieux. Merci. Je lui ai parlé de toi, mais je préférais te demander avant de lui donner tes coordonnées.

— Ouais, donne-lui mon numéro. Je serai ravie de l'aider si je peux.

Il acquiesce et tourne la tête lorsque Quinn sort de sa chambre.

— Je lui dirai. Merci, Avery.

Ma colocataire se blottit contre son épaule.

— Prêt ?

Il passe un bras autour d'elle et la serre contre lui.

— Prêt.

— À plus, lance Quinn en remuant les doigts vers moi et en suivant Colter hors de la pièce.

— À plus, dis-je en m'enfonçant dans le canapé et en laissant ma tête retomber sur le coussin une seconde avant de me forcer à me lever et à aller prendre une douche.

— Ça vous a fait quoi de remporter une médaille d'argent alors que vous étiez donnée perdante ? demande Mary, la journaliste.

Elle-même ancienne gymnaste, elle a participé aux Jeux Olympiques au début des années deux mille mais n'a jamais remporté de médaille individuelle.

— C'était incroyable, répliqué-je alors qu'un véritable sourire illumine mon visage quand les souvenirs affluent dans ma tête.

J'étais trop excitée et confiante pour être effrayée ou découragée par le fait que les gens ne me considéraient pas comme une menace.

— Participer à cette compétition était tout ce dont j'avais rêvé, tout ce pour quoi j'avais travaillé si dur. J'avais une telle confiance en moi que je me moquais de savoir qui croyait en mes chances.

— Et maintenant que l'on attend certaines choses de vous, comment est-ce que ça vous motive ? Est-il plus difficile ou plus facile de croire en vous après une telle expérience ? me demande-t-elle.

Sa question me transperce comme une flèche.

— Plus difficile, avoué-je avant d'esquisser un plus large sourire. Mais j'adore les défis et je suis toujours aussi motivée pour gagner.

Mary adore ma réponse, je le vois à son sourire radieux. Derrière elle se trouve un mur recouvert de photos encadrées et de récompenses qu'elle a remportées. Elle a fait partie de deux équipes médaillées d'or et est montée sur le podium dans je ne sais combien de compétitions nationales. Je me demande si elle regarde en arrière sur sa carrière et a des regrets. J'aimerais le lui demander, mais elle passe directement à la question suivante.

— Racontez-moi comment s'est passée la transition de cette expérience incroyable lors des Jeux Olympiques à la compétition universitaire à Valley U ?

— Très bien. J'aime les entraîneurs et le programme, ici à Valley, et je pense que c'était la meilleure chose à faire pour moi.

— Mais vous avez eu du mal la saison dernière, alors que la plupart des gens diraient que la compétition et les compétences requises pour réussir sont moins élevées qu'au niveau olympique. Pourquoi pensez-vous avoir autant souffert ?

Mon estomac se noue et je sens presque la sueur perler sur mon front, mais je parviens à garder le sourire, même si j'ai envie de dire à Mary de s'enfoncer ses questions irritantes dans le fion.

— Je pense qu'il y aura toujours des hauts et des bas. J'ai beaucoup changé l'année dernière. De nouveaux entraîneurs, de nouveaux enchaînements, une nouvelle ville... Toute ma vie a changé, et j'ai eu besoin d'un peu de temps d'adaptation.

Je soupire intérieurement, soulagée d'avoir pu donner une réponse cohérente et éviter de lui souffler dans les bronches. C'est vrai, beaucoup de choses ont changé l'année dernière. En plus de tout ce que je lui ai dit, je subis beaucoup plus de pression qu'auparavant. Le monde entier me regarde autrement que lorsque personne ne savait qui j'étais. J'ai peur de ne pas être à la hauteur de leurs attentes. Ou des miennes.

— Et cette année ? Est-ce que votre genou sera guéri à temps pour le début de la saison ? demande-t-elle.

C'est la question qui vaut des millions.

— Mes médecins sont confiants, mais je prends les choses au jour le jour.

— Eh bien, quand vous reviendrez, on aura tous le nez collé à nos écrans pour voir ce dont Avery Oliver est capable.

7

KNOX

Je jette mon casque au sol, serre les mâchoires et pousse un grognement de frustration. Le regard insistant de Flynn m'empêche de perdre la tête complètement.

Une semaine d'entraînement et mes progrès sont minimes. À ce rythme, je ne serai jamais prêt à temps. J'ai furieusement envie d'abandonner, mais ma fierté m'en empêche.

Je m'affale à côté de mon petit frère et on regarde Colter et son équipe commencer leur entraînement. Ils ont un autre événement le week-end prochain et ils ajoutent un salto arrière en groupe à leur numéro. C'est une figure assez simple pour eux, mais trouver le timing pour que tous exécutent de façon identique l'espacement et la durée du saut est plus difficile.

L'équipe de basket de Flynn profite d'un rare jour de repos, donc je suis passé le chercher après les cours et l'ai emmené avec moi sur la piste. Hendrick et Jane m'ont beaucoup aidé à le déposer et à venir le chercher, et à m'occuper des tâches ménagères, pour que je puisse m'entraîner plus longtemps, mais ça m'a manqué de passer du temps seul avec lui.

— Ça déchire trop, dit-il avec le sourire alors qu'ils repassent devant nous pour exécuter un deuxième passage.

Un coin de ma bouche se redresse.

— Ouais, ils sont plutôt bons.

La bande habituelle est là : Colter, Brooklyn, Oak et un autre gars du coin, Shane, que tout le monde surnomme « Maman Ours », mais seulement quand il a le dos tourné, car Shane est grand et costaud et pourrait tous leur foutre une branlée. Et puis quatre autres gars venus de toute la côte ouest ont fait le déplacement pour s'entraîner une dernière fois avec eux avant l'événement du week-end prochain.

Le show du week-end dernier était celui qui a attiré le moins de spectateurs et c'était plutôt une répétition publique. Au cours des prochains mois, ils iront de l'Oregon au Texas se produire à guichets fermés dans des grandes salles. Ou plutôt, on ira, puisque d'une manière ou d'une autre, je me suis laissé entraîner dans cette aventure.

— Tu crois que tu pourrais m'apprendre quelques figures ?

Flynn tourne la tête vers moi pour me jeter un coup d'œil rapide avant de reporter son attention sur la piste.

Je hausse les sourcils.

— Jamais, putain !

— Pourquoi pas ?

— Tu veux jouer dans l'équipe de basket universitaire l'année prochaine ?

Il hoche la tête.

— Alors essayons de te garder en un seul morceau jusqu'à ce que tu signes quelque part.

Il ne me regarde pas et ne répond pas non plus, mais je le vois du coin de l'œil lever les yeux au ciel.

— Tu vas te produire avec eux le week-end prochain ? demande-t-il à la place.

— J'en doute. Je peux encore rien faire d'impressionnant. Je serai peut-être jamais prêt, mais comme j'ai rien de mieux à faire, c'est un bon moyen de tuer le temps.

Flynn détourne son regard des pilotes.

— Hendrick m'a dit ce que t'essayais de faire… Montrer à ton ancien coach que tu peux faire partie d'une équipe sans cogner personne.

Je sens mes sourcils se relever.

— J'ai cogné personne. Je l'ai juste chahuté un peu.

— Pourtant, t'avais l'air de vouloir le cogner.

— Oh, j'en avais clairement envie.

J'aurais même dû le faire, vu la façon dont ça s'est terminé.

— Je sais pas, je me fais peut-être des illusions en pensant qu'ils me reprendront, quoi que je fasse.

— Nan, je pense que c'est une bonne idée.

— Vraiment ?

— Ouais. C'est comme quand le coach Cook met l'un d'entre nous sur le banc pour avoir monopolisé le ballon. Il menace toujours de nous laisser assis là jusqu'à ce qu'on ait des échardes, mais il ne le fait jamais. Il a juste besoin de temps pour se calmer, ensuite il nous donne une autre chance. Ton équipe fera la même chose.

— J'espère. J'ai vraiment pas envie d'avoir des échardes dans le cul.

Mon frère sourit, puis on reste silencieux en regardant les motos décoller de la rampe et tournoyer dans les airs.

— On devrait te ramener à la maison, dis-je en me relevant enfin. T'as des devoirs ce soir ?

— Un peu.

Il est debout devant moi. Au cours du dernier mois, il a poussé de quelques centimètres. Il est encore maigrichon, pas tout à fait dans son corps d'adulte, mais un jour, il sera le plus grand et le plus costaud de nous tous.

Flynn, debout devant le pick-up, regarde les pilotes jusqu'à ce que ma moto soit chargée, puis il recule et se hisse sur le siège passager sans jamais quitter les motards des yeux.

— Ça fait combien de temps que t'as pas roulé ? lui demandé-je.

Il hausse les épaules jusqu'aux oreilles.

— Je sais pas. Neuf ans environ. Je crois que j'avais huit ans.

Depuis la mort de maman. Beaucoup de choses ont changé après ça. Je me maudis en silence de ne pas l'avoir emmené avec moi. J'ai roulé pour m'éloigner de tout le reste, mais Flynn n'a pas eu cette option. C'est probablement pour ça qu'il s'est mis à pratiquer tous les sports scolaires possibles.

— On devrait aller faire de la moto ensemble un de ces quatre. Je connais quelques endroits sympas et faciles à l'est de la ville.

— Ouais, bien sûr. Comme tu veux.

Je retiens un sourire pour ne pas paraître trop enthousiaste, mais je remarque qu'il essaie lui aussi de réprimer un sourire.

Plus tard dans la nuit, je suis allongé au lit, les muscles tendus et tellement épuisé que je lutte contre le sommeil avant même qu'il ne fasse complètement noir dehors. Archer et Brogan jouent à la console et leurs voix résonnent à travers les murs fins.

Alors que je scrolle sur Instagram, je like quelques photos de meufs avec qui je suis sorti dans le passé. Je ne me souviens pas de la dernière fois où je suis sorti et me suis vraiment lâché. Depuis la fin de la saison, je suis beaucoup trop tendu.

Des messages commencent à apparaître en réponse aux photos que j'ai likées, mais avant de cliquer dessus, je tombe sur la dernière publication de Flynn. J'ai le souffle coupé quand je lis la légende. *Mon frère a trop la classe. Attendez de voir les autres figures qu'il a sous la manche.* Et au-dessus, il y a une vidéo de moi en train de faire un Heelclicker. En fait, ça rend plutôt bien. Il m'a filmé sous l'angle idéal.

Je la regarde une douzaine de fois en relisant ses mots et en les laissant m'emplir d'espoir et de détermination.

Je me redresse en grognant et ferme l'application. J'envoie un texto à Colter avant de changer d'avis.

MOI

Je suis partant. Envoie-moi les coordonnées d'Avery.

Si Flynn pense que je peux y arriver, alors je veux faire tout mon possible pour lui prouver qu'il ne se trompe pas.

8

AVERY

— Celui-ci était meilleur, dis-je alors que Hope achève un autre tour presque à la perfection.

Après juste une journée d'entraînement, elle a fait d'énormes progrès.

— Maintenant, je peux travailler les sorties ?

Son enthousiasme est contagieux.

— Oui, maintenant, on peut travailler les sorties.

Elle pousse un cri de joie avant de s'installer sur l'une des poutres et de se préparer à effectuer un salto arrière groupé dans la fosse de réception remplie de cubes en mousse. Elle exécute le mouvement à la perfection et son sourire s'élargit à chaque fois qu'elle s'élance dans les airs.

Je continue de travailler mes propres mouvements sur le tapis, principalement des sauts et des tours. Mon genou tient bon pour le moment, mais je l'ai déjà beaucoup sollicité aujourd'hui pendant la séance d'entraînement de ce matin, donc je ne veux pas trop forcer.

— Waouh !

Hope grimpe sur la poutre et s'arrête. Au début, je me dis

qu'elle est impressionnée par mon saut écart avec tour complet, mais elle ne me regarde pas du tout.

Je suis son regard vers la zone réservée aux parents et aux visiteurs, juste à l'extérieur du gymnase. Je ne vois rien d'inhabituel, donc je me retourne vers elle.

— Quoi ?

— Pas quoi. *Qui.*

Son regard reste fixé au même endroit, alors je me retourne et regarde à nouveau. Des mamans, des papas, des grands-parents, des frères et sœurs... et *lui.*

Knox, le motard arrogant du week-end dernier, se tient au fond de la salle, vêtu d'un jean et d'une veste noire en cuir. Hope n'est pas la seule à le regarder. Plus d'une maman se délectent du spectacle.

— Qu'est-ce qu'il fait ici ? me demandé-je à voix basse.

Son regard est intense et dirigé vers moi. Il lève la main alors que je le regarde bêtement. Il est aussi beau que dans mes souvenirs. Grand, les cheveux châtain foncé, plus épais sur le dessus et courts près des oreilles. Il a des traits anguleux et sa posture donne l'impression qu'il n'est jamais complètement détendu.

— Je reviens tout de suite, dis-je à Hope avant de forcer mes jambes à avancer vers lui.

Ses yeux manquent de sortir de leurs orbites lorsqu'elle réalise que je vais lui parler. J'essaie de ne pas laisser ça me déconcentrer tandis que je slalome dans le gymnase et entre dans le hall par une porte latérale. Knox s'avance vers moi.

Il y a beaucoup de bruit, alors je n'ouvre pas la bouche avant d'être juste devant lui.

— Salut, dis-je en entendant mon trouble transparaître dans ma voix. T'es venu me voir ?

Son regard glisse sur mon justaucorps et descend sur mes pieds nus avant de remonter vers le chignon en bataille sur ma tête.

— Je t'imaginais pas gymnaste.

Je croise les bras sur ma poitrine.

— Je peux t'aider ?

— J'interromps pas l'entraînement, si ?

— Non, pas vraiment. J'aide juste une amie. Qu'est-ce que tu fais ici ?

— Colter m'a donné ton numéro, mais il m'a dit que je pourrais peut-être te trouver ici, alors je suis passé.

— D'accord, dis-je lentement en attendant la suite.

Pour quelle putain de raison Colter lui aurait donné mon numéro ou lui aurait dit où me trouver ?

— Il m'a aussi dit qu'il t'avait demandé si tu pouvais m'entraîner, mais à voir ton visage, je me demande si c'est vrai.

— T'entraîner ? À quoi ?

C'est là que je me souviens que Colter m'avait demandé mes disponibilités. Je pose les mains sur les hanches.

— C'est toi, le nouveau de l'équipe ?

— Non, dit-il en secouant la tête, visiblement sur la défensive, avant de se raviser. Enfin, ouais, mais c'est pas permanent ou quoi. J'ai quelques mois avant la reprise de la saison.

— Ouais. T'es un pilote qui court, dis-je en m'assurant d'utiliser le bon terme cette fois, ce qui lui fait redresser un côté de ses lèvres. Mais t'as besoin d'aide pour faire des figures ?

— Colter m'a dit que tu connaissais des exercices de renforcement musculaire et de contrôle.

Il plaque une main derrière sa tête et se frotte la nuque. Je vois clairement que me demander de l'aide le met mal à l'aise. Alors pourquoi est-ce qu'il le fait ?

— Je veux dire... quelque chose dans le genre.

Il simplifie les choses en parlant de quelques exercices, comme si j'avais dit à Colter de faire des pompes et des abdos, alors qu'en réalité, on a fait plein de choses différentes.

— En gros, on faisait surtout du sport ensemble.

— Alors tu peux pas m'aider ?

— J'ai pas dit ça.

J'étais tout à fait disposée à venir en aide au nouveau membre de l'équipe de Colter avant de savoir que c'était Knox, mais tout chez ce type me met sur les nerfs. Je ne sais pas s'il veut vraiment mon aide ou pas. Ses paroles ne correspondent pas à son comportement.

— Écoute, t'es clairement occupée, alors je vais aller droit au but. Si tu pouvais me noter les exercices à faire, je passerais les prendre un autre jour, ou si tu préfères me les montrer, j'ai une heure de dispo en journée. T'es libre demain ?

— Je suis désolée. Je pense pas...

— Je te paierai pour ton temps, bien sûr, et pour le programme.

— C'est pas une question d'argent.

Colter ne m'a jamais donné un centime, même s'il a essayé plusieurs fois. Je n'aurais jamais rien accepté de lui. En vérité, j'ai adoré m'entraîner avec lui.

— C'est pas vraiment quelque chose que je peux écrire sur un bout de papier ou te montrer en une heure. J'ai pas de programme officiel ou quoi.

Il continue de me regarder comme s'il ne comprenait pas pourquoi je n'étais pas déjà en train de griffonner un programme d'entraînement.

— Mais Colter a dit...

— La gymnastique, c'est avant tout développer sa technique. Tu maîtrises une chose, puis tu en ajoutes une autre, lui dis-je tandis qu'il continue de me regarder comme si je lui vendais de la poudre de perlimpinpin. Je suis désolée. Je ne connais pas vraiment d'autre méthode.

Il a de magnifiques yeux noisette que je qualifierais même de superbes s'il ne me lançait pas des regards assassins.

— Très bien. T'aurais besoin de combien de temps pour tout me montrer ?

— Au moins deux heures.

— Ça me va.

Il sort son portable et fait défiler ce que je suppose être son agenda.

— Ça irait, demain, de quatorze à seize heures ?

— Deux heures à *chaque* séance. Colter venait quatre ou cinq fois par semaine. Si tu ne peux pas faire ça, je dirais trois fois par semaine au minimum. Mais je te préviens que tes progrès seront plus lents.

— Tu te fous de ma gueule.

Son sourcil sombre, celui qui est traversé par une cicatrice, se relève. Mon visage s'échauffe sous son regard scrutateur.

Il reformule.

— Tu veux que je vienne ici tous les jours pendant deux heures ? Pour faire quoi ? Des poiriers et des conneries dans le genre ?

— Je ne *veux* pas que tu fasses quoi que ce soit. Tu m'as demandé combien de temps ça prendrait. C'est ce qu'il a fallu à Colter.

Ma colonne vertébrale se raidit et la chaleur qui a envahi mon visage descend maintenant le long de mon cou. Des poiriers et des conneries dans le genre, vraiment ? S'il pense que c'est juste une perte de temps, pourquoi est-ce qu'il est là ?

— Ça me semble... excessif. Je passe déjà beaucoup d'heures sur la piste et à m'entraîner seul.

Sa mâchoire se crispe et il regarde partout sauf vers moi.

— T'es sûre que tu ne peux pas noter quelques exercices que je pourrais ajouter à mon programme habituel ?

Il fait un signe de la main vers la poutre sur laquelle Hope nous observe toujours.

— Tes autres élèves sont des enfants, et toi, on dirait que tu vas mourir si tu te casses un ongle. Ça peut pas être si difficile que ça.

Quel culot de venir ici pour me demander de l'aide et nous insulter ensuite, mon sport et moi !

— C'est super difficile, en fait, dis-je en grinçant des dents.

— D'accord. Peu importe. On peut commencer demain ?

— Non.

Je baisse les mains et recule d'un pas.

— Non ?

— J'ai oublié que je suis occupée demain.

Son beau visage se crispe d'agacement, mais il insiste tout de même.

— OK. Le jour d'après ?

— Mmmm...

J'incline la tête comme si je réfléchissais.

— Ouais, non, occupée aussi.

Il plisse les yeux.

— T'étais libre tout à l'heure.

— C'était avant que je réalise que je risquais de me casser un ongle.

Je pousse un gémissement dramatique en portant mes ongles courts et non vernis à ma poitrine avant de le fusiller du regard.

— Je préférerais m'asperger d'essence et m'immoler par le feu plutôt que de te filer un coup de main.

Je m'éloigne d'un pas de plus.

— Si c'est si facile, débrouille-toi tout seul, connard.

9

KNOX

— Eh bien, bonjour, rayon de soleil.

Brogan pose un dessous-de-verre devant moi.

— De l'eau ? Une bière ?

— Donne-moi un shot de Jack.

Il hausse les sourcils.

— Un double, ajouté-je.

— Tu veux en parler ? demande Brogan avant de se retourner pour attraper la bouteille d'alcool sur l'étagère du fond.

Je le fusille du regard alors qu'il remplit un verre à shot.

— Certaines personnes trouvent thérapeutique de parler à leur barman, à moi en particulier. J'ai un visage aimable et des yeux expressifs.

Il sourit et remue les sourcils en continuant de me verser mon shot.

Dès qu'il a terminé, je vide mon verre d'un trait et lui en demande un autre.

— Minute, papillon, lance-t-il en gardant la bouteille en otage, ce qui m'incite à lui jeter un regard encore plus noir. Pas avant que tu me dises pourquoi t'es plus grincheux que

Hendrick avant qu'il rencontre Jane et que tu bois comme Archer pendant le spring break.

— Bon sang, tu fais chier, dis-je sans la moindre agressivité avant de sentir la tension se détendre dans ma poitrine.

Je ne veux pas me prendre une cuite, comme il ne veut pas avoir à me décoller de ce tabouret de bar plus tard.

Brogan s'affaire derrière le bar. Il repose la bouteille de Jack sur l'étagère, verse un verre de Dr Pepper et le pose devant moi.

— J'ai fait le connard, dis-je.

— Excuse-moi, qu'est-ce que t'as dit ? fait-il en tournant la tête sur le côté et en portant une main à son oreille.

— Va te faire foutre. Tu m'as bien entendu.

Son petit rire est à peine audible dans le vacarme du bar.

— Qui est-ce que t'as mis en rogne ?

Je bois une gorgée de soda avant de lui répondre.

— Cette... fille.

Ça le fait rire encore plus fort.

— Raconte-moi tout. N'omets absolument rien. J'adore quand les frères Holland font des grosses bourdes.

Brogan est le seul de mes frères qui ne soit pas de mon sang. Archer et lui sont meilleurs amis depuis toujours. Il traînait toujours chez nous, restait dormir et évitait son appartement comme s'il était hanté. Maman adorait le chouchouter. Je pense qu'elle avait compris à quel point il en avait besoin. Je ne connais pas tous les détails, mais sa situation familiale était difficile et, à un moment donné, il a juste arrêté de rentrer chez lui. Aujourd'-hui, c'est autant un frère Holland que le reste d'entre nous.

J'envisage de lui raconter toute l'histoire, mais à l'autre bout du bar, un groupe de femmes agite la main pour attirer son attention.

— Je reviens. Ne pars pas.

Il pointe le doigt vers moi en s'éloignant.

Seul avec mes pensées, je me repasse dans la tête ma conversation avec Avery. Est-ce que je suis fou ou est-ce qu'elle demandait beaucoup ? Colter n'a pas pu passer autant de temps à bosser avec elle.

Une gymnaste. Je n'aurais jamais pensé que cette fille à l'air coincé, avec ses baskets bien blanches et sa dentelle rose, était une gymnaste. Une ballerine, peut-être, ou une cheerleader. Elle a cet air de fille riche, gâtée et choyée par son papounet.

Mais elle était jolie. Son justaucorps en spandex ne laissait pas beaucoup de place à l'imagination. Béni soit-il. Et cette tignasse blonde et ébouriffée sur sa tête non maquillée, sa peau couverte de craie. Son apparence un peu moins soignée avait quelque chose de sexy.

Mais rien de tout ça n'a d'importance, car elle planifie sans doute ma mort depuis que je l'ai insultée. Elle m'a pris au dépourvu. Je veux dire, sérieusement, deux heures par jour ? Je ne sais pas quand elle croit que je vais trouver le temps d'insérer ça dans mon emploi du temps.

Je baisse la tête et jure dans ma barbe. Qu'est-ce que je vais foutre, putain ?

Brogan revient se placer devant moi, mais lève les yeux par-dessus mon épaule.

— Quoi de neuf, Colter ?

Je pivote sur mon tabouret.

— Salut.

Mon pote regarde autour de lui avec émerveillement.

— Je n'en reviens pas qu'il y ait autant de monde ici, dit-il. Hendrick doit être sur un nuage.

— Il est à l'arrière en train de compter ses liasses de billets, répond Brogan avec un sourire.

C'est une image amusante, car ça ne ressemble tellement pas à notre frère aîné, mais le bar marche vraiment bien et je suis heureux pour lui. Cet endroit appartenait à notre mère quand on était gamins, puis il a fermé pendant plusieurs années après son décès, et papa l'a vendu. Détruisant encore une fois quelque chose de bon.

— Je te sers à boire ? demande Brogan à Colter en posant un autre dessous-de-verre devant le siège vide à côté de moi.

Colter se glisse sur le tabouret de bar.

— T'as de la Bud pression ?

Brogan hoche la tête et nous laisse une seconde pour aller verser la bière dans un grand verre couvert de givre.

Colter attend d'avoir son verre, prend une gorgée, puis se tourne vers moi avec un sourire complice.

— J'ai entendu dire que t'as eu une discussion sympa avec Avery.

— Comment t'es déjà au courant ? demandé-je avant de me souvenir. Elle est en colocation avec ta meuf.

Il hoche la tête et prend une autre gorgée.

— Qu'est-ce que tu lui as raconté ? Elle est rentrée super tendue et trépignait de rage en maugréant des trucs sur les connards qui ont un ego deux fois plus gros que leur bite. J'ai dû partir pour que Quinn puisse purifier leur appart à la sauge et calmer sa copine.

Une partie de ma frustration initiale refait surface.

— Mon ego ? Et le sien, alors ? Tu sais qu'elle m'a dit qu'elle préférait s'immoler par le feu plutôt que de m'aider ?

Colter balance la tête en arrière en riant. Je suis content qu'il trouve que c'est une putain de blague.

— Sérieusement ? C'est quoi ce bordel ? lui demandé-je.

— Bon, d'accord, on dirait que vous n'avez pas exactement démarré du bon pied tous les deux.

— C'est un euphémisme, marmonné-je avant de le regarder sérieusement. Dis-moi un truc.

— Ce que tu veux.

— Tu t'es vraiment entraîné avec elle deux heures *par jour* ?

— Ouais. Probablement. J'étais là-bas souvent.

— À faire quoi ?

Ma stupéfaction fait monter le ton de ma voix.

— Ce qu'elles font là-bas. Quinn et moi, on venait de commencer à sortir ensemble, donc au début, c'était juste une façon de passer du temps avec elle. Elle faisait partie de l'équipe et elles s'entraînaient tous les après-midis, et puis après, Avery et elle allaient au gymnase du club pour bosser davantage.

Il hausse les épaules, puis prend une autre gorgée de bière.

— Je devais m'entraîner aussi, et c'était mille fois mieux en regardant Quinn dans son short moulant et son soutien-gorge de sport. Pour une nana aussi menue, elle a un sacré cul.

Je ferme les yeux et secoue la tête. Quinn est mignonne, mais je n'ai pas envie d'avoir des images de la copine de mon pote dans la tête.

— Tu faisais tout ce qu'elles faisaient ?

— Eh bien, non. Je touchais pas les barres et la poutre, et j'ai jamais essayé ces figures de tumbling complètement folles, mais je faisais tout ce qui était dans le domaine du possible. Je peux presque faire un grand écart. Tu veux voir ?

— Absolument pas.

Il m'offre un grand sourire.

— Je sais que ça a l'air dingue, mais je te jure que je ne me suis jamais entraîné aussi dur qu'avec ces deux-là.

— Faire le poirier et le grand écart ? C'était l'entraînement le plus difficile de ta vie ? Il faut que je te présente les préparateurs physiques de Thorne.

Il rit doucement.

— Je pensais vraiment que ça collerait entre Avery et toi.

— Pourquoi ?

On est tellement différents ! Elle et moi, on vient de deux mondes complètement opposés.

— Vous êtes tous les deux compétitifs et travailleurs, sans parler de votre obstination à toute épreuve.

Il pose sur moi son regard d'ami clairvoyant, capable de lire derrière toutes mes conneries.

— C'est une gymnaste olympique décorée, et t'es en passe de devenir le meilleur pilote de moto-cross que le sport ait connu depuis des années...

Sa phrase reste en suspens.

— Je sais pas, reprend-il. J'imagine que je pensais juste que vous vous comprendriez.

Mon cerveau est bloqué sur une phrase en particulier.

— T'as dit olympique ? Genre, les *Jeux* Olympiques ?

— Ouais, dit-il en hochant la tête. Elle assure.

Putain ! Je sais vraiment comment dire ce qu'il ne faut pas.

— Je savais pas, dis-je distraitement.

Et pourquoi est-ce qu'imaginer Avery avec deux médailles d'or autour du cou est une image si sexy ? Dans un coin de ma tête, je note de la googler plus tard, car il n'y a aucune chance qu'elle me donne un coup de main maintenant. Putain !

— Comment tu le saurais ? C'est pas comme si elle se pavanait avec ses médailles au cou. Avery est cool, et si je dis ça, c'est pas seulement parce que Quinn me ferait bouffer mes dents si je disais le contraire. Ma meuf est fougueuse. La mets pas en rogne, sauf si tu veux découvrir à quel point elle frappe fort.

— J'apprécie ton aide, mais je peux me débrouiller tout seul. Je vais passer des coups de fil à quelques préparateurs physiques demain.

Je suis sûr que quelqu'un d'autre que Miss Coincée(je veux dire Miss Coincée Olympique) peut me donner des exercices qui m'aideraient à améliorer ma force et ma coordination pour les figures à moto. Je n'ai pas besoin d'elle.

Colter agite la main.

— Oublie ça pour ce week-end. Je fais une fête demain, vu qu'une grande partie de l'équipe est en ville. Ce sera l'occasion pour toi de faire connaissance avec tout le monde. Apporte ton maillot de bain et viens te détendre et t'amuser au bord de la piscine. Tu te souviens de ce que c'est, n'est-ce pas ?

— Va te faire foutre, moi aussi, je m'amuse.

— Pas du tout, intervient Brogan.

En riant, Colter se lève et sort son portefeuille.

— C'est pour moi, dis-je en repoussant son argent de la main.

— Merci.

Il range son portefeuille dans sa poche.

— Demain à quatorze heures. T'as intérêt à être là.

Dès qu'il est parti, Brogan débarrasse le verre vide.

— Je l'aime déjà, cette Avery.

— Ouais, j'en suis sûr.

Il se remet à rire à mes dépens avant d'ajouter autre chose.

— Et elle a 100% raison. Ton ego est vraiment deux fois plus gros que ta bite.

10

KNOX

— T'as pu venir.

Colter secoue ses cheveux mouillés en sortant de la piscine pour me saluer.

— De justesse.

Je balaye le jardin du regard. Il est immense et bondé. Il y a bien plus de gens que le nombre de gars et de filles de l'équipe.

— J'ai failli faire demi-tour quand j'ai vu l'extérieur de la maison, parce que j'étais sûr de m'être perdu.

— C'est sympa, n'est-ce pas ?

Il se retourne et regarde la maison comme s'il la voyait pour la première fois.

Sympa ? C'est un euphémisme. C'est un putain de manoir dans l'un des plus beaux quartiers de Valley.

— Ouais, mec. C'est incroyable.

— On la loue ensemble, Brooklyn et moi. Surtout elle. Elle dort dans la maison principale et moi dans la casita là-bas.

Il fait un signe de tête vers une petite maison sur le côté droit de la propriété.

— Allons te chercher quelque chose à boire.

Quelques minutes plus tard, j'ai une bière à la main et Colter me présente Patrick, un jeune homme tout juste sorti du lycée et qui nous suivra sur la tournée pour nous aider à monter et démonter le matériel. Il est excité de parler des courses de motocross de la saison dernière. C'est un grand fan, pas nécessairement de moi, mais des courses en général. C'est normalement mon sujet préféré, mais soudain, je l'aperçois, elle... et tout le reste devient un bruit de fond.

Avery croise mon regard depuis l'autre bout du jardin, aussi surprise de me voir que moi de la voir ici. Ma surprise est rapidement remplacée par une attirance sauvage. Elle porte le plus petit bikini que j'aie jamais vu et ses cheveux tressés tombent sur ses épaules. Elle a un corps incroyable.

— Planète Terre à Holland !

Colter me donne un coup de coude.

J'arrache mon regard de cette fille et le pose sur lui.

— Désolé. Quoi ?

Mon pote m'offre un sourire plein de suffisance. Je le fusille du regard.

— Ça aurait été cool que tu me préviennes, dis-je entre mes dents.

— Tu serais venu ?

Il sait très bien que non.

Je ne tarde pas à me retrouver face à Avery. Quinn et elle apparaissent pendant que Colter raconte comment, une fois, Oak s'est luxé l'épaule avant de remonter en selle pour exécuter une nouvelle figure moins de cinq minutes plus tard.

Quinn se blottit contre Colter et je crée une brèche dans le cercle pour laisser Avery nous rejoindre. Elle sent la noix de coco, sans doute de la crème solaire, et les chaudes journées d'été. Sa peau est dorée, à l'exception d'une petite bande où la bretelle de son bikini rose pâle a glissé en laissant apparaître sa marque de bronzage. Je n'avais pas réalisé à quel point elle était petite, mais pieds nus, le sommet de sa tête atteint à peine mon épaule.

Elle m'adresse un sourire crispé et se tient aussi loin de moi que possible. Ça suffit à me distraire de son sex-appeal et je retiens un rire. Elle est toute prude et hautaine, et elle a tout l'air d'une athlète olympique. Pas étonnant qu'elle ait été si vexée quand j'ai mis en doute ses méthodes d'entraînement.

Je finis ma bière et jette un coup d'œil à son gobelet vide.

— Tu veux boire un truc ?

Elle sursaute comme si je lui avais hurlé dessus au lieu de lui proposer poliment d'être son barman personnel.

— Non, merci.

— T'as peur que je t'empoisonne ?

— Ça m'a traversé l'esprit.

— Pas vraiment mon genre.

— C'est vrai. T'es plutôt du genre à faire le connard ouvertement.

Elle parle en penchant la tête sur le côté.

Aïe. Ça pique et, étrangement, m'attire encore plus vers elle. En général, je n'aime pas que les gens me traitent comme de la merde, mais là, elle, c'est une petite chose sexy avec ce caractère bien trempé.

— Je suppose que je mérite ça.

Comme elle ne répond pas, je propose quelque chose.

— Et si on faisait une trêve ?

Elle me regarde d'un air sceptique, un sourcil arqué. Putain de merde ! Elle est magnifique, même quand elle est en rogne. Non, surtout quand elle est en rogne.

— Tu veux jouer le gentil ? demande-t-elle d'une voix on ne peut plus perplexe.

Non, bébé. Je veux jouer le méchant. Le méchant, nu et obscène.

— Pour aujourd'hui, en tout cas.

Elle n'a toujours pas l'air de me faire confiance, ce qui, tout bien considéré, est assez normal.

— Viens. Je te prépare un verre, et tu peux même me regarder te le servir.

C'est ce qu'elle fait. Et sans même me le renverser sur la tête.

11

AVERY

— Tu le mates encore.

— Non, répliqué-je en détournant les yeux de Knox.

Oh, je le matais absolument. Mais c'est juste parce que je veux savoir où il se trouve à tout moment afin de pouvoir l'éviter.

Je n'arrive pas à croire qu'il ait pensé pouvoir se pointer ici aujourd'hui et faire comme s'il ne s'était pas comporté comme un vrai connard avec moi hier.

— Menteuse.

Quinn jette un coup d'œil par-dessus ses lunettes de soleil en forme de cœur et sourit d'un air entendu.

— Je comprends. Il est canon. Mate autant que tu veux. En fait, je pense que tu devrais aller le rejoindre et lui rouler une pelle.

Je ricane.

— Absolument pas. Je préfère encore mourir sans jamais coucher avec qui que ce soit d'autre que de le laisser me toucher.

— Surveille ta langue ! s'écrie mon amie en agitant le bras pour me frapper à l'épaule.

Allongées côte à côte sur des chaises longues, on profite des derniers rayons de soleil. Je devrais probablement mettre plus de crème solaire. Je sens ma peau brûler, mais c'est sans doute le dernier week-end que je pourrai passer à la piscine avant un moment. Maintenant que les entraînements ont repris, chaque semaine va être de plus en plus intense avant le début des compétitions au début de l'année prochaine.

Et comme je ne suis pas encore complètement remise de ma blessure, j'ai encore du chemin à faire. Beaucoup de séances supplémentaires signifient moins de temps pour des activités comme celle-ci.

Quinn se redresse et se tourne de manière à ce que ses jambes pendouillent au bord de sa chaise longue.

— Je vais piquer une tête dans la piscine.

— Amuse-toi bien, dis-je d'une voix chantante avant de la regarder entrer dans la partie peu profonde où Colter se détend avec ses amis, y compris Knox.

Son copain la tire vers lui, puis enroule ses bras autour de sa taille en continuant de discuter. Ils sont mignons ensemble.

Je ferme les yeux derrière mes lunettes de soleil et me détends. Être allongée au soleil, avec de la musique et des gens qui papotent et s'amusent autour de moi, c'est exactement ce dont j'ai besoin aujourd'hui. Évidemment, ce crétin de Knox est la seule tâche sur ce tableau de rêve.

Je m'apprête à me tourner sur le ventre lorsqu'une ombre tombe sur moi. J'ouvre mes yeux à demi fermés et découvre que la tâche me regarde.

— Qu'est-ce que tu veux ? lui demandé-je en fermant à nouveau les yeux.

Si je ne le regarde pas, je ne peux pas être agacée par son charme ravageur. Les crétins ne devraient pas avoir le droit d'être canons.

Je le sens, plus que je ne le vois, prendre la chaise longue que Quinn a abandonnée il y a peu.

— Juste bosser sur mon bronzage.

— Tu ne peux pas faire ça de l'autre côté du jardin ? lui demandé-je. Ou de l'autre côté de la ville ? ajouté-je plus bas.

— Je suis désolé pour hier soir.

Ça me fait entrouvrir les yeux. J'incline la tête sur le côté et observe son expression.

— Ton visage semble sincère, et ta voix aussi, mais je ne te crois toujours pas.

— Je dis pas ce que je pense pas.

— Donc, tu le pensais quand t'as dit que j'étais trop girly pour m'entraîner sérieusement ?

— C'est pas ce que j'ai dit.

— C'est presque pareil, marmonné-je en reportant mon attention devant moi.

Il a dit que j'étais le genre de fille qui mourrait si elle se cassait un ongle. Sérieusement ? Comme si les filles ne pouvaient pas être féminines et badass à la fois. Quel con.

— T'étais pas très sympa non plus, si tu te souviens bien, dit-il.

— C'est pas moi qui te demandais un service.

— Tu marques un point.

Il ne dit rien d'autre pendant quelques minutes, et je pense qu'il va s'arrêter là et qu'on va rester assis en silence jusqu'à ce qu'il se lasse de moi, mais sa voix reprend, plus calme cette fois.

— Je sais pas comment demander de l'aide. En fait, je déteste ça. Je ferais plus ou moins n'importe quoi pour éviter de demander quoi que ce soit à qui que ce soit. Alors ouais, j'ai été un connard et j'ai dit des trucs de merde. La plupart ne te concernaient même pas, mais je les ai dites et j'assume. Je suis vraiment désolé, que tu me croies ou non.

Il n'attend pas ma réponse, non pas que je puisse en formuler une alors que je repasse ses paroles dans ma tête en essayant de leur donner un sens. Knox se lève et saute dans la piscine à un mètre devant moi, dans la partie la plus profonde du bassin. L'eau éclabousse mes orteils.

Ma colère s'est dissipée et il ne me reste qu'une étrange tristesse que je n'arrive pas tout à fait à comprendre. J'en arrive à m'en vouloir de constater qu'une seule excuse de sa part, où il avoue être un connard, adoucit mon attitude envers lui. C'est pour ça que les connards ne devraient pas être autorisés à être canons. C'est un avantage injuste.

Je me retourne sur le ventre et enfouis mon visage dans mon épaule pour m'assurer de ne pas le regarder involontairement.

— Je ferais plus ou moins n'importe quoi pour éviter de demander quoi que ce soit à qui que ce soit.

Pourquoi ? Non, oublie ça. Je m'en fous.

Les secondes s'écoulent comme si elles pataugeaient dans des sables mouvants. Avec un grognement, je me lève et scrute le jardin jusqu'à ce que je le trouve. Il est au milieu de la piscine, le dos tourné vers moi, en train de discuter avec la pilote rousse, Brooklyn. Je ne vois pas le visage de Knox, mais elle lui sourit comme s'il n'était pas le plus grand connard de la planète.

Avant de pouvoir me raisonner, j'entre dans la piscine et patauge vers lui. Je ne suis pas une grande nageuse, même si j'ai toujours adoré être près de l'eau. En été, pendant que mes amis prenaient des cours de natation, mes parents me faisaient suivre des cours de gymnastique supplémentaires.

Le bassin n'a qu'un mètre cinquante de profondeur là où il se tient, mais je ne suis pas beaucoup plus grande que ça, alors je suis forcée de sautiller et de barboter avec un cruel manque de grâce et d'attendre près de lui assez longtemps pour qu'il remarque ma présence.

Brooklyn me voit la première, et quand elle tourne les yeux vers moi, lui aussi.

Je ne dis rien. Principalement parce que je n'ai pas du tout réfléchi à ce que je voulais faire.

— Je vais aller me chercher une autre bière, dit la jolie rousse lorsque le silence devient un peu gênant.

Elle recule puis nage vers l'échelle.

Mes bras et mes jambes travaillent dur pour me maintenir à flot tandis que Knox reste debout devant moi en attendant que j'ouvre la bouche. Ses yeux sombres sont rivés sur moi et ses cheveux bruns sont plus foncés maintenant qu'ils sont mouillés. Il est athlétique, tatoué sur le torse et les bras, et a un petit piercing qui lui traverse un téton.

Me souvenant de la raison de ma venue, j'écarte les lèvres pour dire un mot et bois la tasse à la place. Parfait. Je vais me noyer en criant sur ce type.

— Pourquoi t'es désolé ? demandé-je dès que je peux, en remuant les jambes plus vite sous mon corps.

Un bras jaillit et s'enroule autour de ma taille, et je me retrouve plaquée contre l'épaule de Knox avant de comprendre ce qui m'arrive.

— Qu'est-ce que tu fous ?

Je le repousse mais il ne bouge pas d'un iota.

— Lâche-moi.

Je le repousse à nouveau, en vain. Il est fort et son corps est dur sous mes doigts. Si ce n'était pas un tel connard, je remarquerais ses obliques, qui lui donnent ce joli V qui plonge sous son maillot rouge plaqué très bas sur ses hanches. Ou les petites paillettes dorées qui brillent dans ses yeux à la lumière du soleil.

Je continue de me débattre, mais c'est comme si je poussais un mur.

— Je suis désolé parce que j'ai fait le connard avec toi, dit-il.

— C'est pas ce que je voulais dire.

— Alors tu voulais dire quoi ?

— On va vraiment avoir cette conversation pendant que tu me retiens en otage ?

J'agite les pieds et me tortille, mais il se contente de cligner lentement des yeux comme s'il n'était pas dérangé du tout. Il est vraiment proche de moi et les papillons que j'ai dans l'estomac se moquent bien qu'il soit une brute, ils sont juste excités qu'il me touche.

En silence, il avance vers le côté un peu moins profond du bassin alors que je reste accrochée à lui. Finalement, mes pieds touchent le fond et il relâche son étreinte.

Je mets cinquante centimètres entre nous et ajuste le haut de mon maillot, qui a glissé un peu et dévoile une partie bien trop importante du dessous de mes seins. Je n'ai pas une poitrine très généreuse, mais ce maillot est si petit qu'il contient à peine mon bonnet B.

Knox ne fait même pas semblant de ne pas me reluquer.

— Tu passes ton temps libre à malmener les filles ?

Je m'efforce de paraître agacée, mais ma voix est haletante.

— Plutôt que de les laisser se noyer, ouais.

— Tout allait bien.

— T'avais pas l'air bien du tout, ma puce.

Un coin de sa bouche se redresse et m'offre un sourire narquois. Une blague sur ma petite taille, quelle originalité ! Argh ! Pourquoi ? Pourquoi est-ce que je n'ai pas pu me contenter de laisser tomber ? Je n'ai pas besoin de savoir pourquoi il a dit qu'il était désolé. Ça aurait pu rester une de ces étranges anomalies, comme l'apparition d'un yéti.

Mais j'ouvre ma stupide bouche quand même.

— Pourquoi tu t'excuses maintenant ? C'est pour que je te pardonne et que j'accepte de t'aider ?

— Non.

Il rit.

— Hors de question que j'accepte ton aide maintenant.

Attends, quoi ?

— Pourquoi pas ?

— Je suis paumé.

— C'est ton état naturel ?

Il rit et une gaieté sincère secoue sa poitrine.

— C'est mignon. Une remarque idiote de la part d'une blondinette.

Je reste bouche bée.

— Je suis pas idiote.

— Moi non plus, princesse.

— Et je suis pas une princesse.

Il tend la main et tire sur l'une de mes tresses.

— Tu ressembles à Elsa.

— Ooooh ! La meilleure princesse de Disney. Bonne pique.

Je croise les bras sur ma poitrine.

— Pas étonnant que tu sois au courant.

Argh. Je laisse tomber mes bras le long de mon corps et fais un pas en avant.

— Je suis douée dans ce que je fais et j'ai aidé Colter. Pourquoi ce revirement soudain ?

Hier soir, il était déterminé, puis il m'a insultée et j'ai dit non, et maintenant c'est *lui* qui a changé d'avis ?

— À part pour protéger mes miches ?

Son regard tombe à nouveau sur mon visage et il observe mon langage corporel on ne peut plus fermé.

— Je suis flattée que tu penses que je pourrais te faire du mal.

— C'est plutôt que j'ai pas envie de perdre mon temps. J'en ai pas une tonne et je peux pas me permettre de le gaspiller à me bagarrer avec toi sans faire de progrès. C'est dommage, parce que t'es sexy quand t'es en colère.

Il me fait un clin d'œil. Genre, un vrai putain de clin d'œil.

Et c'est censé être un compliment ? Je ne suis pas sexy le reste du temps ? Argh, ce mec. Je pense que c'est la personne la plus exaspérante que j'aie jamais rencontrée.

— Alors pourquoi prendre la peine de t'excuser ?

— Ça me semblait être la bonne chose à faire.

— T'es pas un mec bien.

— D'accord. Je retire mes excuses. Contente ?

Il sourit comme si se disputer avec moi était une façon parfaitement agréable de passer l'après-midi.

— Non, dis-je entre mes dents.

— Accepte mes excuses ou non, princesse, mais tu devrais mettre plus de crème solaire. Tu commences à cramer.

Il s'enfonce dans l'eau jusqu'à ce que ses épaules disparaissent sous la surface. Il a l'air beaucoup moins intimidant et presque taquin, mais je suis trop tendue pour profiter du spectacle.

Après être sortie de la piscine et avoir appliqué de la crème solaire — pas parce que Knox me l'a demandé mais parce que je pensais déjà que j'en avais besoin — je trouve Colter et Quinn assis autour d'un feu éteint avec un groupe de gars qu'on me présente comme des pilotes d'une autre ville. Mon amie me cède sa place et s'assoit sur les genoux de Colter.

Knox reste à l'écart. Brooklyn et lui semblent bien accrocher. Même si elle est en compétition avec une jolie brune en bikini string dotée d'une impressionnante poitrine refaite. Elle est assise au bord de la piscine et exhibe son corps en lui souriant. Il lui rend son sourire. La tension qui crispait ses muscles tout à l'heure a totalement disparu. Il a l'air parfaitement détendu. Argh ! J'espère qu'elle va l'étouffer avec ses gros seins rebondis.

Quand la fin de la journée approche, l'ambiance de la fête change. D'autres personnes arrivent et apportent une énergie nouvelle alors que de mon côté, je me sens épuisée par tout ce temps passé sous le soleil. La plupart des gens sortent de la piscine et s'assoient autour de l'un des feux de camp mis en place dans le jardin. Il y en a trois, plus un autre grand espace pour s'asseoir à l'arrière du jardin.

Quinn et moi, on enfile des shorts par-dessus nos maillots de bain et Colter nous laisse piller le réfrigérateur de sa maison.

— Ton nez est rose.

Quinn balance deux bretzels dans sa bouche en fixant mon visage.

Je porte ma main à mon nez et grimace lorsque je sens que ma peau est chaude sous mes doigts.

— Ça se voit beaucoup ?

Colter et elle secouent la tête.

— Oh, j'ai personne à impressionner ici, de toute façon, dis-je.

— Hé ! Certains de mes gars sont super cool.

Colter nous regarde, Quinn et moi, tour à tour, pour qu'on l'approuve.

— Mais la plupart d'entre eux sont en couple, dit Quinn. Et ce gamin là-bas a genre dix-sept ans.

— Il a dix-neuf ans, insiste Colter.

— On n'est pas intéressées par les gars plus jeunes que nous, dit-elle. Pas vrai, Ave ?

— Je suppose.

Je prends un bretzel dans le sachet qu'elle a dans la main.

— Je vous ai vus discuter plusieurs fois, Knox et toi, dit-elle en m'offrant un sourire rayonnant. Accouche.

— Y a rien à raconter.

— Je m'en fous, dit-elle. Je veux savoir chaque mot qu'il a prononcé.

Je repense à la journée.

— Euh... Eh bien, d'abord, il s'est excusé, ensuite on s'est disputés pour savoir s'il était sincère ou pas. Après, je crois qu'on s'est insultés un peu plus. Il m'a dit que j'étais sexy quand j'étais en colère, qu'il se foutait que j'accepte ses excuses ou pas, et qu'il ne voulait plus de mon aide parce qu'il ne pouvait pas se permettre de perdre son temps à se prendre la tête avec moi. Je suis sûre que j'oublie quelques insultes.

— Il a dit que t'étais sexy ?

Le sourire qui s'élargit sur le visage de Quinn est bien trop enthousiaste. Et celui de son petit copain aussi.

— Quand je suis en colère.

Ce qui n'arrive vraiment qu'avec lui.

— Tout de même. C'est gentil, dit Quinn.

— T'es sexy, bébé, lui dit Colter.

Elle se tourne vers lui.

— Ohh ! Toi aussi !

Colter la prend d'une main par le cou et l'embrasse tendrement.

Je prends le sachet de bretzels des mains de Quinn sans qu'elle s'en aperçoive, puis je sautille pour m'asseoir sur le comptoir et me mets à grignoter en les regardant jouer les tourtereaux.

Mon amie est rouge lorsqu'ils reprennent leur souffle. J'ai l'habitude de les voir comme ça, donc je reprends la conversation comme si de rien n'était.

— Non. Il n'essayait pas d'être gentil. Il a aussi insinué que j'étais idiote parce que je suis blonde.

Seulement après que j'ai suggéré qu'il l'était, mais je laisse cette partie de côté.

— Il est franchement agaçant. Je vous jure qu'il prenait son pied. Je me demande si sa mère est au courant que c'est un connard macho qui insulte les femmes pour le fun.

Colter secoue la tête.

— Sa mère est morte quand il était très jeune, donc j'en doute. Mais il a toujours eu un certain succès avec les femmes.

Mon cœur s'arrête de battre une seconde et j'ai la même nausée que lorsque je suis en l'air au cours d'une sortie d'agrès et que je sais qu'elle ne se passe pas bien, ou lorsque je fais une boulette monumentale. J'avale les miettes de bretzel soudainement devenues très sèches.

— Je suis vraiment une garce. Je ne savais pas.

— Comment t'aurais pu le savoir ?

Colter hausse les épaules.

— Je sais que Knox ne porte pas de lunettes roses, mais c'est un bon gars. Il a traversé beaucoup d'épreuves et son premier réflexe quand il est dos au mur, c'est de frapper.

— Je comprends, dit Quinn doucement. Je serais une épave si j'avais perdu un parent quand j'étais enfant.

— C'est vrai, mais c'est pas juste ça. Il...

Quinn et moi, on est pendues aux lèvres de Colter, mais il doit se raviser, car il secoue à nouveau la tête.

— Laisse-lui une chance, d'accord ? Pour moi ? T'es même pas obligée de l'aider, mais sache qu'il a ses raisons pour ne pas être le type le plus facile à vivre.

Je parviens à hocher la tête.

— Merci, dit Colter avant de se redresser. Je devrais retourner dehors. Certains gars vont rentrer chez eux ce soir et je veux leur dire au revoir.

Quinn et lui se dirigent vers la porte.

— Tu viens ? me demande-t-elle en jetant un coup d'œil par-dessus son épaule.

— Ouais, j'arrive tout de suite. Je vais juste me passer un peu d'eau sur le visage.

Quand je retourne à la fête, la musique est plus forte, certaines filles ont commencé à danser et les gens sont de retour dans la piscine.

Je trouve Knox tout seul, debout près de la porte arrière de la maison principale. Il a enfilé un t-shirt blanc et a les yeux rivés sur son portable lorsque je m'approche. Lentement, il lève le menton.

— Princesse ! dit-il pour m'interpeller.

Je prends une grande inspiration et me rappelle que j'ai promis à Colter d'être indulgente avec son pote.

— Je peux pas te promettre que t'entraîner avec moi ne sera pas une perte de temps ou que ça te fera autant de bien qu'à Colter. D'une part, parce que j'avais pas vraiment l'intention de l'aider, c'est juste arrivé comme ça, et d'autre part, parce que chaque fois que je te parle, je finis par avoir envie de t'étrangler. Mais je suis au gymnase tous les soirs jusqu'à vingt heures environ. Si tu peux passer pour une heure plusieurs fois par semaine, je ferai de mon mieux pour t'aider.

Il ne dit rien, mais ses sourcils se relèvent légèrement.

Je retiens mon souffle.

— T'es partant ?

12

KNOX

Lorsque j'arrive au gymnase le lundi soir, Avery me conduit silencieusement vers un coin à l'écart, où personne ne s'entraîne. Le sol est violet et chaque pas me donne l'impression de marcher sur un trampoline.

— Je me suis déjà échauffée, mais je vais te montrer quelques exercices que tu pourras faire tout seul quand t'iras au sport.

Elle s'assoit et attend que je fasse pareil.

Pendant qu'on fait quelques étirements, elle parle sans arrêt. Et elle est très professionnelle. Je ne comprends pas la moitié des exercices qu'elle me montre pour l'échauffement, mais je la suis tout en admirant ses jambes bien galbées et l'aisance avec laquelle elle bouge son corps.

Je suis en très bonne forme physique, mais mes mouvements sont loin d'être aussi gracieux que les siens. Chenilles, marche de canard, saut avec les mains en l'air... J'ai attiré quelques regards pendant le dernier exercice, donc je suis sûr que j'avais belle allure. Pendant vingt minutes, on ne fait que ça. Puis elle me montre un poirier. J'essaie de garder l'esprit ouvert, mais ma séance touche à sa fin et ce sont des trucs que j'aurais pu faire (mais que je n'aurais jamais fait) chez moi.

— Tu veux essayer ? me demande-t-elle en rangeant une mèche rebelle derrière son oreille.

Je pose les mains au sol et balance les pieds en l'air. Je maintiens cette position pendant quelques secondes, puis je repose les pieds et me redresse.

— Exercice suivant.

— T'es assez fort pour tenir la position, mais travaillons sur ton contrôle lors de l'entrée et de la sortie.

— L'entrée et la sortie ? Tu veux dire quand je lève les pieds en l'air et que je les redescends ?

— Regarde-moi faire.

Ses mouvements sont plus lents, plus fluides, mais ça ressemble exactement à ce que je pense avoir fait.

— Réessaie.

Je fais la même chose en maintenant la position plus longtemps. Mon t-shirt descend à mes aisselles et je ne vois que dalle. Je vacille, mais je suis assez fort pour tenir cette position un moment. Je suis sur le point de retomber quand je sens ses doigts envelopper mes mollets. Ses petits doigts sont froids. Comme son cœur glacé.

— Utilise tes mains pour garder l'équilibre, dit-elle.

— Ouais, sans déconner, marmonné-je.

Je ne la vois pas, mais je suis presque certain qu'elle lève les yeux au ciel.

— Je suis sérieuse. Pense bien à presser tes doigts au sol, puis déplace lentement ton poids jusqu'à ce que tu trouves l'équilibre.

Elle continue de me tenir pendant que j'ajuste la position de mes mains.

— Comment tu te sens ?

— Euh… ça va, je crois.

Quand elle lâche mes mollets, je laisse tomber les jambes au sol et me relève.

— Enlève ton t-shirt, dit-elle en tournant les yeux de l'autre côté du gymnase avant de faire un signe de main à quelqu'un.

— Pardon ?

Son regard revient lentement vers moi.

— Enlève ton t-shirt. Il gêne.

Amusé, je l'enlève et le froisse dans mes mains.

— Si tu veux me voir à poil, il suffit de demander, princesse.

— Les mecs maigrichons, c'est pas trop ma came.

Elle tourne les talons.

Putain ! Elle a dit quoi, là ? Je jette mon t-shirt sur le côté.

— Je suis pas maigrichon. Je suis svelte.

Elle examine mon torse avec un air presque ennuyé.

— T'as déjà fait un appui tendu renversé ?

— Disons que non.

Je retiens un soupir. En quoi faire une sorte de poirier va m'aider à faire pivoter une moto en l'air un peu mieux ? J'ai hésité avant d'accepter et j'aurais dû écouter mon instinct. J'essaie vraiment de garder l'esprit ouvert, et j'avoue que j'étais curieux de m'entraîner avec elle quand j'ai appris qu'elle était championne olympique, mais ça ne me semble pas être une bonne utilisation de mon temps. J'ai dû demander à Hendrick de venir chercher Flynn après l'entraînement aujourd'hui pour pouvoir être ici.

— Ça ressemble à ça.

Elle écarte les jambes et se penche en avant, ses pieds toujours au sol, puis pose les mains devant elle. Lentement, elle lève les jambes et les rapproche pour se mettre dans la position du poirier traditionnel. Elle redescend de la même manière.

— Compris ?

Je copie sa position de départ et tente de faire la même chose. C'est plus difficile, mais j'y arrive. Du moins, je crois. Quand je repose les pieds au sol et lève les yeux sur elle, elle n'a pas l'air impressionnée.

— Le meilleur moyen de s'entraîner, c'est contre un tapis.

Elle se dirige vers le mur du fond. Un grand tapis bleu est plaqué contre le mur. Elle se place juste en face et reprend la même position, mais en s'aidant du mur.

— Travaille ça. Je vais aller saluer une amie.

Sa queue de cheval s'agite quand elle m'abandonne dans le coin sombre du gymnase. Il y a beaucoup de monde ce soir. Beaucoup d'enfants qui semblent être en primaire, certains plus jeunes, quelques-uns qui ont l'air d'avoir l'âge de Flynn, et d'autres plus âgés, comme Avery.

Elle s'arrête devant les poutres où un groupe de filles s'entraîne à faire la roue sur la barre étroite. Elles ne doivent pas avoir plus de six ou sept ans, mais elles font voltiger leurs petit corps dans les airs et retombent étonnamment sur leurs pieds, comme si elles faisaient ça depuis qu'elles savent marcher. Leur niveau varie, mais elles sont toutes franchement impressionnantes.

À l'exception d'une petite fille. Elle s'entraîne sur la poutre la plus basse. Elle ne doit pas être à plus de trente centimètres du sol et il y a un tapis en dessous. La petite est en larmes et essaie encore et encore, mais ses pieds glissent de la poutre chaque fois qu'elle tente de faire la roue. Les autres filles la regardent et la coach essaie de la consoler.

Avery s'approche lentement, parle un instant à la coach, puis se dirige vers la petite fille en pleurs avant de s'accroupir devant elle.

Je ne peux pas lire sur ses lèvres comme Archer le pourrait, mais le doux sourire qu'elle lui adresse me dit qu'elle l'encourage et peut-être même la réconforte. Lorsque la petite fille hoche la tête, Avery se relève. La petite fille essaie à nouveau, et cette fois, Avery réaligne ses jambes lorsqu'elles descendent vers la poutre. Elles répètent le même mouvement plusieurs fois. La coach commence à donner des instructions aux autres filles et bientôt, elles se remettent toutes à travailler leurs roues.

De mon côté, je continue de travailler mon appui tendu renversé, mais entre chaque essai, je m'arrête pour observer comment Avery aide la petite. Elle est maintenant sur la poutre avec elle. La petite fille regarde Avery faire une roue toute simple.

Ses mouvements sont si fluides et gracieux, si contrôlés ! réalisé-je alors que mes bras vacillent lorsque je tente un nouveau poirier.

Je retombe sur le sol et abandonne toute prétention de m'entraîner. Avery me regarde depuis la poutre et hausse un sourcil. Je lui souris en retour.

Elle est vraiment sexy. Aujourd'hui, elle porte un justaucorps bleu roi. Il est très échancré au niveau des hanches et donne l'impression qu'elle a des jambes dix fois plus longues qu'en réalité. Chaque centimètre carré de son corps est dur comme l'acier.

Après qu'Avery a aidé la petite fille à faire quelques roues supplémentaires, la classe se termine et les enfants sortent de la salle. La petite fille enlace la taille d'Avery avant de courir rejoindre ses camarades.

Je jette un coup d'œil à l'horloge géante accrochée au mur pour voir l'heure qu'il est alors qu'elle revient vers moi.

— Désolée, ça a pris plus de temps que prévu, dit-elle.

— Pas de souci.

Elle jette un coup d'œil à l'horloge à son tour.

— Ça fait une heure.

— Ouaip.

Soixante minutes, et tout ce que j'ai appris, c'est qu'Avery aime les mecs bien baraqués et qu'elle est étonnamment douée avec les enfants. Aucune de ces deux informations ne va faire de moi un meilleur pilote de freestyle.

— T'as quelques minutes de plus ?

— J'ai déjà perdu une heure, quelques minutes, c'est quoi ?

13

AVERY

J'essaie vraiment de ne pas me mettre à aboyer sur Knox.

Depuis qu'il a posé le pied ici, il semble complètement indifférent. Il fait tout ce que je lui demande de faire, mais on dirait qu'il préférerait être ailleurs.

Je m'assois au sol et il fait la même chose, en donnant bizarrement l'impression que le mouvement est deux fois plus difficile qu'il ne l'est en réalité.

— Écarte les jambes comme tu le faisais quand t'étais debout.

Je lui montre.

— Ensuite, pose tes mains au sol et déplace ton corps de façon à tenir en équilibre comme ça.

Knox m'observe attentivement pendant que je me maintiens en équilibre sur les mains, puis il essaie. Il n'est pas assez souple pour tendre les jambes complètement, mais il parvient tant bien que mal à se mettre en position.

Il est fort et son corps est agile. Je le taquinais quand je lui ai dit qu'il était maigrichon. Il n'est pas aussi baraqué que Tristan, mais je préfère le physique de Knox. Il est musclé et sculpté sans être trop massif.

Avec ses muscles et tous ses tatouages, toutes les filles du gymnase se sont mises à l'admirer quand je lui ai demandé d'enlever son t-shirt. Hé, s'il doit se comporter comme un connard, autant que j'en tire quelque chose.

J'adore ses tatouages. Il a un motif floral sur le côté gauche de son bras et sur une partie de la poitrine. C'est magnifique. Des roses, des plantes grimpantes et d'autres motifs que je n'arrive pas à distinguer sans le fixer plus longtemps que ne l'exige la décence.

Il a d'autres tatouages sur les mains, la poitrine, le bras droit, le dos et un sur le haut de la cuisse que j'aperçois chaque fois qu'il fait le poirier et que son short tombe vers son bassin. Mais ce sont les roses que je préfère. Je ne m'y serais pas attendue, mais elles sont très jolies autour de ses biceps musclés.

Je vois bien qu'il a plus de potentiel que ses capacités actuelles. Il a peut-être trouvé ça idiot au départ, mais après quelques petits ajustements du placement de ses mains et quelques répétitions sur le tapis, ses appuis tendus renversés sont déjà bien meilleurs.

— C'est bien, dis-je. Pointe un peu les orteils.

Il vacille en baissant les yeux vers ses pieds en chaussettes. Le voir essayer de pointer son gros orteil est le moment fort de ma journée.

Après un autre entraînement durant lequel la coach Weaver m'a empêchée de monter sur la poutre et m'a forcée à m'entraîner au sol, mon irritation bouillonne sous la surface. Le pire, c'est que je suis un peu soulagée chaque fois qu'elle m'empêche de pousser un peu trop. C'est un jour de plus où je n'ai pas à m'inquiéter d'essayer et de me planter.

Et pour aggraver les choses, un article est paru aujourd'hui, listant les cinq gymnastes universitaires à suivre cette année. Je n'y figure pas, sauf dans une note de bas de page disant que si je parvenais à retrouver mon niveau d'il y a deux ans, je pourrais être une menace. *Un SI qui se met à enfler dans ma tête !*

— Maintenant, pousse sur les bras pour te mettre en équilibre sur les mains, dis-je en recentrant mon attention.

Clairement surpris, il hausse les sourcils mais ne dit pas un mot et tente d'exécuter le mouvement. Il ne sait pas où mettre ses jambes ni comment bouger, et pendant quelques secondes, il abandonne et reste en équilibre sur les mains, comme si ce que je lui demandais de faire était juste impossible. Il retombe sur les fesses. C'est la première fois de l'heure qu'il a l'air vaincu, et j'en tire une certaine fierté.

— Tu devrais peut-être commencer avec des barres pour exercices au sol jusqu'à ce que tu sois plus souple. Ça devrait ressembler à ça.

Je m'installe en équilibre sur les mains, puis je pousse sur les bras et exécute l'appui tendu renversé.

Quand je me rassois devant lui, il esquisse un sourire.

— C'est ce qui t'a valu une médaille d'or ? me demande-t-il d'un ton taquin.

— J'ai pas gagné de médaille d'or individuelle, et non.

— Or, argent, c'est pratiquement pareil.

— Ah ouais ? Tu serais content de finir deuxième ?

— Jamais, putain ! répond-il rapidement. Mais ça reste cool que t'y sois allée et que tu sois montée sur le podium.

— Attention, tu t'approches dangereusement du compliment.

— Ton entraînement est à chier. C'est mieux ?

— Tu peux pas critiquer un entraînement quand t'es même pas capable de faire les exercices correctement.

— Bien sûr que j'en suis capable, répond-il avec un tout petit sourire en coin.

Il lève les yeux vers l'horloge accrochée au mur. C'est au moins la troisième fois que je le surprends en train de regarder l'heure. Je suis sûre qu'il a des choses à faire, des cœurs à briser et tout ça. Je ne voudrais pas le retenir plus longtemps.

— J'imagine que c'est tout pour aujourd'hui. Demain, je vais installer des barres et on verra si t'arrives à lever les jambes comme ça.

— J'ai hâte, répond-il sèchement.

— T'es pas obligé de venir si tu veux pas, lui rappelé-je.

Je fais ça gratuitement et lui accorde autant de temps que lui à moi.

— Merci pour l'autorisation, princesse.

Il se lève rapidement, attrape son t-shirt et s'en va.

Le lendemain soir, je m'attends presque à ce qu'il ne vienne pas. Je travaille mes figures à la poutre pendant que Hope travaille ses sorties sur le tapis. Même quand elle ne réussit pas tout à fait, elle garde le sourire.

Quand Knox entre dans la salle, il la parcourt du regard, clairement à ma recherche. Pendant les quelques secondes qu'il passe debout là sans me voir, je le dévore des yeux. Jogging noir, t-shirt noir, chaussures noires. Cœur noir, probablement. Mais bon sang, qu'il est canon !

— C'est qui, lui ?

La voix de Tristan me fait sursauter. Il s'arrête à côté de la poutre et dévisage Knox.

— Un pote du petit ami de Quinn.

Je bondis de la poutre.

— On s'entraîne ensemble.

Il ricane en marchant avec moi vers la porte près de laquelle Knox enlève ses chaussures et son t-shirt.

— C'est pas vraiment ton genre, Ollie.

— Alors heureusement que c'est pas mon mec. Et puis, comment tu pourrais savoir quel est mon genre ?

— Facile. C'est moi.

Il est vraiment arrogant et vraiment à côté de la plaque. Je veux dire, bien sûr, il est séduisant, mais ce n'est pas le genre de mec avec qui je sortirais, normalement. Nolan, mon dernier petit ami, était un athlète ; il jouait dans l'équipe de basket, mais était également gentil et romantique. Rien à voir avec Tristan, qui pense sûrement que laisser une fille dormir chez lui est le summum du romantisme. Mais bon, Nolan a fini par me tromper, donc je suppose qu'il n'était pas si gentil que ça, après tout.

Knox lève les yeux et son regard se promène sur mes jambes nues et mon justaucorps rose avant de s'arrêter sur Tristan.

Ce dernier croise ses bras musclés et bombe le torse. Argh, les mecs ! Je ne prends pas la peine de les présenter.

— Prêt ? demandé-je à Knox.

Il jette un dernier coup d'œil à Tristan, puis hoche la tête.

Je le ramène dans le coin où on s'est entraînés hier et lui fais faire les mêmes étirements.

C'est plus rapide ce soir et Knox ne dit pas un mot jusqu'à ce que je pose les barres parallèles au sol pour qu'il puisse bosser sur ses appuis tendus renversés.

— Ton copain nous regarde.

Je n'ai pas besoin de tourner la tête pour savoir qu'il parle de Tristan. Je sens ses yeux sur moi depuis tout à l'heure.

— C'est pas mon copain.

— Il est au courant ?

— Pointe tes orteils.

Il grogne et s'exécute pendant que je continue mes étirements. Mon genou me fait mal ce soir. Le médecin m'a prévenue qu'il continuerait à être plus douloureux que le reste de mon corps tant que je pousserais au gymnase.

— Et toi ? lui demandé-je en me levant avant de remuer les bras pour faire circuler mon sang.

— C'est pas mon copain non plus.

— Ouais, sans blague, rétorqué-je sèchement.

Puis mon visage s'égaie.

— Mais c'est pas une image déplaisante.

J'essaie de déterminer qui serait le mâle dominant. Tristan est plus costaud, mais non, ce serait sans aucun doute Knox.

Il sourit et fait une pause entre deux séries.

— Désolé de briser tes illusions, mais je fais pas dans les relations de couple.

— Non, vraiment ? Je suis choquée. Encore un mec qui a peur des sentiments, dis-je avec tout l'agacement que je ressens.

Hope me fait signe depuis la poutre en offrant à Knox un sourire tout en dents. J'agite la main en retour et croise les doigts pour qu'elle ne vienne pas ici. Elle pourrait se mettre à baver sur lui s'il s'approchait trop près.

— Et toi ? demande-t-il.

— Moi ?

Je fais semblant de ne pas comprendre pour gagner du temps.

— Tu sors avec des mecs ou tu te contentes de les mâcher et de les recracher pour t'amuser ?

Un grognement peu féminin quitte mes lèvres. Pour une raison que j'ignore, j'aime qu'il s'imagine que je suis capable de ce genre d'exploit.

— Je veux pas de relation de couple pour le moment.

— Je suis surpris, princesse.

— Pourquoi ? Parce que je suis une fille et que nous, les filles, on est censées montrer nos sentiments à tout bout de champ pour que les grands méchants playboys comme toi puissent nous piétiner ?

— Célibataire. Compris.

— Ouaip. Par choix.

À ce moment précis, il me semble très important qu'il le sache.

— Ouais, j'ai compris ça aussi. Le Ken grandeur nature, là-bas, adorerait te faire changer d'avis.

Avec un autre sourire en coin, Knox retourne travailler sur son appui tendu renversé. Il s'est beaucoup amélioré en une seule journée. Je ne fais pas de commentaire.

— Tu devrais peut-être le laisser faire, dit Knox. On dirait que ça pourrait te faire du bien qu'on soulage un peu ta tension.

Je m'étire la nuque.

— Il ne saurait pas comment soulager ma tension même si je lui donnais un manuel.

Le rire grave de Knox me prend par surprise.

— Je le savais. T'as déjà couché avec lui.

Merde ! Je n'avais pas l'intention de partager ça.

— On s'est embrassés une fois, précisé-je en sentant mes joues s'échauffer. Et ça n'arrivera plus jamais.

— Pas s'il a son mot à dire là-dessus.

— Je pense que t'es prêt pour autre chose.

Mon niveau d'agacement est très haut, et tout ce que je veux, c'est grimper sur la poutre pour me recentrer un peu.

Je range les barres et conduis Knox vers les poutres. J'imagine que je vais devoir prendre le risque que Hope se mette à baver sur lui, car elle est encore en train de travailler ses sorties quand on arrive. Je promène ma main sur une poutre vide.

— On peut se joindre à toi ?

— Oh mon Dieu, bien sûr !

Son sourire est dirigé droit sur Knox.

— Tu veux que je monte là-dessus ?

Il hausse ses deux sourcils foncés et secoue la tête.

— Même si ça serait assez marrant de te voir essayer, non. La poutre, c'est beaucoup trop avancé pour toi.

Je pointe le doigt vers les anneaux suspendus au plafond derrière nous.

— Je pensais que tu pourrais t'entraîner là-bas pendant que je m'entraîne un peu de mon côté.

— Trop avancé ?

Il n'a pas l'air convaincu.

— Elle a raison, dit Hope. C'est plus difficile que ça en a l'air.

— Ah ouais ?

Il lui adresse un sourire, un vrai sourire, pas un qui serait empreint d'indifférence ou de sous-entendus coquins.

— C'est mon amie Hope, dis-je en inclinant la tête vers elle.

— Salut, Hope. Moi, c'est Knox. T'es franchement géniale. Je t'ai vue faire des pirouettes et pivoter... Je sais pas trop comment ça s'appelle. Mais ça avait l'air compliqué.

— Merci. Avery m'aide beaucoup.

Les paroles de Knox la font briller d'enthousiasme.

Knox continue de lui sourire. Il est tellement... poli et flatteur avec elle. Mon visage doit trahir ma surprise, car lorsqu'il me regarde, son expression change.

— Quoi ? fait-il.

— Rien.

Je détourne le regard.

Hope observe Knox en train d'enrouler ses doigts autour des anneaux.

— T'es un peu vieux pour tenter de devenir gymnaste.

Je ris, puis me mords la lèvre inférieure pour m'arrêter.

— C'est pas un gymnaste.

— Alors t'essaies de sortir avec Avery ? demande-t-elle.

— Hope, la réprimandé-je.

— Quoi ? C'est juste une question.

Elle continue en ignorant mon visage rougissant.

— Un garçon de ma classe de comédie musicale s'est inscrit

juste pour convaincre Anna Laurie de sortir avec lui, et ça a marché.

— Il n'est pas là pour sortir avec moi, il s'entraîne comme Colter l'a fait avec Quinn et moi.

Elle y réfléchit un instant.

— Colter sort avec Quinn, non ? Je pensais qu'il s'entraînait avec vous juste pour trouver une raison de passer du temps avec elle.

Eh bien, merde ! C'est en partie vrai.

— Oui, mais c'est pas ce qui se passe là.

Hope s'adresse à Knox.

— Dommage. T'es canon, et Avery a besoin d'un nouveau petit ami. Son dernier n'était pas aussi canon que toi et il était menteur, infidèle et...

— Bon, ça suffit.

J'évite délibérément de poser les yeux sur Knox. J'adore cette fille, mais elle doit apprendre à ne pas dire tout ce qui lui passe par la tête. Ou alors, il faut que j'arrête de lui raconter ma vie.

— Oh, voilà mon papa. Je dois y aller.

Elle saute de la poutre et me fait un signe de la main avant d'en faire un autre à Knox.

— J'espère te revoir la prochaine fois, dit-elle.

Elle disparaît en un éclair en me laissant gérer seule l'explosion qu'elle vient de causer. Je jette un coup d'œil à Knox et le surprends en train de me sourire d'un air suffisant.

— T'es pas si canon que ça, c'est juste qu'elle a treize ans et que tu te promènes torse nu, lui dis-je.

Il hoche la tête d'un air distrait.

— Elle parle de Tristan ? Ton ex menteur et infidèle ?

— Non. Je t'ai dit que Tristan et moi, on n'était pas sortis ensemble.

— Juste un coup d'un soir pourri.

Son sourire taquin s'élargit.

— Une erreur commise sous l'emprise de l'alcool et qui ne se reproduira plus jamais, dis-je plus à moi-même qu'à lui.

— Il était si mauvais que ça ?

Je jette un coup d'œil à Tristan. Dire qu'il était mauvais me semble injuste, vu qu'on était ivres tous les deux.

— Je pense pas. On était mauvais ensemble.

Le regard de Knox descend lentement puis remonte vers mon visage en me reluquant ouvertement.

— Princesse, si c'était nul, c'était entièrement de sa faute.

— Alors, même heure demain ? lui demandé-je ce jeudi, à la fin de notre séance.

Ça fait quatre jours qu'on s'entraîne ensemble, et il semble plus frustré chaque jour. Il n'est agréable qu'avec Hope.

Aujourd'hui, il a à peine dit deux mots. Il s'est amélioré dans tous les exercices que je lui ai enseignés, et Hope a partagé d'autres informations qui m'ont fait rougir comme une tomate, mais rien de tout ça n'a semblé égayer son humeur.

— Non.

Il secoue la tête.

— Je quitte la ville avec Colter et l'équipe.

— Ah, d'accord !

J'enfile un jogging et mes chaussures.

— Tu fais déjà des figures ?

Je sais que ça peut paraître bizarre, mais en m'entraînant avec lui, j'ai en quelque sorte oublié le but de tout ça. La plupart du temps, j'essaie juste de tenir le coup sans être tentée de l'étrangler.

— Peu probable. Je me contente de monter et démonter le matériel jusqu'à ce que je progresse, dit-il en secouant à nouveau discrètement la tête.

— Les séances t'aident ?

— Tu veux dire les poiriers et toutes les conneries que tu me fais faire ? Pas que je sache, dit-il en haussant un sourcil comme si la réponse était évidente.

Aïe.

— D'a... ccord. Des suggestions ?

— Si j'avais la moindre idée de la façon de faire ça moi-même, je serais pas venu te demander des cours de tumbling.

Il enfile son t-shirt. Le mouvement ébouriffe ses cheveux et j'ai soudainement envie de passer les doigts dedans.

— Si tu trouves tout ça ridicule, pourquoi tu continues à venir ?

Il hausse les épaules.

— Je suppose que c'est mon dernier recours.

14

AVERY

Tristan vit dans une résidence hors campus qui regorge d'étudiants. Elle est particulièrement populaire auprès de l'équipe de hockey, qui vit deux bâtiments plus loin.

On traîne sur le balcon de chez lui et le bruit provenant de plusieurs autres fêtes se mélange pour donner l'impression que toute l'université de Valley est présente. La plupart des membres de l'équipe de gymnastique sont là, garçons et filles. Les voisins de Tristan, Nico et Whitley, font partie de l'équipe de golf de l'université et ont amené beaucoup de leurs coéquipiers.

Il est encore tôt et l'ambiance est détendue et conviviale. La semaine a été longue et Quinn n'a même pas eu besoin de me convaincre de venir. J'avais besoin d'oublier un peu l'entraînement, autant le mien que celui de Knox.

Je repense sans cesse à ses paroles d'hier. *Je suppose que c'est mon dernier recours.*

Je n'aime pas penser au temps que je lui ai consacré comme un dernier recours, mais je savais qu'il était hésitant lorsqu'il a accepté. Le vrai problème, ce qui me donne envie de me ronger les ongles et de foutre en l'air ma manucure, c'est que je ne cesse de me demander si je fais la moindre différence. Il a dit qu'il pensait que non et ça m'a fait mal.

— Tu veux que je te resserve ? me demande Tristan alors que je regarde la fête autour de moi sans vraiment la voir.

Je secoue la tête pour me changer les idées.

— Non, ça va.

Il s'installe sur la chaise de camping vide près de moi. Ses cheveux blonds tombent sur ses yeux et il les écarte d'un mouvement de tête.

— Comment va ton genou ?

— Ça va, dis-je rapidement.

Il plisse les yeux et son regard s'arrête sur mes jambes nues.

— Tu continues de te retenir à l'entraînement.

— Ouais, sans blague. La coach continue de me faire bosser au sol. Elle veut que je reprenne doucement pour que j'évite de me blesser à nouveau.

— C'est des conneries.

S'il restait de la bière dans mon verre, je serais tentée de la lui balancer au visage.

— Elle te dorlote. Tu pourrais déjà être en pleine forme si tu le voulais. Ce que je ne comprends pas, c'est pourquoi tu ne te donnes pas à fond. Il ne reste que deux mois et tout le monde attend de voir si tu vas laisser cet échec mettre fin à ta carrière ou si t'auras assez de hargne pour que ça te pousse à dominer.

Tristan est sous les feux de la rampe depuis l'âge de seize ans. Il a participé aux Jeux Olympiques deux fois et a remporté une médaille à chaque fois. Il ne comprend pas. Personne n'a jamais douté de son talent ni attribué sa réussite à un coup de bol.

— Admets-le.

Il se penche vers moi et effleure ma cuisse du bout des doigts.

— Au moins devant moi. Je te connais, Ollie.

— C'est pas parce que je t'ai laissé me peloter une fois quand j'étais bourrée que tu me connais.

J'écarte ma jambe de ses doigts baladeurs et je me lève.

— Je crois que finalement, je vais me resservir.

Dans l'appartement, j'entre dans la cuisine et me prépare un autre verre. Un peu de vodka et du soda à la fraise. Quinn est dans le salon en train de jouer à la console. Elle rend la manette après avoir gagné une nouvelle partie de Mario Kart et sautille vers moi.

Elle prend mon gobelet sans me demander quoi que ce soit et boit en soutenant mon regard.

— De rien, marmonné-je sèchement même si je ne suis pas vraiment contrariée.

Je commence à me préparer un autre verre.

— Pourquoi t'as l'air d'avoir des envies de meurtre, et sur qui je dois aller gueuler ?

Elle écarquille les yeux au-dessus du verre.

Tristan entre dans la pièce et je lui lance un regard noir lorsque nos yeux se croisent. Il continue son chemin et traverse le salon avant de disparaître dans le couloir menant aux chambres.

Il a un appartement de deux chambres même s'il n'a pas de colocataire. Il a transformé la chambre d'amis en salle de sport. Je le sais car c'est là qu'on s'est embrassés. Une minute, je me moquais du matériel de muscu qu'il a installé chez lui, et la minute d'après, ses lèvres étaient collées aux miennes. Beurk ! Plus jamais !

— Oh ! Je vois. J'aurais dû m'en douter.

Ma meilleure amie élève la voix et lui crie après.

— T'es un connard, Williams.

Ça me fait rire de voir à quel point elle est loyale, même sans savoir ce qui s'est passé.

— Je suis désolée, dit-elle plus sincèrement. Il a fait quoi ?

— Il était juste aussi charmant que d'habitude.

Je prends une gorgée, puis je tousse. J'ai eu la main un peu lourde avec la vodka que j'ai versée dans ma boisson de remplacement.

Elle me sourit avec compassion.

— Tu veux qu'on s'en aille ? J'ai entendu dire que l'équipe de hockey avait invité du monde.

— Non, ça va.

Je ne veux pas qu'il sache à quel point ses paroles me perturbent.

— Je peux recouvrir ses toilettes de film plastique ou appeler la police pour me plaindre du bruit.

Je souris et secoue la tête.

— Ne me laisse pas seule, c'est tout.

Elle passe son bras sous le mien.

— Jamais.

— Quinn, c'est à toi, crie quelqu'un depuis le salon.

Ses yeux brillent d'excitation, puis elle se reprend rapidement.

— J'ai fini pour ce soir.

— Vas-y, lui dis-je. Je vais te regarder jouer.

— Tu détestes les jeux vidéo.

— Non, c'est pas vrai. C'est juste que je suis pas douée. Je peux être ta pom-pom girl personnelle.

Il faudra peut-être juste qu'elle me dise quand applaudir, car j'ai du mal à suivre la plupart du temps.

Je m'installe entre Quinn et un golfeur de première année. Tout le monde joue, donc je m'occupe en scrollant sur mon portable et en avalant ma boisson plus rapidement que d'habitude. De temps en temps, je lève les yeux pour voir ce qui se passe dans le jeu. L'excitation de Quinn est mon meilleur indicateur. Quand elle gagne, elle crie et bondit dans tous les sens, et quand elle perd, elle s'enfonce dans son siège et fait la moue.

Son téléphone sonne trois fois de suite et vibre sur le canapé entre nous.

— C'est Colter, lui dis-je après un rapide coup d'œil à l'écran.

— Dis-lui que je suis en train de gagner à Mario Kart. Il sera tellement fier ! me dit-elle par-dessus son épaule.

Je prends une photo d'elle en pleine concentration et la lui envoie avec ses mots exacts en légende. Il répond : *Bien joué, meuf* 🩶.

Je ricane discrètement.

— Il est très fier.

Ce compliment indirect la fait rayonner de joie.

Je réponds à Colter en lui demandant comment se passe la tournée.

> **COLTER**
>
> C'est génial. On est dans une foire à Chandler ce soir. C'est bondé.

J'hésite à lui demander si Knox a participé à l'événement, mais pour une raison que j'ignore, ça me semble bizarre. Et puis je me dis : « Merde, on s'entraîne ensemble. Ce serait bizarre de ne pas poser la question, non ? »

> **COLTER**
>
> Nan, pas encore. Mais il progresse. J'apprécie vraiment que tu t'entraînes avec lui.

— Même si je ne sers pas à grand-chose, marmonné-je.

Quinn pousse un cri de victoire, puis lâche la manette et attrape le portable. Elle a Colter en FaceTime tellement vite que je ne sais même pas comment c'est arrivé. Elle lui dit à quel point elle est incroyable et il la soutient avec un grand sourire sur le visage.

C'est bruyant dans la pièce. Un grand groupe de gars de l'équipe de golf vient d'arriver.

— Je t'entends pas, dit Quinn.

— Amuse-toi bien, bébé, lui dit-il. Envoie-moi un texto quand tu rentres.

— Attends, dis-je avant qu'elle ne raccroche.

Je lui fais signe de me passer le téléphone.

— Avery veut te parler.

Elle me tend le téléphone et je sors du salon pour parler dans le couloir, qui est un peu plus calme.

— Qu'est-ce qui se passe ?

Colter a l'air inquiet en attendant ma réponse.

— À propos de Knox..., commencé-je avant de soupirer bruyamment. Je ne suis pas du tout sûre de l'aider.

Il esquisse un sourire.

— Je suis sûr que ce n'est pas vrai.

— Je pense que ça pourrait l'être.

— OK. Alors, t'attends quoi de moi ?

— Je sais pas. Des idées ? Qu'est-ce qui lui pose problème ?

— Exécuter des figures.

— Plus précisément, insisté-je.

Il se passe une main dans les cheveux.

— Knox est un monstre sur sa moto. Il peut lui faire faire à peu près tout ce qu'il veut. Mais il se remet en question dans les airs, quand il ne contrôle pas tout. Le freestyle, c'est perdre le contrôle sans jamais vraiment le perdre complètement, tu vois ?

Je hoche la tête. Je comprends tout à fait. À la poutre, c'est un peu la même chose. C'est une question de confiance.

— Tu pourrais toujours lui en parler, commence Colter.

Je fais une grimace qui le fait rire.

— Apprends à le connaître. Il n'est pas si mal.

Quinn revient vers moi.

— Je te rends à ta petite amie, dis-je.

Pendant que Quinn dit au revoir à Colter, je me ronge l'ongle du pouce et repense à ses paroles.

— OK.

Quinn interrompt mes pensées en glissant son portable dans la poche avant de son short.

— J'ai besoin d'un autre verre et ensuite on ira à la fête de l'équipe de hockey.

Pendant qu'elle remplit son gobelet, une notification retentit sur mon téléphone. Je le sors et vois que c'est un texto de Colter. La courte vidéo d'un motard grimpant une rampe à toute vitesse avant d'effectuer une sorte de figure où son corps se soulève de la moto. Je reconnais Knox à la façon de bouger du pilote.

Je la regarde cinq fois, au ralenti, en zoomant, en examinant chaque détail. Je ne sais même pas exactement ce que je recherche. Quelque chose qui pourrait m'aider, j'imagine. Pendant mon sixième visionnage, je reçois un autre texto de Colter. Pas de mot, juste un numéro.

Et je sais exactement à qui il appartient.

15

KNOX

Des frères qui s'aiment

HENDRICK

Valley High a gagné. Flynn a été élu meilleur joueur du match. Vingt-et-un points. 

BROGAN

Il a déchiré. L'autre équipe a essayé trois défenses différentes pour le neutraliser. #inarrêtable

ARCHER

Qui a encore changé le nom de ce putain de groupe ?

HENDRICK

T'as vraiment besoin de poser la question ? • •

BROGAN

🐗🤍🤍

ARCHER

Knox, comment se passe l'événement ? Tu participes, ce soir ?

MOI

Nan. Probablement pas avant un moment.
Félicitations, petit frère. Combien de passes
décisives ?

HENDRICK

Je pense pas qu'il soit sur son tel. Il est allé
chez Pete après le match.

BROGAN

En parlant de faire la fête... je me tire. À plus
tard, les losers.

HENDRICK

Alors comme ça, on n'est déjà plus des frères
qui s'aiment, hein ?

En secouant la tête, j'envoie un texto à Flynn pour le féliciter et lui dire que je rentrerai tard ce soir s'il a besoin que je le ramène.

On est à environ trente minutes du début de l'événement. Tout est prêt et Colter et son équipe de pilotes s'échauffent et font les derniers réglages tandis que le public prend place.

Ma part est plus ou moins terminée. Je reste en stand-by au cas où quelqu'un aurait besoin de quelque chose, mais tout le monde est très débrouillard ici. Si quelqu'un veut un truc, il n'attend pas que quelqu'un d'autre le fasse. Je suppose que c'est un luxe que j'avais oublié ; avoir toute une équipe autour de moi avec pour seule mission de s'assurer que je ne manque de rien.

Colter quitte la piste et s'arrête devant moi.

— Plutôt cool, non ?

— Ouais.

Il sourit d'un air entendu.

— Dans pas longtemps, tu vas t'échauffer avec nous.

— J'en suis pas si sûr.

— Comment ça se passe avec Avery ?

— Honnêtement ? lui demandé-je. Je suis pas sûr que ça aide, continué-je lorsqu'il hoche la tête.

— Accroche-toi. Peut-être que c'est pas la solution pour toi, mais je te jure que ça a fait une grosse différence pour moi. C'est une vraie dure à cuire.

— Ouais, acquiescé-je en riant. Ça, c'est vrai.

— J'arrive pas à savoir si tous les deux, vous allez vous arracher les yeux ou vous arracher vos fringues.

— Clairement la première option.

Même si je dois avouer avoir pensé à la seconde.

En riant, il pose un pied au sol et me regarde à travers la visière de son casque.

— Pourquoi t'irais pas t'asseoir dans le public ?

Un sentiment de malaise ride mon front.

— Tu me vires déjà de l'équipe ?

Ses yeux pétillent d'amusement.

— Prends un peu de recul. Regarde les figures. Regarde bien. T'es tellement proche d'y arriver.

Ça fait deux semaines que je regarde, mais je sauterais sur un pied les yeux bandés s'il pensait que ça ferait une différence.

— Et Patrick ?

— Il peut se débrouiller.

Colter fait vrombir son moteur et s'en va.

Je vérifie que Pat a bien mon numéro et lui indique où je serai au cas où il aurait besoin de quoi que ce soit. Puis je sors par le portail latéral.

Colter ne plaisantait pas quand il a dit que l'événement de Valley était petit par rapport aux autres de la tournée. Le stade est bondé et l'ambiance est électrique. Ça me donne des frissons et me rappelle l'époque où je participais à des petites courses locales quand j'étais gamin. Les événements de moto-cross sont plus grands et plus spectaculaires, mais ici, l'ambiance est incomparable. J'avais oublié que ça pouvait être aussi simple.

Ou peut-être que j'idéalise un peu les choses depuis le bord de la piste.

Ça me manque d'être sous les projecteurs. Même Mike me manque, avec ses discours de motivation incessants pour nous pousser à faire mieux, à travailler plus dur. Comme si je n'avais pas fait tous les efforts possibles pour être le meilleur ! J'ai travaillé d'arrache-pied pour ça. Je n'ai pas besoin de discours. J'ai ce désir primitif au fond de moi. Je ne veux rien faire sans tenter d'être le meilleur.

Je trouve une place en haut de la première section et m'installe dessus. Un petit garçon sautille sur le gradin près de moi. Il a une moto miniature dans les mains et ses yeux sont rivés sur la piste. Sa mère me jette un regard d'excuse aucunement nécessaire. Je ressens exactement la même chose pour la course. J'ai juste appris à rester immobile pendant qu'une excitation que je ne peux contenir met mon cœur et tous mes organes en ébullition.

Je n'ai pas pris le conseil de Colter au sérieux lorsqu'il m'a demandé d'aller m'asseoir dans le public. Je les ai regardés réaliser ces figures un million de fois sur la piste d'entraînement. Mais les lumières du stade et le supplément d'adrénaline qui se dégage de chacun de leurs mouvements me font voir tout ça d'un œil neuf.

Mon téléphone vibre dans ma poche et me ramène sur terre. Je me lève, m'attendant à voir un message de Pat. Certainement pas d'Avery.

Je me rassois et lis son message deux fois.

INCONNU

Donc j'ai beaucoup réfléchi. T'as peut-être raison et mes entraînements sont à chier. Et c'est Avery.

Je souris et tape une réponse.

MOI

Non, c'est pas elle. Avery n'admettrait jamais
que ses entraînements sont à chier.

En réponse, elle m'envoie un selfie d'elle en train de grimacer face à l'objectif.

MOI

Est-ce que l'enfer a gelé ? Il fait plutôt chaud ici,
à Chandler, mais peut-être que la vague de froid
n'est pas encore arrivée jusqu'à nous.

AVERY

Pour être honnête, t'as pas non plus été le plus
facile à vivre. Si on fait ça, j'ai besoin de savoir
que t'es investi à fond.

MOI

Je me suis pointé toute la semaine et j'ai fait le
poirier. T'as besoin de quelle preuve de plus ?
Un serment de sang ?

AVERY

Tentant.

Des points dansent au bas de l'écran et indiquent qu'elle tape autre chose. Je lève les yeux sur la piste. Une courte pause a lieu entre deux sauts et Brooklyn fait des tours du stade debout sur sa moto. Quand elle se laisse tomber sur la selle et s'arrête devant la barrière, elle fait vrombir le moteur et crisser les pneus. La foule adore.

Je baisse les yeux sur mon portable.

AVERY

Je ferai tout ce que je peux pour t'aider, mais il
faut que tu sois ouvert à tout ce que je te
proposerai.

MOI

Ma limite, c'est la roue.

Elle m'envoie un autre selfie grimaçant. Je regarde l'arrière-plan de celui-ci. Elle est quelque part dans une foule. Peut-être dans un appartement ou une maison. Il y a des mecs derrière elle et l'un d'eux est clairement en train de la mater.

MOI

T'es où ?

AVERY

Change pas de sujet, mon pote.

Mon pote ? Sérieusement ?

Colter et les autres membres de l'équipe s'alignent pour réaliser une de leurs figures synchronisées. Le timing est franchement bluffant. Un sentiment de fierté m'envahit. C'est la seule chose qui puisse expliquer ce que je tape ensuite.

MOI

D'accord. Je suis partant. Je ferai tout ce que tu veux.

Quelques minutes passent sans réponse.

AVERY

Waouh ! C'était plus facile que je le pensais.
C'est bien Knox, n'est-ce pas ?

Je prends un selfie et appuie sur « envoyer ».

AVERY

L'extraterrestre a vraiment fait du bon boulot
avec ton visage. Il est presque identique.

MOI

C'est ta façon de dire que t'aimes mon visage ?

AVERY

🙂 À lundi.

MOI

Je serai là.

Je m'apprête à ranger mon portable lorsqu'elle m'envoie un autre message.

AVERY

Oh, et Knox... il y aura absolument des roues

16

AVERY

— Je monte pas là-haut.

Tout l'optimisme auquel je me suis accrochée ce week-end se dissipe lorsque Knox dirige son froncement de sourcil borné vers moi.

— T'as dit que tu ferais tout ce que je voulais, lui rappelé-je.

Avec un soupir, il s'approche de la poutre et s'arrête un instant, comme s'il ignorait comment monter dessus. Oups ! J'ai oublié que pour certaines personnes, ce n'est pas aussi facile que de respirer. Avant que j'aie le temps de descendre pour lui montrer comment faire, Knox se sert du haut de son corps étonnamment puissant pour se hisser dessus.

Je lutte contre un sourire en le voyant se tenir debout sur la poutre et vaciller légèrement en trouvant son équilibre. À son expression, je vois bien qu'éclater de rire ne serait pas judicieux.

Après un échauffement et quelques sauts sur le trampoline, je croise les doigts pour que ça marche. Et si ça ne marche pas, eh bien, au moins, j'aurai passé quelques minutes sur la poutre. Ce que la coach Weaver ignore ne peut pas lui faire de mal.

— OK.

Je retrouve un peu de sang-froid.

— Je veux que tu fasses une sortie en salto arrière dans la fosse de réception.

Un sourcil sombre se redresse.

— C'est parfaitement sûr. C'est tellement facile qu'un enfant de cinq ans pourrait le faire, me moqué-je.

— Oooh. Je peux lui montrer ? demande Hope d'un air suppliant depuis la poutre d'à côté.

Avant même que j'aie le temps de hocher la tête, elle est déjà en position. Elle ajoute une roue avant le salto arrière et atterrit sur un tapis plutôt que dans la fosse.

Knox serre la mâchoire.

— Tu veux qu'elle recommence ? lui demandé-je.

— Non, répond-il d'un ton bourru.

Lorsque Hope se relève, il lui tend silencieusement le poing en continuant de froncer les sourcils vers moi.

Elle cogne joyeusement le poing de Knox et son visage rosit.

— Une fois, et ensuite, on repasse au sol, lui dis-je.

— Alors à quoi ça sert ? Tu te paies ma tête ?

— T'as dit que tu ferais ce que je voulais, et je veux voir si tu le pensais vraiment.

Avec un soupir, il se dirige enfin vers le bout de la poutre. Il hésite.

— Ne réfléchis pas trop. Comme la dernière fois.

— Ouais, sauf que maintenant, je suis en équilibre sur une corde raide.

Il gonfle les joues en soupirant bruyamment, puis se lance.

Je suis immédiatement soulagée. Il l'a fait. Je m'approche pour voir son visage lorsqu'il émerge de la fosse.

— C'est un sourire ? lui demandé-je en plaquant les mains sur les hanches.

Il essaie de s'en débarrasser, mais ses lèvres le trahissent.

— C'est fun, non ? lui demandé-je.

— Je sais pas. Je crois que j'ai perdu connaissance. T'as fini de me bizuter ?

— Oui.

Je saute de la poutre.

— Et t'as réussi le test.

Il y a peut-être encore de l'espoir pour lui. J'ai besoin qu'il me fasse confiance. Et bien sûr, le regarder grimper sur la poutre était amusant, mais le plus important, c'était de m'assurer qu'il ne me résisterait pas à chaque occasion.

— OK. Continuons les saltos arrière dans la fosse, mais concentre-toi sur ta posture.

Il me suit une seconde, mais celle d'après, je tourne la tête et le vois arrêté pour regarder son portable.

Je retourne vers lui.

— Tu prévois un plan cul pour plus tard ?

— Non.

Il regarde son portable en fronçant les sourcils tandis que ses doigts voltigent sur l'écran.

Je me demande s'il fronce les sourcils aussi pendant l'amour.

— Il nous reste plus que trente minutes, lui rappelé-je.

En temps normal, je serais partante pour rester au gymnase jusqu'à ce qu'on me mette dehors, mais ce soir, j'ai rendez-vous avec des camarades de classe pour réviser un examen de psychologie.

— J'ai un imprévu. Je dois y aller.

— Maintenant ?

— Ouais.

Il fourre son portable dans sa poche et s'éloigne en courant sans même s'excuser.

Je tente de le suivre, mais il est rapide et je suis trop abasourdie pour le rattraper.

C'est quoi, ce bordel ?

Le lendemain, je suis toujours sur les nerfs. J'ai attendu toute la nuit de recevoir un texto qui m'expliquerait son départ précipité. J'ai failli craquer et lui envoyer un message moi-même pour m'assurer que tout allait bien.

Je suis assise sur une chaise qui fait face à la porte et la fixe en attendant de voir s'il va se montrer. Je ne comprends pas. Une minute, il est super investi, et la minute d'après, il se tire sans explication.

Ça suffit. Je n'en peux plus. Je ne peux pas l'aider s'il ne veut pas prendre ça au sérieux. Je jette l'éponge.

Knox arrive avec trois minutes d'avance. Il regarde l'intérieur du gymnase en entrant, puis quelque chose l'incite à se tourner vers moi.

Il ralentit en s'approchant.

— Salut !

— Salut ! répété-je mécaniquement.

J'avais prévu de rester cool et professionnelle. De lui dire que ça ne marcherait pas et de m'en aller sans un mot de plus. Mais maintenant qu'il est debout devant moi, toute ma frustration refait surface.

— T'es en vie.

— Euh... ouais.

— Je pensais pas que tu viendrais.

C'est un mensonge. J'ignore comment, mais je savais qu'il reviendrait, ne serait-ce que pour me dire que mes entraînements sont à chier et qu'il abandonne.

— Pourquoi je serais pas venu ?

— Je sais pas, peut-être parce que hier, t'es parti avant l'heure, ou parce que t'as fait de chaque séance d'entraînement une torture.

— J'ai eu un imprévu, dit-il en fronçant les sourcils. T'étais debout juste à côté de moi. Je t'ai dit que je devais partir plus tôt.

— Disons juste que l'idée de s'entraîner ensemble est un énorme fiasco et passons à autre chose.

Je suis éreintée. Je ne peux pas me laisser tomber et le laisser tomber aussi.

— Je t'enverrai quelques exercices par texto que tu pourras ajouter à ton programme d'entraînement.

C'est ce que j'aurais dû faire dès le début. Un message et basta. Je me lève et passe devant lui pour rejoindre le parking.

Knox court derrière moi et me rattrape quand j'atteins ma Bronco.

— Attends, Avery. Je suis désolé.

C'est drôle, il n'a pas trouvé ce mot hier.

— Non, c'est moi qui suis désolée. C'était voué à l'échec. T'es...

— Mon petit frère est en train de foirer son cours de maths, lâche-t-il.

D'accord. Ce n'est pas ce à quoi je m'attendais.

— O....K.

— Sa moyenne générale est presque inférieure à celle requise pour intégrer le programme de sport, alors hier, son coach m'a envoyé un texto pour me demander de venir le voir sur-le-champ.

J'ai beaucoup de questions, mais la première qui sort de ma bouche est toute simple.

— Pourquoi c'est à toi qu'il a envoyé un message ?

— Parce que je suis le tuteur de Flynn.

Il se passe une main dans les cheveux. Son malaise évident me donne l'impression d'être un monstre.

— Pourquoi tu m'as pas dit ça au lieu de filer sans explication ?

— J'aime pas parler de tous mes putains de problèmes de

famille, d'accord ? Je peux être investi à fond sans partager tous les détails de ma vie.

Sa mâchoire se crispe et sa bouche devient une ligne droite.

Je me mordille la lèvre inférieure. Merde ! Merde ! Merde ! Je me suis enflammée comme un gros tas de bouse. Je pensais qu'il voulait se débarrasser de moi et j'ai peut-être réagi un tout petit peu trop vite.

— Alors, tout va bien ? demande-t-il en ayant l'air plus calme même si ses yeux sombres restent durs.

J'ai l'impression que c'est à moi de lui poser cette question.

— Ouais, tout va bien, Knox, mais je suis toujours pas certaine que ce soit une bonne idée. Je sais pas comment t'aider. Je pensais que de te sortir de ta zone de confort cette semaine t'aiderait, mais peut-être que je me trompe sur toute la ligne.

— Tu m'as déjà aidé.

Des mots que je n'aurais jamais imaginé entendre de la bouche de Knox Holland.

— Qu'est-ce que tu veux dire ?

— Regarde.

Il pousse son portable sous mon nez. Ce mouvement le rapproche de moi. Son bras s'appuie contre le mien et je sens son eau de Cologne.

J'ai du mal à me concentrer sur l'écran. La vidéo est tremblante, mais je reconnais bien Knox. Au point culminant du saut, il balance les jambes sur le côté et écarte un bras en tenant le guidon à une main. Tout se passe tellement vite que je n'ai pas le temps d'avoir peur que ça aille de travers. J'en ai le souffle coupé.

Je le regarde atterrir puis rouler vers la caméra tandis que son langage corporel indique clairement qu'il est ravi de son saut, jusqu'à ce qu'il arrête la vidéo.

— C'était génial, lui dis-je honnêtement.

— Je sais.

Il arbore un sourire fier. Totalement différent de l'homme frustré et bourru qu'il était il y a quelques secondes.

— Je ne pense pas t'avoir aidé à faire ça.

— Si, tu m'as aidé. Écoute, t'as raison. Je t'ai donné du fil à retordre. Et je continue de penser que les roues, c'est de la merde, mais je sais pas, quelque chose dans tout ça m'a rendu plus conscient de mon corps. Même quand je suis en l'air.

— Vraiment ?

Une flamme d'espoir réchauffe ma poitrine.

— Vraiment.

Knox s'écarte et se place devant moi.

— Ne me laisse pas tomber.

— D'accord. Je suis partante si tu l'es.

— On continue ? demande-t-il à nouveau, la voix remplie d'un optimisme prudent.

— Oui.

Je déverrouille les portières de ma Bronco.

— Mais pas ce soir.

Son regard glisse sur mes jambes nues, puis remonte rapidement, comme s'il réalisait enfin que je ne portais pas de tenue de sport. Je jurerais voir de la déception dans son expression lorsque ses yeux reviennent lentement vers les miens.

— Pourquoi pas ? T'as un rencard coquin ?

— J'ai une session de révision ce soir.

Son sourire arrogant et taquin réapparaît sur le champ.

— Oh, d'accord.

— Repose-toi bien, lui dis-je en ouvrant la portière de ma voiture. T'en auras besoin demain.

17

KNOX

— Tu t'entraînes vraiment sur ce truc ou tu t'en sers juste comme d'un siège ? lui demandé-je en entrant dans le gymnase et en trouvant Avery assise sur la poutre.

La plupart du temps, c'est là qu'elle semble m'attendre.

Sans me répondre, elle pousse sur ses bras et se lève avant de faire une sorte de tour compliqué et un salto arrière à l'extrémité de la poutre près de laquelle je me trouve.

Elle se tient la tête haute, debout bien droite sur la pointe des pieds, puis me jette un coup d'œil.

— C'est mieux ? demande-t-elle en retombant à plat sur ses pieds.

— Je sais pas. Il faudrait peut-être que je te revoie faire une fois.

Ou même une douzaine de fois. Elle est super sexy quand elle montre ce qu'elle sait faire. Surtout quand c'est pour mon bien.

— Je me suis déjà entraînée aujourd'hui. C'est ton tour.

Elle cogne son petit corps contre le mien avant de s'éloigner vers le trampoline.

Elle m'a fait faire des saltos et des vrilles dans la fosse de réception toute la semaine. C'est plutôt fun. Mais je ne le lui avouerai jamais. C'est aussi épuisant. Je ne me souviens pas avoir jamais eu autant de courbatures. Encore une fois, je ne lui avouerai jamais ça.

On se met à s'étirer sans un mot. Je connais le programme par cœur à présent. Elle se penche en avant, plie pratiquement son corps en deux en écartant les jambes. Je fais une version moins souple du même mouvement, mes doigts n'atteignant même pas mes orteils.

En riant, elle s'approche de moi et aligne ses pieds avec les miens.

— Donne-moi tes mains.

Elle se penche en avant et tend les bras vers moi.

C'est embarrassant de voir à quel point elle doit se pencher pour que je puisse atteindre le bout de ses doigts. On s'attrape les mains et elle recule de quelques centimètres.

— Aïe, dis-je alors que mes muscles protestent contre cet étirement supplémentaire.

Elle se contente de sourire et tire un peu plus fort.

— T'es petite mais terrifiante, lui dis-je.

— Merci.

Elle m'offre un sourire affectueux.

— Alors sérieusement, tu t'entraînes vraiment la nuit ou t'aimes juste traîner ici ?

Elle prend un moment pour me répondre.

— Je me suis blessée au genou en début d'année lors d'une compétition. Je l'ai trop étiré et j'ai abîmé mon ligament croisé antérieur. Cet été, j'ai été opérée et j'ai suivi une rééducation, mais j'ai pas pu beaucoup m'entraîner. Je suppose que venir ici est devenu une routine. Je fais ce que je peux sur les tapis. Ça fait un mois que je ne me suis pas autant entraînée sur la poutre.

Si ça, c'était elle rouillée, je tuerais pour la voir au sommet de sa forme.

— Ça m'a semblé plutôt pas mal pour quelqu'un qui n'a pas pratiqué depuis longtemps.

— Plutôt pas mal ?

Elle ricane et sourit.

— Désolé pour ton genou.

— Merci.

On inverse et cette fois, je la tire vers moi. Sa souplesse est impressionnante et fait naître une douzaine de pensées coquines dans ma tête.

— Knox ? demande-t-elle.

Je m'éclaircis la gorge.

— Pardon, quoi ?

— Je t'ai demandé comment allait ton épaule.

— Ça va.

J'ai atterri un peu brutalement lors d'une figure il y a deux jours et mon épaule droite me gêne. Rien de grave. Je ne lui en aurais même pas parlé, mais hier, j'ai eu un mal fou à tenir un poirier pendant quelques secondes.

Elle m'observe un instant, comme pour déterminer si je bluffe.

— Vraiment.

Je mets fin à notre étirement et passe en position poirier, puis je pousse sur le sol et atterris sur mes pieds.

Quand je me redresse, elle est toujours assise au sol et me regarde avec un air amusé.

— OK. J'allais te croire sur parole, mais si tu veux me faire une démo, alors je t'en prie. J'adore en prendre plein les yeux.

Elle se penche en arrière, appuyée sur ses bras, et me fixe avec ses yeux bleus et brillants. J'aime sentir son regard sur moi.

— Si tu veux en prendre plein les yeux, tu devrais me regarder sur la piste.

Elle penche la tête sur le côté.

— C'est une invitation ?

Je me surprends à hocher la tête.

— Ouais. Quand tu veux.

Elle tend les mains et je me baisse pour l'aider à se relever. Je tire un peu trop fort. Elle est si petite ! Elle trébuche et tombe contre ma poitrine. Elle rit et moi aussi.

— Habile, dit-elle avec une touche de sarcasme et un sourire en coin.

On reste là un moment, sa joue contre mon torse nu alors que je la tiens dans mes bras.

Avery brise ce moment en s'écartant et en baissant les yeux.

— Pourquoi on ne travaillerait pas un peu plus sur ton salto arrière ? Il était pas mal, hier.

Je la suis et reproduis silencieusement chacun des mouvements qu'elle me montre, mais avec beaucoup moins de grâce. Elle me fait faire des pirouettes et des vrilles. Sur le sol, sur un grand tapis et jusque sur le trampoline.

— OK. Ça, tu sais faire. Essayons un double, dit-elle.

Je la regarde d'un air sceptique. Elle lève les yeux au ciel en se mettant en position sur le trampoline, puis me fait une démonstration. Je suis tellement distrait par ses jambes galbées et par la façon dont son justaucorps épouse ses belles courbes que je rate ce qu'elle essaie de me montrer. Elle est indéniablement magnifique. Je m'en étais rendu compte dès le premier regard, mais il y a autre chose chez elle qui commence à transformer nos séances d'entraînement en un véritable enfer de frustration sexuelle.

Elle se hisse hors de la fosse et m'attend. Je fais de mon mieux, mais j'y vais un peu trop fort et manque de faire un triple salto. Je vois un large sourire fendre son visage lorsque je remonte.

Avec un sourire penaud, j'essaie à nouveau. D'habitude, pendant que je m'entraîne, elle finit par me laisser pour aller faire autre chose. De la poutre ou des étirements, des exercices au sol. Elle ne va jamais très loin, mais elle ne traîne pas près de moi. Ce soir, par contre, elle reste avec moi. Parfois, elle se joint à moi pour me montrer quelque chose, mais la plupart du temps, elle se contente de regarder.

— Ça fait combien de temps que tu fais de la gymnastique ? lui demandé-je.

— J'ai commencé à trois ans, répond-elle. Et je fais de la compétition depuis l'âge de six ans. J'aurais pu commencer plus tôt, mais mes parents pensaient que j'étais trop petite pour consacrer tout mon temps à une seule chose. En plus, ça coûte cher, donc je peux pas vraiment leur en vouloir.

— Le moto-cross aussi.

Je pose mes mains sur mes hanches pour reprendre mon souffle entre deux saltos.

— Archer et moi, on tondait le gazon et on faisait tous les petits boulots possibles pour acheter des pièces et payer les frais d'inscription.

— Archer ?

— Mon frère.

— Je croyais que t'avais dit qu'il s'appelait Flynn.

— Un autre frère.

Elle hausse un sourcil.

— T'en as combien ?

— Quatre.

— Quatre ?

Elle écarquille les yeux.

Je hoche la tête. Les gens réagissent toujours comme ça.

— Et t'es l'aîné ?

— Le cadet. J'ai vingt-trois ans, Hendrick a vingt-six ans, Archer et Brogan auront bientôt vingt-deux ans et Flynn a dix-sept ans.

Je la vois essayer de comprendre la dynamique familiale. Je n'en dis pas plus. Je doute qu'elle veuille entendre parler de la mort de notre mère et du départ de notre père après l'entrée de Hendrick à l'université.

— Et toi ? demandé-je, rompant le silence. T'as des frères et sœurs ?

— Ouaip. J'ai un petit frère. Tommy. Il a treize ans.

— Il fait aussi de la gymnastique ?

— Non. Il n'en a jamais fait. Mais il aime la musique. Il joue de quatre instruments différents. Il est plutôt cool, pour un petit frère.

À l'entendre parler de lui, je vois qu'ils sont proches.

— Et tes parents ? demande-t-elle d'un ton plus doux. Je suppose qu'ils ne sont pas présents si t'es le tuteur de Flynn.

— Non, ils ne sont pas présents.

Je n'en dis pas plus, même si je vois sur son visage qu'elle a encore plein de questions. J'essaie un autre double salto arrière, mais une fois de plus, je ne prends pas la vitesse adéquate et atterris entre le deuxième et le troisième salto, le visage dans la mousse.

— On fait une pause et on recommence plus tard ? me demande-t-elle, sans doute parce qu'elle a de la peine pour moi.

— Pas question.

Elle esquisse un sourire, comme si elle savait que je n'abandonnerais pas si facilement.

Vingt-cinq minutes plus tard, je commence à prendre le rythme. Avery me tend sa bouteille d'eau alors que je me repose.

— Merci.

Je bois une longue gorgée et lui rends la bouteille.

— Bon. Dernière tentative pour aujourd'hui. Tu vas y arriver. Contracte les abdos, garde le torse droit, contrôle tes rotations. Ne réfléchis pas trop.

— Ne réfléchis pas trop ?

Je ris.

— Tu m'as donné une douzaine de choses à retenir et tu veux que j'évite de trop réfléchir.

— Ouais, c'est aussi simple que ça.

Elle bat des cils. J'ai envie de me pencher vers elle et de l'embrasser. Je doute que ça fasse partie de son programme d'entraînement.

Je me mets en position et repasse mentalement tout ce qu'elle vient de me dire. Je contracte les abdominaux, je me tiens bien droit, et quand je pousse sur mes jambes, je me concentre sur mon corps et les rotations au lieu de me mettre en boule et de tourner aussi vite que possible, comme les fois précédentes. Je suis sûr que ça va mal finir, mais par miracle, j'arrive enfin à faire deux tours et à atterrir les pieds en premier dans la fosse.

Elle est debout sur le côté et me sourit tandis que je retourne vers le bord pour sortir.

— Félicitations. Tu vois ? T'avais juste besoin que je te dise de ne pas trop réfléchir.

Elle me tend la main pour m'aider. Je la prends, mais au lieu de me hisser vers elle, je la tire vers moi.

Avery pousse un cri de surprise en atterrissant près de moi dans la fosse. Ses cris se transforment en rires lorsqu'elle refait surface.

— Espèce de brute !

Elle me pousse l'épaule. Pas fort, mais je riposte en lui lançant un carré de mousse. On est rapidement en pleine guerre, on rit et on se balance des obus en mousse.

— OK. OK.

Elle en tient un devant son visage.

— Je demande une trêve.

Elle jette un coup d'œil derrière pour voir si je vais accepter sa requête.

— D'accord.

Je lève les mains en signe de reddition, mais dès qu'elle baisse les siennes, je tire.

Je la vois se préparer à lancer un nouvel assaut, alors je me précipite sur elle et l'enlace pour l'empêcher de me lancer d'autres carrés en mousse sur la tête.

— Lâche-moi, dit-elle sans conviction en se tortillant pour se libérer les bras.

— Pose d'abord le carré en mousse.

— Non !

Elle se tortille plus fort. Le tissu fin et soyeux de son justaucorps glisse sur ma peau. Entre la légèreté de sa tenue et moi qui suis en short, difficile de ne pas remarquer que son corps s'accorde parfaitement au mien.

Je passe tellement de temps à m'entraîner, sur la piste et ici, que je ne fais pas grand-chose d'autre. Le grand absent de mon agenda est bien sûr le sexe. Et j'en suis particulièrement conscient quand ses fesses remuent contre mon entrejambe. Il ne lui faut qu'une seconde pour réaliser contre quoi elle se frotte. Elle inspire brusquement et se fige.

— Trêve.

Le mot est prononcé à bout de souffle. Elle jette le carré pour prouver son sérieux.

Je la lâche et elle bondit pratiquement hors de portée. Un instant, une expression embarrassée se lit sur son visage, mais ensuite elle attrape un autre carré en mousse et me le jette directement à la figure avant de sortir de la fosse.

Je souris et la suis, puis je me dirige vers la porte pour récupérer mes affaires.

— T'as un groupe d'études ce soir ? lui demandé-je alors qu'elle enfile un short par-dessus son justaucorps.

Je ne sais pas grand-chose de sa vie en dehors de la gymnastique, mais je suis soudainement curieux. Est-ce qu'elle sort beaucoup ? Est-ce que c'est une fêtarde ?

— Non, mais j'ai des devoirs à rattraper, répond-elle avec désinvolture. Et toi ?

— Pas d'études pour moi.

Je lui fais un clin d'œil.

— Et demain ?

Elle me regarde un moment.

— Pourquoi t'es soudainement si curieux de mon emploi du temps ? Tu comptes me prendre par surprise et me balancer de la mousse sur la tête quand je m'y attendrai le moins ?

— C'est tentant.

Je ris.

— Non, je me demandais si tu voulais qu'on se voie un de ces jours.

— On se voit tous les soirs.

— Tu vois ce que je veux dire.

— Genre un rencard ? demande-t-elle prudemment.

— Non, pas un rencard. Juste qu'on traîne ensemble.

— C'est quoi, la différence ?

Bon sang, elle est exaspérante !

— Si tu veux pas, c'est pas grave.

— J'ai pas dit ça.

Mais on sait tous les deux qu'elle l'a plus ou moins insinué.

— Je suis occupée demain soir, dit-elle.

Je ne sais pas si elle s'attend à ce que je passe en revue tous les jours de la semaine en espérant qu'elle en ait un de libre pour moi, mais je ne le fais pas. Je hoche la tête et laisse tomber.

— Je dois assister à un événement sponsorisé. Ça va être horrible. Quinn devait m'accompagner, mais ses parents viennent en ville pour l'emmener dîner.

— Un événement sponsorisé, hein ?

Je repense à ceux auxquels j'ai dû assister. Des dîners, des cocktails, des rencontres avec des gens riches qui ne connaissent que dalle mais veulent faire croire le contraire.

— Ça a l'air d'être une façon bien pourrie de passer une soirée.

— Ça va être à chier, c'est sûr, mais je peux pas esquiver.

J'acquiesce d'un signe de tête.

— À moins que... tu veuilles venir ?

Elle rit ensuite comme si c'était une plaisanterie.

Et peut-être que je suis fou, mais je n'hésite pas à la prendre au mot.

— Quelle heure ?

— Je plaisantais. Tu veux pas venir. Crois-moi.

— Bien sûr que si. Je suis doué pour papoter.

Elle s'arrête de défaire sa queue de cheval.

— T'es sérieux ?

— Non, en vrai, je suis nul dans ce domaine, mais je suis libre.

— Je parlais de ta venue, dit-elle, le regard posé sur moi. Il est où, le piège ?

— Y a pas de piège.

— Tu cherches à gagner quoi ?

Ça me fait rire.

— Rien. Je te le promets.

Je vois bien qu'elle étudie intensément mes motivations, alors je lui dis la vérité.

— Je te suis redevable.

Elle ouvre la bouche pour protester, mais je la devance et ajoute rapidement autre chose.

— C'est le moins que je puisse faire, et j'avais déjà prévu qu'on se voie de toute façon.

— J'ai pas accepté ton non-rencard.

— Je voulais dire ici, pour s'entraîner ensemble.

— Oh !

Ses joues se couvrent d'un rose tout mignon.

— La seule différence, c'est que tu pourras pas me donner d'ordres et me balancer des blocs en mousse à la tête.

— N'en sois pas si sûr, dit-elle.

18

AVERY

Knox doit me retrouver à l'événement, alors je suis debout dans le parking à l'attendre. Je devrais entrer et le laisser me trouver, mais en vérité, j'ai besoin de rassembler le courage de faire face aux gens à l'intérieur.

Tous les employés de chez Bella Hunter m'ont toujours traitée correctement. Je leur dois beaucoup. Ils ont été l'une des premières entreprises à me contacter et à vouloir me financer. Je n'avais même pas encore remporté de médaille olympique lorsqu'ils m'ont invitée à rejoindre leur équipe. Beaucoup d'autres sponsors ont suivi, et je ne leur en veux pas de ne pas avoir cru en moi plus tôt, mais j'ai toujours apprécié que l'équipe de chez Bella ait vu quelque chose en moi avant les autres.

Malheureusement, ça me met aussi la pression de devoir être à la hauteur de leurs attentes.

Le vrombissement d'une moto interrompt le tapotement de mon pied sur le trottoir. Mon cœur fait un bond lorsqu'il entre tout en noir dans le parking. Moto noire, pantalon noir, veste noire, casque noir.

C'est la moto qu'il conduisait la nuit de notre première rencontre. Malgré mes connaissances très limitées en matière de moto-cross, je sais qu'elle est différente de la moto tout-terrain qu'il utilise pour la course et le freestyle. Elle est plus grande, mais toujours élégante et très conforme au style de Knox.

Il trouve une place et coupe le moteur. Il me fait face, mais je ne vois pas ses yeux à travers la visière de son casque.

Lentement, je m'avance vers lui. Il descend de la moto et soulève son casque d'un mouvement fluide qui me noue l'estomac. Il semble tout droit sorti d'un spot publicitaire à l'honneur des bad boys, et tout en moi hurle : *Je signe tout de suite.*

Il faut vraiment que je me ressaisisse en sa présence. Hier, quand il m'a tirée dans la fosse et m'a plaquée contre lui pour m'empêcher de lui jeter de la mousse au visage, je me suis mise à me frotter contre lui avant même de réaliser ce que je faisais. Mais que cela ait été intentionnel ou non, j'ai beaucoup apprécié. C'est franchement pathétique que ce soit la chose la plus sensuelle qui me soit arrivée depuis des mois.

— Salut ! dis-je alors qu'il pose son casque sur la selle de sa moto et enlève sa veste.

Je suis contente d'avoir parlé la première, car ma langue s'assèche lorsque je le regarde de plus près. Il est divin. Sa chemise noire de soirée moule son torse et ses biceps. Elle est rentrée dans un pantalon noir ceint d'une simple ceinture noire. Ses cheveux sont en bataille, mais ça rend son look très soigné encore plus sexy. Il a franchement la classe.

Je le dévore du regard en essayant de rester cool, mais je ne suis pas la seule à apprécier la vue. Le regard de Knox est rivé quelque part au sud de mon menton. Ma peau me picote lorsque ses yeux se promènent sur ma robe moulante. Sa façon de me regarder me fait fondre comme un bloc de glace au soleil et me donne le regain de confiance dont j'ai désespérément besoin pour ce soir.

— Salut ! répond-il enfin en soutenant mon regard. Qu'est-ce qui ne va pas ?

— Rien. Pourquoi ?

Il secoue légèrement la tête.

— T'as l'air nerveuse.

— Non, ça va.

Une interprétation très libre de la vérité.

— J'ai juste hâte d'entrer.

J'ai plutôt hâte de grimper à l'arrière de sa moto et de filer loin d'ici, mais pour une raison quelconque, je ne veux pas que Knox sache que j'ai peur.

Il n'a pas l'air d'avaler ce que je raconte, mais il se met en marche et tourne la tête par-dessus son épaule.

— OK. Alors allons-y.

Une fois à l'intérieur du restaurant, je lui fais le topo.

— Bella Hunter, la marque de vêtements de sport, me sponsorise depuis près de trois ans. Kelly et Michael sont là. Michael est mon contact principal, mais Kelly est la directrice de l'entreprise. Ils sont juste de passage et vont visiter une nouvelle boutique en Californie, donc ça devrait être rapide. On prend un verre, on dîne peut-être. Ça va dépendre du nombre de verres de vin que boira Kelly. Quand elle boit beaucoup, elle devient très bavarde, donc elle voudra rester plus longtemps. Dans le cas contraire, elle voudra partir rapidement. J'ai l'impression que c'est pas quelqu'un qui aime rester au même endroit très longtemps. C'est probablement pour ça qu'elle voyage autant. Oh, et quoi que tu fasses, ne lui parle pas de son chien. Si tu fais ça, elle se mettra à parler de son carlin pendant une heure. Ivre ou non. Et...

— Hé.

Knox me prend la main et me sort de mes pensées. Tous les papillons que j'ai dans l'estomac s'arrêtent brusquement et mon pouls accélère lorsque ses doigts rugueux serrent les miens.

— Détends-toi. Je ne suis pas un paria de la société. Je peux faire la conversation sans te foutre la honte.

— C'est pas ça qui m'inquiétait.

C'est vrai. J'ai surtout peur de dire quelque chose qu'il ne faut pas. Par exemple, s'ils me posent des questions sur l'entraînement et mon genou. Et s'ils me parlent de l'article qui dit que je ne retrouverai jamais mon niveau d'avant ma blessure ?

Je ne suis pas certaine qu'il me croie, mais il relâche mes doigts et libère ma main. Ma peau picote aux endroits qu'il a touchés.

— Les voilà, dis-je en apercevant notre groupe.

Je nous guide à travers le restaurant bondé. Kelly et Michael sourient tous les deux à Tristan, qui les régale sans doute d'histoires soulignant à quel point il est génial. Aucun d'entre eux n'est venu accompagné, ce qui rend la situation un peu plus gênante, étant donné que moi, si. Il est trop tard pour faire demi-tour. Tristan m'aperçoit le premier et son regard passe directement de moi à Knox, debout à mes côtés.

Il se lève, ce qui attire l'attention de Kelly et Michael sur moi, et ils font la même chose.

— Salut !

Mon sourire n'est pas factice, mais je l'accentue pour leur montrer que je suis contente de les voir.

— Avery. Je suis ravie de te voir, dit Kelly en tenant un verre de vin dans une main et en avançant vers moi pour me faire un câlin d'un bras.

Knox reste en retrait pendant qu'on se salue tous, puis je m'écarte pour le présenter. Michael et Kelly lui tendent la main. Tristan s'abstient, mais il hausse le menton vers lui.

— Salut, mec ! Tu t'es perdu ? demande-t-il.

— Non, je suis là pour Avery.

Knox n'offre pas à Tristan la satisfaction de voir que ses paroles affectent son attitude, mais je lui lance un regard noir pour lui reprocher d'avoir essayé de le mettre mal à l'aise.

— Il fait vraiment beau ce soir. Que diriez-vous d'aller

prendre un verre et de nous installer sur la terrasse ? demande Kelly en nous regardant tous un à un pour connaître notre réponse.

Aucun de nous n'oserait contrarier Kelly, mais je pense que ce serait bien de nous rendre dans un endroit assez spacieux pour l'ego de Tristan et de Knox.

— Tu m'avais pas dit que Ken serait là, murmure Knox alors qu'on les suit vers la terrasse.

— Tu m'as pas demandé.

Il se place devant moi et me barre le passage. Des éclairs menaçants brillent dans ses yeux noisette.

— Ne te moque pas de moi, princesse. Est-ce que je suis là pour que tu joues à un jeu tordu pour le rendre jaloux ?

— Non.

Je suis un peu consternée qu'il pense que je m'abaisserais à faire un truc comme ça.

— Je te l'ai dit, il ne m'intéresse pas.

Je vois un muscle de sa joue se contracter, mais il se contente de hocher la tête et se retourne pour rattraper notre groupe.

On est tous les cinq assis à une table sur la terrasse, près d'un bar en plein air. Kelly est la seule à boire de l'alcool, mais les autres et moi, on commande quelque chose et on s'installe.

— Alors, comment se passent les entraînements ?

La première question de Michael s'adresse à Tristan et à moi.

Tristan attend une seconde pour voir si je vais répondre la première. J'ai l'estomac noué.

— Bien, répond-il finalement. Vraiment bien. Je suis impatient de reprendre la compétition.

Michael et Kelly sont tous deux satisfaits de sa réponse. Ils sourient et se penchent inconsciemment vers lui, comme s'ils étaient impatients d'en savoir plus. Tristan est doué pour les conversations légères. Il sait toujours quoi dire et comment se comporter. Pas seulement maintenant, mais aussi lors de ses interviews et de ses apparitions publiques.

— Et toi, Avery ? demande Kelly en tournant son attention vers moi. Comment va ton genou ?

— Plutôt bien. Le médecin pense que je vais pouvoir conserver toutes mes compétences à la poutre et à la barre.

— C'est une excellente nouvelle, dit Michael en m'adressant le même sourire qu'à Tristan.

L'expression de Kelly est plus difficile à déchiffrer.

— Ça continue de limiter tes séances d'entraînement ?

— Un peu.

Ma voix tremble.

— Son genou me semble solide. Elle est en forme à l'entraînement, intervient Tristan à ma grande surprise.

Il n'est jamais aussi gentil avec moi et ça me met la puce à l'oreille.

— Il faut juste qu'elle arrête de se brider et qu'elle s'entraîne comme si sa carrière en dépendait.

Et voilà. Je serre les dents, mais j'essaie de répondre avec une voix douce.

— Je ne me bride pas. Je fais juste preuve de prudence. C'est encore tôt et je ne veux pas risquer de me blesser à nouveau en étant trop pressée.

— Ça se comprend.

Les yeux de Michael brillent et son sourire s'adoucit de manière rassurante.

— C'est des conneries, Ollie, dit Tristan, qui secoue la tête et détourne les yeux de mon visage. T'as été autorisée à t'entraîner. Je me donnerais à fond si j'avais dû rester sur la touche aussi longtemps que toi. Chaque semaine que tu passes à t'entraîner à moitié est une semaine de perdue, à mon avis.

Je rougis d'embarras. Ça m'énerve qu'il me critique devant Michael et Kelly, mais le pire, c'est que j'ai peur qu'il ait raison.

Parce que même si une partie de moi se donne à fond, une peur constante continue de me hanter et me pousse à me demander si la meilleure partie de ma carrière n'est pas déjà derrière moi.

— Il faut beaucoup de temps et de répétitions pour retrouver ses sensations après une blessure, mais Avery est intelligente et talentueuse. Elle y arrivera et sera meilleure que jamais. C'est la gymnaste la plus talentueuse de ces dix dernières années. Ce serait stupide de retarder son rétablissement si près de la saison.

La voix de Knox agit comme un baume et apaise ma fierté blessée.

— T'as passé quelques semaines à t'entraîner avec elle et t'es maintenant un expert en gymnastes, dit Tristan d'un ton sarcastique mais doté de juste assez de légèreté pour que nos hôtes ne remarquent pas la pique qu'il adresse à Knox.

— Non, certainement pas, mais j'ai eu ma part de blessures.

Tout le monde écoute attentivement Knox parler. Il a ce genre de présence. Calme, mais jamais effacé.

— Je me suis cassé le poignet une fois et j'ai dû attendre plusieurs semaines avant d'être autorisé à m'entraîner normalement. Ce n'est pas juste une question de force brute et de détermination. Parfois, il faut être patient et se laisser guérir, même si on n'en a pas envie. On peut décider d'être imprudent ou d'être patient, mais on sait tous qu'il n'y a pas de raccourci pour monter sur le podium.

— Imprudent ou patient ?

Tristan semble amusé par les paroles de Knox.

— Et qui t'a donné ce conseil ?

— Ricky Carmichael.

— Qui ? demande Tristan, dont le sourire se change en rictus moqueur.

— C'est un pilote de moto-cross, explique Knox. Je m'attends pas à ce que tu le connaisses.

Je vois bien que Tristan n'est pas impressionné par une

remarque venant d'un pilote de moto-cross, mais là, tout de suite, je me fiche complètement de ce que pense Tristan.

— Une *légende* du moto-cross.

Kelly sourit.

— Tu connais Ricky ?

— Non, dit Knox en secouant la tête. Pas vraiment. Je ne l'ai rencontré qu'une fois.

— Je me disais que je t'avais déjà vu quelque part, dit Kelly en penchant la tête sur le côté. Tu courais pour Thorne la saison dernière.

— Oui, madame.

Un coin de la bouche de Knox se redresse et ses yeux s'écarquillent de surprise.

— Vous vous y connaissez en moto-cross ?

— Je connais les meilleurs athlètes dans tous les sports. C'est mon travail.

Elle lève un doigt de son verre de vin et l'agite entre nous deux.

— Comment vous vous êtes rencontrés ?

— Un ami commun nous a présentés, répond-il.

— Donc tu vis à Valley ? demande-t-elle.

— Ouaip. Je suis né et j'ai grandi ici.

Knox passe son bras autour du dossier de ma chaise et le pose sur mes épaules nues. Je lui jette un coup d'œil. Il lève les yeux rapidement, d'un air presque indifférent, mais ensuite, son genou heurte le mien sous la table.

Merci. J'articule le mot en silence avant de prendre ma première grande inspiration depuis qu'on s'est assis à table. Je suis soulagée que cette conversation soit terminée et que l'attention se porte désormais sur quelqu'un d'autre. La discussion revient rapidement sur la gymnastique et je laisse volontiers Tristan répondre aux questions de Kelly et Michael.

Une heure passe, relativement vite. Kelly sirote le même

verre de vin pendant tout ce temps et, comme je m'y attendais, annonce que Michael et elle doivent s'en aller.

— Je dois répondre à quelques e-mails avant de partir, mais tous les trois, vous pouvez rester si vous voulez. Je paie le dîner et les boissons, insiste-t-elle.

On se lève tous pour dire au revoir. J'embrasse Michael, puis Kelly. Tristan fait la même chose.

— On se voit au showcase de l'université de Valley, dit Kelly avant de sortir son téléphone de son sac à main. Knox, bonne chance pour la saison prochaine.

— Merci, madame.

— À bientôt !

Michael nous fait un signe de tête.

— Au revoir !

Je lève la main et la secoue.

Dès qu'ils sont partis, Tristan semble vouloir faire pareil.

— Tu t'en vas, Ollie ? Je peux te déposer.

— Euh, non, dis-je avant de jeter un coup d'œil à Knox. Pas encore.

Tristan marque une pause, comme s'il attendait que je change d'avis. Finalement, il serre la mâchoire et hoche la tête.

— Appelle-moi si t'as besoin de quoi que ce soit.

Soulagée qu'il soit enfin parti, je relâche les épaules. J'ai survécu. En grande partie grâce à Knox.

— C'était sympa, dit-il sèchement.

Je penche la tête sur le côté et lui lance un regard médusé.

— Quoi ?

Il rit.

— C'est vrai. La tête de Ken a failli exploser quand il nous a vus entrer ensemble. Rien que ça, ça valait le coup.

— Tu prends un plaisir étrange à mettre les gens en rogne.

— C'est pas faux.

Il sourit, puis fait un signe de tête vers l'intérieur du restaurant.

— Tu veux manger un morceau ?

— J'ai pas très faim.

Mon estomac est encore en train de dénouer les nœuds que je lui ai faits tout à l'heure. Je crois voir une lueur de déception passer sur le visage de Knox. Est-ce qu'il est déçu que je ne veuille pas dîner ou est-ce qu'il veut juste passer plus de temps avec moi ? Je ne crois pas une seconde qu'il ait envie de « traîner ». À moins que traîner soit un nom de code pour sexe. Et je ne peux pas coucher avec un gars que j'entraîne tous les jours. Si ça ne se passait pas bien, ce serait gênant après, et si au contraire c'était un feu d'artifice, je trouverais d'autres raisons de me frotter contre lui pendant l'entraînement. Aucune de ces options n'est judicieuse. Je continue de devoir gérer les répercussions quoti-diennes de la dernière pelle que j'ai roulée. Voir tous les jours au gymnase deux gars avec qui j'ai flirté, ce serait beaucoup trop.

On marche lentement vers le parking. Knox a les mains dans les poches de son pantalon et adapte son rythme au mien.

— Tu t'es vraiment cassé le poignet ? lui demandé-je en arri-vant devant ma Bronco.

J'appuie sur la clé pour déverrouiller la portière et Knox me l'ouvre.

— Ouais. J'ai mal atterri pendant un entraînement et il s'est cassé net.

Je grimace.

— Et le conseil de Ricky Carmichael ?

— Je paraphrasais. Je crois qu'il m'a dit de ne pas faire de folies pendant un certain temps. Mais je l'ai écouté, et à l'époque, je n'écoutais pas grand monde.

— Ou même maintenant, plaisanté-je.

Il rit et hoche la tête.

— Je t'écoute.

— Et je sais à quel point ça te fait mal.

— Qu'est-ce que tu veux que je te dise, j'aime être celui qui donne les ordres.

Une lueur malicieuse assombrit les yeux de Knox. Son ton laisse entendre que ses paroles se situent quelque part entre la provocation et la vérité.

Mon estomac palpite et mes cuisses se crispent.

— Merci pour ce soir. Pour m'avoir accompagnée, pour avoir raconté cette histoire, pour tout. J'appréhendais de répondre aux questions sur mon genou et mon entraînement. Tout le monde veut que je retrouve la forme que j'avais avant ma blessure. Personne plus que moi.

— T'y arriveras.

Je hoche la tête comme si j'acquiesçais. J'espère, mais je n'en suis pas sûre. Par contre, je me sens un peu plus confiante maintenant que Knox croit en moi.

— Je le sais. J'ai vu les vidéos de toi aux Jeux Olympiques. T'étais phénoménale. T'avais une détermination que je vois toujours sur ton visage chaque fois que tu montes sur la poutre. Et puis, je sais à quel point t'es têtue. T'as pas dit ton dernier mot.

— Tu t'es renseigné sur moi ?

La surprise remplit ma poitrine d'une chaleur réconfortante.

— Bien sûr, répond-il d'un air désinvolte.

J'aurais dû m'en douter quand il a dit que j'étais la gymnaste la plus talentueuse de ma génération. C'était avant ma blessure. Je parie que les avis sont bien différents à présent.

— Beaucoup de gens pensent que je ne retrouverai jamais mon niveau d'autrefois.

— Tu leur prouveras qu'ils ont tort, princesse.

Ma poitrine gonfle comme un ballon et l'émotion me serre la gorge. Je serais incapable de parler même si je savais quoi dire.

Knox attend que je grimpe sur le siège conducteur puis ferme la portière. Je lui fais un signe de la main depuis l'intérieur et il m'offre un sourire avant de se retourner et de se diriger vers sa moto.

Je démarre la Bronco mais ne bouge pas. Ses paroles tournent en boucle dans ma tête. *Tu leur prouveras qu'ils ont tort, princesse.* Tellement sûr de lui ! Tellement sûr de *moi* !

Ne fais pas ça, Ave. Ces mots m'ont à peine traversé l'esprit que je coupe le moteur et me lance à sa poursuite.

Il a déjà enfilé sa veste et démarré sa moto, mais il s'arrête en me voyant.

— D'accord, dis-je en l'atteignant.

— D'accord ?

Il est assis sur sa moto, le casque dans les mains. Mon cœur accélère quand je pense à l'excitation et au plaisir qui m'attendent. Deux choses que je sais forcément garanties quand Knox est aux commandes.

— T'as fait tout ce que je t'ai demandé, alors ce soir, tu peux me donner tous les ordres que tu veux.

Knox me tend son casque avec un sourire malicieux qui me fait frissonner de la pointe des cheveux à la pointe des orteils.

— Grimpe.

19

AVERY

Mes mains tremblent alors que j'enfile le casque lourd. Je relève la visière pour qu'il puisse voir mes yeux. Il m'offre un sourire en retour, avec une lueur d'approbation dans ses yeux noisette. Puis il se penche en avant pour me faire de la place derrière lui.

— On va où ? lui demandé-je en grimpant sur la moto.

Ce n'est pas facile en robe.

— Faire un tour.

Il fait vrombir le moteur.

— Accroche-toi bien, princesse.

C'est le seul avertissement qu'il me donne avant de démarrer. Je pousse un cri et m'agrippe à sa veste, de chaque côté de sa taille. Je me penche contre lui alors que le vent nous gifle la peau et j'enfouis mon visage dans son dos. Mon pouls accélère au rythme de la moto alors qu'il quitte le parking. Je souris dans la nuit en m'abandonnant à l'adorable sensation d'être enroulée autour de lui tandis qu'il traverse la ville et s'engage sur une autoroute à deux voies un peu plus calme.

Ma peur s'estompe rapidement, mais les papillons que j'ai

dans le ventre et la douleur que je ressens entre mes jambes s'intensifient sous le grondement de la selle. C'est comme faire un salto sur une poutre, mais avec un mec sexy torse nu qui te regarde faire. Ou peut-être que c'est juste un fantasme qui a pris forme dans ma tête depuis que Knox a commencé à venir au gymnase.

J'ignore combien de temps s'écoule ni quelle distance on parcourt. Je me sens à l'aise avec Knox comme ça, alors que rien n'est attendu de moi. Grimper, mettre le casque, s'accrocher. Facile. Et grisant.

La moto ralentit lorsqu'on s'engage sur un petit chemin de terre. Je ne vois rien à l'horizon, jusqu'à ce que soudain, quelque chose apparaisse. Une sorte de piste. Abandonnée ou en mauvais état, je ne sais pas trop. Quand on s'approche, je constate que la piste elle-même est en bon état. C'est juste tout ce qui l'entoure qui est en ruines. Des gradins branlants, une remise qui servait peut-être autrefois à stocker du matériel, mais qui penche tellement vers la droite que je suis certaine que si je la poussais un peu trop fort, elle s'effondrerait comme un château de cartes.

Une foule de gens sont garés juste à côté de la piste. Des motos de toutes les couleurs et leurs conducteurs perchés dessus. Et d'autres gars et filles debout autour d'eux. Il y a encore plus de gens assis au centre de la piste, sur des couvertures, et entourés de glacières. J'ai besoin d'une seconde pour réaliser que je suis à l'endroit où Knox vient se détendre. C'est ici qu'il vient traîner. J'en mettrais ma main à couper. Surtout à en juger par les regards peu aimables que me lancent plusieurs filles observant Knox s'engager sur la piste. Il s'arrête lorsqu'on arrive devant la foule.

L'un des gars qui se tient à proximité s'approche de lui.

— Knox Holland. Je pensais pas que tu viendrais ce soir.

— Changement de programme.

Le gars me jette un coup d'œil rapide, mais reporte rapidement son attention sur la moto avant de siffler bruyamment.

— Alors, très bien. Je vais prévenir tout le monde.

— Merci.

Le type recule lentement en souriant à Knox.

— Je te file vingt balles si tu me laisses faire un tour avec elle.

— Pour vingt balles, je te laisserais même pas poser un doigt sur elle.

— Sur la moto ou sur la fille ?

Il sourit et me regarde de haut et bas.

Knox descend de la moto et me tend la main.

— Ni l'une ni l'autre, mais surtout pas sur la fille.

Je me demande comment descendre sans que tout le monde ne voie mes sous-vêtements. Knox s'en rend compte et se place devant moi sans un mot, pour me cacher de tous les regards sauf du sien.

Rapidement et sans me soucier qu'il voie ma culotte, je passe la jambe par-dessus la moto et me lève devant lui. Il pose ses deux mains de chaque côté du casque et le soulève doucement.

— J'ai des vrais cheveux de motard, dis-je en riant et en passant mes doigts dans mes cheveux emmêlés.

— T'es magnifique.

Il écarte une mèche blonde de mon visage et la range derrière mon oreille, puis pose le casque sur sa moto et me prend la main. Il me guide vers le centre de la piste.

— Viens. Ça va commencer.

— Attends.

Je jette un coup d'œil derrière moi. Trois autres motos sont garées à côté de la sienne. Leurs conducteurs nous regardent, et c'est peut-être mon imagination, mais ils ont l'air nerveux.

— On va assister à une course ?

Mon cœur s'emballe.

— Toi, oui, répond-il.

Je ne comprends pas tout à fait ce qu'il veut dire avant qu'il ne m'entraîne vers deux filles assises sur une couverture en flanelle orange et bleu. Je reconnais la rousse qui fait partie de l'équipe de Colter.

— Tu te souviens de Brooklyn ?

— Euh, ouais. Salut.

Je la salue d'un geste de la main. Elle ne répond pas, se contentant de hausser ses deux sourcils foncés vers moi.

— Reste avec elle, d'accord ? demande Knox.

Puis, sans attendre de réponse, il tourne les talons et s'en va.

Je le rattrape à quelques pas.

— Attends. *Tu* vas courir ?

Il est vraiment calme et détendu, s'arrêtant et se tournant vers moi comme s'il disposait de tout le temps du monde. Alors que je sais que ce n'est pas vrai. C'est tellement évident maintenant ! Les autres gars l'attendent en faisant vrombir leurs moteurs avec impatience.

— Ne t'inquiète pas. Ça ne sera pas long. Je serai de retour avant d'avoir le temps de te manquer.

Il me fait un clin d'œil, puis se retourne et se met enfin à trottiner vers sa moto. Je reste là à le regarder jusqu'à ce qu'il enfile son casque et démarre, puis je retourne vers Brooklyn. Elle incline la tête vers un espace vide sur la couverture avec un regard que je ne qualifierais pas vraiment d'accueillant.

— C'est Tate, dit-elle en faisant un geste vers la blonde qui se trouve à côté d'elle.

— Salut ! Je m'appelle Avery.

Tate me fait un signe de la main, mais notre attention est déjà tournée vers les garçons qui se préparent à partir.

— Les autres pilotes sont bons ?

Je pose la question sans quitter Knox des yeux. Ce que je veux savoir, c'est s'ils sont aussi bons que lui, mais je ne sais pas comment le demander sans passer pour une groupie.

— Fletcher a fait de la Moto GP, dit Brooklyn.

Quand elle voit que j'ignore ce que c'est, elle ricane et ajoute autre chose.

— Il est bon.

— Bobby aussi, ajoute Tate. Mais Knox n'a été battu qu'une seule fois, et j'ai entendu dire qu'il avait la grippe ce jour-là ou quelque chose comme ça.

— C'est sûrement Knox qui a lancé cette rumeur lui-même.

Brooklyn me lance un sourire amusé.

— Ton copain est doué, et il ne t'aurait pas amenée ici s'il pensait perdre.

Mon estomac se noue et une vague de chaleur couvre mes joues.

— C'est pas mon copain. On traîne juste ensemble. Je l'entraîne.

— Oh, je sais !

Son sourire en coin reste fixé sur ses lèvres.

— Les gars de l'équipe racontent plus de ragots que moi. Jusqu'à ce soir, je pensais qu'« entraîner » était un code pour « coucher avec ».

— Genre j'ai couché avec lui pour l'aider à faire des progrès en moto ? demandé-je d'une voix trop aiguë, et en ignorant les palpitations que cette idée me cause entre les jambes.

— C'est pas totalement absurde. Le sexe est bon pour la confiance, ce qui est primordial quand t'es en chute libre avec ta bécane, dit-elle en haussant les épaules.

Ensuite, elle me regarde attentivement.

— Mais t'as l'air trop tendue pour coucher avec lui.

Mon esprit est en ébullition et je suis complètement à court de mots.

— Oh ! Oui, non. Je ne couche pas avec lui, arrivé-je à marmonner je ne sais comment.

— Pas encore, en tout cas, dit-elle avant de se concentrer à nouveau sur la piste.

Je me demande ce qu'ils ont dit pour qu'elle s'imagine que Knox et moi, on couche ensemble. Qu'est-ce qu'a dit Knox ? Je me demande aussi à quel point elle le connaît. Est-ce qu'elle parle par expérience ? Non pas que je doute que coucher avec Knox puisse aider une fille à se détendre. S'il est aussi doué au lit que pour faire le gros connard, je comprends qu'il soit si arrogant.

— En tout cas, il s'est amélioré. Quoi que tu fasses avec lui, ça a l'air de marcher.

Quelque chose me dit que c'est le commentaire le plus élogieux qu'elle sera prête à m'offrir. J'imagine que si elle veut se figurer que c'est mon vagin magique qui l'aide à progresser et pas notre entraînement, je peux faire avec. Ce n'est clairement pas la pire chose qu'on ait pensé de moi.

Une femme portant un short noir et un débardeur rouge entre sur la piste en tenant un drapeau à damier noir et blanc. Knox abaisse sa visière et se penche en avant pour agripper les poignées de son guidon. Sa roue arrière patine et des nuages de fumée s'élèvent derrière lui.

La fille lève le drapeau au-dessus de sa tête. Son corps est juste incroyable. Elle est pulpeuse et n'a pas peur de montrer ses courbes, mais quelque chose me dit qu'aucun des gars ne prête attention à elle. Même sans voir les yeux de Knox, je sais qu'ils sont rivés sur ce qui se trouve devant lui.

La lune est cachée derrière les nuages. De grands projecteurs éclairent chaque virage. Des ampoules sont manquantes dans chacun d'entre eux, mais la lumière produite est suffisante pour rendre la piste noire visible dans la nuit.

Mon cœur cogne dans ma poitrine, l'attente est insoutenable. D'un mouvement rapide, la femme abaisse le drapeau et les trois motos démarrent. Elles filent tellement vite que j'ai du mal à les suivre. Même si je ne suis concentrée que sur Knox. Tout mon corps est tendu alors que je le regarde mener le peloton lors du premier tour, puis du second.

Je peux à peine regarder, mais je ne peux pas non plus détourner les yeux de lui. Il va tellement vite ! Un seul faux mouvement, un seul moment d'inattention pourrait lui coûter très cher. J'ai l'estomac noué et les battements de mon cœur sont engagés dans une course aussi effrénée que la sienne.

Lors du dernier tour, Knox a un léger avantage, mais les deux autres le collent au train. Ils sont si près de lui que je ne sais pas trop comment ils évitent l'accident.

Dans le dernier virage, mon cœur est coincé dans ma gorge. Je me lève. Brooklyn et Tate font de même.

— Tu vas le faire, murmure Brooklyn. Mets les gaz.

Comme s'il l'avait entendue, Knox semble trouver un second souffle et distance ses adversaires avant de franchir la ligne d'arrivée.

Je pousse un soupir de soulagement. Oh, mon Dieu ! Il a gagné ! Je sautille et agrippe le bras de Brooklyn.

— Il a gagné !

Elle regarde ma main.

— Désolée.

Je la lâche rapidement et elle affiche un sourire amusé.

— Bon boulot, Holland, crie Brooklyn en plaçant ses mains autour de sa bouche.

Puis elle reprend, en se retournant vers moi :

— Tu ferais mieux d'aller chercher ton copain avant que quelqu'un d'autre ne lui offre son baiser de la victoire.

— Son baiser de la victoire ? demande Tate. Ah, *c'est vrai*. Le baiser de la victoire. Ouais, la victoire n'est pas officielle tant qu'il n'a pas embrassé au moins une fille après avoir franchi la ligne d'arrivée.

Je ne prends pas la peine de partager mes pensées là-dessus.

Je ne veux pas imaginer Knox embrasser d'autres filles là, tout de suite. Je me mets à courir aussi vite que mes jambes me le permettent. Il fait un autre tour de piste, plus lentement maintenant. J'atteins la ligne d'arrivée au moment où il la franchit à nouveau. Il dérape brusquement sur le côté et, comme Brooklyn l'avait dit, il est immédiatement entouré de filles qui s'empressent de le féliciter chaudement. Il y a quelques mecs aussi, mais les filles sont plus insistantes et se tiennent plus près de lui que je ne le voudrais.

Il savoure ce moment tandis qu'il descend de sa moto et enlève son casque. Les garçons lui tapent dans le dos et les filles pressent leurs seins contre son bras. Je reste en retrait et le laisse profiter de l'instant, sans manquer de lancer des regards assassins aux filles. Est-ce qu'elles ne m'ont pas vue arriver avec lui ? Je suppose que je ne devrais rien attendre d'elles, vu qu'on n'est pas ensemble, mais quand même. Un minimum de décence. Ne posez pas vos pattes sur mon... peu importe ce que Knox est pour moi.

Il se fraye un chemin à travers le groupe en saluant les gens attroupés autour de lui sans s'arrêter pour autant, et se dirige vers moi. Ses cheveux sont plus sauvages que tout à l'heure. Son sourire également.

— Félicitations, lui dis-je lorsqu'il me rejoint.

— Merci, princesse !

Je m'avance et le serre dans mes bras. Mon Dieu, il sent tellement bon ! Un mélange de cuir, de métal et de sexe. Du sexe intense et époustouflant.

Brooklyn s'approche de moi.

— Jolie course. J'étais pas sûre que t'allais réussir à mettre les gaz à temps.

— Tu devrais jamais douter de moi, lui répond-il d'un ton taquin.

— Ouais. Bien sûr. Le grand Knox Holland.

Elle lève les yeux au ciel et s'éloigne d'un pas irrité.

— C'est un vrai rayon de soleil, dis-je avec ironie.

— Elle est plutôt cool quand on apprend à la connaître.

— Alors... Euh... Brooklyn a dit que c'était pas officiel tant que tu n'avais pas obtenu ton baiser de la victoire.

— Mon baiser de la victoire ?

Il hausse les sourcils.

— Et tu veux me le donner ? C'est ça que tu veux dire ?

— T'as gagné, dis-je en haussant les épaules. Et c'est toi qui commandes ce soir, tu te souviens ? Alors fais ce que tu veux.

— C'est très dangereux de me dire un truc comme ça, princesse.

Il baisse la voix.

— Je risque de te pencher sur ma bécane tellement vite que tu comprendras même pas ce qu'il t'arrive.

Ses mots échauffent mon bas-ventre et mon souffle se bloque dans ma gorge.

— Je suis pas sûre que ça me dérangerait tant que ça. En fait, je pense que j'aimerais beaucoup ça.

Ses yeux s'assombrissent et il étudie mon visage, peut-être pour déterminer si je suis sérieuse ou non. Je suis très sérieuse. Il reste près de moi. Je sens la chaleur qu'il dégage. Une main se pose sur ma joue. Il porte des gants et le cuir chaud me met en émoi. Son pouce se promène sur ma peau, puis sa main descend vers mon cou alors qu'il élimine tout espace entre nous.

Ses yeux ne me quittent pas. Je ne respire plus.

— Tu veux que je t'embrasse ?

Incapable de parler, je hoche la tête.

— C'est pas une réponse.

— Oui.

J'arrive à prononcer le mot qu'il attend. Du moins, je crois. Je ne l'entends même pas à cause des battements de mon cœur et du sang qui bourdonne dans mes oreilles. Je sais que ce n'est pas une très bonne idée d'embrasser Knox pendant que je l'entraîne, mais une tension palpable existe déjà entre nous. Est-ce que ça pourrait être bien pire si on s'embrassait juste un peu ?

Les secondes s'égrènent et il ne bouge toujours pas, jusqu'à ce que j'ouvre la bouche et que ces mots s'échappent sans même que je m'en rende compte.

— Embrasse-moi, Knox,

Il claque la langue et baisse la tête.

— Tu peux pas t'empêcher de me donner des ordres, n'est-ce pas ?

Oups !

— Heureusement, là, tout de suite, toi et moi, on veut la même chose.

Ses lèvres prennent les miennes. Dures et dominantes dès le moment où elles me touchent. J'ouvre immédiatement la bouche et sa langue s'engouffre dedans avant de caresser la mienne. Quelqu'un pourrait facilement se perdre dans les baisers de Knox. C'est mon cas. Je ne veux plus jamais que ça s'arrête.

J'agrippe sa veste et essaie de le tirer vers moi. Il est dominant et brutal, mais sa façon de me caresser le visage est étrangement douce. Je ne sais pas pendant combien de temps il m'embrasse comme ça, mais lorsqu'il s'écarte enfin, le monde reprend vie autour de nous. Les gens parlent, rient, on entend le bruit des moteurs et des pneus sur la piste.

— Viens on se tire d'ici, dit-il d'une voix rauque alors que je tente toujours de me remettre de la disparition de sa bouche sur la mienne.

Mes jambes sont en coton quand il me prend la main et m'entraîne vers sa moto. Je dois presser le pas pour le suivre. Un petit groupe de gars en train de boire est rassemblé près de sa moto. Quand on arrive, Knox me lâche la main pour attraper son casque. Lentement, délicatement, il le pose sur ma tête. Comme si je ne mourais pas d'envie de partir d'ici. Ses baisers m'ont promis tellement plus et j'ai hâte de découvrir ce qui m'attend. Je mets toutes mes autres préoccupations de côté. Elles seront toujours là demain, alors que cet instant semble si éphémère.

— Sur la moto, princesse. Et montre ta culotte à personne.

Ce n'est pas évident, mais je grimpe sur la selle en serrant ma robe devant moi.

Knox s'apprête à monter à son tour quand l'un des gars titube vers nous.

— Le légendaire Knox Holland a encore frappé.

Son ton est taquin, presque moqueur.

— J'imagine que c'est facile de gagner quand on a des sponsors qui te balancent du fric au visage et te paient le meilleur équipement.

— Tu sais pas de quoi tu parles.

Knox essaie de l'ignorer, mais le type lui tape sur l'épaule et l'empêche de grimper sur la moto.

— Ah oui, c'est vrai. Ils t'ont jeté comme une vieille chaussette.

Le type agite un doigt comme s'il réprimandait un enfant.

— Tu devrais vraiment apprendre à contrôler ton tempérament.

Knox crispe la mâchoire, mais à part ça, il semble calme et impassible.

— Fous le camp, Justin. T'es bourré et tu te tournes en ridicule.

Le type fait un geste de la main en titubant légèrement comme pour prouver que Knox dit vrai.

— J'ai vu ton vieux traîner par ici l'autre jour.

Je vois Knox se crisper. Ça ne dure qu'une fraction de seconde, puis son masque d'indifférence reprend place, mais je l'ai bien vu.

— Tant mieux pour toi, dit Knox en se dégageant de sa prise et en enfourchant sa moto.

— Tu veux parler de ridicule ? Il essayait de pousser les gens à faire la course avec lui, comme si c'était pas un has been fini.

Le regard du type se tourne brusquement vers moi lorsque Knox laisse tomber une main sur ma jambe. Je sens sa tension dans son toucher. Il est doux, mais ferme. Il a besoin de quelque chose à quoi s'ancrer et je suis heureuse d'être cette chose pour lui. Je doute qu'il réalise ce qu'il vient de faire.

Malheureusement, le type décide de tenter une dernière fois de mettre Knox en rogne. Pourquoi ? Je ne sais pas trop. Knox est plus grand, plus large, et ce type, visiblement, ne pourrait même pas se battre contre mon frère.

— Moto hors de prix, chatte hors de prix. Combien il t'a payée, chérie ? Je peux payer en plusieurs fois ? Je suis pas Knox Holland, mais il sera rincé dans un an ou deux de toute façon.

Il sourit et rit de sa propre blague.

Knox descend de la moto avant même que je m'en rende compte, s'approche de lui d'un air menaçant et le pousse violemment.

— Arrête d'ouvrir ta putain de grande gueule.

Le type est pris par surprise, même s'il n'aurait pas dû l'être. Il a tenté le diable. Il trébuche et tombe sur les fesses. Pour une raison que je ne comprends pas, le type a toujours le sourire aux lèvres.

— Knox ! dis-je d'une voix à peine audible alors qu'il serre les poings le long de son corps.

Tout le monde nous regarde à présent. Knox pourrait tuer ce type s'ils se mettaient à se battre. Ce ne serait même pas serré.

Brooklyn émerge de la foule et pose une main sur son bras. Il sursaute, puis reprend ses esprits, comme s'il n'avait pas conscience qu'il était entouré de monde. Elle incline la tête vers moi et Knox se retourne. Il enfourche sa moto, démarre et s'éloigne avant que le type n'ait le temps de se relever.

20

KNOX

Je sens les mains d'Avery s'enfoncer dans mes côtes quand je prends un virage un peu trop vite. Merde ! Je relâche l'accélérateur et ralentis alors que je retourne en ville. Ma colère s'est changée en frustration le temps que j'arrive sur le parking vide du restaurant et que je me gare à côté de sa Bronco.

Je coupe le moteur, mais aucun de nous ne bouge.

— Je suis désolé, dis-je sans la regarder.

Sentir sa chaleur corporelle dans mon dos me manque lorsqu'elle descend et reste debout près de la moto.

Elle relève la visière de son casque et la peur ou l'appréhension que je m'attendais à voir dans ses yeux sont absentes.

— Pourquoi tu t'excuses ? Ce type était un connard.

— J'aurais pas dû t'emmener là-bas.

Je ne sais pas à quoi je pensais. Elle n'a pas sa place sur une piste délabrée. On vient de deux mondes différents. Si elle ne l'avait pas remarqué avant, c'est certainement le cas maintenant.

— Je vais bien.

Elle enlève son casque et le pose à l'arrière de ma moto. Ses cheveux blonds sont en bataille et sa robe rose est remontée sur ses cuisses. Combien de robes moulantes roses est-ce que cette nana possède ? Beaucoup, j'espère. Elle est la putain de perfection incarnée.

Mon regard se pose sur ses lèvres lorsqu'elle ajoute autre chose.

— Sérieusement, Knox. Je vais bien. Mais toi, comment tu vas ?

— T'es inquiète pour moi, princesse ?

L'inquiétude que je vois dans ses yeux me fait sourire. Ce n'était qu'un moment comme un autre pour moi. C'est mignon qu'elle pense que j'étais en danger. Je connais Justin depuis qu'on est gamins. Il est inoffensif. C'est un connard, c'est sûr, mais je ne l'ai jamais vu balancer un coup de poing. Par contre, il en a encaissé pas mal.

— Ce type t'a dit des trucs assez merdiques.

— Il est juste en colère parce que sa carrière de pilote n'a jamais décollé.

L'échec rend les gens amers. J'ai vu ça chez d'autres, et j'ai parfois ressenti la même chose moi-même. Je n'aurais pas dû laisser les paroles de Justin m'affecter. Je savais qu'il cherchait à me provoquer, mais je n'ai pas compris ce qu'il essayait de prouver. Que j'étais impulsif ? Que je ne savais pas me contrôler ? Je n'en suis pas sûr, mais je suis tombé dans le piège comme un bleu.

— Je savais pas que t'avais perdu ton équipe.

Avery s'approche assez près de moi pour que sa jambe effleure la mienne, puis elle pose la main sur l'avant de ma veste.

— Je suis désolée.

Une pointe d'amusement redresse un coin de ma bouche.

— Et tu t'excuses pour quoi exactement ?

— Pour rien. Je suis juste désolée. Qu'est-ce qui s'est passé ?

— Je me suis pris la tête avec un coéquipier après qu'il m'a percuté lors de la dernière course du championnat. Je l'ai poussé devant les médias. La ligue n'apprécie pas beaucoup la violence entre coureurs et les propriétaires de l'équipe ont dû choisir entre lui et moi.

Je m'attends à ce qu'elle me regarde différemment, mais ce n'est pas le cas.

— Qu'est-ce qu'il a fait ? demande-t-elle en fronçant les sourcils avec perplexité. Il a bien dû faire quelque chose pour que tu le pousses devant tout le monde.

— Qu'est-ce qui te fait dire ça ?

— Je viens de voir un type te provoquer, pratiquement te supplier de le frapper, et tu ne l'as pas fait.

Je crois que c'est la première fois que quelqu'un suppose que ce n'est pas mon tempérament explosif qui a causé tout ça, et je suis surpris qu'elle me fasse confiance si vite.

— Link n'a rien fait. Enfin, ouais, il a dit des conneries et il m'est rentré dedans, mais j'aurais pas dû lever la main sur lui. C'est ce qu'il voulait.

— Alors pourquoi tu l'as fait ?

Je serre la mâchoire plusieurs fois.

— C'était l'anniversaire de ma mère. Elle est morte il y a dix ans. Elle aurait eu cinquante ans. Je voulais gagner pour elle. Au lieu de ça, j'ai tout foutu en l'air.

— T'as fait une erreur lors d'une journée particulièrement difficile. C'est tout.

Une erreur qui m'a coûté tout ce que j'ai.

— C'est pas comme ça que j'avais imaginé la fin de la soirée, dis-je en essayant de ramener la conversation sur un sujet plus léger.

— Ouais, moi non plus, dit-elle en souriant. Mais je suis là si tu veux en parler.

Comme je ne dis rien, elle comprend que je veux passer à autre chose.

— D'accord. Tu veux venir chez moi ? Quinn est probablement chez Colter, mais même si elle est là, j'ai ma propre chambre.

— Une autre fois. Il est tard.

Sa surprise est palpable.

— Tu me rejettes ?

Ma bite palpite en signe de protestation. Elle est debout là, dans cette petite robe si sexy, ressemblant à une vraie déesse, et j'ai encore le goût de ses lèvres sur le bout de la langue.

— J'essaie de faire ce qu'il faut. Ne me pousse pas à bout, princesse.

— Pourquoi ?

Je remonte sur ma moto parce que je ne suis pas convaincu de parvenir à me retenir de la toucher.

— Je suis pas le genre de mec à me mettre en couple. Si on couche ensemble, ça ne changera rien.

— Qui a dit que j'étais du genre à me mettre en couple ?

Elle n'a pas besoin de dire quoi que ce soit. Peut-être qu'elle teste le terrain en couchant à droite, à gauche, mais au final, elle voudra se caser. Je ne suis pas fait pour ça.

L'instant d'après, elle grimpe devant moi et passe ses bras autour de mes épaules.

— Je sais que ça ne changera rien. Je ne vais pas me transformer en groupie psychotique. T'es sexy, mais pas à ce point-là.

Je hausse les sourcils et un rire discret détend le nœud qui me comprime la poitrine. Je tends la main, lui agrippe la hanche et la guide vers moi.

— Vraiment ?

Elle est remplie d'une détermination ardente jusqu'à ce que mon autre main glisse sous sa robe. Son visage s'adoucit et ses lèvres s'entrouvrent lorsque je fais remonter ma main gantée le long de sa jambe. Je devrais m'arrêter. Rentrer chez moi. Me branler. Appeler quelqu'un d'autre. Mais je n'ai jamais été doué pour faire les choses bien de toute façon.

J'atteins le haut de sa jambe et mon pouce effleure son clitoris sous sa culotte.

— Si j'enlevais ces gants, est-ce que je sentirais à quel point je te fais mouiller ?

— Oui.

Elle ferme les paupières d'un coup.

Elle est magnifique. Excitée, et me désire désespérément. Elle veut savoir ce que ça fait d'être avec un mec comme moi, et je la veux, alors j'arrête de lutter. Elle sait ce que c'est.

J'augmente la pression et trace de petits cercles rapides sur son clitoris jusqu'à ce que sa respiration devienne haletante. Quand elle se met à se frotter contre ma main, je la glisse sous sa culotte, que je laisse claquer contre son entrejambe sensible. Son corps se crispe d'un coup et elle halète, mais je suis déjà en train d'apaiser sa gêne en promenant mes doigts sur sa chair gonflée.

— Knox !

La façon dont elle prononce mon nom me fait souhaiter avoir autre chose que mes doigts en elle.

— Jouis pour moi, princesse.

Elle s'exécute, mordillant sa lèvre inférieure comme si elle essayait de retenir tous ses gémissements sexy. Je les veux tous, alors j'approche ma bouche de la sienne et les avale tandis qu'elle chevauche ma main et qu'elle est secouée par des vagues de plaisir.

Je ne m'arrête pas avant de la sentir s'affaisser contre moi. Sa tête tombe contre la mienne et elle inspire le plus d'air possible. Je remets sa culotte en place et écarte la main. Elle regarde mon gant émerger de son entrejambe et rougit en voyant l'humidité qui recouvre le cuir.

Je porte cette même main à sa bouche et passe mon pouce sur sa lèvre inférieure si pulpeuse avant de l'embrasser à nouveau.

Lorsqu'on se sépare, ses yeux sont d'un bleu éclatant et sa peau est toute rouge.

— Je crois que j'aime les motos.

21

KNOX

Je me lève et applaudis lorsque le buzzer marquant la fin de la première mi-temps retentit.

— Bien joué, Flynn.

Mon frère ne lève pas les yeux vers moi, mais alors qu'il quitte le terrain, un petit sourire se dessine sur ses lèvres.

— Je te jure, il s'améliore à chaque match, dit Hendrick.

J'approuve en hochant la tête et regagne ma place. C'est incroyable. Notre petit frère est vraiment un athlète hors pair. Et le basket n'est même pas le sport dans lequel il excelle le plus.

— On va manger un morceau, dit Brogan avant de se lever, suivi par Archer. Vous voulez un truc ?

Hendrick et moi, on secoue la tête. La foule se disperse autour de nous et tout le monde se précipite vers la cafétéria pour faire la queue à la buvette.

Je regarde mon téléphone. J'ai dû manquer l'entraînement d'aujourd'hui avec Avery à cause du match de Flynn, mais on s'échange des textos. Des trucs idiots. Elle vient de m'envoyer une vidéo d'un enfant de trois ans faisant le poirier avec, en commentaire : « Regarde ce gamin si tu veux des tuyaux. »

Je ne sais même pas si elle plaisante. Probablement pas. J'envoie un pouce en l'air et lui réponds : « Regarde ces filles si tu veux des tuyaux. » Et j'ajoute un lien vers Pornhub.

Je ris tout seul tandis que Hendrick se penche en arrière et pose ses pieds sur les gradins devant nous.

— Cet endroit ne changera jamais.

— Non, dis-je sans lever les yeux.

— C'est bizarre de penser qu'un jour, on reviendra ici avec nos propres enfants et que tout sera exactement pareil.

Je lève les yeux. Il me faut une seconde pour comprendre ce qu'il vient de dire.

— Des enfants ? Jane est enceinte ?

— Quoi ? Non, dit-il en appuyant d'un geste sa protestation. Je pensais juste.

— À avoir des enfants ?

— Eh bien, ouais. Un jour. Jane veut finir ses études et se marier d'abord, et je veux acheter une maison et m'assurer que le bar marche bien.

Il est sérieux. Putain ! Je savais que sa vie était en train de changer. Jane et lui se sont fiancés il y a un an et elle vit pratiquement chez nous, mais des enfants ? Une maison ? Putain !

— Un petit Hollywood.

Je souris en imaginant Hendrick parent. Il sera le plus grand connard du monde avec tous ceux qui feront du mal à ses enfants, qui vont très certainement le mener par le bout du nez.

— J'espère qu'ils ressembleront à Jane.

— Ouais, moi aussi.

Sa poitrine se soulève et s'abaisse dans un petit rire.

Avery me répond par un selfie où elle me fait un doigt d'honneur. Je ricane en lui renvoyant un émoji ange.

— À qui t'envoies des textos ? demande Hendrick.

— Avery. La fille qui m'entraîne.

— La gymnaste, dit Hendrick sans vraiment poser la question.

— Ouaip.

— Vous sortez ensemble ?

— Non, dis-je rapidement en glissant mon téléphone dans ma poche.

— Oh, allez ! Ne fais pas comme Flynn quand je lui demande si une fille lui plaît. Tu lui envoies des textos en ricanant comme un ado. Je suis pas idiot.

— On discute, c'est tout.

— Tout nus ?

— C'est comme ça que tu discutes avec les gens ? demandé-je d'un ton moqueur. Pas étonnant que t'aies pas d'amis.

— Tu sais très bien ce que je veux dire. Tu la baises ou pas ? demande-t-il alors qu'un groupe de parents passe à côté de nous.

Leurs regards désapprobateurs sont impayables.

Hendrick leur adresse un sourire contrit et je cache mon rire derrière mon poing.

Avant qu'on ait le temps de retrouver notre calme, Archer et Brogan réapparaissent avec des en-cas à la main. Brogan me lance un sachet de M&M's. Je lui dis toujours que je ne veux rien, mais il m'apporte toujours quelque chose. Je pense que c'est pour tenter de se faire pardonner d'être toujours aussi irritant.

Brogan s'assoit devant nous, mais Archer reste debout avec un air pensif.

— *T'es pas transparent*, lui dis-je en langue des signes.

L'équipe de Flynn revient sur le terrain derrière lui. Même si je ne les vois pas.

— Je crois que j'ai vu papa dehors, dit-il finalement.

— Quoi ?

Hendrick se redresse.

Je reste figé un moment, puis je secoue la tête. Je signe au lieu de parler. *Non. Impossible qu'il se pointe ici.*

Plus jeune, Archer a eu un accident qui lui a fait perdre son audition. Il est sourd et porte des appareils auditifs. Il lit très bien sur les lèvres, mais utiliser la langue des signes est le moyen le plus simple de s'assurer qu'il ne manque rien lors d'une conversation importante.

— *C'est vrai que ça semblait être lui, mais ça fait longtemps que je n'ai pas vu votre vieux.*

Brogan hausse les épaules.

Notre père n'a pratiquement jamais assisté à un seul événement sportif ou scolaire pendant les années où Hendrick, Arch et moi étions à l'école. Je doute même qu'il sache que Flynn n'a pas encore obtenu son diplôme. Il a cessé de s'intéresser à nous il y a bien longtemps, et je me suis assuré que ça reste ainsi.

— *Où il était* ? demande Hendrick en signant avant de jeter un coup d'œil vers la cafétéria.

— Dans le passage couvert. Je ne l'ai pas bien vu... dit Arch avant de s'interrompre puis de reprendre. C'était sûrement pas lui.

— Je vais aller vérifier.

Hendrick se lève et s'en va avant que je ne puisse lui dire de laisser tomber. Ce n'est pas lui. Impossible.

Je tape du pied et regarde le terrain tandis que Flynn marque des paniers depuis le périmètre. J'applaudis et j'essaie de me débarrasser de toute pensée de mon cher père, mais Archer et Brogan continuent de parler de lui.

— Tu l'a vu quand pour la dernière fois ? demande Brogan.

Archer balance des raisins secs dans sa bouche et réfléchit avant de répondre finalement.

— Je m'en souviens même pas. L'année dernière, il m'a envoyé une carte pour mon anniversaire.

— Sérieux ? demandé-je.

Je n'étais pas au courant. Ce n'est pas la première fois qu'il donne des nouvelles. Il m'a envoyé quelques textos avant que je le bloque, et il est passé une fois il y a quelques années, le jour anniversaire de la mort de maman, mais je suis le seul à l'avoir vu, et je me suis très vite débarrassé de lui. Je ne voulais pas qu'il perturbe quelqu'un d'autre en se pointant lors d'un jour qu'on déteste tous.

— Ouais. Mais je ne l'ai pas revu depuis le jour de ma remise de diplôme, je crois. Et toi ? demande Archer avant d'attendre ma réponse.

— Ça fait longtemps.

Hendrick revient en secouant la tête.

— Je l'ai pas vu.

— Je te l'ai dit. C'était pas lui, dis-je, mais le nœud que j'ai à l'estomac ne disparaît pas pour autant.

De retour à la maison, je suis dans le garage en train de cogner sur le sac de frappe quand Hendrick apparaît.

— Qu'est-ce que tu fais encore debout, l'ancien ? lui demandé-je en arrêtant le sac d'une main.

On est rentrés un peu après vingt-et-une heures et il m'a fallu une heure de plus pour m'assurer que Flynn avait bien fait tous ses devoirs, mangé et pris sa douche. Hendrick était dans sa chambre avec Jane quand je suis venu dans le garage. Je pensais que tout le monde était couché.

Il fait les cent pas devant moi.

— J'arrête pas de penser à ce soir. Tu crois que papa était là ?

— Je sais pas, avoué-je.

Il fronce ses sourcils foncés.

— Il est passé à la maison une fois cet été en disant qu'il voulait prendre de nos nouvelles, il a demandé après Flynn.

— Quoi ? dis-je en haussant le ton. Pourquoi t'as rien dit ?

— Parce que je savais que tu te mettrais dans tous tes états. T'étais parti pour une course et quand t'es revenu, tu t'entraînais pour le championnat. Je ne voulais pas te distraire avec ça. Je m'en suis occupé et personne d'autre n'est au courant.

Je pousse un soupir de soulagement. Hendrick, Archer et moi, on est tous d'accord au sujet de papa. Aucun de nous ne veut le voir, mais je ne sais pas exactement comment réagirait Flynn. Il est trop jeune pour se rappeler quel père minable il était. Je ne veux pas qu'il traverse ce qu'on a traversé. Papa débarquait à l'improviste. Et chaque fois, on était tout excités quand il arrivait, puis déçus quand il repartait.

Et ce n'est pas comme s'il était un père formidable quand il était présent. C'était vraiment perturbant. On voulait qu'il soit là, mais quand il prenait le temps de venir, on avait oublié à quel point c'était un connard. Maman et lui se disputaient sans arrêt, il se mettait en colère si on faisait trop de bruit ou si on était trop turbulents, ce qui était toujours le cas. Ma moto est devenue ma planche de salut.

J'ignore pourquoi on a gaspillé tant d'années à espérer qu'il se décide enfin à être un putain de père. Il était à chier dans ce rôle. On était mieux sans lui. On l'est toujours.

— Justin Pushner. Tu te souviens de lui ? demandé-je à Hendrick.

— Ouais. Il était dans ta classe, non ?

Je hoche la tête.

— Je l'ai vu l'autre soir. Il a dit que papa traînait près de la piste. Je l'ai pas cru sur le moment. Je pensais qu'il essayait juste de me faire sortir de mes gonds, mais peut-être qu'il disait la vérité.

— Putain !

Hendrick se passe une main sur la mâchoire.

— Tu crois qu'il est revenu vivre à Valley ?

— J'espère que non.

Mais ça ne peut pas être une coïncidence que des personnes aient mentionné sa présence en ville deux jours de suite.

22

AVERY

L'anniversaire de Colter tombe samedi soir. D'après Quinn, les gars sont rentrés cet après-midi.

Quand j'entre dans le Tipsy Rose, je sais déjà que Knox est là. Non seulement j'ai vu son pick-up dehors, mais Quinn m'a envoyé un texto il y a dix minutes pour m'informer que mon « pote du moment » était là. Elle a fait ça avec enthousiasme pour me prévenir, mais aussi probablement pour me presser d'aller le rejoindre.

La coach Weaver m'a donné le feu vert pour que je me mette à travailler au saut de cheval, et j'ai désespérément envie de rattraper le temps perdu. J'avais besoin d'un long bain glacé avant d'être en état de me préparer à sortir.

Une nervosité que je refuse d'admettre me remue l'estomac. Je suis impatiente de le voir, mais c'est plus que ça. Je suis excitée. Notre baiser de l'autre soir était... il n'y a pas de mots pour le décrire. Depuis, on s'envoie des textos de temps en temps, mais il s'agit principalement de gymnastique ou de messages coquins et idiots.

Je repère la star de la soirée en premier. Il est assis sur un tabouret devant le bar. Quinn est perchée sur ses genoux. Je garde les yeux baissés et me fraye un chemin à travers la foule. Ce bar et celui qui se trouve un peu plus loin dans la rue sont les préférés des étudiants de Valley U, mais ce soir, il y a un mélange d'étudiants et de gens un peu plus âgés. Je remarque des visages que je vois sur le campus, mais aucun que je connaisse assez pour engager une conversation.

Des gars en blousons de motard me regardent tandis que je me contorsionne pour me faufiler entre eux.

Quinn glisse des genoux de son petit ami pour me saluer lorsqu'elle me voit arriver.

— T'es venue !

Elle jette ses bras autour de mon cou et me serre fort contre elle en se balançant d'un côté à l'autre.

— Salut, dis-je en riant un peu. Je t'ai manqué ?

— Toujours, répond-elle sans hésiter avant de s'écarter et de me guider vers le bar en me tenant fermement la main.

— Joyeux anniversaire, dis-je à Colter.

— Merci, Avery.

Puis je le vois. Il est assis quelques sièges plus loin, levant un verre à ses lèvres en discutant avec le barman. Knox m'a déjà vue, et j'ai bizarrement l'impression de lui avoir donné l'avantage. Son regard est ardent, et je sens mes joues rougir lorsqu'il avale son verre et le repose sans me quitter des yeux.

— Qu'est-ce que tu veux boire ? me demande Quinn, qui détourne ainsi mon attention de Knox.

— Un Sprite, je pense.

Colter commande pour moi et avant que ma boisson n'arrive, Knox s'est approché de moi.

— Princesse ! dit-il pour me saluer.

Ce surnom, qui ne semble pas vouloir disparaître, me fait lever les yeux au ciel, puis je prononce son nom sur le même ton moqueur.

— Knox !

On se sourit. J'aimerais croire que son esprit est toujours dans ce parking, avec sa main sous ma robe, car c'est là que se trouve le mien alors que je fixe la façon dont ses doigts enveloppent le verre qu'il a dans la main.

Quelqu'un me bouscule par-derrière et je suis poussée vers lui. Knox tend sa main libre en avant et m'aide à garde l'équilibre. Les doigts puissants que je regardais à l'instant enveloppent mon bras, et j'évite de justesse de tomber la tête la première sur son torse.

Il sent bon. Il est beau aussi. T-shirt gris foncé, jean, bottes noires.

Quinn pousse un cri et brise le sort qui m'envoûte.

— A-bébé, c'est notre chanson !

J'ai besoin d'un moment pour reconnaître la chanson, mais avant même que j'y parvienne, elle m'a déjà attrapé la main et me tire de l'autre côté du bar, où le groupe joue une version remixée de « Good 4 U ».

En vérité, c'est surtout sa chanson. Ne vous méprenez pas, j'aime bien la chanter et la danser aussi, mais c'est Quinn qui la considère comme son hymne personnel. Elle adore Olivia Rodrigo.

— Ne t'inquiète pas. Il te mate toujours, crie-t-elle.

— Qui ?

— Knox. Je savais que ça le rendrait fou que je t'éloigne de lui.

Je secoue la tête.

— Je sais pas si t'es géniale ou diabolique.

— Un peu des deux.

Elle sourit de toutes ses dents.

Les gens se sont rassemblés devant la scène. La plupart sont debout à regarder et à boire, sans vraiment danser. L'une des qualités de Quinn, c'est qu'elle ne se soucie pas beaucoup de ce que pensent les autres. Elle n'a pas besoin de voir les autres danser pour lever les bras au-dessus de sa tête et se déhancher au rythme de la musique.

Et je prends rapidement le pas. On se lâche pendant le reste de la chanson en chantant les paroles avec le groupe.

Je n'oublie pas Knox, mais je ne le vois pas.

La chanson suivante est plus lente. On se tourne vers la scène et on balance les épaules au rythme de la musique.

— Knox est pas mal ce soir, dit Quinn, encore un peu essoufflée.

J'acquiesce en fredonnant.

— Qu'est-ce qui se passe entre vous deux ? Vous comptez vous voir régulièrement ou c'était juste un coup d'un soir ?

— Je sais pas. J'ai oublié de lui poser la question pendant qu'il me faisait jouir dans le parking désert.

Elle lutte pour retenir un rire. Je lui souris en retour. Est-ce que je lui ai raconté tous les détails dès que je suis rentrée à la maison l'autre soir ? Évidemment. J'avais *besoin* de raconter ça à quelqu'un pour pouvoir revivre le moment.

Colter s'approche de Quinn par-derrière et passe ses bras autour de sa taille. Il dépose un baiser sur sa joue.

— Salut, bébé. J'ai besoin de ma partenaire de fléchettes.

Elle me regarde pour que je lui donne mon accord.

— Vas-y. Amuse-toi bien. Je vais continuer à danser, lui dis-je en lui faisant signe de la main.

— Viens nous regarder.

Elle s'adosse contre son petit ami sans bouger.

— Ouais, Quinn est meilleure quand elle a un public.

Colter dépose un autre baiser sur sa joue.

Elle hoche la tête.

— J'adore que les gens me regardent battre des hommes qui ne se doutent de rien et pensent que c'est la première fois que je joue.

Ouais, ça lui ressemble bien. Je les suis dans une pièce

arrière dans laquelle se trouvent des tables de billard et des jeux d'arcade. Cette pièce est un peu plus isolée du reste du bar, donc on entend moins la musique du groupe qui joue sur la scène.

Je m'installe sur un tabouret vide adossé au mur, à côté de la cible de fléchettes. Quinn et Colter jouent avec deux de ses copains motards, Oak et Shane. Je cherche Knox du regard, mais il doit être resté au bar.

Pendant que j'encourage Quinn et que je lui offre l'attention dont elle a besoin, un autre pote de Colter s'approche de moi.

— Salut !

Il baisse la tête pour croiser mon regard.

— Je peux te payer un verre ?

— Non, merci.

Je n'ai jamais pris mon Sprite au bar, mais je ne veux pas que ce type se fasse des idées si je le laisse me payer un autre verre.

— Je m'appelle Mitch, dit-il.

— Avery.

Il incline la tête vers Colter.

— Comment tu connais le héros du jour ?

Je pointe le doigt vers ma meilleure amie alors qu'elle lève les bras en l'air pour fêter sa victoire. Je ne suis pas très calée en fléchettes, mais je suppose que c'était un bon tir.

— Quinn est ma colocataire.

— Ah.

Il s'approche et s'adosse contre le mur. C'est un grand gaillard, large d'épaules, le milieu de la vingtaine, je dirais. Il a une barbe courte qui rend difficile de deviner son âge avec précision. Au minimum vingt-quatre ans. Au maximum, peut-être le début de la trentaine. Il est mignon. Il a des yeux perçants et des cheveux mi-longs ramenés derrière ses oreilles. Objectivement, je devrais être attirée par lui, mais à ce moment précis, je suis complètement accro à Knox Holland.

Mitch s'apprête à dire autre chose lorsque mon obsession

entre dans la pièce. Un petit sourire se dessine sur ses lèvres quand je le vois s'approcher de moi. Je déteste mon envie de remuer sur mon siège à cause des papillons qui virevoltent dans mon bas-ventre.

Mitch se redresse de toute sa hauteur et lui tend la main.

— Holland. Content de te voir.

— Moi aussi, répond Knox.

Mitch ne comprend pas pourquoi Knox s'est approché de nous. Il pense qu'il est là pour lui, mais je sais bien que c'est faux. Même s'il ne me regarde pas, je sens qu'il y a de l'attirance entre nous.

— Comment ça va ? demande Mitch. J'ai été désolé d'apprendre pour Thorne.

Une émotion furtive traverse le visage de Knox, mais il la dissimule si rapidement que je doute que Mitch n'ait eu le temps de la remarquer.

— Merci. Je vais bien.

— T'as toujours su retomber sur tes pattes.

Mitch repose les yeux sur moi en inclinant son corps pour m'inclure dans la conversation.

— Je discutais justement avec...

Est-ce que je suis surprise qu'il ait déjà oublié mon prénom ? Oui, oui, je le suis. Mon visage rougit alors que Mitch écarquille les yeux.

Le sourire de Knox devient plus large et moqueur tandis qu'il regarde son pote lutter pour se souvenir de mon prénom.

— Amanda, c'est ça ? dit Knox en faisant un pas vers moi. Je crois qu'on s'est déjà rencontrés.

— C'est ça. Amanda ! dit Mitch en souriant d'un air penaud.

Je n'étais pas franchement attirée par lui, mais *aïe !*

— Mes amis m'appellent Mandy, dis-je à Knox d'une voix mielleuse. On s'est déjà rencontrés ? Je ne crois pas m'en souvenir.

— Ah bon ? répond Knox d'une voix rauque qui glisse sur ma peau comme du gravier. J'aurais juré qu'on s'est croisés une ou deux fois. J'arrive pas à mettre le doigt dessus pour le moment.

Je dois être rouge, mais je lui souris en retour. Je n'ai pas l'intention de le laisser m'intimider.

— Ça n'a pas dû être très mémorable.

Le regard de Mitch fait des allers-retours entre nous. Je me lève, les jambes un peu tremblantes après ma joute verbale avec Knox.

— Excusez-moi. Je dois aller parler à ma coloc.

Je marche droit vers Quinn, qui est toute excitée. Colter et elle ont gagné leur partie. Elle balance ses bras autour de mon cou et je la félicite. Puis elle me convainc de jouer avec elle. J'accepte avec plaisir pour éviter Mitch et l'entendre m'appeler Amanda.

Colter attrape Knox, qui est toujours debout à proximité, et on commence à jouer tous les quatre ensemble. Je ne suis pas très douée pour faire en sorte que les fléchettes aillent là où je vise, mais je suis certaine que Quinn nous mènera à la victoire, ou du moins nous empêchera de nous faire laminer.

— Mandy, hein ? demande Knox d'une voix traînante.

— Seulement pour mes amis.

Il se penche vers moi et baisse la voix.

— Et les mecs que tu laisses te peloter de temps en temps ?

Mon cœur bat plus vite.

— Tu peux m'appeler Amanda.

— Sans problème, princesse.

Il rit.

On ne parle pas beaucoup pendant la partie, qu'on remporte (merci Quinn), mais dès qu'elle est terminée, ma meilleure amie et son copain se dirigent vers la piste de danse.

— T'as l'air de t'ennuyer, observe Knox lorsqu'on se retrouve seuls. J'ai quelques idées pour te divertir un peu.

— Je ne m'ennuie pas. C'est juste que je ne connais personne ici, à part Quinn et Colter.

— Et moi.

— Et toi.

Son sourire arrogant reste figé sur son visage. Quelqu'un l'appelle, il détourne brièvement le regard, fait un signe de tête à la personne qui l'a interpellé, puis se reconcentre sur moi.

— T'as pas besoin de rester pour me tenir compagnie. Quinn et Colter vont bientôt revenir.

— C'est ta façon guindée de me dire de décamper ?

— Quoi ? Non. Je...

Son rire interrompt ma réponse.

— Allez, princesse. Tu peux traîner avec moi jusqu'au retour de ta copine.

Sur le mur le plus éloigné, plusieurs jeux d'arcade sont installés. Il y a un jeu de lancer de ballon de football américain, un jeu Donkey Kong vintage et deux jeux de course. L'un est un jeu de voiture et l'autre de moto.

Je ne suis pas surprise du tout lorsqu'il se dirige directement vers le jeu de moto.

— Quelle chance qu'ils aient un jeu spécialement fait pour toi !

Il tapote la selle.

— Grimpe.

Je hausse un sourcil.

Il me prend la main et m'attire vers lui. Je ne résiste pas davantage. Au moins, ce soir, je porte un jean plutôt qu'une robe. Je m'assois sur la moto rouge. Elle est fixée à un socle mais bouge quand même d'un côté à l'autre. Il y a un grand écran devant.

Je passe ma main sur le dessus de la moto, puis enroule les doigts autour de chaque poignée du guidon.

— Je n'ai jamais conduit de moto.

Il insère des pièces dans la machine, puis appuie sur quelques boutons à l'écran. Je suis plus concentrée sur lui que sur ce qu'il sélectionne.

— Tu veux me regarder faire semblant de conduire une moto ? lui demandé-je.

— Je préférerais que tu sois à l'arrière de la mienne, mais ça ira pour l'instant, murmure-t-il en se penchant vers moi.

Ses lèvres sont si proches des miennes que je pourrais lever la tête et nos bouches se toucheraient. J'y pense, mais il recule et appuie sur le gros bouton vert pour lancer la partie.

Mon esprit de compétition s'éveille et j'essaie l'accélérateur et le frein pour me faire une idée des commandes. Les autres pilotes du jeu filent devant moi pendant que je prends mes repères.

— L'idée est d'être le premier à franchir la ligne d'arrivée, dit-il avec humour.

— La ferme ! Je gère, lui dis-je même si je ne gère absolument rien.

Je passe le plus clair de mon temps à essayer de rester sur la piste.

J'oublie Knox à côté de moi et me concentre uniquement sur le jeu. Je ne veux pas finir dernière et je suis frustrée de voir que je sors de cette fichue piste constamment.

Je sursaute quand je sens son corps derrière moi. Sa poitrine est collée contre mon dos et il lève les bras de chaque côté de mes épaules avant de poser ses mains sur les miennes. Il contrôle la moto et je peux maintenant accélérer un peu plus facilement. J'arrive en douzième position.

On se redresse tous les deux sur la selle lorsque la course est finie. Je jette un coup d'œil par-dessus mon épaule.

— J'avais les choses en mains. Je n'avais pas besoin de ton aide.

— Désolé. J'ai pas pu m'en empêcher. Te regarder slalomer sur la piste, c'était trop pour moi.

Il écarte mes cheveux derrière mon épaule.

— Tu veux qu'on parte d'ici un moment ?

— Je peux pas.

J'ai la chair de poule à l'endroit où ses doigts effleurent ma peau.

— Pourquoi pas ?

— C'est l'anniversaire de Colter.

— Et ?

Je ris et secoue la tête.

— Cette soirée est organisée pour lui.

— Je lui ai déjà payé à boire et je lui ai souhaité un bon anniversaire, dit-il avec un grand sourire qui indique qu'il sait aussi bien que moi qu'il doit rester dans le coin.

— C'est quand, ton anniversaire ?

— Le cinq septembre. Et le tien ? demande-t-il.

— Le deux août.

Je me retourne pour lui faire face en plaçant mes deux jambes d'un côté de la moto. Un moment de silence s'installe entre nous. Il n'est pas gênant, mais je m'empresse tout de même de le rompre.

— Comment s'est passée ta semaine ?

Il se mord la lèvre inférieure en se penchant vers moi.

— Elle s'annonçait bien en milieu de semaine, mais les deux derniers jours ont été décevants.

Le voir flirter avec moi si ouvertement me surprend. Je suis venue ce soir dans l'espoir de l'embrasser à nouveau, mais il semble tellement certain de m'avoir déjà dans la poche que je ne peux m'empêcher de jouer les difficiles.

— Je t'ai manqué ? lui demandé-je sans lui laisser le temps

de répondre. Ou c'est mes super entraînements qui t'ont manqué ?

Ses yeux brillent d'amusement et il rit.

— J'espère que t'as bien profité de tes jours de congé. J'ai quelques idées pour la semaine prochaine.

— J'ai hâte, dit-il.

Ses paroles sont empreintes de sarcasme, mais ses yeux contredisent le détachement qu'il essaie d'afficher. Peut-être qu'il n'a pas envie de s'entraîner, mais qu'il est enthousiasmé par autre chose.

— Tu veux boire quelque chose ? dit-il en descendant de la moto, qui penche vers la droite sans son poids.

Je me lève à mon tour.

— De l'eau.

On se dirige vers le bar où Knox attire immédiatement l'attention de la barmaid, même si d'autres clients attendent. Son visage est familier et amical. Je la fusille du regard tandis qu'elle prend sa commande et l'appelle par son nom. Il me tend mon verre d'eau, puis accepte une bouteille de bière avec un merci. Il appuie une hanche contre le bar, puis se tourne vers moi.

— Ta copine te cherche.

— Quinn ? demandé-je en me retournant.

Effectivement, je la vois debout au bord de la piste de danse et scrutant le bar. Dès qu'elle m'aperçoit, son regard se pose sur Knox, puis elle sourit.

— J'avais peur que tu sois partie, dit-elle en s'approchant de nous.

Elle s'évente le visage et regarde mon verre d'eau.

Je le lui tends sans qu'elle me le demande.

— Excuse-moi une minute, dit Knox en me saisissant par la taille avant de s'éloigner.

Quand je jette un coup d'œil vers lui, je vois qu'il se glisse derrière le bar pour aider la barmaid. Il a l'air très à l'aise, comme si ce n'était pas la première fois qu'il lui filait un coup de main au bar. Ils discutent tous les deux, mais je ne comprends pas un mot de ce qu'ils se disent.

— Je partirais jamais sans te le dire, dis-je à Quinn. Mais je pense que la soirée va être courte. Je ne connais presque personne ici.

— Tu connais Colter, et il connaît tout le monde.

— C'est pas la même chose.

— Et toi et...

Elle incline la tête dans la direction où Knox est parti.

Je jette un coup d'œil vers le bar. Il n'est plus là, la barmaid non plus. Mon estomac se noue de jalousie et d'embarras. Knox et moi, on n'est pas un couple. Il m'a demandé de partir avec lui et j'ai refusé. À quoi est-ce que je m'attendais, sinon à ce qu'il trouve quelqu'un d'autre ?

— Je sais pas.

Elle émet un petit son désapprobateur, puis se redresse.

— J'ai vu un des voisins de Tristan à une table avec d'autres golfeurs.

— T'as pas besoin de jouer les entremetteuses pour me convaincre de rester, dis-je à ma meilleure amie en riant. Je pars pas tout de suite, mais bientôt.

— Tant mieux. Ça me laisse plus de temps pour te convaincre de rester toute la nuit. Après le bar, tout le monde va chez Colter et Brooklyn.

Colter et quelques-uns de ses amis ont rassemblé trois tables. Quinn s'assoit à côté de son copain et je m'assois à côté d'elle. Les garçons racontent des histoires et parlent de motos. Je ne comprends pas grand-chose et mon esprit vagabonde.

Knox arrive à un moment donné. Je ne le vois pas s'asseoir, mais quand je le cherche du regard, je le trouve assis à l'autre bout de la table. Et quand je jette un autre coup d'œil dans sa direction, une jolie fille aux cheveux noir corbeau et aux tatouages colorés franchement époustouflants est assise sur ses genoux. Il est penché en arrière, mais elle a les bras autour de son cou, et je n'ai pas besoin d'entendre leur conversation pour savoir qu'elle est en train de le draguer. Ou vice versa. Je serais impressionnée qu'il ait trouvé deux filles pour me remplacer en moins d'une heure si ça ne me rendait pas si jalouse. Je me force à détourner le regard lorsqu'elle passe ses doigts dans les cheveux de Knox.

Je reste plus longtemps que prévu, mais lorsque Colter annonce qu'ils vont aller chez lui, je suis prête à rentrer.

— T'es sûre ? me demande Quinn, les yeux grands ouverts et pleins d'espoir.

Je sais qu'elle voit bien que je suis bouleversée, mais je n'arrive pas à le lui dire. Knox ne me doit rien. On a fricoté ensemble une fois. Et alors ?

— À cent pour cent. Amuse-toi bien avec ton homme. Je te vois demain matin.

— D'accord.

Elle me serre fort dans ses bras.

Le groupe se disperse rapidement. La plupart des garçons sont déjà partis lorsque je fais un câlin à Colter et lui souhaite une dernière fois un joyeux anniversaire.

Knox, après s'être dégagé de la fille qui était assise sur ses genoux, est maintenant debout en retrait et attend clairement que je le rejoigne. Je m'approche de lui pour lui dire au revoir aussi. Je ne veux pas partir ce soir en laissant un froid entre nous.

— Je te retrouve chez Colter ? me demande-t-il.

— Non, je pense pas.

Une partie de moi pense qu'il va tenter de me faire changer d'avis, mais quelqu'un l'appelle derrière le bar. C'est le barman, cette fois, qui l'appelle en mettant ses mains en porte-voix. Quand Knox se retourne, le barman lui fait signe de venir. Puis je le vois serrer l'épaule de la barmaid comme pour la rassurer. Elle sourit à Knox, puis me regarde comme si elle espérait que j'explose comme un bâton de dynamite.

J'avais compris que Knox avait déjà couché avec elle, mais cette scène me laisse un arrière-goût amer. Je ne me crêpe pas le chignon avec des filles pour des mecs. Ce n'est vraiment pas mon genre. Et Knox semble avoir une ribambelle de femmes prêtes à en venir aux mains pour gagner son attention.

— On dirait qu'une autre de tes amies veut traîner avec toi.

J'utilise volontairement ses mots pour qu'il sache que je ne suis pas une idiote. Je lui fais un signe de la main et recule.

— À lundi.

23

KNOX

Le bar est pratiquement vide quand je termine d'aider Erika. Avery est partie depuis longtemps. Je vais même jeter un œil dans le parking au cas où elle m'attendrait dehors, mais sa Bronco n'est plus là.

Eh bien, merde !

Je m'assois sur ma moto et j'envoie un texto à Colter pour lui demander si elle est venue chez lui, mais il me répond rapidement.

COLTER

Non. Elle est rentrée après le bar. Tu viens ?

MOI

Je sais pas encore. Je vais peut-être rentrer.

COLTER

Ouais, bien sûr. Quinn me dit de te dire que t'es un idiot et qu'elle espère que ta bite va sécher et tomber comme une fleur fanée.

— Putain ! marmonné-je.

MOI

Je lui ai fait quoi ?

COLTER

Je paraphrase, mais je pense que le problème,
c'est que t'as passé du bon temps avec Avery
en début de semaine, et qu'ensuite t'as suivi
une autre fille dans l'arrière-salle du bar juste
devant elle.

Je relis ses mots lentement jusqu'à ce que je parvienne enfin à remettre toutes les pièces du puzzle en place. Puis j'éclate de rire. Miss Coincée est jalouse, et la montée d'adrénaline qui me traverse est incomparable.

MOI

Avery est dans sa chambre ?

COLTER

Oui.

COLTER

Oups. Je veux dire non.

COLTER

T'as gâché ta chance, mon pote. Avery est trop
bien pour toi de toute façon. Petit con !

Je sens mes sourcils se relever et un sourire se dessiner sur mes lèvres.

COLTER

C'était Quinn.

MOI

Sans blague.

COLTER

Elle est protectrice et elle frappe fort. Je te
conseille de rester dans ses bonnes grâces.

Elle me reprend le classeur des mains et le pose sur un sac à dos installé au sol.

— Knox, pourquoi t'es là ?

— Je voulais te voir.

Je m'arrête devant un cadre posé sur le meuble TV et je jette un coup d'œil à une photo d'Avery et Quinn. Elles portent toutes les deux leur justaucorps de l'équipe de gymnastique de Valley U et sourient à l'objectif.

— J'allais me coucher, dit-elle en croisant les bras sur sa poitrine. Tu devrais pas être à la fête de Colter ou être en train de te taper la barmaid ou une autre fille ?

Et voilà. La petite pique de jalousie que j'attendais.

— Je ne me suis pas tapé Erika.

— Qui ? demande-t-elle alors qu'elle sait très bien de qui je parle.

Son visage rougit.

— La barmaid.

— Oh ! dit-elle d'un ton désinvolte.

— C'est sa première semaine là-bas. Et même sa première semaine en tant que barmaid. Les premiers week-ends peuvent être difficiles.

— Eh bien, je suis contente qu'elle ait pu compter sur ton aide, dit-elle sans paraître contente du tout.

Bon sang, comme elle est têtue !

— Ouais. Mon frère ne jetterait normalement pas quelqu'un dans la fosse aux lions comme ça, mais il a chopé la grippe et personne ne pouvait le remplacer.

— Ton frère..., dit-elle d'un ton interrogateur en laissant sa phrase en suspens.

— Ouais, c'est le proprio. Je suis pas un super barman, mais je sais où se trouvent tous les trucs et je peux changer un fût, alors je file un coup de main quand ça devient trop intense et que je suis là.

Je vois les pièces du puzzle s'assembler dans sa tête et son langage corporel s'adoucir lorsqu'elle comprend que je dis vrai. Mais ensuite, elle se raidit à nouveau.

— Il y avait tellement de filles qui te draguaient ce soir, c'était facile de se tromper.

— Pourquoi t'étais pas l'une d'entre elles ? lui demandé-je.

Je suis vraiment curieux. Si elle voulait qu'on finisse la soirée ensemble, pourquoi est-ce qu'elle ne me l'a pas simplement dit ?

— T'as pas besoin que je nourrisse ton ego.

— C'est pas une question d'ego. Est-ce que t'espérais terminer ici avec moi ou pas ?

— Une partie de moi l'espérait, admet-elle.

— Alors pourquoi tu l'as pas dit ?

Ça nous aurait fait gagner beaucoup de temps. On serait déjà à poil.

L'exaspération fait briller ses yeux bleus et elle hausse les épaules jusqu'aux oreilles.

— Parce que... je sais pas, d'accord ? J'ai jamais eu de relations occasionnelles et je sais pas comment m'y prendre.

Sans blague. Je l'avais deviné l'autre soir.

— Je t'ai dit que je voulais pas de relation de couple.

— Je sais, dit-elle. C'est pas ce que je demande. C'est juste que je suis pas douée pour ça.

Elle agite la main entre nous.

— C'était qui l'autre fille ? Avec les longs cheveux noirs et les tatouages.

— Juste une amie de longue date.

— Une amie avec qui t'as couché ?

— Tu veux vraiment que je réponde à ça ?

Elle secoue la tête.

— J'étais jalouse.

— T'avais pas besoin de l'être. La seule personne avec qui je voulais partir, c'était toi.

Elle plisse les yeux comme si elle évaluait la véracité de mes propos.

— Pourquoi tu t'es enfuie au lieu de me dire tout ça au bar ? T'espérais que je te coure après ?

— Non. Je te promets que je m'attendais pas à ce que tu débarques ici.

— Tant mieux. Je cours après personne.

— Mais t'es là quand même.

On est dans une impasse, aucun de nous ne voulant céder. Mais chaque seconde que je passe debout là est une seconde que je ne passe pas à l'embrasser.

Je fais un pas en avant et lui attrape la main, puis la tire vers moi. Ses lèvres affichent enfin un sourire.

— Je suis là quand même.

Je fais glisser mes doigts le long de son cou. Sa peau est chaude et douce, et elle se blottit contre moi.

On se précipite l'un sur l'autre en même temps, nos bouches s'entrechoquent, entraînées par un besoin magnétique de se rapprocher. Elle a le goût de dentifrice à la menthe. Je passe la main à l'arrière de sa tête et enroule mes doigts autour de sa queue de cheval.

Je la guide vers la chambre ouverte. Elle repousse ma veste de mes épaules, je la retire et la jette sur une chaise de bureau.

Mes mains glissent sous son t-shirt et elle détourne sa bouche de la mienne.

— Attends. Je... Euh...

Elle remue et se mord le coin de la bouche.

— Est-ce qu'on peut...

Chaque fois qu'elle s'interrompt ou bute sur ses mots, ça me fait m'arrêter comme si elle venait de crier stop. Elle est toujours très sûre d'elle.

— Tu veux arrêter ? lui demandé-je en reculant pour mieux voir son visage.

— Non. Enfin, oui.

Elle pose ses mains sur ma poitrine.

— Je veux qu'on prenne du bon temps, mais est-ce qu'on peut attendre avant de coucher ensemble ?

— Oh !

Ce n'est pas ce à quoi je m'attendais.

— C'est juste qu'après ma dernière relation, je me suis promise de prendre mon temps. Je sais que ça peut paraître idiot vu qu'on se voit sans être en couple, mais le sexe est une limite que je peux pas franchir en ce moment.

Je reste silencieux, pas parce que c'est rédhibitoire, mais parce que j'essaie de comprendre.

— Nolan, mon ex, m'a trompée, poursuit-elle.

Je ne sais pas quoi dire, alors je fais glisser ma main dans son dos en faisant ce que j'espère être un geste apaisant. Depuis le départ définitif de mon père, je fais très attention aux personnes que je laisse entrer dans mon cercle. C'est l'une des raisons pour lesquelles j'évite les relations de couple. On ne peut pas être déçu par quelqu'un si on n'attend rien de lui.

Même si je n'ai jamais laissé quelqu'un s'approcher assez près de moi pour me tromper, le concept est similaire. Elle ne fait pas confiance aux gens. Je comprends tout à fait.

— Je comprends pas pourquoi il n'a pas pu être honnête avec moi et me dire qu'il voulait rompre ou coucher avec d'autres filles. Au lieu de ça, c'est des bruits de couloir qui m'ont appris qu'il couchait avec son ex lors d'une fête pendant que j'étais partie en compétition.

Elle s'arrête de parler et me regarde comme si elle s'attendait à ce que je m'en aille maintenant que je sais que le sexe n'est pas au programme. Quel putain de connard, son ex !

— Les gens sont égoïstes, dis-je. Ça n'avait rien à voir avec toi.

— Je sais, mais maintenant je suis là, avec un mec canon

sous mon toit, et je refuse ce qui, j'imagine, serait une partie de jambes en l'air super agréable.

Je l'attire contre moi. J'ai une telle trique que le contact me fait grogner.

— Tu veux que je m'en aille ? On peut remettre ça à une autre fois.

— Non. Clairement pas.

Elle se mord à nouveau la lèvre, mais cette fois, en fixant mon torse, le visage enflammé.

— Je veux continuer. Depuis l'autre soir, je ne pense qu'à sentir tes mains sur moi encore une fois.

Je sens une vague de soulagement. J'ai tellement envie de cette fille que l'idée de m'en aller me fait mal. Ce n'est pas un sentiment qui m'est familier.

— Vraiment ?

Je m'assois sur le lit et l'attire sur mes genoux. Elle bat des cils et a le souffle coupé. Mes mains descendent vers ses hanches et j'écarte les doigts en laissant mon pouce glisser sous son short.

— Oui.

Sa voix est haletante. Elle passe ses bras autour de mon cou et remue les hanches contre moi.

Mon pouce continue de glisser sur son clitoris tandis qu'elle se frotte contre moi. Nos baisers sont passionnés.

Son corps tremble alors qu'elle approche de l'orgasme.

— Je peux ? demande-t-elle en laissant ses mains tomber sur le bouton de mon jean.

Je hoche la tête et aspire sa lèvre inférieure tandis qu'elle s'efforce de déboutonner mon jean. Lorsqu'elle y parvient finalement, elle me pousse la poitrine pour me faire m'allonger.

Avec le sourire, je m'allonge sur le lit et passe une main derrière ma tête tandis qu'elle descend le long de mon corps et me débarrasse de mon pantalon. Elle enlève aussi son short. Ma bite palpite quand je vois le morceau de dentelle rose qui recouvre sa chatte. Elle est en train de me convaincre que le rose est ma nouvelle couleur préférée.

Avery remonte sur moi, à califourchon, avec seulement mon boxer et sa culotte entre nos parties intimes. Elle s'installe sur moi et le poids de son corps sur ma queue suffit à m'arracher un autre grognement. Je n'ai pas besoin d'être enfoncé en elle ce soir, mais je ne dirai pas que ce ne serait pas carrément fantastique.

Je soulève les hanches et elle ferme brusquement les yeux en gémissant. Mes mains reposent sur sa taille. Elle n'a besoin que d'un peu d'encouragement pour recommencer à se frotter contre moi en prenant ce dont elle a besoin et en m'amenant dangereusement près de l'explosion sans même me toucher la queue.

Elle s'arrête et baisse les yeux sur moi.

— Quoi ? demandé-je.

Elle se mord la lèvre inférieure une fois de plus.

Je tends la main et la libère d'entre ses dents.

— T'as besoin de quoi ?

— De toi. De tes mains. S'il te plaît ? J'ai jamais rien ressenti d'aussi bon que l'autre nuit.

Je me redresse et nous retourne pour qu'elle se retrouve sous mon corps. Étalée sous moi comme dans un rêve érotique. Putain ! Une vague de plaisir me fait frémir l'échine.

Je passe à nouveau mon pouce sur sa lèvre inférieure.

— Ta bouche est sexy à en crever, princesse.

Ses lèvres se recourbent.

— Tu te demandes ce qu'elle donnerait autour de ta bite ?

— Si c'était pas le cas avant, maintenant oui.

C'était clairement le cas.

— Moi aussi, dit-elle.

Putain de merde, c'est tellement sexy !

— Plus tard. Je suis occupé.

Ma main descend le long de son corps jusqu'à ce que mes doigts effleurent le haut de sa culotte. Je me déplace pour pouvoir embrasser son ventre et j'insère mes doigts de chaque côté de la dentelle pour la baisser sur ses hanches.

— Je peux l'enlever ? demandé-je.

— Oui.

Je le fais sans perdre une seconde, puis elle se retrouve nue sous moi et je me demande si la voir comme ça sans pouvoir la baiser ne risque pas de me tuer.

— T'es magnifique.

Je glisse un doigt le long de sa chatte, puis le porte à ma bouche. Elle rougit et ses pupilles se dilatent quand je suce le goût de son excitation sur mon doigt.

— Je peux te lécher, princesse ?

Elle hoche la tête rapidement.

Je suis quasiment en sueur quand je m'installe entre ses jambes. J'alterne entre mes doigts et ma langue. Elle se débat sous mes lèvres en gémissant mon nom, en se frottant contre moi de temps à autre, puis en s'éloignant comme si elle essayait de retenir son orgasme imminent.

Elle est plus patiente que moi. Je ne peux pas attendre plus longtemps pour la voir jouir à nouveau. Je m'agrippe à ses hanches et suce vigoureusement son clitoris tout en insérant deux doigts en elle. Il n'en faut pas plus que ça.

Elle hurle, les mains crispées dans mes cheveux et le corps cambré au-dessus du lit. Son étreinte se relâche, puis son corps s'affaisse alors que les dernières secousses de son orgasme l'ébranlent. Je dépose de doux baisers sur ses cuisses et le bas de son ventre, puis je m'effondre sur le matelas à côté d'elle.

Nos respirations saccadées sont le seul bruit qui résonne dans la pièce jusqu'à ce qu'Avery se mette à rire.

— Quelque chose t'amuse, princesse ? lui demandé-je.

— Non, répond-elle en continuant de glousser.

Je laisse tomber ma tête sur le côté pour la regarder. Elle me sourit.

— Tu viens de me baiser à me faire perdre la tête et on n'a même pas baisé.

Elle se met à rire encore plus fort.

Je ne parviens à la faire taire qu'en me remettant sur elle.

Son sourire est contagieux. Flirter avec elle est un plaisir que je ne pense pas avoir déjà connu.

— À mon tour.

Elle me repousse et glisse entre mes jambes sur le matelas.

— Toujours si autoritaire.

J'arrive à peine à prononcer ces mots entre mes dents serrées avant qu'elle ne baisse mon boxer, enroule ses lèvres pulpeuses autour de ma queue et m'avale au fond de sa gorge.

Je ne peux pas la quitter des yeux. Ses lèvres glissent lentement sur ma queue, de haut en bas. Beaucoup trop lentement. J'enroule à nouveau une main autour de sa queue de cheval et la guide vers moi.

— Putain, Avery ! Ta bouche est faite pour me sucer la bite.

Ses yeux s'illuminent et elle m'avale plus profondément jusqu'à avoir un haut-le-cœur avant de s'écarter. Je ne me souviens pas de la dernière fois que j'ai voulu qu'une fellation dure plus longtemps, mais voir ses cheveux blonds et ses grands yeux bleus pendant qu'elle me pompe est aussi agréable que la sensation de ses lèvres sur ma queue. Si j'ai dû renoncer au sexe pour profiter de cette fellation, ça en valait largement la peine.

Je me retiens aussi longtemps que possible, mais à quelques secondes de jouir dans sa gorge, je la repousse et éjacule sur mon ventre et mon torse.

Ma tête retombe sur le lit tandis que je reprends mon souffle. Avery m'apporte une serviette et je me nettoie. Je m'apprête à me rhabiller pour m'en aller quand elle s'affale à côté de moi.

— Tu restes ? demande-t-elle.

— Je fais pas de câlins, princesse.

— T'aimes pas les câlins ou c'est contre tes règles lors d'aventures sans lendemain ?

Je me frotte la nuque.

— Les deux, je suppose.

— D'accord, pas de câlins.

Elle réfléchit un instant.

— Et si on s'allongeait l'un à côté de l'autre et qu'on regardait la télé jusqu'à ce qu'on ait la force de recommencer à s'embrasser ?

Je ne vois pas en quoi c'est différent de se câliner, mais l'idée de recommencer avec elle suffit à me faire revoir ma position.

— Ça marche.

— Quelle heure il est ? demande Avery d'une voix somnolente.

— Tôt. Rendors-toi.

J'enfile mon jean, puis je cherche mon t-shirt avant de réaliser qu'Avery dort avec.

Elle se tourne sur le côté et bâille.

— Je te vois demain ?

— Ouais.

Je prends ma veste sur le dossier de sa chaise de bureau. J'hésite un moment. Je ne pense pas avoir déjà été aussi lent à quitter une nana. Je ne cours pas après les filles. Je ne reste pas dormir chez elles et je ne passe pas la nuit à les câliner. Et je ne m'attarde pas comme un amoureux transi.

— On se voit demain soir.

Le trajet jusqu'à la maison me réveille un peu. Je n'ai presque pas dormi, mais j'ai promis à Flynn de l'emmener faire de la moto ce matin.

La maison est calme et silencieuse lorsque j'entre par la porte du garage. Je m'arrête net quand j'aperçois Hendrick debout dans la cuisine, en jogging et t-shirt.

— T'étais où ? demande-t-il en haussant un sourcil.

— T'as passé la nuit à attendre mon retour ? C'est mignon.

Je jette mes clés sur le comptoir et me passe une main dans les cheveux.

— J'étais sorti.

— Avec une fille ?

Il baisse la voix d'un ton taquin et sourit de toutes ses dents.

L'odeur du café bien chaud m'attire vers la cafetière. J'en verse dans une tasse et je grimace. J'en déteste le goût, mais mes paupières me brûlent à cause du manque de sommeil.

— Qu'est-ce que tu fais debout ?

— J'arrivais plus à dormir et j'ai mal partout après être resté au lit toute la journée hier.

— T'as une sale tête, mais moins qu'avant, dis-je en l'observant un moment.

Il a les cheveux en bataille et commence à avoir de la barbe, mais il ne pue plus la maladie.

— Je me sens moins mal.

Il se passe une main sur le visage.

— Je dois aller au bar aujourd'hui. T'as prévu quoi ?

— J'ai promis à Flynn de l'emmener faire de la moto.

Hendrick pince les lèvres et une inquiétude visible lui plisse le front.

— Fais attention. Il y a longtemps qu'il n'en n'a pas fait.

— Je sais.

Je lui lance un regard noir. Je préférerais marcher sur des charbons ardents plutôt que de voir Flynn blessé.

— Je m'occupe de lui depuis bien plus longtemps que toi.

Son masque parental tombe et laisse place à un regard empreint de culpabilité. Putain ! Je ne sais pas pourquoi j'ai dit ça. Hendrick se sent déjà assez coupable d'être parti jouer au football si longtemps, et ce n'est pas comme si je lui en voulais d'avoir été celui qui est resté. Je veux juste qu'il comprenne que je ne suis pas un raté quand il s'agit de l'éducation de Flynn.

— On va faire une petite randonnée près des chutes. On sera juste tous les deux et je le laisserai imprimer le rythme, le rassuré-je d'un ton moins accusateur.

Le sourire léger de Hendrick réapparaît.

— Je me souviens de nos balades en moto là-bas. On partait tôt le matin, on roulait pendant quelques heures, on buvait, on nageait toute la journée, et on rentrait à la maison à la nuit tombée.

Je hoche la tête. J'ai les mêmes souvenirs. Hendrick et moi, on n'a pas passé beaucoup de temps ensemble en grandissant. Il avait ses amis footballeurs populaires, et je ne faisais pas partie de ce milieu. Je n'aurais pas été le bienvenu même si j'avais voulu. Mais de temps en temps, on décidait tous de faire la même chose pendant une journée. Archer et Brogan y sont allés plusieurs fois après que Hendrick a obtenu son diplôme, mais ils étaient plus intéressés par la boisson et la baignade que par la moto. Flynn était trop jeune et quand il a enfin eu l'âge, je ne voulais plus que quiconque m'accompagne. La moto était mon échappatoire. Je n'ai pas refait de balade pour le fun avec eux depuis longtemps.

— Je devrais prendre une douche et réveiller Flynn.

Le temps de tout charger et de prendre la route, ce sera le moment parfait, avec le soleil bas et l'air encore frais. J'ouvre ma veste et j'éclate de rire.

Hendrick regarde mon torse nu d'un air amusé.

— T'as perdu un t-shirt quelque part ?

— Non, répliqué-je.

Je ne l'ai pas perdu. Je sais exactement où il est.

24

KNOX

Le lendemain soir, quand j'arrive au gymnase, Avery me sourit et me fait signe depuis la poutre.

J'enlève mes chaussures et m'approche d'elle.

— Salut !

Elle saute près de moi et pose ses mains sur mes épaules pour garder l'équilibre.

— Salut !

Son regard descend sur mes lèvres, comme si elle envisageait de m'embrasser ici même. J'y pense aussi. En fait, je n'ai pensé à rien d'autre depuis que j'ai quitté son logement.

— Je pensais qu'on pourrait essayer d'ajouter une vrille à ton salto arrière, dit-elle alors que ses yeux brillent d'excitation.

— Je peux pas rester, dis-je en lui adressant un sourire d'excuse. J'avais oublié que Flynn avait un match de basket ce soir. J'ai juste le temps de rentrer chez moi et de prendre une douche avant que ça commence.

Je la reluque de la tête au pied. Son justaucorps est noir et je ne peux m'empêcher de penser au corps bien galbé dessous.

— T'aurais pu m'envoyer un texto.

— J'aurais pu, mais alors j'aurais pas pu faire ça.

Je pose mes lèvres sur les siennes et lui offre un baiser doux et rapide. Ce n'est pas le baiser que j'ai passé la journée à visualiser, mais le gymnase est plein de monde.

Avery sourit quand je m'écarte, puis elle regarde autour d'elle et me prend la main rapidement.

— Viens avec moi.

Ses petites jambes remuent tellement vite que je n'ai pas le temps de réfléchir à l'endroit où elle m'emmène. Au fond du gymnase, il y a une autre pièce qui a plutôt l'air d'un placard. La lumière est allumée, et j'ai juste assez de temps pour jeter un coup d'œil à l'équipement qui s'y trouve et déterminer que c'est un débarras, avant qu'elle ne passe ses bras autour de mes épaules et se hisse sur la pointe des pieds pour presser ses lèvres contre les miennes.

Aucun de nous ne perd une seconde. Je la serre contre moi et l'embrasse comme j'en rêve depuis hier matin. La seule différence, c'est que je ne la baise pas en même temps. Ça devra suffire pour le moment.

— Je crois que je suis accro à cette bouche, dis-je en suçant sa lèvre inférieure. Mes mains grimpent de ses hanches à ses seins avant de redescendre.

Le peu de retenue auquel je m'accroche est la seule chose qui me permet de m'écarter avant de lui enlever sa petite tenue stretch et de la faire jouir sur place.

Elle sourit gaiement, puis glousse en baissant les yeux vers mon torse.

— Oups !

Je baisse les yeux sur mon t-shirt, qui est maintenant couvert de craie.

— Je rentre me doucher, de toute façon.

Je réajuste mon érection.

— Ça va être plus dur de s'occuper de ça.

— Tu viens de faire un jeu de mots ?

Son sourire s'élargit.

— Y faut que j'y aille. À demain.

— D'accord, mais je serai deux fois plus autoritaire pour compenser ton absence de ce soir.

Je m'éloigne en lui faisant un clin d'œil.

— J'ai hâte.

Le lendemain, je me rends au Tipsy Rose pour déjeuner. Brogan est debout derrière le bar, appuyé contre le comptoir, un manuel sous le nez. Il lève les yeux lorsque je m'assois.

— Je viens de mettre ton burger à la dinde sur le grill.

Je hausse un sourcil d'un air interrogatif.

— Tu continues de tracker ma position ?

— Prends pas la grosse tête, répond-il. J'ai activé les notifications pour chacun de vous. Si vous vous approchez à moins de huit kilomètres de cet endroit, je suis informé.

Je ris.

— En quoi c'est différent du suivi de ma position ?

— Tu veux que je crache dans ta bouffe ? demande-t-il en posant un verre d'eau devant moi.

— Pas grand monde aujourd'hui ?

Je jette un coup d'œil autour de moi. Il y a deux types assis à une table, qui regardent le bowling à la télévision et un autre au bar, qui picore dans une assiette de frites.

— C'est calme.

Il reçoit une notification, sort son portable et le regarde si longtemps que j'ai le temps de m'ennuyer et commence à regarder la télévision qui se trouve derrière le bar. Des résumés sportifs. Les résultats des matchs de football américain, les pronostics des matchs de hockey à venir et l'annonce d'un nouvel entraîneur d'une équipe de basket universitaire.

J'ai l'estomac noué lorsqu'ils passent au moto-cross — plus précisément aux changements qui ont lieu dans l'équipe Thorne.

— Hé, dit Brogan. La gymnaste qui te file un coup de main. Comment elle s'appelle déjà ?

Je détourne le regard de la télévision et cligne des yeux plusieurs fois avant de comprendre sa question.

— Avery.

— Avery Oliver ?

Il tourne son portable vers moi pour me montrer une vidéo. J'aperçois Tristan, le sosie de Ken, avant que l'image n'affiche une image claire d'Avery.

— C'est quoi, ce truc ?

— Media Day.

— Pourquoi t'as une vidéo de ça ?

— C'est diffusé en direct.

Je continue de le fixer.

— Les filles sont canons. Un pote suit la page Instagram de l'équipe et m'a envoyé le lien.

— Et tu restes là à les reluquer comme un pervers ?

Il lève les yeux au ciel.

— Ils mènent des interviews, posent des questions, montrent les coulisses.

— C'est comme si tu disais que t'achetais des magazines pornos pour les articles.

— Plus personne n'achète de magazines pornos.

Je serre les dents. Ce n'est pas le sujet, mais avant que je puisse en débattre, un autre client entre dans le bar.

Brogan me tend son portable comme s'il me provoquait silencieusement en me mettant au défi de jeter un œil sans apprécier le spectacle. Quel idiot ! Je le prends et regarde la cadreuse à la voix enjouée longer la file et demander à chaque personne ce qu'elle mange pour le petit-déjeuner le jour d'une compétition. Je me fais déjà chier, mais je prends mon mal en patience pour entendre la réponse d'Avery.

Quand la caméra arrive à la fille qui se trouve devant elle, Avery est à moitié dans le cadre, assez pour que je puisse la voir plus clairement. Ses cheveux sont lâchés, contrairement à la queue de cheval ou au chignon qu'elle porte pour les entraînements. Son justaucorps est en tissu bleu brillant. Il est à manches longues, mais s'arrête assez haut sur ses cuisses et dévoile ses jambes sveltes. Elle a son téléphone dans une main et le tient en l'air comme si elle scrollait pour tuer le temps.

La caméra tourne vers elle et elle sourit, mais son visage ne s'illumine pas comme d'habitude et elle a l'air nerveuse.

— Ton petit-déjeuner les jours de compétition ?

La fille répète la question.

— Oh... Euh... Une omelette avec un toast et une banane.

Sa réponse ne me surprend pas, mais c'est son expression qui me reste en tête quand la caméra s'éloigne.

Je pose le portable de Brogan sur le bar et sors le mien.

MOI

T'as l'air nerveuse.

AVERY

Euh... Salut. Ça serait pas du harcèlement ?

MOI

Je suis passé au bar pour prendre mon déjeuner et mon frère regardait. Apparemment, l'équipe de gymnastique est « canon ».

AVERY

T'es pas d'accord ?

MOI

Le bleu vient de devenir ma nouvelle couleur préférée. C'est le Media Day ?

AVERY

Ouaip. Photos, interviews, d'autres questions
plus ringardes. Je ne manquerai pas de dire à
notre manager que les gens qui nous regardent
sont principalement des types flippants qui
nous reluquent.

MOI

Je doute qu'elle soit surprise. Donc si je
comprends bien, t'es pas une grande fan des
photos ?

Je jette un coup d'œil au portable de Brogan, sur lequel joue toujours la vidéo en direct. La caméra filme maintenant quelqu'un en train d'être photographié. La fille est debout devant un fond blanc, avec des lumières tout autour. Elle saute et prend la pose en l'air tandis que les flashs crépitent rapidement.

AVERY

Non, ça, c'est pas trop mal.

MOI

Savoir que des types flippants (c'est-à-dire
Brogan et moi) te regardent te gâche le moment
?

AVERY

lol, non. Je m'assurerai de bien bomber les
seins et les fesses la prochaine fois que je serai
devant la caméra, rien que pour toi.

Je ris dans ma barbe, mais malgré son ton enjoué, je ne peux m'empêcher de penser que quelque chose la préoccupe aujourd'hui.

MOI

J'apprécie. Mais tu pourrais peut-être m'envoyer ça par texto plutôt que de le faire pendant une vidéo publique. Tu vas vraiment avoir des types flippants sur le dos.

AVERY

Tu veux dire d'autres types comme toi ?

MOI

Exactement.

Elle m'envoie une photo une seconde plus tard. Une épaule en avant, la tête penchée sur le côté et la poitrine bombée comme deux ogives nucléaires. Elle est magnifique, même quand elle se paie ma tête.

MOI

Ah, parfait. Envoies-en d'autres. Je vais voir si je peux les vendre à mon frère. #lesmeufsgymnastessontcanons

Je souris devant mon portable, mais je continue de me demander pourquoi elle n'aime pas le Media Day. Je pensais que les filles adoraient s'habiller et se faire prendre en photo.

AVERY

T'es un amour.

MOI

C'est tout moi.

MOI

Alors, c'est quoi le problème avec Media Day ? Pourquoi t'as l'air de vouloir être ailleurs ?

AVERY

J'ai pas l'air de ça.

MOI

Si, c'est de ça que t'as l'air. T'as la même expression quand Ken ouvre la bouche.

Je m'attends à ce qu'elle nie.

AVERY

Je déteste donner des interviews.

Intéressant.

MOI

Pourquoi ?

Elle ne me donne pas l'impression d'être quelqu'un qui serait nerveuse à l'idée de parler en public, et encore moins de gymnastique.

AVERY

C'est toujours les mêmes questions. « Comment va ton genou ? » « Est-ce que tu seras prête pour le début de saison ? » « Est-ce que cette saison sera meilleure que la précédente ? » Et c'est pas juste ce qu'ils demandent, mais aussi ce qu'ils ne demandent pas. Tout le monde veut savoir si les Jeux Olympiques étaient un coup de chance ou si je peux être compétitive à ce niveau constamment.

Ce paragraphe me surprend. Je le relis plusieurs fois. Je ne m'attendais pas à ce qu'elle réponde si honnêtement, mais je lis une peur sincère dans ses mots. Elle veut faire ses preuves. Je comprends ça.

MOI

Ces questions sont bidon, alors donne-leur des
réponses bidon. « Mon genou n'a jamais été en
aussi bon état. » « Je suis déjà prête. J'ai hâte
que la saison démarre. » « Je suis dans la
meilleure forme de ma vie. »

AVERY

Mentir ?

MOI

Eh ! Avoir un peu plus d'assurance. Ce que tu
leur balances, c'est des conneries.

AVERY

C'est ce que tu fais quand tu donnes des
interviews ?

MOI

Non. D'habitude, je dis des conneries que je
regrette.

AVERY

Comme dire que ton coéquipier devrait
retourner chez les amateurs ?

Je ris, puis je grimace en l'imaginant regarder cet extrait. J'ai
dit ça quelques secondes avant de pousser Link.

MOI

Maintenant, c'est qui le harceleur ? Je suis
flatté.

AVERY

Tu devrais pas. C'est le premier résultat qui est
tombé quand j'ai googlé ton nom.

MOI

Le deuxième, c'était ma sextape ?

Elle tape, puis les petites bulles disparaissent.

MOI

Je déconne.

MOI

Tu vas leur montrer à quel point t'es une dure à cuire quand tu recommenceras la compétition, mais pour l'instant, garde la tête haute et dis-leur ce que tu veux. Ne les laisse pas te faire douter de toi.

AVERY

MOI

C'est ta façon d'ignorer mon conseil ?

AVERY

Non. Je répète tes paroles dans ma tête encore et encore. Je suis une dure à cuire.

MOI

Carrément.

Elle se tait et je continue de regarder la diffusion en direct. Les gens commentent et une idée me frappe d'un coup. C'est le compte de Brogan, donc j'en ai rien à foutre. Je souris en tapant mon message et j'appuie sur « envoyer ».

Une seconde plus tard, la fille qui tient la caméra lit le message à voix haute en s'approchant d'Avery.

— Brogan Six dit qu'Avery Oliver est sa gymnaste préférée de tous les temps et qu'il a hâte de te voir dominer cette saison. Oh, et plusieurs personnes sont d'accord avec lui. Les fans t'adorent.

Avery rougit et regarde la caméra avec un air perplexe. La fille passe à autre chose et un message apparaît sur mon portable.

AVERY

Merci pour ça. Ou remercie ton frère.

MOI

De rien, princesse.

Quand ils l'interviewent vingt minutes plus tard et que la première question est « Est-ce que votre genou est prêt pour la saison ? », elle regarde droit vers la caméra, affiche un sourire si large que personne ne peut s'imaginer qu'il est forcé, et répond : « Il n'a jamais été en meilleur état. »

25

AVERY

— Tu m'écoutes ? demandé-je à Knox.

Son regard remonte le long de mes jambes.

— Hein ?

Je penche la tête sur le côté et lui lance mon regard le plus insolent et autoritaire. Ses lèvres s'étirent et affichent un sourire.

— Je plaisante. Ouais, je t'ai entendue. Lentement vers le haut et lentement vers le bas.

À sa façon de prononcer la dernière partie, je suis certaine qu'il parle de quelque chose de complètement différent. Mon visage rougit et mon estomac se noue. Depuis qu'il a mis les pieds dans le gymnase ce soir, j'ai passé chaque minute à imaginer ses mains sur mon corps. Si tout ça est un plan élaboré pour me rendre tellement désespérée et dépendante que je serai trop distraite pour le torturer avec un tas d'exercices, ça fonctionne. La séance d'entraînement d'aujourd'hui a consisté davantage en baisers volés et petites caresses discrètes qu'en exercices difficiles.

— Je vais donner un coup de main à Hope. Reste ici et continue de travailler.

De distance. C'est ce dont on a besoin. Sinon, je risque de tenter de lui grimper dessus en plein milieu du gymnase.

Souriant comme s'il savait exactement ce que je faisais, il hoche la tête.

La coach Weaver a levé toutes les restrictions qu'elle m'avait fixées. Je peux désormais travailler sur tout mon enchaînement à la poutre et au saut de cheval. Le seul hic, c'est qu'elle a revu à la baisse le niveau de difficulté de ma sortie de poutre. J'essaie de me concentrer sur les aspects positifs, mais je veux être de retour au mieux de ma forme à temps pour notre première compétition.

— Ton copain est canon, me dit Hope lorsque je grimpe sur la poutre à côté d'elle.

— C'est pas mon copain.

Les mots sortent rapidement, sans que j'y réfléchisse.

— On est juste... Je suis pas... Il est...

Je m'arrête, mais son sourire ironique d'ado apparaît sur ses lèvres.

— Le mec canon t'a volé ta langue ?

Je lui tire la langue. Moi aussi, je peux me comporter comme une ado.

— Montre-moi ton tour complet, ensuite on travaillera les sauts de main.

Son sourire devient une moue déterminée lorsqu'elle se met en position. Au moins, il n'est pas difficile de détourner son attention.

Et moi aussi, visiblement, car je reste concentrée sur Hope et sur la façon de l'aider à exécuter ses figures à la poutre jusqu'à ce que Knox arrive près de nous, près d'une heure plus tard.

Il s'assoit par terre devant nous. Il est en sueur et beaucoup trop beau pour son propre bien. Il me sourit pendant que j'aide Hope à exécuter un saut de mains.

Sa façon de me sourire ne me laisse pas indifférente. Au

contraire, elle me brûle la peau et me fait tourner la tête. Je me retourne vers Hope et sens ma queue de cheval remuer derrière moi.

— Lève les bras et la poitrine rapidement et pense à soulever les hanches.

— Je fais tout ça, marmonne-t-elle d'une voix frustrée et pleurnicharde.

Elle jette un coup d'œil à Knox, gênée qu'il la voie très loin du meilleur de sa forme.

— Tu t'en sors très bien. Continue de t'entraîner sur le tapis. Ça te permettra de te réceptionner ici plus facilement. Ça m'a pris une éternité pour y arriver.

— Tu veux bien me montrer tout le mouvement encore une fois ?

Son père vient d'arriver, et elle lui fait signe de la main avant d'ajouter autre chose.

— S'il te plaît ?

— D'accord.

Je saute sur le tapis.

— Non. Sur la poutre.

J'hésite. Ça fait une éternité que je n'ai pas exécuté ce mouvement sur la poutre, mais son regard suppliant l'emporte sur ma réticence.

— D'accord. Une fois.

Je remonte sur la poutre à côté d'elle. Je jette un coup d'œil à Knox, qui me regarde avec un mélange d'admiration et d'excitation. Ça me donne un peu plus confiance en moi. J'ai fait ça un million de fois et mon genou me semble plus fort à chaque jour qui passe.

Sans passer trop de temps à me soucier de réussir devant eux, j'enchaîne un flip arrière, un saut de mains, un autre saut de mains. Je me tiens droite, les mains au-dessus de la tête lorsque je termine. Un sourire se dessine sur mes lèvres et une vague d'excitation me picote les doigts. Putain, c'était super !

Quand je jette un coup d'œil à Hope, elle a la bouche grande ouverte.

— Putain, Avery ! J'espère qu'un jour je serai à moitié aussi douée que toi.

Son compliment me fait rougir.

— Ne sois pas bête. Tu seras bien meilleure que moi.

Elle m'offre un grand sourire et saute sur le tapis en nous faisant un signe de la main, à Knox et moi.

Quand je saute sur le tapis à mon tour, Knox se lève et s'avance lentement vers moi.

— C'était impressionnant, dit-il.

— Tu m'as déjà vue faire ce genre de mouvements.

— Ouais, mais pas comme ça.

Une nouvelle poussée de confiance chasse les derniers doutes qui subsistent dans ma tête. Je serai peut-être prête pour le début de la saison.

— Tu fais quoi, ce soir ? demande-t-il en remettant son t-shirt.

La partie de l'entraînement que j'aime le moins, c'est le moment où il s'habille et s'en va.

— Je sais pas trop, pourquoi ?

— Je pensais qu'on pourrait se voir. Je dois passer à la maison, mais après ça, je suis libre.

— Ça me semble cool. J'adorerais rencontrer tes frères.

— Oh... Je... Euh...

Il se frotte la nuque et hausse un sourcil, celui qui a une cicatrice.

— Vraiment ?

— Ouais, bien sûr. Pourquoi ça me dérangerait ?

— Je sais pas. Pour plein de raisons. On est un peu difficiles.

— Si j'arrive à te gérer, je pense qu'ils seront une partie de plaisir à côté.

Il rit, avec ce sourire arrogant qui réapparaît sur ses lèvres.

— Je pense pas que tu saches dans quoi tu t'embarques, princesse.

Knox s'engage dans l'allée d'une petite maison blanche non loin du campus de Valley U. Je me gare le long du trottoir et sors de la voiture. Il y a plusieurs autres véhicules. Ceux de ses frères, je suppose.

Je tire sur le bas de mon short en remontant l'allée, j'enfonce mes mains dans mes poches, puis les ressors. Je suis nerveuse. Quatre frères, et s'ils sont un tant soit peu comme Knox, ça pourrait être intéressant.

Knox m'attend à l'entrée du garage ouvert. Des appareils de musculation occupent tout l'espace, à l'exception d'un établi contre le mur du fond sur lequel se trouvent des outils.

— On n'est pas obligés de rester, dit-il. Je dois juste aller voir si tout va bien avec Flynn et prendre une douche. On pourrait aller chez toi.

— T'essaies de m'éloigner ?

— Tu devrais accepter mon offre.

Je ris.

— Quinn et quelques amis de son cours d'espagnol sont en train d'étudier à l'appart, donc à moins que tu veuilles les écouter massacrer des mots d'espagnol, je pense qu'ici, c'est l'option la plus sûre.

— Tu pourras pas dire que je t'ai pas prévenue, dit-il dans sa barbe avant de m'entraîner plus loin dans le garage.

Je me suis douchée après l'entraînement, puis je suis restée assise à donner des ordres à Knox et Hope dans le gymnase, mais j'aurais apporté une tenue plus sympa si j'avais su qu'on se verrait ce soir. Qu'on se verrait à poil, à en juger par les regards qu'il m'a lancés pendant son entraînement. Tout ce que j'avais sur moi, c'était le short en jean et le t-shirt que j'ai portés en cours aujourd'hui.

Dès qu'il pousse la porte qui sépare le garage de la maison, un vacarme assourdissant nous perce les tympans. Des voix masculines parlent bruyamment par-dessus le bruit de la télévision.

J'ai à peine le temps de repérer l'agencement de la maison ou un autre détail quelconque avant qu'on soit plongés dans le chaos total. La cuisine donne sur le salon et la salle à manger sur le côté. Trois mecs sont assis sur des canapés en cuir devant la télévision, un autre est dans la cuisine avec une jolie blonde.

— Salut, dit l'un des gars du salon lorsqu'il aperçoit Knox avant de se retourner rapidement vers la télévision.

Mais il jette un autre coup d'œil derrière lui et son regard passe de Knox à moi. Il me fixe intensément et bien trop longuement. Je suis certaine que son regard insistant me fait rougir. Surtout lorsque tout le monde remarque ma présence et que tous les yeux se tournent vers moi.

— C'est Avery, dit Knox en pointant son pouce vers moi par-dessus son épaule.

Ensuite, il épelle mon nom en langue des signes. Du moins, je crois que c'est ce qu'il fait. J'ai appris l'alphabet à l'école primaire, mais je ne me souviens plus très bien de certaines lettres.

Il est le seul à réussir à rester calme et détendu. Il me jette un coup d'œil.

— C'est mes frères. Et Hollywood. Je veux dire, Jane. C'est la fiancée de Hendrick.

Jane est la première à avancer vers moi. Plus elle s'approche, plus je remarque qu'elle est jolie. Je lui trouve un air familier, mais je n'arrive pas à savoir pourquoi. Et elle m'offre un grand sourire stupéfait. J'espère qu'elle ne s'imagine pas que Knox et moi, on sort ensemble ou quelque chose comme ça. Peut-être qu'on aurait dû prendre le risque d'interrompre le cours d'espagnol chez moi.

— Salut ! Avery ? demande-t-elle, comme si elle avait peur de ne pas avoir bien entendu mon prénom.

— Ouais. Salut ! dis-je en lui faisant un signe de la main.

— Enfin, une autre fille ici, dit-elle. Dieu merci !

— Tu veux boire quelque chose ? demande le frère qui se trouve dans la cuisine.

Son sourire est identique à celui de la fille.

— Euh... Oui, pourquoi pas ?

Je panique et jette un coup d'œil à Knox pour qu'il me vienne en aide.

Une fois de plus, il semble totalement décontracté, même si tout le monde me regarde comme si c'était un événement extra-ordinaire.

— Arrête d'être bizarre, Hollywood, dit-il en levant les yeux au ciel. C'est la fille qui m'aide au gymnase.

Jane hoche la tête, les yeux toujours grands ouverts et rivés sur moi. Quelque chose me dit qu'elle ne l'écoute pas vraiment.

— O...K.

Knox s'approche et se place entre nous, puis pose les mains sur mes épaules et me fait pivoter.

Son toucher innocent m'envoie une vague de chaleur sur la peau. Je me souviens exactement de ce que ses mains sont capables de faire.

Dans le salon, je repère immédiatement le plus jeune des frères. Il a un visage poupin et une chevelure rousse en bataille. Ses joues sont roses et il est calme, mais il me jette des regards furtifs. Les deux autres se lèvent.

Le plus grand d'entre eux arbore un sourire en coin lorsqu'il s'avance et murmure assez fort pour que tout le monde l'entende.

— Il t'a forcée à venir ? Cligne deux fois des yeux si t'es là sous la contrainte.

J'entends Knox grogner derrière moi, et ses mains glissent de mes épaules. Il se place devant moi et repousse son frère en lui donnant un coup de coude amical. Il se met à nouveau à signer. Cette fois, il parle en même temps.

— Merci à tous de rendre cette situation super gênante. Maintenant, vous savez pourquoi j'amène jamais personne ici.

Son frère ricane.

— Je m'appelle Brogan, et t'inquiète pas, on ne t'en voudra pas de traîner avec ce connard.

Knox secoue la tête et soupire comme s'il était agacé, mais il semble parfaitement à l'aise dans cet endroit.

— Lui, c'est Archer, t'as rencontré Hendrick dans la cuisine, et voilà Flynn.

— Salut ! dis-je à nouveau en agitant la main et en balayant la pièce du regard.

Lorsque Knox met un petit coup dans le pied de Flynn et lui pose des questions sur l'école et l'entraînement, toute la pièce se remet à nous ignorer.

— Désolée pour ça, me dit Jane en apparaissant à côté de moi avec deux verres de vin. C'est juste qu'il y a beaucoup de testostérone dans cette maison. J'étais excitée de voir une autre fille ici. C'est une offre de paix, ou peu importe comment t'appelles ça quand tu veux t'excuser d'avoir été trop directe.

Je ne peux m'empêcher de lui sourire en retour. Je prends le verre de vin pour ne pas la mettre mal à l'aise, mais après avoir bu une gorgée, je me sens un peu plus détendue.

— Vous restez dîner ? me demande-t-elle.

Knox n'écoute pas, alors je secoue la tête.

— Je sais pas encore.

— Il y aura largement assez de nourriture si vous restez.

— Je peux vous aider avec quelque chose ? demandé-je.

— Oh non, ça va. Knox cuisinait pour tout le monde tous les soirs, mais depuis qu'il s'entraîne avec toi, Hendrick et moi, on a pris le relais. C'est plutôt sympa d'être aux fourneaux.

J'essaie d'imaginer Knox en train de cuisiner, mais je n'y arrive pas.

Jane se dirige vers le canapé sur lequel Brogan est assis et lui pousse la jambe.

— Pousse-toi et fais de la place à Avery.

Je commence à protester, mais Jane n'a pas l'air d'être une personne habituée à ce qu'on lui refuse quoi que ce soit. Brogan se déplace sans hésiter, les yeux toujours rivés sur la télévision. Archer et lui sont en train de jouer à une sorte de jeu vidéo.

Je m'assois avec mon verre de vin.

Brogan s'adosse sur le dossier du canapé. Son épaule effleure la mienne. C'est un mec costaud, plus large que les autres.

— Je suis surpris qu'on ne t'ait pas croisée sur le campus.

— Vous allez à Valley ?

Je serre mon verre de vin dans mes deux mains.

— Ouaip, répond Brogan. Archer, Jane et moi.

— Vraiment ?

Il hoche la tête.

— En dernière année. Et toi ?

— En deuxième année.

Quelque chose fait soudain tilt dans mon esprit à propos de Jane.

— Attends. Jane, c'est...

— Ivy Greene, termine Brogan avec un sourire empli de fierté. Ouaip.

— Knox ne m'en a jamais parlé.

Ivy Greene, ou Jane Greenfield, est une icône de Valley U.

C'était une enfant star de la télévision et maintenant, elle étudie ici. Je ne l'ai jamais vue sur le campus, alors j'étais presque convaincue que c'était une rumeur.

— Quelque chose me dit qu'il y a beaucoup de choses que Knox ne dit pas. À moins qu'il soit beaucoup plus bavard avec toi qu'avec nous.

Brogan donne un coup de coude à Archer à côté de lui et lui dit quelque chose en langue des signes. Archer hoche la tête. Knox ne m'a jamais dit non plus qu'un de ses frères était sourd. En fait, il ne m'a pas dit grand-chose. Même si je ne m'attendais pas à ce qu'il se confie à une fille qu'il ne connaît que depuis un mois, mais maintenant que je suis ici, j'ai déjà l'impression de le comprendre un peu mieux.

Comme tout le monde est occupé, j'écoute Knox parler à son plus jeune frère. Je crois qu'ils parlent d'université. Knox lui demande s'il a eu des nouvelles d'un entraîneur dans l'Illinois. Flynn se contente de hausser les épaules et de secouer la tête. Il dit très peu de choses, mais Knox continue de lui parler jusqu'à ce qu'il détourne finalement les yeux. Son regard commence à balayer la pièce comme s'il ne savait pas où j'étais, puis il sourit quand il me voit assise à côté de Brogan, un verre de vin à la main.

— Désolé. J'avais pas l'intention de te laisser seule au milieu de la meute de loups, dit-il en s'approchant du bord du canapé devant moi.

— On mord pas, proteste Brogan. On est des loups très joueurs qui veulent juste s'amuser un peu.

— Allez vous amuser avec quelqu'un d'autre.

Knox incline la tête et fait un pas en arrière. Je sens cinq paires d'yeux posées sur moi alors que je le suis hors du salon et dans le couloir. Il s'arrête devant la dernière porte, l'ouvre et me tend la main pour m'inviter à entrer.

— Je vais prendre une douche rapide, mais j'ai pensé que tu

préférerais attendre ici plutôt que d'être assaillie par mes frères, dit-il en levant les yeux au ciel.

— Ils sont sympas.

— Ils sont casse-couilles.

Il attrape le cadre de la porte qui mène à ce que je suppose être la salle de bain et me fixe un moment.

— Je reviens tout de suite.

Une fois que l'eau se met à couler, je fais le tour de la pièce, impatiente d'explorer chaque détail de sa chambre. Ses dimensions sont plutôt pas mal. Elle est assez grande pour accueillir le lit king size qui est adossé au milieu d'un des murs. Le cadre est simple, en bois foncé. Et il y a une table de chevet assortie d'un côté. Il n'y a rien dessus, à l'exception d'un chargeur.

Je jette un coup d'œil vers la porte de la salle de bain, puis j'ouvre le tiroir du haut. Un flacon de lubrifiant roule et heurte l'avant du tiroir à côté d'une boîte de préservatifs. Le bruit me fait grimacer et je referme rapidement le tiroir.

Les murs sont peints en gris clair et les rideaux, de couleur noire, sont tirés. Je jette un coup d'œil vers le lit et remarque la couette noire qui le recouvre, ce qui me fait rire. Au moins, il est cohérent.

Sa commode est du même bois foncé que le lit et la table de chevet. Elle se trouve devant le lit. Deux tiroirs ne sont pas complètement fermés : celui des chaussettes et celui des boxers. Je ne fouille pas dans les autres. Sur la commode se trouvent des vêtements propres et bien pliés. Je baisse le nez et l'odeur familière de Knox, un mélange de cuir et de citron, emplit mes narines.

Une télévision est fixée au-dessus de la commode et le seul autre élément intéressant est son placard. Il est entrouvert, alors j'entre dedans. Il est presque vide. D'un côté, il y a des vêtements suspendus. De l'autre, il n'y a rien et sur le sol se trouve ce que je suppose être son matériel de moto.

J'entends que l'eau est coupée et je commence à sortir, mais deux photos collées à l'intérieur de la porte attirent mon attention. Elles ne sont pas encadrées, mais elles sont collées à un endroit où Knox doit les voir parfois. L'une d'elles représente quelqu'un que j'imagine être Knox avec une femme, sa mère peut-être. Il ne doit pas avoir plus de cinq ou six ans sur la photo. Il a le même sourire. Un peu prudent et réservé, même si je vois bien qu'il est heureux. La femme est ravissante. Elle a des cheveux châtain clair et de grands yeux marron. Son sourire est tout le contraire de celui de Knox. Large et débordant de bonheur, il semble même jaillir de la photo.

Sur l'autre photo, il est avec ses frères. Ils sont plus âgés que sur la précédente. Elle a peut-être même été prise récemment. Ils se tiennent devant le bar Tipsy Rose. Knox est debout à côté de Hendrick, qui a un bras autour de lui et l'autre autour des épaules d'Archer. Brogan est allongé sur le comptoir et Flynn est assis sur un tabouret.

Je me précipite hors du placard quelques secondes avant que Knox ne réapparaisse. Il est habillé, mais ses cheveux sont encore humides.

— T'as fait vite, dis-je en prenant une gorgée du vin que j'avais oublié.

— Désolé. Je t'ai pas laissé assez de temps pour fouiner ?

Je ris et n'essaie même pas de prétendre que ce n'était pas exactement ce que je faisais.

— Si, mais malheureusement, j'ai rien trouvé d'intéressant. Pas de fouets, pas de chaînes, pas de bâillons.

— T'as pas dû chercher assez bien.

Son attitude change et sa façon de me regarder ressemble beaucoup à celle qu'il avait avant de m'embrasser pour célébrer sa victoire.

— Vraiment ? Montre-moi.

Il secoue lentement la tête.

— Hum, hum. Pas encore. Je meurs d'impatience de te goûter à nouveau.

J'ai le souffle coupé et l'instant d'après, sa bouche recouvre la mienne. Sans interrompre notre baiser, il prend mon verre de vin. Je l'entends le poser sur la table de chevet tandis qu'il me fait reculer jusqu'à ce que mes cuisses heurtent le bord du lit.

Tout arrive vraiment vite. Je suis allongée sur le dos et il couvre mon corps de baisers. Il soulève mon t-shirt pour avoir accès à plus de peau, puis déboutonne mon short en jean. Je l'aide à le faire glisser sur mes cuisses. Il repousse mes mains lorsque je tente de faire la même chose avec ma culotte.

— Je veux te déshabiller moi-même.

J'ai le ventre noué lorsqu'il fait glisser lentement le tissu rose. Il retire ma culotte et écarte mes jambes. Son regard me brûle la peau. Les baisers qu'il dépose sur l'intérieur de mes cuisses et sur le bas de mon ventre sont incroyablement doux. Il lève les yeux vers les miens alors qu'il approche sa bouche de ma chatte et lèche mes plis.

— Oh, mon Dieu ! grogné-je bruyamment.

Je jurerais voir un sourire en coin sur ses lèvres lorsqu'il recommence. Mes jambes tremblent et je pousse mes hanches plus bas avec une envie désespérée d'en avoir plus. Il me tapote la chatte. Pas fort, mais je suis tellement excitée que je sens des picotements et des palpitations qui me procurent un plaisir tout nouveau.

— C'est moi qui commande ici, princesse. Sois sage et ne bouge pas.

Si j'obéis, c'est uniquement parce qu'il ne me fait pas attendre. Sa bouche me recouvre à nouveau. Cette fois, il appuie plus fort et alterne en suçant mon clito.

— Knox. S'il te plaît. Encore.

Mes mots sont entrecoupés de cris d'extase. Des mecs m'ont déjà fait des cunnilingus, mais jamais comme ça.

Un de ses doigts glisse dans ma chatte. Puis il en ajoute un deuxième.

Il me mordille la cuisse et écarte mes jambes un peu plus. Je suis étalée sous ses yeux, nue à partir de la taille et il est entièrement habillé. Je me redresse, avec l'intention de défaire son pantalon, mais Knox ne lâche pas prise et ce nouvel angle lui permet de se concentrer pleinement sur mon clitoris.

— Regarde cette jolie chatte. Tellement serrée ! Tellement avide d'en avoir plus !

Il se déplace légèrement et m'éloigne du lit pour pouvoir continuer à me doigter tout en léchant et en suçant mon clitoris.

Je suis à sa merci entre ses mains. Je jouis violemment, tout mon corps se crispe puis tremble alors que mon orgasme refuse de prendre fin. Mes bras ne peuvent plus soutenir le haut de mon corps et je retombe sur le lit. C'est presque douloureux tant c'est long, mais cette douleur se mélange au plaisir qui m'ébranle et à la poursuite duquel je me lance en me frottant contre son visage. Il me donne sur la chatte une autre petite tape qu'il fait suivre de doux coups de langue jusqu'à ce que mon corps cesse de remuer sous lui.

Dès que mon corps arrête de trembler, je suis envahie par une montée d'adrénaline. Je me redresse rapidement et on enlève son t-shirt, puis on baisse son jean et son boxer. Tous noirs.

Je remonte les yeux vers les siens lorsque sa bite jaillit. Elle est longue et épaisse, lisse et dure. Parfaite. Je comprends pourquoi c'est un connard si arrogant.

Je me rapproche et enroule mes doigts autour de son sexe, puis approche mes lèvres de son gland avant de l'embrasser doucement.

— Toujours accro à ma bouche ?

— T'as pas idée.

Il passe le bout de son pouce sur ma lèvre inférieure, puis me pousse vers sa longue et épaisse queue.

Sa gorge se contracte alors qu'il baisse les yeux sur moi. Il soulève mon t-shirt, mais je ne veux pas lâcher Knox pour l'enlever.

Étonnamment, il ne prend pas les choses en mains. Il me laisse avaler sa queue petit à petit, alors que je l'avale progressivement plus profondément.

Ce n'est que lorsque je le sens au fond de ma gorge qu'il enroule une main dans mes cheveux et me presse d'accélérer le rythme. J'ai toujours adoré les fellations. Ça me fait me sentir puissante et sexy, mais voir le plaisir de Knox peint sur son visage — du plaisir que je lui ai offert — est euphorisant. Il s'accroche jusqu'à la dernière seconde à chaque once de contrôle qu'il lui reste. Il se retire de ma bouche et se branle rapidement avant d'éjaculer sur ma poitrine et sur le bas de mon t-shirt.

Je suis trop fascinée pour me soucier de quoi que ce soit et il regarde ma poitrine comme si c'était la plus belle chose qu'il ait jamais vue. J'ai toujours été complexée par mes seins. Ils sont un peu plus gros que ceux de la plupart des gymnastes, mais probablement petits par rapport à la moyenne des filles. Mais à ce moment précis, je ne suis pas complexée du tout.

Il remonte son pantalon et range sa queue dessous avant de disparaître dans la salle de bain. Quand il revient, il a une serviette à la main.

— C'est pour ça que je voulais t'enlever ton t-shirt.

Il sourit en laissant tomber la serviette sur le lit et en tirant mon t-shirt par-dessus ma tête.

— Oups !

Il me nettoie, puis emporte mon t-shirt et la serviette avec lui dans la salle de bain.

— Je crois que c'était ton plan pour que je reste toute nue, dis-je.

— Reste comme ça si tu veux, princesse. Je t'en empêcherai jamais, mais ça pourrait être gênant pour toi d'être assise à table avec la chatte à l'air.

Il me lance un t-shirt qu'il a pris de la pile de vêtements posée sur sa commode. Je mets un instant à comprendre ce qu'il vient de dire.

— Je peux pas sortir maintenant.

J'entends la télévision et les voix étouffées de ses frères dans la pièce d'à côté.

— Ils vont savoir qu'on était ici et qu'on... tu sais.

— Je déteste te l'annoncer, princesse, mais ils ont compris pourquoi t'étais ici dès que t'as franchi la porte.

J'essaie de me couvrir le visage avec le t-shirt au lieu de l'enfiler, mais Knox me l'arrache des mains et me le passe par-dessus la tête. Je glisse les bras dedans, puis je me lève et enfile ma culotte et mon short. J'adore porter ses t-shirts. Ils sont grands et doux.

Quand je me lève, le bas tombe sur mon short. C'est on ne peut plus évident que je porte son t-shirt.

— Je crois que je vais juste rester là.

Il rit et me prend la main.

— Viens. Il faut que tu manges.

26

KNOX

Avery est rouge et essaie de se cacher derrière moi alors qu'on sort de la chambre pour aller dîner. Tout le monde est déjà assis à table.

Je hausse un sourcil en direction de Jane et le sourire qu'elle m'adresse me suffit pour comprendre que ce dîner en famille est son œuvre. On s'assoit rarement tous ensemble pour manger. Nos emplois du temps sont tous différents et il y a toujours quelqu'un qui doit manger rapidement pour aller quelque part ou faire quelque chose.

Dans la cuisine, je prends deux assiettes et j'en donne une à Avery. Je la regarde prendre une petite portion d'un poulet en sauce déjà bien entamé.

Je réfléchis aux endroits où on pourrait s'asseoir. Il y a des places libres en face de Brogan ou à côté de Jane. Brogan sourit comme s'il mourait d'envie de dire quelque chose qui me donnerait envie de lui foutre une raclée, mais Jane semble plus encline à faire passer un putain d'interrogatoire à Avery.

En tirant une chaise, je fais un signe de tête à Avery pour lui demander de s'asseoir et je prends place juste en face de Brogan au cas où j'aurais besoin de lui foutre un coup de pied sous la table.

— Merci pour le dîner. Ça sent vraiment bon.

Elle se penche vers son assiette et inspire profondément.

— Les repas faits maison me manquent. Je me nourris principalement de livraisons de chez Jimmy John et du bar à salades de la cafétéria.

— C'est une recette de Knox, précise Jane.

Elle est assise, les coudes sur la table, sa fourchette pendouillant entre ses doigts. Elle est clairement plus intéressée par notre invitée que par son repas.

Avery me jette un coup d'œil.

— Je l'ai trouvée sur Internet, dis-je en haussant les épaules.

Les coins de ses lèvres se redressent comme si elle trouvait amusant de m'imaginer cuisiner ou chercher des recettes sur le net. Un mec ne peut pas manger que des pizzas surgelées, et commander à manger tous les soirs revient cher. Je ne suis pas chef cuisinier, loin de là, mais j'ai appris à préparer quelques plats grâce à Google et à beaucoup d'essais infructueux.

— Alors, Avery, demande Jane. Depuis combien de temps tu fais de la gymnastique ?

Je retiens un soupir et lance à ma future belle-sœur un regard qui intimiderait la plupart des gens. Malheureusement, elle n'a pas peur de moi, car elle sait que Hendrick me castrerait si je touchais ne serait-ce qu'à un cheveu de sa tête.

— Depuis que j'ai trois ans.

— Elle fait de la compétition depuis qu'elle a six ans, ajouté-je avant de m'interrompre.

Comment je me suis souvenu de cette putain d'info ?

— C'est vrai.

Avery me sourit.

— C'est la seule chose pour laquelle j'aie jamais été douée.

— Je peux penser à une autre chose au moins, marmonné-je juste assez fort pour qu'elle seule puisse m'entendre.

Personne d'autre ne fait attention à moi, car Jane reprend la conversation.

— J'adore la gymnastique, dit-elle. Je t'ai regardée pendant les derniers Jeux Olympiques. Ton enchaînement à la poutre était tellement bon que j'en ai eu des frissons. Et t'avais aussi les plus beaux cheveux de la terre.

— Les plus beaux cheveux de la terre ? marmonné-je à Hendrick.

Il hausse les épaules, mais je le vois lutter pour retenir un rire.

— Merci.

Avery sourit à Jane en semblant sincèrement reconnaissante du compliment.

— J'adore la couleur de tes cheveux. Ils sont naturellement si blonds ?

Je me cale dans ma chaise et observe les deux filles discuter d'histoire de cheveux. Je pensais que Jane était en admiration devant Avery, mais il semble que ce soit réciproque.

Mes frères et moi, on échange un regard amusé.

Dès qu'il y a une pause dans la conversation, Brogan se racle la gorge. Il est resté silencieux trop longtemps. J'aurais dû me douter qu'il allait bientôt la ramener.

— Ave, t'as des vidéos de Knox en train de faire des trucs de gymnastique ?

— Elle s'appelle Avery, lui dis-je lentement en pointant ma fourchette vers lui. Et non. Elle va pas te donner de vidéos de moi en train de me ridiculiser pour que tu puisses me faire chanter ensuite.

Un coin de sa bouche se redresse.

— J'aime bien Ave. Je vais t'appeler comme ça. Donc, t'en as ?

— Eh bien, ça dépend. Ça vaut quoi, pour toi ? demande Avery.

Je reste bouche bée et me tourne vers elle alors que tout le monde à table éclate de rire.

— Oh, ça vaut beaucoup, lui répond Brogan.

Quand je regarde autour de moi, je vois que ma famille regarde Avery comme si sa volonté de se prêter à un chantage contre moi la rendait plus attachante. Connards ! Même Flynn sourit de toutes ses dents.

J'ai du mal à réprimer mon sourire. Ces gens sont tout pour moi et elle s'intègre parfaitement. C'est un soulagement et aussi une surprise. Je ne pourrais pas être avec une fille, même si ce n'est rien de sérieux, en sachant que mes frères ne peuvent pas la saquer.

— En parlant de Knox, dit Archer en regardant Avery. Tu sors beaucoup ? Des fêtes ? Des bars ?

Avery jette un coup d'œil entre nous, mais elle prend le soin de regarder Archer dans les yeux avant de lui répondre.

— Pas souvent. Entre l'entraînement et la fac, j'ai pas beaucoup de temps.

— *Quel rapport ça a avec moi ?* demandé-je à haute voix tout en traduisant en langue des signes pour Archer.

Ses lèvres tremblent puis esquissent un sourire.

— Je me demandais juste si elle savait qu'il y avait plein de mecs plus cool sur le campus. T'as pas besoin de te coltiner sa tronche.

Il se retourne vers elle.

— Je pourrais te présenter quelques coéquipiers.

Je m'étais préparé à ce que Brogan me chie dessus, mais Archer ? Je fais le signe pour « connard » à l'insu d'Avery.

Elle ne perd pas une seconde pour entrer dans le jeu, ça lui plaît clairement de me taquiner autant qu'eux.

— Oh, ouf ! Je pensais que c'était ce que Valley avait de mieux à offrir. Quel soulagement !

Mes frères rient et Jane les réprimande tout en essayant de s'empêcher d'éclater de rire.

Je me penche en avant et pose une main sur sa cuisse. J'écarte les doigts sur sa peau lisse et l'agrippe. Elle sursaute et se mordille la lèvre.

Je penche mon corps vers le sien et lui écarte les cheveux du cou pour lui murmurer à l'oreille.

— Attention, princesse. Je pourrais être tenté de leur montrer à quel point t'aimes sentir mes mains sur toi.

Mon cœur cogne dans ma poitrine alors que ses grands yeux bleus me transpercent.

— Promis ? murmure-t-elle à son tour en me narguant et en battant des cils.

Putain, elle me rend dingue ! Je n'en ai jamais assez d'elle.

Je ne suis peut-être pas le meilleur mec pour elle à long terme, mais je me sens trop bien pour que je m'en aille déjà.

Je ne sais pas quand j'ai décidé que je n'étais pas intéressé par les petites amies ou les relations amoureuses. Ce n'est pas un moment que je peux identifier avec précision. En théorie, je sais que les gens peuvent faire en sorte que ça marche, mais j'imagine qu'éviter de me mettre dans cette situation me semblait être le meilleur moyen de m'assurer qu'il y aurait un domaine de moins dans lequel je risquais de devenir comme mon père. En plus de ça, j'ai déjà une tonne de responsabilités à assumer ici, avec mes frères.

Comme c'est quelque chose dont je n'ai jamais rêvé, je n'ai pas passé beaucoup de temps à me demander ce que ce serait d'avoir quelqu'un dans ma vie, comme Jane dans celle de Hendrick. Mais je n'ai pas besoin d'y réfléchir longtemps pour savoir qu'Avery est le genre de personne que je voudrais à mes côtés si les choses étaient différentes.

27

KNOX

Avery sourit alors que je roule vers elle. Elle avait un jour de congé au gymnase et est venue nous regarder à la piste après les cours. Cette vieille piste de terre n'a rien de spécial. Elle est nichée à l'écart de la route principale et est entourée de terrains vagues à perte de vue. C'est paisible, ici. Malgré tous les voyages que j'ai effectués cet été, toutes les courses auxquelles j'ai participé à travers tout le pays, c'est ici que je préfère rouler. C'est ici que j'ai appris et je m'y sens chez moi.

J'enlève mon casque et m'assois à côté d'elle, sur le hayon de mon pick-up.

— T'en penses quoi ? lui demandé-je.

— Les vidéos que j'ai vues donnaient l'impression que c'était facile, mais en vrai, c'est beaucoup plus flippant.

Je ris et lui donne un petit coup d'épaule.

— Dit la fille qui enchaîne des pirouettes sur une poutre et qui voltige au saut de cheval.

— C'est pas si haut.

Le grand sourire d'Avery devient un petit sourire en coin.

— T'es tout sale.

Je m'essuie le front avec le dos de la main.

— Les chemins de terre ont tendance à faire ça.

— Ça te va bien.

Je reconnais le regard qu'elle me lance. Si je n'étais pas couvert de sueur et de terre, je serais tenté de la déshabiller ici même. Au lieu de ça, je me penche vers elle, fais glisser mes lèvres sur les siennes et mordille sa lèvre inférieure pulpeuse en regrettant de ne pas avoir laissé tomber la moto aujourd'hui pour passer la journée au lit avec elle.

Quand je m'écarte, Colter se gare à côté de moi et Brooklyn s'arrête près de lui. Dans quelques minutes, le reste du groupe arrivera pour commencer l'entraînement.

— Salut ! nous dit Colter avec un sourire qui s'élargit quand il aperçoit Avery. Je viens juste de ta résidence.

— Je sais. Je t'ai entendu avant de partir.

Elle plisse le nez.

Colter se contente de rire.

— Comment s'est passé la moto aujourd'hui ?

— Bien.

Je commence à descendre pour l'aider à décharger, mais Brooklyn me fait signe de ne pas m'en occuper et s'en charge à ma place.

Ils déchargent leurs deux motos, puis Brooklyn s'en va s'échauffer.

— Alors, vous deux.

Colter remue un doigt entre nous.

— Vous êtes ensemble maintenant ou quoi ?

Putain ! C'est tout Colter de vouloir définir mes relations à ma place.

— On traîne ensemble, c'est tout, répond rapidement Avery en levant les yeux au ciel comme si elle pensait la même chose que moi.

Il lève les mains en signe de défense.

— Désolé, erreur de ma part.

— Ouais, comme souvent, marmonné-je juste assez fort pour qu'il m'entende.

— C'est la première fois que Knox ramène une fille en pleine journée, et c'est moi qui suis bizarre de penser que c'est plus que de la baise.

Il fait une grimace, puis enfourche sa moto et démarre.

Il a clairement tout faux, vu qu'on ne baise même pas. J'en ris, mais quand je jette un coup d'œil à Avery, elle a les lèvres pincées.

— Ignore-le, lui dis-je.

Pourquoi est-ce que tout mon entourage fait toute une histoire du fait qu'on traîne ensemble ?

— C'est vrai ? demande-t-elle. T'as jamais amené une fille ici en pleine journée ?

Je hausse les épaules.

— Je sais pas.

Peut-être ?

— T'es déjà sorti avec quelqu'un ?

Putain ! Il fait chaud, ici, tout à coup, non ?

— Ça dépend de ce que t'entends par « sortir ».

— Je prends ça pour un non.

Toutefois, elle sourit et rit.

— C'est cool, reprend-elle. J'aime bien notre relation. J'étais juste curieuse. Tes frères m'ont donné l'impression que t'avais jamais amené de fille à la maison non plus.

— C'est vrai.

Cette fois, je n'ai pas besoin de me poser la question.

— C'est des putains de fouineurs, et ça a toujours été plus facile d'éloigner les filles de tout ça.

Elle hoche la tête d'un air pensif.

— Je comprends. J'ai toujours préféré aller chez mon ex plutôt que de l'emmener chez moi. Quinn ne l'aimait pas beaucoup. En plus, son appartement était beaucoup plus sympa.

Mon lit n'est pas très grand, comme tu le sais.

Elle rit à nouveau et me regarde comme si elle s'attendait à ce que je me joigne à elle. Je ne peux pas. Je suis bloqué sur l'image d'elle couchant avec d'autres mecs.

Est-ce qu'elle a un groupe de mecs avec qui elle prend du bon temps ? Elle devrait. Elle est belle et drôle. C'est juste que ça ne m'avait jamais traversé l'esprit avant. Et ça ne devrait pas. On traîne juste ensemble.

— Vous *traînez* toujours ensemble ?

J'ai volontairement utilisé notre expression, mais je déteste aussitôt ce que je viens de dire.

— Pas question.

Il y a une pointe d'amertume dans sa voix. Je suppose que c'est normal quand on découvre que son petit ami nous trompe. Elle devrait s'estimer heureuse. Tout mec qui tromperait Avery devrait se faire examiner la tête.

— Et Ken ?

L'esquisse d'un sourire se dessine sur ses lèvres.

— Ne me dis pas que t'es jaloux.

— Je suis pas jaloux.

Je ne le suis pas, n'est-ce pas ?

— Je t'ai dit que ça ne se reproduirait plus. Tristan et moi, ça ne marchait pas.

Cette pensée la fait frissonner. Moi aussi.

Elle se ressaisit, puis se retourne et passe une jambe par-dessus la mienne.

— Et toi et Brooklyn ?

La lueur de jalousie qui illumine ses yeux est terriblement sexy. Mais je ne lui mens pas.

— On n'a jamais couché ensemble. Elle a un copain.

— Vraiment ?

Je hoche la tête.

— Une sorte de businessman. Plus âgé, je crois. Elle ne l'emmène jamais avec elle.

— Ah ! J'étais persuadée qu'il y avait quelque chose entre vous deux. À la fête, dans la piscine, puis cette nuit-là sur la piste, vous aviez l'air proches.

— La seule fille dont je me souviens lors de ces deux événements, c'est toi, princesse.

— Menteur.

Mais son visage s'adoucit, elle passe ses bras autour de mon cou et m'embrasse.

— Alors, on traîne ensemble ?

— Mm-mm.

Je lui prends le menton et l'embrasse.

— Tant mieux. Je suis pas prête à sortir avec qui que ce soit.

Avery descend du hayon et me regarde d'un air effronté et taquin.

— Encore moins avec un mec qui ne sait même pas faire un double nac quatre cent soixante ou je sais pas quoi.

Je me jette sur elle et enroule mes bras autour de sa taille avant qu'elle n'ait le temps de s'enfuir. Elle pousse un cri aigu et glousse en réponse.

— C'est un Nac-Nac double salto arrière.

— Exactement ce que j'ai dit.

J'enfouis mon visage dans le creux de son cou et la mordille doucement. Elle se tortille pour me faire face et me mordille le torse à son tour. Ses yeux sont toujours illuminés d'une pointe d'humour.

Lorsque nos rires s'éteignent, on reste enlacés.

— Je traîne avec personne d'autre en ce moment, dit-elle.

Je mets une seconde à comprendre l'impact de ces mots. Elle ne couche avec personne d'autre. Dieu merci, putain !

— Et je ne le ferai pas tant qu'on continuera à... faire ce qu'on fait, reprend-elle.

— Non, moi non plus.

Je chasse cette sensation étrange en réalisant que je n'ai même pas pensé à appeler une autre fille depuis qu'Avery et moi, on a commencé à se voir. Même si je n'ai jamais eu de petite amie, j'ai déjà eu des filles avec qui je couchais exclusivement. Rien qui ait duré très longtemps, un mois ou deux, jusqu'à ce que l'un de nous se lasse. Pour le moment, je ne peux pas imaginer me lasser d'Avery, mais ça ne veut rien dire. On est juste bien ensemble, c'est tout. D'ailleurs, elle vient de dire qu'elle ne voulait rien de sérieux non plus.

Ses lèvres se recourbent et dessinent un sourire satisfait sur son doux visage.

— Il faut que j'y aille. J'ai promis à Hope de passer au gymnase ce soir pour lui donner un coup de main.

Je dépose un baiser sur ses lèvres.

— D'accord. Je devrais y aller aussi et perfectionner mon double nac quatre cent soixante.

Elle rit joyeusement.

— Envoie-moi un texto quand tu rentres, ou on se voit lundi après-midi ?

— Ouais.

À contrecœur, je la relâche.

Avery se dirige vers sa Bronco, puis se retourne et me fait un signe de la main avant de monter. Je la regarde jusqu'à ce que la poussière soulevée par ses pneus m'empêche de voir son véhicule quitter la piste et s'engager sur la route.

28

AVERY

— J'ai besoin de sortir ce soir.

Quinn lève les yeux de son ordinateur portable, l'air perplexe et les yeux écarquillés.

— Qui es-tu et qu'est-ce que t'as fait de ma meilleure amie ?

Je m'assois sur son lit et lui lance son oreiller au visage.

— T'as quelque chose de prévu ou pas ?

— Non, mais j'ai entendu dire que l'équipe de foot organisait une soirée pyjama.

— Vraiment ? C'est parfait !

Certaines des seniors de l'équipe de foot vivent dans une grande maison hors du campus. Elles n'organisent que quelques fêtes par an, mais celles-ci sont toujours incroyables. Le semestre dernier, elles ont organisé une soirée graffiti où elles ont recouvert toute la maison de tissu blanc. Tous les partici-pants portaient des vêtements qu'ils pouvaient salir et avaient apporté des feutres et de la peinture pour décorer tout ce qui leur tombait sous la main, du plafond aux autres invités. Les gens parlent encore de cette soirée.

— Oh, mon Dieu ! J'ai tellement d'idées de tenues !

Je me précipite dans ma chambre pour fouiller dans mes

vêtements. Techniquement, le sweat que je porte ferait l'affaire, mais ce qui est amusant lors de ces soirées, c'est vraiment de se fondre dans le thème.

Je suis dans mon placard en train de sélectionner des options de tenue quand j'entends Quinn entrer.

— Cette envie soudaine de sortir a un rapport avec le fait que Knox est en déplacement ?

— Non, répliqué-je rapidement avant que le silence qui s'est fait derrière moi m'oblige à me retourner et à poser les yeux sur elle. C'est pas ça. Enfin, pas juste ça.

Elle esquisse un demi-sourire et s'assoit sur le lit en me prêtant toute son attention.

— Je l'aime bien, avoué-je en serrant les dents.

— Et ? demande-t-elle en même temps que le coin de ses lèvres s'étire et se relève légèrement.

— Tais-toi. C'est un problème. On passe du temps ensemble et on fréquente personne d'autre, mais on a tous les deux dit qu'on ne voulait pas de relation de couple, alors qu'est-ce je fous, putain ?

— Je sais pas, A-bébé.

Moi non plus. J'ai pensé à lui toute la nuit et toute la journée. Je suis complètement obsédée par lui. Je ne lui ai pas menti quand je lui ai dit que je n'étais pas prête à sortir avec qui que ce soit, mais je ne peux pas m'empêcher de l'apprécier. Je ne sais pas quoi faire, mais je pense qu'il faut que je change quelque chose avant de trop m'attacher. Je dois faire en sorte que les choses restent légères et garder le contrôle.

— Maintenant, tu sais pourquoi j'ai besoin de sortir.

Ce n'est peut-être pas le meilleur plan qui soit, mais c'est mieux que de rester assise à attendre qu'il m'envoie un texto.

— T'es partante ?

— Ouais, bien sûr, répond-elle doucement. Quand est-ce que j'ai déjà refusé d'aller faire la fête ?

Trente minutes plus tard, Quinn et moi, on a empilé toutes les tenues potentielles sur mon lit. Des pantalons en flanelle, des débardeurs, des chaussons, des masques de sommeil, des brassières, des choses qui ressemblent plus à de la lingerie qu'à des pyjamas, et même quelques masques de carnaval qu'on a immédiatement rejetés.

Quinn opte pour un débardeur et un short en coton, puis enfile un peignoir moelleux au cas où elle aurait froid. Je décide de porter un pantalon en soie noir et une brassière rose pâle en dentelle. Je n'ai clairement jamais dormi dans cette tenue, mais elle est mignonne. Quinn accessoirise sa tenue avec les pantoufles, et j'enfile le masque pour les yeux en le portant comme un bandeau.

On prend une douzaine de photos avant de partir, en posant et souriant devant l'objectif pour montrer nos tenues. Je poste une photo de Quinn et moi sur mon compte Instagram avant de partir et, alors qu'on marche vers ma Bronco, je reçois une notification m'indiquant que Knox a aimé la photo.

Il rentre tard ce soir et une partie de moi meurt d'envie de le voir, tandis que l'autre partie (celle qui essaie d'empêcher mon cœur d'être brisé en deux) pense que je ne devrais pas sauter sur chaque occasion de passer du temps avec lui.

— Répète après moi. Dé-con-tractée, marmonné-je lentement.

— T'as dit quoi ? demande Quinn en s'installant sur le siège passager.

— Rien.

Je pose mon téléphone sur la console centrale.

— T'as parlé à Colter ?

— Ouais, on s'est envoyés des textos tout à l'heure. Il m'a dit qu'ils avaient été retardés par la pluie.

— Oh ! Alors je suppose qu'ils rentreront encore plus tard.

— Je serais pas surprise qu'ils passent la nuit là-bas et

rentrent demain matin. Surtout s'il pleut encore. L'autoroute est toujours un bordel quand il pleut ici.

Une sensation proche de la déception me noue l'estomac, mais c'est idiot, car j'ai déjà des projets pour ce soir.

Lorsqu'on arrive à la fête, la maison de deux étages, située en dehors du campus, est déjà bondée.

— Je suis morte et je me suis réveillée au paradis, murmure Quinn alors qu'on grimpe à l'étage.

Certains jouent aux cartes, d'autres sont debout dans la cuisine et boivent des shots.

Les garçons sont en boxers et chaussettes. Quelques-uns portent des joggings tombant très bas sur leurs hanches. La plupart sont torses nus. Les filles portent des tenues très similaires aux nôtres, à l'exception d'une fille courageuse qui porte un bikini couleur nude presque invisible. Je l'entends dire à quelqu'un qu'elle dort nue et que c'est donc ce qu'elle pouvait faire de mieux pour la circonstance. Malin.

La musique du rez-de-chaussée grimpe jusqu'ici, mais ce n'est que lorsqu'on a toutes les deux un verre à la main et qu'on commence à descendre l'escalier étroit que ça devient bruyant. Je m'en réjouis et je me surprends à avoir bien plus envie de danser et de boire que je ne le pensais.

Je suis avec ma meilleure amie, son petit ami et mon — peu importe ce qu'il est pour moi — sont tous les deux absents pour le week-end, et je veux juste m'amuser. On s'assoit sur deux chaises pliantes installées en face des platines du DJ et de la piste de danse, à un endroit où on peut plus ou moins s'entendre discuter.

Je bois mon premier verre rapidement, puis un étudiant de

première année m'offre une canette de White Claw, que j'accepte et bois aussi vite.

— Mollo, dit Quinn.

Je me sens légère et euphorique.

— Allons danser.

Je l'entraîne devant les platines du DJ, où les enceintes font vibrer mes entrailles. Plus rien n'a d'importance à ce moment précis. Ni le fait que la difficulté de mon enchaînement a été revue à la baisse, ni que je ne figure pas sur une stupide liste des meilleures gymnastes du pays, ni que Knox soit peut-être en train de s'envoyer en l'air avec quelqu'un d'autre ce soir.

Cette pensée me frappe de manière inattendue. Est-ce que c'est vraiment ce que je pense ? Il a dit qu'il ne couchait avec personne d'autre, mais c'est de Knox Holland dont on parle. Je n'ai aucune raison de ne pas lui faire confiance, mais... eh bien, je ne fais plus confiance aussi facilement qu'avant Nolan.

On ne quitte la piste de danse que lorsque Quinn se plaint que son cuir chevelu commence à être en sueur et qu'elle ne veut pas abîmer sa coiffure.

On remonte à l'étage, où il fait plus frais et où l'ambiance est plus calme. Tristan est dans la cuisine avec Corey, un autre membre de l'équipe. Tristan nous aperçoit avant que je ne trouve le moyen de l'éviter.

— Salut, Ollie, Quinn !

Il nous salue d'un signe de tête tout en buvant une gorgée de son verre. Il porte un slip aux couleurs du drapeau américain et je ne peux m'empêcher de sourire. C'est tout lui. Tellement ridicule !

— T'as apporté tes médailles d'or aussi ? lui demandé-je en évitant de lui donner la satisfaction de le reluquer.

Son corps est musclé et bien taillé, et je suis sûre que d'autres filles le trouvent attirant. Mais je ne suis plus l'une d'entre elles. Sa personnalité me rebute.

— Non. Il faudra que tu rentres avec moi pour les voir.

Son regard descend le long de mon corps.

Quinn ricane.

— Quel tombeur, Tristan !

Elle m'éloigne de lui et je remue les doigts en prenant congé de lui.

— Devine quoi ? dit-elle après un fou rire.

— Quoi ?

— L'événement des garçons a été annulé à cause de la pluie. Ils sont presque de retour à Valley.

Mon cœur s'emballe.

— Tu veux aller chez Colter ? Il a dit qu'ils allaient traîner chez lui.

Je sors mon portable de mon soutien-gorge, où je l'ai rangé pendant qu'on dansait. Cette tenue n'offre pas beaucoup de possibilités de rangement. Mon cœur tressaille dans ma poitrine quand je vois son nom s'afficher à l'écran. Knox m'a envoyé un texto il y a quinze minutes pour me demander ce que je faisais ce soir. Non, non. Pas de cœur qui tressaille. *Décontractée.*

— Mais on est là que depuis une heure !

L'expression que prend le visage de Quinn exprime toute son incompréhension.

— Oui, mais Colter et Knox... Je pensais que tu préférerais passer du temps avec eux.

— T'as dit à Colter où on était ?

— Ouais.

Elle fronce légèrement les sourcils, ce qui la rend adorable.

Je réponds à Knox en lisant mon message à Quinn pendant que je le tape.

— À une soirée pyjama. J'ai entendu dire que l'événement a été annulé. Vous devriez passer si vous n'êtes pas trop occupés.

J'ajoute l'adresse et j'appuie sur « envoyer ».

— Voilà. Ils savent où nous trouver.

Je la supplie du regard. Je ne peux courir le rejoindre à la seconde où il est de retour en ville. Ce serait tout le contraire de la décontraction.

Je vois le moment où elle cède. Elle sourit et range son portable.

— OK. Ouais. T'as raison. Je passe du temps avec ma meilleure amie. Colter peut attendre.

— Merci.

Je lui prends la main et la serre.

— Je t'en prie, répond-elle en redressant les épaules et en observant la fête. Alors, comment est-ce qu'on devrait fêter notre indépendance ?

Une seconde plus tard, elle se met à chanter les paroles de « Independent Women » de Destiny's Child. Tout sourire, je la ramène en bas.

On participe à une partie de beer pong avec Tristan et Corey. Quinn est une pro aux fléchettes, mais je suis la championne incontestée du beer pong.

— Comment est-ce que tu peux viser aussi mal en fonction de la situation ? lui demandé-je alors qu'elle rate complètement la table et touche les testicules couverts de tissu rouge, blanc et bleu de Tristan.

— De quoi tu parles ? demande-t-elle innocemment. J'ai visé dans le mille.

Je suis assez éméchée pour trouver ça hilarant.

— Son paquet est sur le point de déborder.

Corey essaie de se joindre à nous, mais Quinn et moi, on est dans notre monde. Heureuses et rieuses, et probablement insupportables pour les gens qui nous entourent.

Quinn et moi, on parvient à gagner la première partie, mais Tristan a trop l'esprit de compétition pour laisser tomber, alors on entame une deuxième partie.

Lui et moi, on se répond coup pour coup, sans rater un seul

lancer et sans laisser la moindre chance à nos partenaires. C'est moi contre lui. Je lance la balle directement dans le gobelet le plus proche de Tristan et lui offre le plus large des sourires. Je n'entends pas son grognement, mais je sais qu'il en émet un, car il laisse tomber sa tête en arrière et fixe le plafond. Encore un gobelet et je suis championne. Je me tourne vers Quinn avec les bras tendus au-dessus de ma tête, et je vois que ma meilleure amie regarde autour d'elle et ne s'intéresse même pas à mes talents remarquables.

— Hé, tu me laisses en plan, lui dis-je.

Mais ensuite, je suis son regard.

L'alcool m'échauffe et a détruit tout espèce de filtre sur ma bouche. Heureusement, la musique est si forte qu'elle couvre le « Putain de merde ! » qui jaillit de mes lèvres.

Knox sourit comme s'il l'avait entendu malgré tout alors qu'il traverse la pièce fièrement derrière Colter.

Ce dernier porte un jogging et un t-shirt. Il est parfaitement dans le thème, mais Knox... Knox porte sa tenue habituelle : un jean noir et une chemise. Si je n'avais pas déjà dormi près de lui, je serais tentée de croire qu'il ne quitte jamais son uniforme noir. Alors que tout le monde montre autant de peau qu'il est décemment possible, il se démarque en étant le seul à ne pas respecter le code vestimentaire.

Quinn se précipite vers son copain et se jette dans ses bras. Il la fait tournoyer, l'embrasse, puis la repose au sol avant de reculer pour admirer sa tenue.

— Putain, bébé ! T'es sensationnelle !

— Sensationnelle, répété-je lentement.

Knox sourit en s'approchant de nous.

— C'est quoi, le problème avec sensationnelle ?

— Y en a pas, si t'es une femme de cinquante ans.

Je le fixe, encore sous le choc de sa présence en chair et en os.

— T'es venu.

Il ne répond pas et se contente de me sourire.

— T'es pas en pyjama, dis-je au cas où il n'aurait pas remarqué son faux pas.

Bien sûr qu'il l'a remarqué. Je suis clairement ivre.

— Un type a essayé de l'empêcher d'entrer avant que Knox lui lance un regard assassin, dit Colter en adressant un sourire en coin à son pote.

— J'espérais ne pas rester longtemps.

Il jette un coup d'œil autour de lui.

— T'es pas obligé de rester.

Je me retourne trop vite et reprends l'équilibre en m'agrippant à la table. Tristan observe toute la scène d'un regard qui passe de moi à Knox. Il garde la balle dans la main en attendant que je me décide.

— Prêt ? lui demandé-je.

— Je t'attends, Ollie.

Sa mâchoire se crispe alors qu'il glisse les yeux vers l'endroit où je suppose que se tient toujours Knox.

J'ai du mal à déterminer pourquoi je suis déçue que Knox ne se soit pas déshabillé comme Colter. Ou peut-être que ça me fait mal qu'il trouve le thème de cette fête stupide. Je veux dire, il est venu alors que je sais qu'il n'en avait pas envie. Il est venu pour me voir. Ou parce qu'il voulait fricoter un peu. Mais c'est ce qu'on fait. On fricote et on s'entraîne ensemble. On ne fait pas de fêtes à thème ni de trucs à chier comme en font les couples.

Tristan finit par lancer la balle. Elle heurte le bord d'un gobelet et rebondit. Je réagis trop lentement, mais une main jaillit devant la mienne et l'attrape.

Knox s'approche de la table, torse nu et son pantalon déboutonné. Il tient la balle dans une main et enlève son jean et ses chaussures de l'autre.

Je me mords la lèvre pour m'empêcher de sourire alors qu'il

enlève tout sauf son boxer noir. Il jette un coup d'œil vers moi et hausse un sourcil comme pour me mettre au défi de faire un commentaire. Je ne dis rien, mais ma poitrine se comprime.

Knox prend la place de Quinn, mais mes talents remarquables au beer pong sont sérieusement compromis par le mec à moitié nu à côté de moi et je rate tous mes tirs.

La mâchoire serrée, Tristan lance une autre balle qui atterrit dans un gobelet. Je bois, puis relance la balle et rate la cible à nouveau.

Knox me surprend en train de le fixer alors que je devrais être concentrée sur la partie. Il s'approche de moi, son bras appuyé contre le mien et ses doigts effleurant ma cuisse.

— Tu vois quelque chose qui te plaît, princesse ?

— Je vois plein de choses qui me plaisent, dis-je en détournant mon attention de lui pour faire semblant de mater tous les mecs de la fête. Si t'as vu un mec à moitié à poil, tu les as tous vus.

— Menteuse !

Il me tire vers lui et mon dos se retrouve plaqué contre son torse, puis il m'enlace.

Tristan envoie la balle dans notre dernier gobelet, puis Knox la retire sans me lâcher avant d'en boire le contenu. Il repose le gobelet sur la table, puis laisse son nez effleurer le côté de mon visage.

— Une autre partie ?

— Non merci.

Tristan me jette un coup d'œil. Sa bouche est crispée. Je ne pense même pas qu'il m'apprécie tant que ça. Il déteste juste perdre.

Quand il s'en va, je me retourne dans les bras de Knox et le regarde. Mon estomac se noue et mon pouls accélère. À quoi est-ce que je pensais ? Il n'y a vraiment rien que je veuille plus que de sauter sur Knox, là, tout de suite. Il est venu ici juste pour moi. Peut-être que ça veut dire quelque chose. Peut-être que *nous* pourrions être quelque chose ensemble.

— Les soirées pyjama sont vraiment plus sympa avec un lit, tu trouves pas ?

Ses lèvres esquissent un sourire taquin.

— Tout à fait d'accord.

Knox remet ses chaussures et prend le reste de ses vêtements avant de me conduire hors de la fête. Colter et Quinn décident de rester un peu plus longtemps, mais vu qu'ils s'embrassentt sur la piste de danse avant même qu'on ait atteint les escaliers, je ne pense pas qu'ils seront loin derrière nous.

— Le Uber peut être là dans cinq minutes, dit-il en jetant un coup d'œil sur son portable. Je savais que j'aurais dû prendre ma voiture au lieu de venir avec Colter.

— Ma Bronco est là.

Je lui montre ma voiture garée dans la rue.

Il fait un pas vers elle avec moi, puis s'arrête.

— Je pense pas pouvoir conduire ce truc.

— Pourquoi pas ?

— Elle est rose.

— Et ?

Je ris.

Il incline la tête sur le côté.

— Tu veux vraiment attendre cinq minutes de plus alors que ma voiture est juste là ? lui demandé-je en plaquant mes mains sur mes hanches.

Il y réfléchit un moment, ce qui me fait rire.

— Allez.

Je lui prends la main et l'entraîne rapidement vers la voiture. Je déverrouille les portières et m'installe sur le siège passager.

Il monte, adorablement indécis, apparemment, à l'idée de conduire ma jolie voiture. L'intérieur est rose aussi ; les sièges, le tableau de bord, le levier de vitesse. Je suis bien consciente qu'on dirait que Barbie a vomi dans ma Bronco. Et j'adore.

— Rien que pour toi, princesse, dit-il avant de démarrer.

Je m'endors pendant le trajet jusqu'à chez moi, puis je suis réveillée lorsque Knox ouvre la portière et essaie de me porter.

— Je peux marcher, dis-je en titubant un peu avant qu'il ne se précipite vers moi pour m'aider à rester debout.

Peut-être que je ne peux pas.

Son rire est le seul son qui résonne dans le parking silencieux.

— T'es vraiment une petite buveuse. T'es bourrée après quelques bières ?

— Je suis pas si bourrée que ça ! insisté-je, bien qu'on sache tous les deux que c'est un mensonge.

Une fois dans ma chambre, je m'effondre sur mon lit et fixe le plafond. La pièce tourne devant mes yeux.

Le matelas s'enfonce sous son poids et Knox tend un verre d'eau devant moi.

— Bois ça.

Je me redresse et prends le verre, mais j'en renverse plus sur moi que dans ma bouche.

En riant, il reprend le verre, le pose sur la table de chevet et disparaît. J'espère qu'il ne compte pas s'en aller.

— J'ai juste besoin d'une minute et après je serai prête à t'embrasser, crié-je.

Je n'obtiens aucune réponse. Me redresser me semble trop difficile. L'instant d'après, quelqu'un m'attrape les bras et me tire en position assise. Knox me sourit avec un visage presque tendre.

— Lève les mains.

Je fais ce qu'il me dit avant même de comprendre ce qu'il veut. Knox remonte ma brassière. Ma peau frémit au contact de la sienne. Même dans mon état d'ivresse, mon corps s'éveille sous ses caresses.

— Est-ce que tout ce que tu possèdes est rose ?

Il brandit le soutien-gorge incriminé.

— Tu peux parler, monsieur tout en noir et sexy.

Un coin de sa bouche se redresse. Il tire sur ma tête un t-shirt qui couvre mes seins.

— Pourquoi tu m'habilles ? demandé-je. On va pas...

Je remue les sourcils.

— Pas ce soir.

Il éteint la lumière, puis grimpe dans le lit à côté de moi.

Instinctivement, je me tourne sur le côté et me blottis contre lui.

— Merci d'être venu à la fête ce soir. Je suis désolée d'avoir trop bu.

— Ça arrive aux meilleurs d'entre nous.

Il passe une main dans mes cheveux et m'attire plus près de lui afin que ma tête repose sur son cœur. Ses battements réguliers sont apaisants.

Je l'apprécie tellement que ça me fait un peu mal.

— Tu m'as manqué.

Un instant s'écoule, puis il répond finalement.

— Tu m'as manqué aussi.

J'enfouis mon sourire dans son torse et passe mon bras autour de sa taille.

— Hé, Knox ?

— Ouais ?

— Tu me câlines.

29

KNOX

— C'était le meilleur que je t'ai vu faire jusqu'à présent.

Colter tend son poing pour me checker lorsque je m'arrête à côté de lui sur ma moto. Il a un grand sourire, comme souvent.

— T'assures, mec. Encore un mois et tu seras prêt à faire tout le spectacle avec nous. Il faut juste que tu bosses ton timing sur les figures en groupe.

Ça fait du bien. J'aime bien ces gars, et même si je m'inquiétais de passer au freestyle et de l'impact que ça pourrait avoir sur mes courses, ça n'a fait qu'améliorer ma vitesse. Je maîtrise mieux ma moto et mon corps. Ça atténue un peu la douleur que me procure le silence de Mike.

Je pensais que quelqu'un aurait déjà appelé à présent. Soit Mike, soit une autre équipe. J'ai hâte de montrer à tout le monde que j'ai progressé et que je suis prêt pour la saison qui va débuter.

— Tu pars t'entraîner avec Avery ? me demande-t-il en se levant, toujours agrippé aux poignées de son guidon.

— Non, elle a un dîner avec son équipe ce soir.

Il me sourit.

— Tu la vois après ?

— Fais pas le fouineur. J'en ai déjà suffisamment à la maison.

Il ricane.

— Je vous aime bien ensemble.

Je lui lance un regard amusé.

— Qui es-tu et qu'est-ce que t'as fait de mon pote Colter ? À une époque, t'étais le mec qui couchais avec plusieurs filles par nuit. À côté de toi, j'étais un enfant de chœur.

Il sourit en grimaçant.

— Je sais. Avant Quinn, j'étais un vrai coureur de jupons. Mais j'ai changé.

— Elle a l'air cool, même si elle est un peu déglinguée, et je suis content pour toi. Mais changé ? Allez, sérieux ? Tu veux dire que la prochaine fois que tu seras célibataire, tu vas pas te taper tout un bataillon de meufs pour rattraper le temps perdu ?

— Je suis très sérieux, dit-il d'un ton sincère malgré son rire discret. Je suis presque sûr que c'est la bonne. La femme de ma vie. Tout ça.

J'éclate de rire, mais il ne bronche pas.

— T'es sérieux ?

— Ouais. J'essaie d'économiser pour acheter mon propre appart et lui proposer d'emménager avec moi.

— Putain ! J'en avais aucune idée.

Il hausse les épaules.

— Je pensais que peut-être...

— Quoi ?

— Peut-être qu'Avery et toi, vous prenez un chemin similaire. J'ai vu comment tu la regardes et t'as même pas jeté un coup d'œil à une autre fille ce week-end. Tu l'aimes bien.

Je commence à secouer la tête et lui dire que même si j'aime bien Avery, ce n'est pas sérieux entre nous, mais quelque chose attire mon attention. Ou plutôt quelqu'un. Je ne sais pas si c'est sa posture, ses mains enfoncées dans ses poches et un pied légèrement posé en avant, ou la casquette noire et usée qu'il porte depuis dix ans, mais je le reconnais sur-le-champ.

— C'est quoi, ce bordel ?

Colter suit mon regard.

— C'est ton père ?

— C'est mon rien du tout.

Sur ma moto, je roule vers mon pick-up, devant lequel il se tient.

— Qu'est-ce que tu fais ici ? lui demandé-je sans le regarder.

— J'ai entendu dire que tu faisais du freestyle, mais je n'y ai pas cru.

Il y a du mépris dans sa voix.

Il n'a prononcé qu'une seule phrase et je serre déjà les poings.

— Tu ne penses pas sérieusement abandonner la course pour ça, n'est-ce pas ?

Il fait un geste dédaigneux vers la piste sur laquelle Colter est en train de s'élancer.

— Tu vaux mieux que ça. Je sais que Thorne t'a laissé tomber, mais tu n'as pas besoin d'eux. Tu peux gagner tout seul.

— Épargne-moi ton numéro de père aimant et dis-moi pourquoi t'es là, *papa* ?

Je prononce le dernier mot avec tout le mépris que je ressens. Je ne l'appelle pas comme ça parce qu'il a été un père pour nous, mais au contraire, pour lui rappeler qu'il ne l'a jamais été.

— Je voulais vous voir, tes frères et toi. Je savais que je devrais passer par toi d'abord.

Je lève les yeux vers lui et jauge son sérieux. Ses tempes sont plus grises que la dernière fois que je l'ai vu, et les rides autour de sa bouche sont plus profondes. À part ça, il n'a pas changé d'un iota. De tous mes frères, c'est moi qui lui ressemble le plus.

— Hors de question.

Son visage devient rouge, mais il parvient à contrôler sa colère, et ses mots ne sortent que légèrement crispés.

— Hendrick est rentré à la maison et est fiancé d'après ce que j'ai entendu, Flynn est sur le point d'obtenir son diplôme, Arch fait des merveilles au football américain. Je sais que j'ai fait des erreurs et que je n'étais pas là quand vous aviez besoin de moi.

— On n'a jamais eu besoin de toi. C'est maman qui a été notre vrai parent.

Mon Dieu, combien de fois j'ai prié pour qu'il soit là pour moi ! Il a manqué mes courses, mes anniversaires et les vacances. J'ai appris très tôt à ne pas compter sur lui, mais il m'a fallu beaucoup plus de temps pour cesser de souhaiter qu'il soit là. Je me souviens encore de la première course que j'ai remportée. J'étais tellement impatient de lui annoncer la nouvelle, mais quand il a enfin débarqué, deux mois plus tard, ça me semblait juste stupide.

— Tu as raison, dit-il en esquissant un sourire triste. Mais je suis là maintenant. Ça ne compte pas ?

— Pas pour moi.

— Mais peut-être pour tes frères. Est-ce que Flynn sait seulement que j'ai essayé de le voir pendant toutes ces années ?

La colère vibre dans ma poitrine et me picote la peau. Ce n'est pas la première fois qu'il se pointe en prétendant avoir changé et en disant vouloir voir tout le monde. Heureusement, j'ai toujours réussi à l'intercepter.

— Non, parce que je te laisserai pas lui chambouler la tête. Tu peux pas débarquer quand tu veux et faire comme si tu te souciais de nous, et puis disparaître à nouveau. Je te laisserai pas faire ça. Ni maintenant. Ni Jamais.

Flynn ne se souvient pas de lui. Il n'a pas eu à faire son deuil et j'en suis reconnaissant. Perdre un parent a déjà été assez difficile pour lui.

— Je ne demande qu'à le voir. Il devrait pouvoir décider s'il veut me parler ou non.

Il glisse un bout de papier sous l'essuie-glace de mon pick-up.

— Mon numéro. Réfléchis au moins à le donner à tes frères.

Je charge ma moto sur le pick-up rapidement, impatient de m'éloigner de lui, puis ouvre la portière.

— T'approche pas de nous.

Ma colère est devenue une rage bouillonnante qui m'empêche de tenir en place. Je fais les cent pas dans le salon pendant que je raconte à Hendrick et Archer que papa est venu sur la piste. Brogan est là aussi. Flynn est encore à l'entraînement. Je suis rentré directement à la maison pour pouvoir leur parler avant son retour.

— *J'avais peur que ça arrive*, dit Hendrick en signant en même temps.

On ne communique pas toujours en utilisant la langue des signes, mais lorsque c'est aussi important, on le fait tous.

— *Ça fait plus d'un an qu'il ne m'a pas contacté. J'espérais qu'il avait enfin compris qu'on ne voulait pas de lui dans notre vie.*

Je serre la mâchoire.

— *Il a dit quoi ?* demande Hendrick.

— *Toujours la même rengaine. Il s'est excusé et a dit qu'il voulait voir tout le monde.*

— *Est-ce qu'il a essayé de te contacter directement ?* demande Hendrick à Archer.

Arch suit la conversation en hochant la tête.

— *Une seule fois, et Flynn n'a jamais dit que papa l'avait contacté.*

Tout est calme, à part le son faible de la télévision en arrière-plan. Ça parle de moto-cross, mais je m'en fiche complémentent, là, tout de suite.

— *On ne peut pas continuer à le garder dans l'ignorance*, dit Hendrick.

Ces mots me font l'effet d'une gifle.

— *Et pourquoi pas, putain ?*

— *Il est assez grand pour décider lui-même s'il veut entretenir une relation avec papa.*

Je suis tellement stupéfait que je ne peux même pas parler. Hendrick déteste papa autant que moi, je suis certain de ça.

— *Je déteste le dire, mais je suis d'accord avec lui*, dit Brogan, qui est le suivant à prendre la parole. Je sais pas si j'ai mon mot à dire, mais je peux vous dire que si c'était mon père qui essayait de me joindre, j'aimerais au moins le savoir.

Je me tourne vers Arch pour avoir son soutien. Il est toujours raisonnable.

— *Ils n'ont peut-être pas tort.*

Ça n'a pas l'air de l'enthousiasmer, mais je vois clairement de quel côté il se range.

— *Vous êtes sérieux, là ?*

Je leur jette un coup d'œil à tous.

— *Vous avez tous perdu la tête. Pas question que je le laisse revenir dans nos putains de vies.*

— *Flynn ne se souvient pas de tout ce qu'il nous a fait*, dit Hendrick.

— *Exactement. Il est le seul que papa n'a pas bousillé, et je compte pas lui laisser l'occasion de le faire maintenant.*

30

AVERY

Je m'apprête à me mettre au lit devant la télévision lorsque Quinn m'appelle depuis le salon de notre résidence universitaire.

— Ouais ? répliqué-je.

Elle ne répond pas, mais j'entends ensuite d'autres voix. Est-ce qu'elle a invité des gens à la maison ? Je me dirige vers la porte et l'ouvre. Knox me sourit et me fait un signe de la main depuis l'entrée.

J'ai dû annuler notre entraînement ce soir à cause d'un dîner avec l'équipe et je suis tellement contente de le voir que je mets quelques secondes à remarquer que quelque chose cloche chez lui. Il n'a pas l'air en colère, juste pas dans son assiette.

Il fait un pas en avant, aussi menaçant qu'une panthère. Quinn m'adresse un sourire tandis que je recule pour le laisser entrer dans ma chambre avant de fermer la porte.

— Désolé d'arriver à l'improviste, dit-il en jetant un coup d'œil à ma chambre, dans laquelle c'est le bazar.

— Non, pas de souci.

Je retire mon ordinateur portable et mon cahier de mon lit et les pose sur mon bureau avant de me retourner vers lui.

Il sourit, mais ses yeux sont si sombres et il est si tendu que ça me rend presque nerveuse.

— Tant mieux.

Il avance vers moi et me soulève dans ses bras. Il plaque sa bouche sur la mienne et m'offre un baiser dur et exigeant.

Je fonds contre lui et enroule mes bras et mes jambes autour de lui.

— Je t'ai manqué ?

Je souris contre ses lèvres.

En réponse, il me suce la lèvre inférieure. Il me plaque contre le mur. Je le sens déjà dur sous moi. Mon pouls s'emballe lorsque sa bouche quitte la mienne et descend le long de mon cou. Une de ses mains glisse sous le bas de mon t-shirt.

Il grogne lorsqu'il se rend compte que je ne porte pas de soutien-gorge. Sa grande paume calleuse enveloppe mon sein, puis le palpe. Il se penche pour déposer des baisers humides et tout en langue sur mon cou. Ses dents effleurent mon téton, puis il passe sa langue dessus.

Je laisse tomber la tête en arrière.

— Ta bouche m'a manqué.

— Ah ouais ?

Il s'écarte et me regarde, l'air arrogant et suffisant.

Je hoche la tête tandis que mon entrejambe palpite aussi fort que mon cœur.

— La tienne aussi.

Avec son pouce, il tire ma lèvre inférieure vers le bas, puis la relâche.

— Cette putain de bouche va finir par me tuer, reprend-il.

Il m'emmène vers le lit et me jette dessus. Mon short et ma culotte disparaissent en un éclair, puis sa bouche recouvre ma chatte.

Il a bien appris mon corps en peu de temps. Je suis déjà sur le point de jouir et il est encore tout habillé.

Je me redresse et parviens à lui retirer son t-shirt.

— Tu portes encore trop de vêtements, protesté-je.

Il sourit et m'aide à baisser son jean et son boxer. Il reste debout le temps de les enlever, puis grimpe à nouveau sur moi. Son corps est incroyable. Ses tatouages et ses muscles et son piercing au téton. Mais rien de tout ça ne m'excite autant que son regard.

Je tends le bras vers lui et le tire vers moi pour pouvoir l'embrasser. Je pourrais faire ça pendant des heures sans me lasser. Je soulève les hanches instinctivement en souhaitant désespérément me rapprocher de lui. Son gland effleure mon entrée et glisse à l'intérieur, juste un peu. Je laisse échapper un gémissement. C'est tellement bon, et seul le bout de sa queue est en moi.

— Putain, désolé !

Knox se retire immédiatement.

J'ai presque envie de lui dire que ce n'est pas grave et qu'on devrait juste enfin faire l'amour, mais je n'ose pas. Je lui fais confiance, mais je sais que ça rendrait les choses encore plus difficiles quand notre relation prendra fin.

— Attends.

Je le pousse sur le dos et grimpe sur lui. Je le désire et j'adore la façon dont il crispe la mâchoire quand ma chatte glisse sur sa queue.

Je me frotte lentement contre lui à plusieurs reprises. Il déglutit bruyamment et une veine palpite dans son cou. Je vois à quel point il lutte pour se retenir et ça me pousse à continuer.

— Je vais jouir si tu continues à faire ça, dit-il d'une voix rauque.

— Moi aussi.

Je me frotte plus fort contre lui.

— Ah, putain !

Mon corps tremble et j'ai l'impression que les bras sur lesquels je m'appuie sont comme de la gelée. Juste avant que je m'effondre sur son torse, il prend le relais. Il plaque les mains sur mes hanches et me soulève pour me placer au-dessous de lui. Je me liquéfie littéralement, gémissant son nom bruyamment alors que j'enfouis la tête dans son corps.

Son orgasme est plus silencieux, mais il m'agrippe comme si j'étais sa bouée de sauvetage alors qu'il frissonne et éjacule sur mon ventre. Aucun de nous ne dit un mot pendant qu'on reprend notre souffle.

Je prends mon short et me nettoie rapidement, puis je lui trouve une serviette. Il enfile son boxer et son jean, et de mon côté, j'enfile mon jogging préféré. Puis on s'allonge sur le lit.

Knox s'appuie contre la tête de lit. Il a toujours une expression étrange sur le visage et je sais qu'il n'est pas venu ici ce soir uniquement pour qu'on prenne du bon temps. Le masque qu'il porte, qui cache soigneusement ses émotions, lui donne moins l'air du mec arrogant qui m'a séduite et plus celui du crétin que je pensais qu'il était lors de notre première rencontre.

— Comment était ta journée ? lui demandé-je en me blottissant contre lui.

Je n'avais pas réalisé avant ce moment précis que c'était peut-être un adieu. Mon cœur s'emballe et la panique m'envahit lentement.

— Longue. Et la tienne ?

J'avale la boule qui s'est formée dans ma gorge.

— Bonne. Désolée d'avoir annulé notre entraînement.

— C'est pas grave. Au final, j'ai dû m'occuper d'un truc de toute façon.

— Tout va bien ?

Je ne peux pas passer une minute de plus dans le flou. Je ne pense pas qu'il soit assez froid et sans-cœur pour venir chez moi, prendre du bon temps avec moi, puis m'envoyer balader pour toujours, mais cette idée me traverse l'esprit quand même.

Au début, je pense qu'il va ignorer ma question ou l'esquiver, mais il y réfléchit calmement avant de me répondre.

— Mon père s'est pointé à la piste aujourd'hui.

— Oh !

Le soulagement succède à la surprise et j'ai du mal à trouver quoi dire ensuite.

— Ouais.

Il rit amèrement.

— Il vient souvent ?

— Non.

Un muscle de sa joue se contracte.

— Il n'a jamais vraiment été présent. Mes parents se sont séparés quand on était petits, et il allait et venait comme bon lui semblait. Puis ma mère est morte quand j'étais au collège. D'un cancer.

— Tu t'occupes de Flynn depuis que t'es au collège ?

Il secoue la tête avant de répondre.

— Eh bien, en quelque sorte. Juste après sa mort, mon père est resté dans le coin pendant un long moment. Un an environ. Il était chauffeur poids lourd, donc même à cette époque, on devait parfois se débrouiller seuls quand il était sur la route. Avec le temps, il a commencé à passer de moins en moins souvent.

— Et personne d'autre ne savait que vous étiez seuls ?

— Il passait toutes les deux semaines environ. Assez souvent pour que personne ne pose de questions, et on n'allait pas dire quoi que ce soit. Aucun de nous ne voulait être séparé des autres ou finir en foyer d'accueil.

Je sens mon estomac se nouer. Mes parents ne me laissaient même pas rester seule à la maison avant mes treize ans. Je trouvais ça ridicule et je répétais sans arrêt que je n'avais pas besoin d'une baby-sitter. Alors non, je ne peux pas imaginer ce qu'il a dû vivre.

Il ne devait pas avoir plus de dix-sept ans et n'avait que son frère aîné pour veiller sur lui, en plus de devoir s'occuper de trois frères plus jeunes. Un féroce instinct protecteur m'envahit tout à coup, ce qui est ridicule, car Knox n'a pas besoin de moi. Il a construit sa vie de manière à ne dépendre de personne.

— On s'est débrouillés, dit Knox comme s'il pouvait lire dans mes pensées. Puis Hendrick a obtenu une bourse d'études complète pour jouer au football américain. Je pense pas qu'il voulait nous quitter, mais il voulait aussi s'éloigner de tout ça, tu comprends ?

Je ne comprends pas. J'arrive à peine à concevoir cette situation, mais je hoche la tête.

— C'est à ce moment-là que les visites de notre père sont devenues de plus en plus espacées, jusqu'à ce qu'il cesse complètement de venir.

— Comment vous avez survécu ?

— J'ai quitté l'école et j'ai trouvé un job. Arch a mis la main à la pâte, Brogan aussi. Il n'a pas de lien familial avec nous, mais il a fait tout ce qu'il pouvait pour nous aider.

— Brogan n'est pas ton vrai frère ? demandé-je.

— C'est mon frère, ça c'est sûr, mais non, pas biologiquement.

Il pose sa main sur la mienne, qui repose sur son torse, et promène son pouce sur mes jointures.

— Archer et lui sont meilleurs amis depuis toujours. Brogan n'avait pas une vie de famille facile. Je veux dire, c'est pas que notre famille n'était pas dysfonctionnelle, mais on était là les uns pour les autres et on avait maman. Il était enfant unique avec deux parents qui se fichaient complètement de lui. Notre mère l'a recueilli, l'a toujours laissé dormir chez nous, lui offrait des cadeaux pour Noël et pour son anniversaire, comme s'il faisait partie de la famille.

Je passe un bras autour de lui et le serre aussi fort que possible.

— On dirait que c'était une femme formidable.

— Ouais, elle était cool.

Il pose sa tête sur la mienne.

— Je me souviens qu'elle regardait les Jeux Olympiques quand ils passaient à la télé. Elle adorait la gymnastique féminine. Elle aurait été très impressionnée en te voyant.

— Elle faisait quoi dans la vie ?

Je veux en savoir plus sur la mère qu'il aimait manifestement beaucoup.

— Elle était propriétaire du Tipsy Rose. À l'époque, le bar s'appelait Chez Rosie.

— Vraiment ?

Je souris.

— Je me posais la question pour le nom.

— C'est un hommage à maman.

Il confirme mes soupçons alors que je laisse mon regard se poser sur son bras gauche. Ça explique aussi ses tatouages. Des roses, tellement nombreuses !

Je me redresse et le regarde dans les yeux.

— Tu m'impressionnes beaucoup, moi aussi, dit-il.

Mon cœur palpite. Il m'a déjà complimentée, mais cette fois-ci, ça semble plus significatif. J'aimerais qu'un jour il m'explique toutes les raisons pour lesquelles il me trouve impressionnante, mais pas maintenant.

— Moi aussi, tu m'impressionnes. C'est vraiment noble d'avoir pris soin de tes frères. Et de continuer à le faire.

Il hausse les épaules. Knox tout craché.

— T'as toujours voulu faire des courses de moto ? lui demandé-je.

— Ouais. J'ai arrêté pendant quelques années à cause de tout ce qui se passait à la maison. Je n'avais ni l'argent ni le temps de voyager aux quatre coins du pays pour participer à des courses. Je pensais que c'était fini pour moi. Je m'étais fait une raison, mais Hendrick est revenu vivre ici et m'a encouragé à m'y remettre. Il m'a dit que je le regretterais toute ma vie si je ne tentais pas ma chance.

Il sourit d'une façon qui me fait comprendre à quel point ce qu'ils ont traversé a renforcé le lien qui les unit.

Et ça a fait de lui cet homme extraordinaire qui serait prêt à tout abandonner pour les gens qu'il aime. C'est sérieusement sexy.

J'aimerais lui poser d'autres questions. Plus précisément, sur son père et sur ce que sa présence sur la piste signifie pour lui, mais Knox fait glisser ses lèvres sur les miennes et sourit, et je ne veux pas remettre sur la table un sujet que je sais sensible.

— Tu fais quoi dimanche ? demande-t-il.

— J'en ai aucune idée. Pourquoi ?

Son grand sourire vire au sourire en coin.

— Je veux t'emmener quelque part.

— OK.

Je n'ai même pas besoin de savoir où. Je veux être à peu près partout où il est. Je suis complètement accro à ses baisers, mais je tombe aussi un peu plus sous son charme à chaque fois que j'apprends quelque chose de plus sur son compte.

31

KNOX

Dimanche, quand Avery arrive devant la maison, je suis en train de charger les motos à l'arrière de mon pick-up.

Elle sort de sa voiture, les yeux troubles et semblant un peu fatiguée, mais toujours aussi belle. Elle porte un débardeur blanc, un jean et un bonnet noir enfoncé sur les oreilles.

— Je sais que t'aimes pas trop le café, mais je voulais pas arriver les mains vides, dit-elle en avançant vers moi et en m'en tendant un.

— Merci.

Je le prends et dépose un baiser sur ses lèvres.

Elle regarde les motos à l'arrière.

— À quelle heure t'es rentré hier soir ?

— Pas trop tard.

Il était juste minuit passé quand je suis rentré de l'événement de freestyle en Californie, donc je suis techniquement fatigué, mais je suis trop excité par la journée qui nous attend pour avoir besoin de caféine.

— Tu veux que je t'aide à décharger ? Je sais pas trop comment faire, mais je peux soulever des trucs lourds.

Je secoue la tête et sa supposition me fait sourire.

— Tu pourras m'aider à décharger quand on sera où on va.

— Attends.

Ses lèvres s'étirent en un large sourire.

— On va faire de la moto ?

— Ouaip.

Je finis d'attacher la deuxième moto.

Son sourire se change en une grimace hésitante.

— Je sais pas en faire.

— Heureusement que moi, si.

Elle me raconte son week-end pendant que je conduis, puis un silence confortable s'installe entre nous. C'est agréable d'être avec Avery. Comme moi, elle est heureuse d'admirer le paysage qui défile par la fenêtre. Et je pense que si j'ai envie d'en savoir plus sur elle, c'est parce qu'elle n'attend rien de moi, contrairement à tant de personnes dans ma vie.

— Tu viens de quelle région du Texas ?

La fenêtre est baissée, laissant entrer l'air frais du matin qui agite ses cheveux autour de son visage.

— D'une petite ville juste à côté de Houston, répond-elle en repoussant une mèche de son visage.

— Elle te manque ?

— Ma famille me manque, mais à part ça, pas vraiment. Je me sens coupable, par contre. Mon frère a assisté à tellement de mes entraînements et de mes compétitions, mais je peux pas faire la même chose pour lui.

— Il fait de la musique, c'est ça ?

Elle me sourit.

— C'est ça. Il a commencé par le piano, puis s'est mis à la guitare, et la dernière fois que je lui ai parlé, il suppliait nos parents de lui acheter une batterie. Mon père va le laisser les supplier pendant au moins deux mois pour être sûr que c'est vraiment ce qu'il veut, mais ils finiront par céder. Ils ont toujours beaucoup soutenu nos loisirs.

Une douleur me comprime la poitrine. Comment ça aurait été de grandir dans une famille comme celle-ci ? Ce n'est pas une réflexion que je me permets souvent. J'avais maman et elle a fait tout ce qu'elle a pu pour nous. Souhaiter que les choses aient été différentes, c'est comme dire qu'elle n'a pas été à la hauteur. Et elle l'a été. Elle était tout pour nous.

Lorsqu'on arrive sur le sentier et que je commence à décharger les motos, l'excitation d'Avery devient une nervosité timide et presque craintive.

— Celle-ci est la tienne, lui dis-je en tapotant la moto tout-terrain noire et rose. Au cas où ça ne serait pas évident.

Une partie de sa peur s'estompe lorsqu'elle l'examine.

— C'est une de tes motos ? J'arrive pas à croire que Knox Holland possède quelque chose avec du rose dessus.

— Je ne possède rien de rose. Mais *toi*, si.

Elle se tourne vers moi, les sourcils froncés.

— Je l'ai achetée pour toi, dis-je en me balançant d'un pied sur l'autre, mal à l'aise, car elle a l'air stupéfaite.

— Tu m'as acheté une moto ?

— Elle n'est pas neuve, en fait. Je l'ai rachetée à Brooklyn et j'ai changé quelques...

Elle m'interrompt avec un baiser et je ne finis pas ce que j'étais en train de dire, je ne m'en souviens d'ailleurs même pas. La bouche d'Avery est un délice tombé du ciel.

— C'est le plus beau cadeau qu'on m'ait jamais fait, dit-elle en s'écartant. Je l'adore vraiment, mais je ne peux pas accepter ça.

— Il faut que tu l'acceptes. C'est un cadeau. Et ça ne m'a pas coûté cher. J'avais déjà la plupart des outils et les pièces.

Elle semble toujours hésiter.

— Attends de voir le reste de ton équipement.

Je lui fais un clin d'œil.

J'attrape tous les vêtements et l'équipement posés sur la banquette arrière. Le tout en rose et noir, bien sûr.

— Knox. Sérieusement, c'est trop.

— Nan, c'est juste ce qu'il faut.

Je l'aide à enfiler la veste. Elle est noire avec une touche de rose sur la fermeture éclair. Le pantalon est assorti. Le casque est l'un des miens, mais les lunettes sont entièrement roses, tout comme les gants.

— Ça te plaît ? T'auras probablement pas besoin de la veste une fois que le soleil sera levé, mais il fait froid quand on roule le matin.

— Je ne porterai jamais plus rien d'autre, dit-elle en enfilant le pantalon.

Il est trop grand, alors elle porte juste son jean, mais tout le reste est parfait.

Pendant qu'elle finit de s'habiller, j'attrape mon équipement.

Son appréhension réapparaît lorsque le départ approche. Mais elle est tellement sexy dans ses bottes noires, son jean, sa veste de motarde, son casque et ses lunettes que j'ai du mal à me concentrer sur autre chose.

— Heureusement que t'as autant de couches de protection.

Je me penche et embrasse le bout de son nez à travers son casque avant de mettre le mien.

— Je suis bien, comme ça ?

— Non. T'es sexy à mourir.

Je m'assois sur sa moto pour lui montrer comment ça marche. Elle m'observe avec tant d'attention que j'en ai des frissons.

— OK.

Je recule et tapote la selle.

— Assieds-toi, on va revoir tout ça depuis le début.

Elle s'exécute, pose ses fesses entre mes cuisses, ses cheveux blonds et ébouriffés par le vent me chatouillent le visage. Je les retiens d'une main et me penche par-dessus son épaule. Je ne peux pas m'empêcher de l'embrasser dans le cou. Je n'ai jamais fait de moto-cross à deux. Elles ne sont vraiment pas faites pour ça, mais j'ai soudainement envie d'abandonner ma moto ici et de laisser Avery me conduire.

Je la questionne sur ce que je viens de lui montrer et je fais de mon mieux pour m'assurer qu'elle a bien compris, mais je suis distrait.

— Je pense que t'as compris. On va rouler dans le coin jusqu'à ce que tu te sentes assez à l'aise pour prendre le sentier.

Elle se lève pour descendre de la moto. Ce mouvement place ses fesses juste devant mon visage et mes mains se posent dessus sans même que je m'en rende compte.

Elle rit et les pousse plus près de mon visage. Je tapote une de ses fesses rebondies. Je vais être excité toute la journée avec le physique de rêve qu'elle a dans sa tenue de moto.

Et ça ne me dérange aucunement.

32

AVERY

Knox me donne un aperçu général de la moto, de toutes les commandes et de la façon de m'asseoir, ce qui n'est pas aussi évident que je le pensais. Il me faut un peu de temps pour tout mémoriser. Il roule à côté de moi pendant que je dirige la moto avec mes pieds, en me concentrant juste sur la manière de débrayer, de me positionner sur les repose-pieds lorsque j'accélère sur une courte distance et d'utiliser le frein arrière.

Ensuite, on roule côte à côte sur une route plate et dégagée. Il me laisse dicter la vitesse, mais je remarque que j'ai surtout envie de lui faire bonne impression, alors je me concentre à fond.

J'ignore combien de temps il passe à rouler près de moi, pendant que je m'habitue à la moto, mais quand j'ose enfin jeter un coup d'œil vers lui, il a un sourire satisfait sur les lèvres.

— Tu t'en sors bien. Tu me suis ?

Je hoche la tête et mon cœur s'emballe lorsqu'il accélère et prend la tête. Il se retourne fréquemment, restant juste devant moi, mais j'ai du mal à profiter du paysage tant je suis concentrée pour éviter de tomber de la moto. Dommage. Knox est dans son élément sur deux roues. Chacun de ses mouvements est précis et maîtrisé, et j'adore qu'il m'ait amenée ici pour partager cette expérience avec moi.

Il s'arrête au bout d'un sentier. Au-delà, il y a une route de gravier dans une direction et des buissons dans l'autre.

— On va emprunter le même chemin au retour. À mi-chemin, il y a un embranchement. Le sentier est plus étroit et assez cahoteux par endroits, mais on ira doucement. Si t'as le moindre problème, arrête-toi ou range-toi sur le côté et attends que je revienne. Je te perdrai pas.

Il attend que je lui donne mon accord.

— OK, dis-je en souriant même s'il ne peut pas le voir derrière mon casque.

Par contre, je sens qu'il me rend mon sourire alors qu'il se lève sur les pédales et démarre.

— Frimeur, marmonné-je.

Comme Knox me l'avait dit, le sentier est plus étroit et plus cahoteux que la route sur laquelle je me suis entraînée, mais ça ne va pas trop mal jusqu'à ce qu'on arrive à des virages qui m'obligent à freiner et à accélérer constamment. Knox est patient et attentif, il vérifie sans cesse que tout va bien pour moi. On descend une pente et l'air se rafraîchit à mesure qu'on avance.

Je pousse un soupir de soulagement lorsque le chemin s'élargit finalement et qu'on peut à nouveau rouler côte à côte. Je jette un coup d'œil à Knox et il me fait un signe de tête pour m'indiquer de regarder devant nous.

La respiration que je tente de prendre ensuite reste coincée dans ma gorge. La route surplombe une falaise et on aperçoit une cascade. Knox s'approche un peu plus près de la falaise, puis s'arrête. Je me range à côté de lui et soulève mes lunettes.

— Plutôt cool, non ?

— C'est magnifique. Je savais pas qu'il y avait un truc comme ça ici.

— La plupart des gens l'ignorent. C'est assez loin de l'université, alors il n'y a que les vrais randonneurs ou les motards et les habitants du coin qui s'aventurent ici. C'est encore plus joli en été, après la saison des moussons.

Je contemple la vue magnifique que j'ai sous les yeux pendant quelques secondes, puis je le regarde.

— Merci de m'avoir emmenée ici.

— De rien.

Il incline la tête vers ma moto.

— Elle est comment ?

— Toujours en un seul morceau, plaisanté-je.

— T'es douée.

— Pas vraiment, mais c'est fun de conduire, même si je ne peux pas aller vite ou faire des figures comme toi.

Il fait vrombir sa moto comme pour illustrer mon propos. Si j'essayais de faire ça, je lâcherais probablement le frein par accident et finirais dans le ravin.

— Des figures sympas que je ne peux faire que grâce à toi.

C'est un mensonge éhonté. Il aurait trouvé un autre moyen. Il n'y a rien que Knox ne puisse pas faire. Il est trop têtu.

— Je suis sérieux, dit-il. Je te dois beaucoup.

— Tu me rendras la pareille en faisant le poirier torse nu.

— Ça marche.

Il me fait un clin d'œil, puis se penche vers moi comme pour m'embrasser, mais il se contente de tapoter mon casque contre le sien.

Il coupe le moteur de sa moto et la gare, puis m'indique de faire la même chose. On retire nos casques et nos lunettes de protection et on laisse tout ici. Knox me tient la main fermement et descend la pente raide d'un sentier bien tracé vers le pied de la montagne. La cascade plonge dans un bassin entouré de gros rochers sur lesquels il est difficile de marcher.

Il pose le pied sur l'un des plus gros rochers, puis se retourne et me prend les deux mains pour m'aider à le rejoindre. Ensuite, il s'assoit et tend les jambes devant lui.

— C'est à couper le souffle.

Je m'assois à côté de lui, dans la même position.

— C'est l'un de mes endroits préférés de Valley.

Il observe la cascade.

— Knox Holland aime les cascades. Qui l'aurait cru ?

— Les cascades sont géniales.

Son visage est sale et ses cheveux en bataille, et il dégage un mélange sexy d'espièglerie, de douceur et de charisme, un motard badass.

— C'est quoi, les autres ?

Je me passe une main dans les cheveux. Je viens de réaliser que je dois être aussi ébouriffée et sale que lui.

— Les autres quoi ?

— Tes autres endroits préférés.

— Oh ! fait-il en se penchant en arrière et en laissant tomber sa tête sur le côté pour me regarder. La piste d'entraînement, le Tipsy Rose... Je suppose que mes autres endroits préférés de Valley ne sont pas très excitants.

— Et en dehors de Valley ? Je sais que t'as beaucoup voyagé pour les courses de moto-cross.

— Toutes les pistes finissent par se ressembler. Je me fous un peu de l'endroit où je me trouve tant que j'ai ma moto.

Je pose une main derrière moi et me penche en arrière. Les extrémités de nos doigts se touchent.

— J'ai une poutre préférée.

Il hausse un sourcil interrogateur.

— Dans mon ancien club de gym, chez moi. Elle était parfaite. Son emplacement dans la salle, sa texture. Je m'allongeais dessus pour réfléchir ou visualiser mes enchaînements.

— Je pensais qu'elles étaient toutes pareilles.

Je reste bouche bée et fais semblant d'être outrée.

— Toutes les motos sont pareilles ?

— Tu marques un point.

Il avance, puis saute du gros rocher sur lequel on est assis avant de disparaître de mon champ de vision.

— T'es fou ?

Je m'approche prudemment du bord pour m'assurer qu'il n'est pas mort. Il est debout dans l'eau, qui lui arrive aux chevilles, et me sourit.

— Probablement, répond-il.

Il met ses mains en coupe et les plonge dans l'eau. Dans l'eau glacée. Je sais qu'elle est froide parce qu'après s'être aspergé le visage et les cheveux, il se met à m'éclabousser.

Je pousse un cri et recule plus loin.

Il a l'air beaucoup trop content de lui quand j'ose jeter un autre coup d'œil par-dessus le bord du rocher. Knox me tend la main.

— Tu vas m'éclabousser ? lui demandé-je avant d'accepter.

— Oui. Mais tu pourras te venger dans l'eau.

Je sens que ses doigts sont glacés quand je glisse ma paume dans la sienne. Lorsque mes pieds pendent au-dessus du bord, il pose son autre main sur ma taille et me tire dans l'eau, environ un mètre plus bas.

Je balance immédiatement un coup de pied et l'éclabousse. On fait ça tous les deux plusieurs fois, riant et poussant des cris aigus alors qu'on s'asperge mutuellement d'eau glacée, puis Knox passe un bras autour de ma taille et me serre contre son torse musclé. Sa bouche est chaude lorsqu'elle recouvre la mienne. J'oublie le froid et tout le reste, tout sauf lui. On pourrait être debout dans la lave, et je me laisserais certainement brûler avec plaisir si ça me permettait d'embrasser Knox une seconde de plus. Il y a quelque chose en lui. Je n'arrive pas à me lasser de son contact.

— Prête à rentrer ? demande-t-il lorsqu'on se sépare enfin.

— Je suppose que oui.

J'aime être ici, loin de tout, seule avec lui. Je ne veux pas que ça s'arrête.

Il sourit comme s'il savait exactement ce que je ressens.

On retourne vers les motos. Cette fois, quand je m'assois sur la mienne, ça me semble plus naturel. Et quand on remonte la colline, j'arrive à suivre Knox sans qu'il doive ralentir trop souvent.

J'ai l'impression qu'on a parcouru une distance bien plus grande que celle qu'on a réellement parcourue, et on est de retour au pick-up avant que je sois décidée à partir.

Il range d'abord ma moto et l'attache.

— C'était vraiment sympa aujourd'hui, lui dis-je en retirant ma veste.

Il fait beaucoup plus chaud loin de l'eau et hors de l'ombre.

— Alors pourquoi t'as l'air déçue ? me demande-t-il en se retournant pour prendre sa moto ensuite.

— Parce que c'est fini.

Il penche la tête en arrière en riant.

— Tu me ramèneras ici un de ces jours ?

— Quand tu veux.

Au lieu d'installer sa moto à l'arrière du pick-up, il grimpe dessus et démarre.

— Monte derrière, dit-il en enfilant son casque et en me tendant le mien.

Mon hésitation est de courte durée, puis je monte sans poser de questions. Il me reluque dans mon jean, mon débardeur et mon casque, et sourit.

— Accroche-toi bien, princesse.

Knox démarre et accélère rapidement tandis que je m'agrippe à sa taille. Il reste sur le chemin plat et large, mais c'est grisant d'être accrochée à lui pendant qu'il manœuvre sa moto avec expertise.

Mon visage me fait mal tellement je souris. Puis il s'arrête et pose les pieds au sol. Il passe son bras musclé autour de ma taille et me fait passer devant lui pour que je sois face à lui, toujours à califourchon sur la moto (et maintenant sur lui).

Si on n'avait pas nos casques, je l'embrasserais à en perdre haleine. Vu la manière dont ses yeux sont plongés dans les miens, je pense qu'il est sur la même longueur d'onde. Il fait vrombir le moteur et je m'enroule instinctivement autour de lui pour éviter de tomber. Knox roule comme ça, moi avec les yeux rivés derrière nous, la poitrine pressée contre son torse. J'ai l'impression de sentir mon cœur décoller et je me sens terriblement légère et libre, mais aussi en sécurité.

Il accélère, puis se lance dans une roue arrière qui me fait hurler. Je suis certaine de sentir sa poitrine gronder contre la mienne lorsqu'il se moque de moi.

Quand Knox et moi, on arrive chez lui, les différents véhicules habituellement garés devant sont absents. Tout est calme, du moins depuis l'allée. Le silence actuel est très différent du bruit et de l'agitation qui régnaient la dernière fois que je suis venue.

— Où est-ce qu'ils sont tous passés ? demandé-je en serrant ma nouvelle veste de moto contre mon ventre.

— Flynn avait entraînement, Hendrick est probablement au bar, et je sais pas où sont Arch et Brogan.

Il se passe une main dans les cheveux.

— Un rare moment de paix et de tranquillité par ici.

Il contourne le pick-up et essuie ma joue avec son pouce. Je suis son mouvement et rougis.

— Je suis vraiment dans un sale état.

Je suis couverte de boue. Mon jean a pris le plus gros des

dégâts, mais je me suis vue dans le rétroviseur de son pick-up et je sais que mon visage et mes cheveux n'ont pas été épargnés.

— Je devrais retourner chez moi pour prendre une douche.

— Tu peux te doucher ici.

— J'ai pas pris de vêtements de rechange.

— Tu peux prendre ce que tu veux dans mes affaires. Les t-shirts sont dans le tiroir du haut. Les shorts et les joggings dans le tiroir du bas, à droite. Mais tu t'en souviens sûrement, vu que t'as fouillé dans mes affaires la dernière fois.

— Hum... fais-je en posant une main sur mon menton et en levant les yeux comme si j'étais en pleine réflexion. Qu'est-ce que je vais choisir ? Le t-shirt noir ou l'autre t-shirt noir ?

Il sourit, amusé mais pas du tout agacé par ma pique. Il m'embrasse puis recule.

— Tu peux prendre ta douche la première. Je vais décharger les motos.

Je me dirige vers la porte.

— Je pense pas que tes sous-vêtements vont m'aller.

Comme à son habitude, il ne perd pas le nord.

— J'imagine que tu devras t'en passer.

La maison est presque étrangement silencieuse. Mais les traces des cinq frères qui vivent ici sont omniprésentes. Des shakers de protéines vides sur le comptoir de la cuisine et des équipements de sport en tout genre. Et des chaussures, tellement de paires de baskets différentes !

Dans la chambre de Knox, je trouve un t-shirt propre et un jogging, puis je les emporte dans la salle de bain attenante.

Quand je jette un coup d'œil dans le miroir qui surplombe le lavabo, mon reflet me fait rire. Les pointes de ma queue de cheval ne sont plus blondes mais brunes. Et j'ai des traces sur le visage, autour des yeux et sur le cou.

Enlever mon jean est un véritable défi ; la saleté l'a rendu raide comme du bois et il me colle à la peau comme un legging.

Je le plie et le pose sur le meuble, puis je reste là à me regarder, tandis que mes pensées rebondissent aux quatre coins de ma tête comme dans un flipper.

J'ai passé la meilleure journée... depuis aussi loin que je m'en souvienne. Faire du moto-cross était fun, mais ce n'était même pas le meilleur moment.

Knox.

Étonnamment gentil, loyal, incroyablement têtu et la personne la plus altruiste que j'ai jamais rencontrée. Il m'a acheté une moto. Une moto *rose*. Même si elle n'était pas chère et qu'il avait les pièces nécessaires... Il l'a fait parce qu'il voulait me faire plaisir. Je ne pense pas que quelqu'un m'ait jamais offert un cadeau aussi significatif.

Je sens ma nervosité me nouer l'estomac alors que je me lave rapidement le visage et le cou. Je prends ce dont j'ai besoin dans la table de chevet et retourne dans le garage.

Knox a enlevé son t-shirt. Ma moto est déjà dans le garage et il est debout à l'arrière du pick-up pour retirer les sangles qui maintiennent la sienne en place. Son pantalon de moto est bas sur ses hanches et les muscles de son dos se contractent pendant ses efforts.

Il jette un coup d'œil par-dessus son épaule lorsqu'il entend mes pas approcher. Ses yeux noisette se mettent à briller quand il me regarde dans mon débardeur blanc et ma culotte noire.

— Tu te souviens de la fois où on est allés à la piste et que je t'ai regardé courir ?

— Ouais.

Il abandonne la moto et bondit du hayon du pick-up.

Je me dirige vers l'endroit où est garée sa moto, le long d'un côté du garage, et passe ma main sur la selle.

— J'ai dit : « Fais ce que tu veux. »

Je ne le regarde pas, mais je sens ses yeux ardents sur ma peau.

— Et t'as répondu quelque chose comme : « C'est très dangereux de me dire un truc comme ça. Je risque de... »

— « Te pencher sur ma bécane tellement vite que tu comprendras même pas ce qu'il t'arrive », termine-t-il.

Je me retourne, m'appuie contre le cuir frais de la selle et brandis le préservatif que j'ai volé dans sa table de chevet.

— C'est toujours ce que tu veux ?

Mon cœur cogne dans ma poitrine alors qu'il s'approche de moi à un rythme beaucoup plus lent et contrôlé. Seule la lueur d'impatience qui brille dans ses yeux trahit son excitation.

Quand il m'atteint enfin, il m'arrache le préservatif des doigts et le glisse dans sa poche.

— Je crois qu'on a déjà établi que j'ai pas besoin de préservatif pour te baiser à te faire perdre la tête.

Une de ses mains agrippe ma hanche et sa bouche s'empare rapidement de la mienne, mordillant ma lèvre inférieure d'une manière qui fait virevolter toute une nuée de papillons dans mon ventre. Tout ce que je ressens est si intense, si difficile à quantifier ! Mais je mets tout ça dans mes baisers et dans ma façon de m'agripper à lui en essayant de me rapprocher plus près de lui. J'en veux plus. Plus, plus, plus.

Il me fait pivoter pour que je lui tourne le dos, puis me pousse jusqu'à ce que mon ventre repose contre la selle et que j'aie les fesses en l'air.

Toutes les raisons que j'avais pour refuser de coucher avec lui sont devenues obsolètes. Quand Nolan m'a trompée, je ne voulais plus faire confiance à personne. J'avais peur et je voulais protéger mon cœur. Je pensais que c'était ma faute. Pas qu'il m'ait trompée, mais de n'avoir pas su lire son caractère plus tôt.

Peut-être que je n'ai rien vu ou que je n'ai vu que ce que je voulais voir, mais Knox n'a jamais essayé de cacher qui il est. Il a toujours été honnête avec moi, même quand je n'aimais pas ses réponses.

Je lui fais confiance. Il m'a conquise un jour après l'autre, en me montrant le meilleur et le pire de lui-même.

Ses doigts effleurent doucement ma colonne vertébrale, puis il pose la bouche sur mon épaule. Le grognement qui s'échappe de ses lèvres vibre sur ma peau sensible. Ses lèvres se déplacent vers mon cou. L'embrassent, le sucent, puis le mordillent jusqu'à ce que j'aie le souffle coupé et que je presse mes fesses contre lui.

À travers son pantalon de moto, je sens à quel point il est dur.

— Je te veux.

Ses mots sont haletants et calmes.

Il insère un doigt sous la bande de ma culotte et la fait glisser le long de mes jambes en s'accroupissant derrière moi pour la retirer complètement. Une vague de nervosité me submerge tout à coup. Son pick-up nous empêche d'être aperçus des passants, mais si ses frères rentraient à la maison ou si quelqu'un s'approchait du garage, ils me verraient nue sous la taille et le cul en l'air.

Je cesse de m'en soucier à la seconde où Knox m'écarte les jambes et grogne.

— T'es foutrement parfaite.

Ses lèvres effleurent le côté de mon cul, puis il soulève une de mes jambes et la pose sur son épaule. Cette nouvelle position décuple mon impatience. Ses longs doigts calleux glissent sur mon clito et ma chatte, puis font la même chose dans le sens inverse, en un mouvement lent et excitant.

— Je vais te faire jouir, princesse. Ne t'inquiète pas. J'ai pensé à cette chatte toute la journée.

Mon corps s'embrase et je gémis lorsqu'il enfonce un doigt en moi.

— Knox..., commencé-je avant de haleter lorsqu'il enfonce deux doigts supplémentaires et m'étire la chatte.

Une vague de plaisir m'ébranle. J'ai du mal à penser ou à former des mots.

Quand sa bouche me couvre l'entrejambe, j'arrête d'essayer de parler et laisse les sensations m'envahir. Il maintient le rythme avec ses doigts et alterne entre succions et mordillements. Je me frotte contre son visage, pour aller sans vergogne à la recherche de l'orgasme. Mais aujourd'hui, ça ne suffit pas.

— Je te veux, dis-je d'une voix rauque. Tout entier. Baise-moi jusqu'à ce que je perde la tête.

Il s'arrête, et je me cambre pour le regarder derrière moi.

— T'es sûre ?

— Absolument.

Il ne bouge pas et je me demande si je l'ai peut-être fait attendre si longtemps qu'il n'en a plus envie.

— Si c'est toujours ce que tu veux... ajouté-je.

Ses sourcils se relèvent de manière presque comique.

— Princesse, je rêve de te baiser depuis la première fois que je t'ai vue dans cette robe rose à volants et ces chaussures blanches.

— Vraiment ?

Il me regarde droit dans les yeux et il n'y a aucune trace de moquerie ou de bluff quand il répond ensuite.

— Vraiment, Avery. Depuis ce jour-là, tous les jours.

Son aveu me fait fondre. Une seconde, je suis penchée sur la moto, et la seconde suivante, il me serre dans ses bras et m'embrasse plus fort que jamais. Je le sens partout. Mes mains parcourent son torse et son ventre, puis descendent pour défaire son pantalon et le faire glisser sur ses cuisses.

Il laisse échapper un grognement sourd lorsque j'enroule mes doigts autour de son membre, puis il me fait pivoter et me pousse sur la moto comme s'il ne pouvait plus attendre une seconde de plus.

Mon cœur tambourine dans ma poitrine alors j'attends qu'il

passe à la suite. J'entends le papier d'emballage qui se déchire et nos respirations saccadées. Mon impatience est presque insupportable.

Mon souffle se coupe lorsque je sens son gland effleurer mon entrée.

— Accroche-toi bien, princesse.

Il pousse sa queue en moi et mes yeux se révulsent alors que ma chatte s'étire pour lui faire de la place. Je ne l'ai pris que de quelques centimètres, mais c'est tellement bon ! Je me sens tellement comblée, tellement entière !

— Putain, t'es tellement serrée !

Ses mots sont saccadés alors qu'il me guide plus profondément sur lui. Lorsqu'il est enfin entièrement en moi, on reste immobiles.

— Putain, t'es tellement épais ! répliqué-je.

Il se retire et me pénètre à nouveau plusieurs fois jusqu'à ce que je puisse le prendre plus facilement. Nos mouvements sont encore lents et contrôlés, mais mon orgasme prend rapidement forme malgré tout. Knox se penche vers moi et, d'une main, me tourne le visage juste assez pour pouvoir m'offrir un baiser passionné tout en restant en moi. C'est tellement sensuel et réconfortant que les larmes me montent aux yeux.

Knox écarte sa bouche de mes lèvres et mordille l'endroit où mon cou et le haut de mon épaule se rejoignent. Ses mouvements accélèrent et il me pénètre plus fort.

Je n'arrive pas à croire que j'aie tenu si longtemps. On aurait pu faire ça pendant des semaines. C'est encore plus incroyable que dans mes fantasmes.

Quand je commence à gémir et à crier son nom, Knox agrippe chaque côté de mes fesses pour me serrer plus fort contre lui.

— Tu vas jouir sur ma queue, princesse ?

— J'y suis presque, mais c'est tellement bon que je ne veux pas que ça s'arrête.

— T'inquiète pas. Je ne compte pas m'arrêter avant que t'aies joui tellement de fois que t'auras perdu le compte.

Sur ces mots, il accélère le rythme jusqu'à ce que je crie et le serre tellement fort qu'il a du mal à me mettre d'autres coups de reins.

J'ai à peine le temps de reprendre mon souffle avant de sentir déferler la vague de plaisir suivante.

— Avery ! dit Knox d'une voix rauque et grave.

Des éclairs illuminent ma vision et il s'immobilise alors qu'on jouit tous les deux. Mes jambes tremblent sous son corps et je suis reconnaissante d'avoir quelque chose qui me soutienne.

On reste immobiles et on reprend lentement notre souffle. Ses mains remontent autour de ma taille et je sens son front se plaquer contre mon dos. J'ai l'impression qu'il dépose un doux baiser sur ma colonne vertébrale.

Quand il se retire enfin et se débarrasse du préservatif, je m'efforce de retrouver l'usage de mes jambes.

— Prête, princesse ? me demande-t-il en revenant vers moi.

Il porte toujours son pantalon de moto, mais déboutonné.

— Prête à quoi ?

Il sourit et me soulève dans ses bras.

— Je suis loin d'en avoir fini avec toi.

33

KNOX

— Tu m'écoutes ? demande Avery.

Je lève les yeux de ses jambes pour les poser sur son visage.

— Bien sûr.

Elle pose ses mains sur ses hanches.

— « Contracte les abdos, lentement et de manière contrôlée, bla bla bla », dis-je bien que je ne sache absolument pas si c'est ce qu'elle a dit, mais c'est une bonne supposition.

Avery se met à rire et Hope se joint à elle.

— T'es vraiment accro, commente l'adolescente d'un ton à la fois agacé et admiratif.

Avery nous ignore tous les deux.

— Je dois travailler mon enchaînement à la poutre, alors je compte sur vous pour ne pas vous attirer d'ennuis.

Je la regarde s'éloigner, puis je retourne m'entraîner aux anneaux. Hope fait des sauts de cheval, mais entre chaque essai, elle s'assoit sur un grand tapis à côté des anneaux et papote avec moi. Elle parle sans arrêt, sans me laisser dire grand-chose. Je suis tellement habitué au silence de Flynn que c'est un changement agréable.

Elle me parle de gymnastique, du garçon qu'elle apprécie, de ses parents qui s'inquiètent de ce qu'elle passe trop de temps à la gymnastique et ne s'essaie pas à d'autres activités. Puis, étonnamment, elle fait abstraction de tout le reste et sprinte vers le tremplin avant de sauter dessus et de faire voltiger son petit corps par-dessus la table de saut et d'atterrir sur ses deux pieds. C'est impressionnant.

Je fais une pause et regarde Avery s'entraîner à la poutre lorsque Hope revient s'affaler sur le tapis à côté de moi.

— Elle est inquiète, me dit Hope.

— Qui ? Avery ?

— Ouais. Sa première compétition a lieu le week-end prochain.

— À mon avis, elle semble plutôt prête, dis-je en jetant un regard interrogateur à Hope.

Je ne veux pas me mêler de ce qui ne me regarde pas, mais je ne suis pas sûr de comprendre pourquoi Avery est inquiète. Elle est incroyable. Je l'ai vue exécuter cet enchaînement des dizaines de fois et elle le réussit toujours à la perfection.

— C'est vrai, répond Hope.

Mais son ton me dit qu'elle me cache quelque chose.

À la fin de mon heure d'entraînement, je me dirige vers Avery qui s'entraîne toujours à la poutre.

— Déjà l'heure ? me demande-t-elle en m'apercevant.

— Presque. Je voulais juste voir une experte à l'œuvre avant de m'en aller.

Elle s'assoit sur la poutre. Son sourire n'est pas très différent de beaucoup de ceux qu'elle m'a adressés avant, mais les mots de Hope me font me demander si c'est un mécanisme de défense pour s'assurer que personne ne se rende compte qu'elle n'est pas vraiment heureuse.

— Hope m'a dit que ta première compétition approchait ?

— Samedi, répond-elle avec un soupir.

Je m'approche et pose mes mains sur la poutre près d'elle.

— C'est l'excitation et la nervosité d'une première course de la saison ?

— Surtout de la nervosité, admet-elle.

— Pourquoi ?

— J'ai pas fait de compétition depuis neuf mois. Pas depuis que je me suis blessée au genou.

— Mais ton genou va bien, non ?

Elle hoche la tête d'un air distrait.

— Ouais. Je me sens bien.

— T'es prête. Je t'ai observée.

— Tu veux dire que t'as maté mes fesses et mes seins pendant que je m'entraînais ?

Je ris.

— Je vais pas te mentir, j'ai beaucoup fait ça aussi.

Ses jambes pendouillent d'un côté de la poutre et elle balance les pieds devant elle.

— Je ne me sens pas encore comme avant. J'hésite avant ma sortie et je vacille parfois pendant mes tours.

Je me place entre ses jambes et pose mes mains sur ses cuisses nues.

— Parfois, il faut l'adrénaline de la compétition pour perfectionner ces petits détails.

Elle hoche la tête comme si elle réfléchissait à mes paroles.

— T'as peut-être raison. Je ne stressais pas autant avant.

— Bien sûr que j'ai raison. J'ai toujours raison.

Elle lève les yeux au ciel.

— C'est juste que...

— Qu'est-ce qui te préoccupe vraiment ? lui demandé-je lorsque je constate qu'elle semble avoir du mal à formuler ses inquiétudes.

— Et si je ne retrouvais jamais cette sensation ? Et si les Jeux Olympiques n'étaient qu'un coup de chance et que je ne pouvais plus jamais atteindre ce niveau ? Je ne sais pas si je pourrais continuer. J'adore ça, mais je préfère arrêter plutôt que de revenir et d'être l'ombre de la gymnaste que j'étais.

Elle expire bruyamment et ses yeux bleus s'écarquillent d'inquiétude.

Je lui prends la main et entrelace mes doigts avec les siens.

— C'était pas un coup de chance. Ton succès n'était pas le fruit du hasard, c'était le résultat d'un travail acharné et d'un talent incroyable. Je t'ai vue y consacrer tout ton temps, jour après jour. Tu *vas* retrouver ton niveau.

Elle hoche la tête, mais ne semble toujours pas convaincue.

— Allons-y, lui suggéré-je.

— Où ça ?

— Je dois passer chez moi, ensuite, on ira où tu veux.

Elle a l'air de réfléchir à rester dans ce gymnase pour toujours, ou du moins jusqu'à ce qu'elle parvienne à exécuter son enchaînement exactement comme elle le souhaite, mais je la soulève de la poutre avant qu'elle n'ait le temps de protester.

— Si tu veux vraiment retourner t'entraîner après que je t'aurai nourrie, je te ramènerai ici et je ferai le poirier ou tout ce que tu veux pendant que tu travailles.

Ses lèvres esquissent un sourire discret.

— Je retirerai même mon t-shirt pour te motiver davantage.

Un sourire sincère illumine finalement son visage. Je ferais n'importe quoi pour qu'il reste plaqué sur ses lèvres.

À la maison, je me mets à préparer le dîner pendant que Flynn fait ses devoirs à table. Hendrick est au bar, et Archer et Brogan sont encore à l'entraînement de football américain mais devraient rentrer d'une minute à l'autre.

— Comment je peux t'aider ? demande Avery en se lavant les mains.

— Je m'occupe de tout. Repose-toi, princesse.

— Tais-toi. Je vais pas rester les bras croisés pendant que tu me prépares à manger.

— Euh... D'accord. Tu veux couper cet oignon ?

Elle trouve la planche à découper et choisit un couteau, puis se met au travail pendant que Flynn et moi, on discute de sa journée. Il va bientôt devoir entamer des visites de recrutement universitaire et je dois discuter avec Colter pour m'assurer qu'aucune d'entre elles n'entre en conflit avec les dates de la tournée de freestyle.

— C'est laquelle, ta fac préférée ? demande Avery à mon frère en levant les yeux de l'oignon qu'elle est en train d'émincer.

— Houston, répond immédiatement Flynn.

— Vraiment ? lui demandé-je.

Je ne savais pas qu'il avait une préférence. Chaque fois qu'on a parlé de son choix d'université, il m'a toujours répondu qu'il irait là où il aurait du temps de jeu.

Il hoche la tête, puis rougit.

— J'ai grandi dans le coin, dit Avery. Beaucoup de mes camarades de lycée sont allés là-bas. J'ai aussi une amie qui y est actuellement. Enfin, « amie » est peut-être un peu exagéré. Je me suis entraînée avec elle avant les Jeux Olympiques.

Flynn et moi, on échange un regard amusé.

— Quoi ? demande Avery d'une voix hésitante en nous jetant un coup d'œil, à mon frère et à moi.

— Est-ce que je m'immisce dans une conversation familiale ?

— Quoi ? Non.

Ça me fait rire, ce qui la rend encore plus confuse.

— Pourquoi tu ris ? demande-t-elle en posant une main sur sa hanche.

— C'est rien. C'est juste ta façon de dire : « Je me suis

entraînée avec elle avant les Jeux Olympiques », comme si c'était tout à fait normal.

— Oh !

Elle semble encore plus gênée que si je lui avais répondu que oui, elle s'était bien immiscée dans une conversation familiale très privée. Même si je n'aurais jamais pu sortir une connerie pareille en gardant mon sérieux.

En continuant de rire, je m'avance vers elle et effleure ses lèvres avec les miennes.

— T'es une légende. Assume, princesse.

Elle s'adoucit sous mes yeux et je dois faire appel à toute ma volonté pour ne pas oublier le dîner et mettre la maison en feu. Ce qui me rappelle que Flynn nous observe.

Je lui jette un coup d'œil en me redressant et, comme je m'y attendais, il a l'air intrigué. Je me racle la gorge et hausse le menton vers Avery.

— Je m'occupe du reste.

— T'es sûr ?

— Ouais, lui assuré-je.

Elle contourne le comptoir de la cuisine et s'assoit à côté de Flynn.

— Alors, pourquoi Houston ?

Je m'attends à ce qu'il hausse les épaules ou réponde « Je sais pas ».

— L'équipe de base-ball vient d'engager un nouveau coach de lanceurs, dit-il au lieu de ça, Luka Champe. Il était lanceur de relève pour les Diamondbacks au début des années 2000, mais il s'est blessé à l'épaule et n'a joué que quelques saisons. Il a pris sa retraite et a disparu pendant un moment, mais il y a environ cinq ans, il a accepté un poste d'entraîneur dans une université publique et a mené une équipe en difficulté au championnat national en deux ans. Je tuerais pour jouer pour lui.

— Luka Champe.

Je prononce son nom lentement.

— Je crois me souvenir de lui. T'avais sa carte encadrée sur ton bureau.

Flynn semble gêné que je m'en souvienne, mais hoche la tête.

— Tu vas aller faire une visite là-bas ? demande Avery.

— Nan, c'est trop loin.

Flynn secoue la tête et tripote un stylo posé sur le comptoir devant lui.

— On pourrait probablement s'arranger pour faire ça un week-end, dis-je en réfléchissant à mon emploi du temps.

Je n'ai pas beaucoup de week-ends libres entre maintenant et le début de la saison de moto-cross.

Flynn a dû déjà s'en rendre compte, car il n'insiste pas.

— Tu penses à quelles autres universités ? lui demande Avery. J'ai adoré visiter les universités. J'en ai visité tellement que mes parents ont dû me supplier de faire mon choix.

Flynn et elle discutent d'universités pendant que je prépare le dîner. Il est sous son charme, ou alors il aime juste parler d'universités, mais je ne l'ai pas vu être si loquace depuis... sa naissance.

Brogan et Archer rentrent juste au moment où je sors les enchiladas du four. Avery revient vers la cuisine et demande où trouver des assiettes et des couverts. Elle met la table dans la salle à manger et, même si on la regarde tous avec embarras, personne ne lui dit qu'on mange rarement à table, et on décide finalement de dîner tous les cinq ensemble tandis qu'elle mène la conversation.

Je suis devenu Flynn, incapable de retrouver ma langue, et je l'observe plutôt échanger avec mes frères. On est difficiles à gérer même dans un bon jour, et pourtant elle semble parfaitement à l'aise tandis que Flynn enfourne de la nourriture dans sa bouche et qu'Archer se lève pour aller chercher un deuxième paquet de chips tortillas une fois que le premier est fini. Il le lance comme un ballon de football américain à Brogan à l'autre bout de la pièce. Elle ne semble pas du tout déconcertée, ou du moins elle parvient à rester impassible si elle est intérieurement effrayée par le chaos qui l'entoure.

Tout le monde disparaît après avoir fini de manger et, Avery et moi, on retourne dans la cuisine pour ranger nos assiettes dans le lave-vaisselle.

Sans dire un mot, elle essuie le comptoir pendant que je mets les restes dans des Tupperware pour Hendrick.

Ce n'est que lorsqu'on a terminé que je remarque un peu de cette inquiétude qui la taraudait tout à l'heure. Elle sourit, mais quand elle pense que je ne la regarde pas, elle se ronge l'ongle et prend un air pensif et distant.

— Merci de m'avoir donné un coup de main.

Je la prends par la taille. Je n'ai pas détesté qu'elle m'aide, et pourtant, je déteste toujours quand les gens veulent m'aider.

— Merci de m'avoir nourrie. T'es un bon cuisinier.

Ma poitrine tremble sous l'effet d'un petit rire.

— Je me débrouille.

— Me dis pas que Knox Holland le prétentieux est modeste au sujet de ses talents culinaires ? se moque-t-elle en portant une main à sa gorge avec un air théâtral.

Je prends sa bouche comme j'ai envie de le faire depuis le début de la soirée. Elle passe ses bras autour de mon cou et se presse contre moi. Je ne veux rien de plus que l'emmener dans ma chambre et y passer le reste de la nuit.

— Hé, dis-je en m'écartant et en baissant les yeux vers son visage rougi et ses lèvres pulpeuses. Tu veux retourner au gymnase ?

Ses yeux s'illuminent mais elle le cache rapidement.

— Pourquoi ?

— Je pensais que je pourrais faire une autre séance. J'étais un peu préoccupé tout à l'heure.

— Tu veux dire que t'étais trop occupé à mater mon cul pour te concentrer ?

— C'est exactement ce que je veux dire.

Elle rit.

— T'as pas besoin de faire ça. Je me débrouillerai le moment venu, comme tu l'as dit. Je suis sûre que je m'inquiète pour rien.

Mais elle s'inquiète.

— J'ai vécu ça souvent. Si j'avais une course ce week-end, je voudrais être dans le garage à bricoler ma moto ou sur la piste à m'entraîner.

Elle mordille sa lèvre inférieure.

— T'es pas obligé de venir, mais merci pour ta compréhension. Je t'envoie un texto plus tard ?

— Ouais, ça marche. Je devrais passer un peu de temps avec Flynn. Voir si je peux trouver quand l'emmener à Houston.

— T'es un bon frère.

Elle pose un baiser sur mes lèvres et ça me donne envie de la supplier de rester, mais ce sont ses paroles qui me trottent dans la tête toute la nuit.

34

AVERY

On se rend à l'université de Lakeshore pour l'exhibition de samedi. Comme c'est à moins de deux heures de route, on prend un bus affrété et on arrive tôt pour s'échauffer et se préparer.

Presque tous les événements universitaires ont lieu sur le terrain de basket de l'université d'accueil. Des tapis et tout le revêtement nécessaire sont posés sur le parquet et l'équipement est disposé aux quatre coins du gymnase.

La taille et la configuration sont toujours si similaires que ça devrait me donner l'impression d'être à la maison, mais tout est différent. Le sol est vert au lieu d'être bleu et semble plus dur que celui auquel je suis habituée, et la poutre est froide et me semble peu familière lorsque je passe une main dessus avant de m'échauffer.

Je suis une gymnaste polyvalente, je participe généralement aux quatre événements pour Valley U, mais aujourd'hui, la coach Weaver ne me fait faire que la poutre. J'essaie de ne pas laisser ça me déconcentrer. Je sais qu'elle me donne l'occasion de reprendre mes repères sans me mettre trop de pression lors d'un événement qui n'a pas d'importance pour notre classement général, mais je ne peux m'empêcher de penser que je ne retrouverai jamais le niveau que j'avais avant ma blessure.

Pendant que mes coéquipières et moi, on s'étire, je fais abstraction de tout le reste et je visualise mon enchaînement en m'imaginant exécuter chaque mouvement à la perfection.

La poutre est notre dernière épreuve aujourd'hui, alors j'encourage mes coéquipières au saut de cheval, au sol et aux barres asymétriques. Une musique entraînante retentit dans les haut-parleurs et une énergie palpable vibre dans l'air. Même si c'est difficile et que mon avenir est incertain, je ne peux pas m'imaginer laisser tomber tout ça.

Une nouvelle vague de nervosité m'envahit lorsqu'on arrive enfin à la poutre. J'enlève mon pantalon et ma veste d'échauffement et me place sur le côté. Je passe la dernière, donc j'ai un peu de temps avant que ce soit mon tour. *Plus de temps*. J'ai l'impression d'attendre depuis une éternité.

Dans mon sac, je sors mon portable et rouvre le texto que Knox m'a envoyé plus tôt.

> KNOX
>
> Bonne chance pour aujourd'hui, même si t'en as pas besoin. Tu vas y arriver. Envoie-moi un texto après. x

Ce petit « x » fait palpiter mon cœur. Knox n'est pas vraiment du genre à faire des câlins et des bisous. Il a toujours été clair sur ce qu'il voulait : traîner et prendre du bon temps. Mais on a passé tellement de temps ensemble que les frontières sont devenues un peu floues. Je sais qu'il m'apprécie plus que si j'étais un simple plan cul, mais ça pourrait juste être de l'amitié et du sexe. Est-ce qu'il pourrait tomber amoureux de moi comme j'en pince pour lui ?

L'équipe masculine ne participe pas aujourd'hui, mais quelques-uns de ses membres sont venus en voiture pour nous regarder faire. Tristan s'approche, vêtu d'un jogging d'échauffement bleu de Valley U et d'un t-shirt gris.

— T'es prête, Ollie ?

— Si je ne le suis pas, tu vas me faire un discours de motivation ? lui demandé-je sèchement.

— Tu m'écouterais si je le faisais ?

Un coin de sa bouche se redresse et je sens la tension de mes épaules se relâcher.

Il est distant depuis la soirée pyjama et j'ignore si c'est parce qu'il a enfin compris que je ne compte plus l'embrasser ou parce que je m'entraîne enfin assez dur pour qu'il me lâche les baskets.

— Non, probablement pas.

Il tend le poing et je le checke.

— Tu vas tout déchirer, Ollie.

Quand c'est enfin mon tour, je marche vers la poutre comme je l'ai fait un million de fois. Je lève les mains au-dessus de ma tête et souris aux juges, puis je me retourne et monte sur la poutre. Assise dessus, les jambes pendantes de chaque côté, je me cambre en arrière et laisse ma tête effleurer la poutre avant de me redresser et de me mettre debout. Je pose les mains sur la poutre, puis sur la pointe des pieds, je marche jusqu'au milieu avant d'effectuer mon premier tour complet.

Comme on a modifié le niveau de difficulté de ma sortie, la note de départ de mon enchaînement à la poutre n'est que de 9,9. Ça veut dire que je dois vraiment assurer.

Mes mains bougent gracieusement tandis que je me déplace vers l'autre extrémité de la poutre en me tenant de profil et en faisant face aux juges avec un sourire qui semble indiquer que c'est une partie de plaisir. Et c'est exactement ce que je ressens. À cet instant précis, je suis invincible. C'est un sentiment éphémère. Il arrive si vite que j'ai presque du mal à le reconnaître.

Un demi-tour sur la pointe des pieds me place en position d'effectuer mon premier mouvement. Un salto costal suivi d'un salto arrière tendu. Mon cœur bat à toute allure, tant je suis fière et excitée, mais je ne m'arrête pas dessus pour le moment. Au contraire, je refoule cette sensation à côté de mes autres émotions et me concentre sur les prochaines quarante secondes de mon enchaînement.

Je ne pense qu'à l'exécution. Pas seulement à ma technique, mais aussi à mes mouvements de danse. Mon objectif est d'allier grâce et précision. J'atterris après ma dernière roue, puis je termine par une sortie en salto arrière, la poitrine bien droite.

Un soulagement comme je n'en ai jamais ressenti avant m'envahit alors que le monde autour de moi reprend vie. Je lève les mains pour les juges, puis je cours vers la coach Weaver, qui a le sourire aux lèvres. Elle est très exigeante à l'entraînement, mais les jours de compétition, elle est notre plus grande supportrice.

— Excellent travail, Avery. Ton dernier mouvement était absolument parfait.

— J'ai un peu vacillé sur le demi-tour.

Elle secoue la tête comme si ce n'était pas grave, mais je sais que ça aura une incidence sur ma note finale.

— Aujourd'hui, tu as prouvé que tu étais de retour et prête à dominer la poutre comme tu es censée le faire.

Elle me lâche et mes coéquipières viennent me féliciter. Checks et câlins. Tristan ne s'approche pas, mais il incline la tête vers moi.

Ma note finale est de 9,825. J'essaie de ne pas être déçue. Je sais que c'était un bon premier enchaînement de la saison, mais j'ai déjà envie de remonter sur la poutre pour travailler mes tours et modifier ma sortie.

J'ai aussi très envie d'envoyer un texto à Knox et à ma famille, mais je sais que je dois fêter ça avec mon équipe, alors j'attends qu'on soit dans le bus qui nous ramène à Valley.

MOI

Ta meuf rentre à la maison avec du métal. 🏅

L'expression « ta meuf » me fait hésiter un moment, et j'espère qu'il la lira sur le ton humoristique que je voulais lui donner. Sa réponse est presque instantanée.

KNOX

Félicitations ! Je savais que tu pouvais le faire.

MOI

Merci. Comment ça va à Flagstaff ?

KNOX

Pas mal. On dirait qu'on va rester là ce soir,
donc je ne pourrai pas te féliciter en personne
avant demain.

MOI

Ça craint, je vais devoir me divertir toute seule.

KNOX

Seulement jusqu'à demain. Je dois faire
quelques réglages sur ma moto avant ce soir.
Va faire la fête avec Quinn. Je suis sûre qu'elle
meurt d'envie de t'emmener à une soirée.

C'est vrai que c'est tout Quinn.

MOI

D'accord. Bonne chance pour ton double nac
quatre cent soixante 😉

Et à Quinn...

MOI

On est sur le chemin du retour. J'ai obtenu la
troisième place à la poutre !

QUINN

Ma meilleure amie est la meilleure tout court !
Félicitations. À quelle heure tu seras là ? Colter
et Knox ne rentrent pas avant demain.

MOI

J'arrive dans environ deux heures.

QUINN

J'enfile ma tenue de fête !

MOI

À propos de ça... Tu penses quoi de fêter ça à
Flagstaff ?

Je n'ai pratiquement pas besoin de convaincre Quinn pour qu'elle accepte qu'on aille faire une visite surprise aux garçons à Flagstaff.

On monte le son dans ma Bronco et on chante sans interruption pendant les trois heures de trajet. On arrive un peu après le début de l'événement. Quinn nous trouve des places et je me faufile dans la foule en essayant de m'approcher le plus possible de l'arrière pour voir si je peux apercevoir Knox.

Je sais, pour l'avoir vu s'entraîner et l'avoir entendu parler du show avec Colter, que Knox ne participe pas à la première partie. Les autres pilotes effectuent une série de sauts plus techniques et il les aide à l'arrière jusqu'à ce que son tour arrive.

Je vois la porte latérale derrière laquelle les pilotes disparaissent quand leur tour est passé, alors je me dirige dans cette direction. Heureusement pour moi, personne n'est là pour m'arrêter. Je suppose qu'ils ne s'inquiètent pas que des super fans viennent traîner ici, même si, vu la tenue de certaines filles, ils devraient peut-être s'en inquiéter. Je ressens une pointe de jalousie en imaginant l'une d'elles draguer Knox.

Mon sourire s'élargit lorsque l'homme que je cherche apparaît. Il est assis sur sa moto et regarde l'événement, juste hors de vue de la foule. Il jette un coup d'œil dans ma direction lorsque j'arrive à la dernière barrière qui nous sépare. Il s'y prend à deux fois pour s'assurer que c'est bien moi, puis un large sourire illumine son visage.

Mon cœur bondit dans ma poitrine lorsqu'il descend de sa moto et marche vers moi.

— Qu'est-ce que tu fais ici ? demande-t-il en entrelaçant ses doigts et les miens à travers la barrière.

— Je ne voulais pas attendre demain pour fêter ça avec toi.

Son sourire en coin est incroyablement sexy. Il détourne les yeux et scrute la barrière. Il se dirige vers une partie plus basse et saute par-dessus pour me rejoindre de l'autre côté. Il porte sa tenue de moto, une veste noire, un pantalon noir et des bottes noires. Personne ne devrait pouvoir porter une couleur unique aussi bien que lui.

Knox m'enlace immédiatement par la taille et me soulève. Je m'agrippe à lui et l'embrasse. Ou plutôt, je devrais dire que je fais de mon mieux pour l'embrasser. Il a la situation sous contrôle et je me contente de suivre le mouvement.

Ses mains glissent sous l'arrière de mon t-shirt, puis ses doigts s'emmêlent dans mes cheveux.

— Ta bouche m'a manqué, murmure-t-il d'une voix rauque.

Ses paroles me rassurent presque autant que ma performance à la poutre.

Ma bouche est douloureuse lorsqu'il s'écarte enfin. Il mordille ma lèvre inférieure une dernière fois.

— Je ferais mieux d'y aller avant de rater mon tour.

— D'accord. Bonne chance !

Il secoue la tête en s'éloignant.

— J'en ai plus besoin maintenant que t'es là.

35

KNOX

Je regarde Avery retourner vers les gradins et grimper jusqu'à la section centrale, à peu près à mi-hauteur. Colter revient et me sourit.

— Prêt à faire le show ?

Je commence à stresser. Ce soir, je vais faire le Superman Seat Grab pour la première fois devant un public. C'est une figure sympa qui peut être déclinée de nombreuses façons pour la rendre plus difficile ou plus stylée. Je l'ai réussie des dizaines de fois à l'entraînement, mais c'est toujours différent devant un public.

— Tu vas y arriver. Les doigts dans le nez.

Je hoche la tête et hausse le menton vers les spectateurs.

— Ta copine est là.

— Quinn est là ?

Il fronce les sourcils comme s'il essayait de comprendre mes paroles.

— Ouais, Avery et elle ont roulé jusqu'ici.

Son sourire s'élargit.

— Alors me fais pas honte devant ma copine, Holland.

En riant, je démarre ma moto.

— Je ferai de mon mieux.

Je fais quelques tours de piste en faisant des roues arrière et des dérapages devant le public. Ils adorent ça. Je me nourris de leur énergie et je leur en donne un peu plus quand ils m'acclament plus fort.

Chaque fois que j'ose regarder la foule, mon regard se pose sur Avery. Je jurerais qu'elle sourit, même s'il est impossible que je puisse distinguer ses traits de si loin.

J'accélère sur la rampe et je fais un Whip sous les acclamations de la foule, puis je fais demi-tour et reprends la rampe encore plus vite. Il n'y a rien de comparable à ce qu'on ressent en arrivant en bout de rampe. Tout devient silencieux, comme si tout le monde retenait son souffle en même temps. Il n'y a plus que ma moto et moi, nous deux suspendus dans les airs.

Je laisse mes jambes se relever derrière moi, j'attrape la selle d'une main tout en gardant l'autre sur le guidon, puis je croise les jambes pour ajouter une touche de style. Tout le travail que j'ai effectué au gymnase n'a pas été vain. Je contracte les abdominaux pour former une ligne droite, et la force de mes bras et de mon torse m'aide à rester solidement accroché. Un seul faux mouvement et tout pourrait mal finir.

Pendant quelques secondes, je suis suspendu au-dessus de ma moto. Je vole, libre et comme en apesanteur. J'entends la musique et les acclamations, mais ce n'est qu'un bruit de fond, comme pendant une course.

Tout se passe très vite, puis je regagne ma selle rapidement avant d'atterrir. Comme tous les meilleurs moments de la vie, c'est fini avant que je puisse savourer cette sensation.

La foule est encore plus bruyante lorsque je fais demi-tour et m'arrête devant elle. Je me lève sur les repose-pieds et salue le public. Cette fois, lorsque je jette un coup d'œil à Avery, ce n'est pas mon imagination. Je sais qu'elle sourit.

Elle m'attend à la fin du show. Quinn court vers Colter lorsqu'on sort tous les deux. Avery reste en retrait, un peu plus réservée que son amie. Je me demande ce que ça me ferait de la voir courir vers moi et se jeter dans mes bras en étant tellement excitée qu'elle ne pourrait pas attendre une seconde de plus pour me voir. J'ignore quand c'est arrivé, mais à un moment donné, j'ai commencé à l'imaginer dans toutes sortes de scénarios auxquels je n'avais jamais pensé avant.

Elle ne se jette pas sur moi, mais je me contente du large sourire qu'elle m'adresse quand je m'approche.

— Je m'incline devant le roi du nac quatre cent soixante.

— Oh ! Tu vas t'incliner plus tard, princesse.

Une chaleur illumine ses yeux bleus lorsque je prends son menton entre mon pouce et mon index et dépose un baiser sur sa bouche parfaite. Je ne pense à rien d'autre qu'à être seul avec elle pour lui montrer à quel point je suis heureux qu'elle ait pris la route pour me voir.

— Félicitations. Sérieusement, t'étais une source d'inspiration. La foule t'a adoré. J'ai cru que j'allais devoir éloigner de toi deux femmes qui parlaient de ce qu'elles aimeraient te faire.

Mes lèvres tressaillent d'amusement à l'idée qu'Avery soit jalouse de filles que je ne connais même pas et dont je me fiche éperdument.

— Tu ferais mieux de me sortir d'ici avant qu'elles essaient de me kidnapper, plaisanté-je et en lui faisant un clin d'œil.

— Elles devront me passer sur le corps.

Il y a quelque chose de tellement adorable dans le fait qu'elle soit prête à se battre pour me revendiquer.

— Pas question. Je pense à te déshabiller depuis que t'es arrivée.

Entre sa compétition et le show de freestyle, on n'a pas eu une minute à nous depuis des jours.

Une marée rouge grimpe sur son visage.

— Quinn veut d'abord qu'on sorte tous ensemble, et après je serai toute à toi.

Je préférerais passer toute la nuit à lui montrer à quel point je suis heureux qu'elle soit venue me voir, mais je suppose que je peux la partager pendant quelques heures.

— D'accord. Je dois d'abord aider à finir de charger le pick-up.

Colter a toujours la bouche collée à celle de Quinn. On dirait qu'on va devoir se débrouiller sans lui.

— Je viens avec toi, propose Avery.

J'apprécie qu'elle veuille nous accompagner. J'ai remarqué qu'elle n'hésitait jamais à donner un coup de main. Je ne savais même pas que c'était une qualité importante à mes yeux. J'ai toujours évité de laisser les gens s'approcher de moi ou d'accepter leur aide, mais j'aime bien qu'elle le fasse sans en faire toute une histoire.

Je suis content aussi qu'elle reste avec moi, car ça me donne une excuse pour continuer de l'embrasser tandis qu'on se fraye un chemin à travers la foule toujours rassemblée après le show.

Je lui prends la main pour éviter qu'on soit séparés. Elle reste près de moi et marcher près d'elle m'emplit de fierté. Les mecs la remarquent partout où elle va, mais là, tout de suite, ils la regardent et elle est avec moi.

On arrive au bord de la foule et je lâche sa main pour passer un bras autour de ses épaules. Avery se blottit contre moi.

Un homme entre dans mon champ de vision, mais j'ai besoin de faire quelques pas de plus avant de le reconnaître. Je ralentis et Avery passe devant moi avant de s'arrêter pour m'attendre.

— Mike, dis-je lorsqu'on est devant lui. Qu'est-ce que tu fais ici ?

Il sourit et hausse légèrement les sourcils.

— Tu m'as invité.

C'est vrai. Je l'ai invité à tous les événements, mais il n'est jamais venu.

— Je rendais visite à de la famille dans le coin et j'ai pensé que ce serait sympa de venir jeter un œil. C'était impressionnant.

— Merci.

Mon pouls accélère en présence du propriétaire de mon ancienne équipe. Le regard de Mike se porte sur Avery.

— Bonjour, dit-il.

— Salut, répond Avery en souriant poliment et en lui faisant un signe de la main.

— C'est Avery, lui dis-je avant de me tourner vers elle. Mike est le propriétaire de mon ancienne équipe de course, Thorne.

— Oh ! fait-elle d'un ton qui laisse entendre qu'elle a fait le lien. Ravie de vous rencontrer.

— Pareillement.

Il reporte son attention sur moi. Son visage sérieux me rend à la fois nerveux et excité.

— On peut discuter ?

— Je vois Quinn et Colter juste derrière nous, dit Avery en souriant à nouveau à Mike. Encore ravie de vous avoir rencontré.

On la regarde partir tous les deux. À mesure que les secondes s'écoulent, ma curiosité grandit. Ce n'est pas son genre de débarquer à l'improviste. L'idée que j'avais de le voir se pointer pour me convaincre de revenir après avoir constaté que je pouvais faire partie d'une équipe me semble désormais un rêve d'adolescent. Qu'est-ce que ça peut lui faire que je sois capable de faire du freestyle ? Son business, c'est la course.

— La première fois que tu m'as dit que tu faisais du freestyle, j'ai cru que tu plaisantais.

— Colter et moi, on est de vieux amis, dis-je pour m'expliquer. Il avait besoin d'aide et j'avais du temps à tuer.

Il hoche la tête d'un air pensif.

— Tu envisages de te lancer à plein temps ?

Il veut savoir si j'ai l'intention de courir la saison prochaine. Je suis sur le point de lui dire que ça ne le regarde plus. J'ai toujours apprécié Mike, mais je lui en veux encore de m'avoir jeté. Finalement, je décide que faire le connard ne m'apportera rien.

— Non. C'était juste quelque chose sur quoi me concentrer pendant que je réfléchis à la suite. La course reste mon rêve.

— C'était une sacrée performance pour un hobby.

— L'équipe est géniale. Ils me laissent m'entraîner avec eux et je les accompagne juste pour faire quelques figures.

Il hoche la tête d'un air pensif.

— L'humilité te va bien. J'espère que tu ne trouveras pas trop condescendant que je te dise que je suis fier de toi.

Ses mots tourbillonnent dans ma tête. Si j'ai changé, c'est parce que j'ai vu ce que c'est de faire partie d'une équipe qui veut que je réussisse. Colter, Brooklyn, tous les autres gars. Et surtout Avery.

— Merci, Mike, dis-je en me raclant la gorge. Comment va l'équipe ?

— Bien. Tout va bien. Toute l'équipe revient au siège la semaine prochaine.

— C'est génial.

Son petit rire me révèle qu'il sait que je raconte des conneries. Une partie de ma colère s'est dissipée, mais je ne suis pas encore tout à fait prêt à faire semblant d'être ravi que tout le monde se porte à merveille alors que je n'ai plus d'équipe.

Il ne dit rien d'autre et, d'une manière ou d'une autre, je sais maintenant qu'il ne m'invitera jamais à revenir.

Je serre la mâchoire en voyant mes rêves de rejoindre l'équipe partir en fumée. Je n'ai pas de plan B.

— Bon, je devrais y aller. Merci d'être passé, Mike.

Je commence à passer devant lui, impatient de m'éloigner et de m'asseoir un moment pour digérer ma déception. Je voulais qu'il me voie réussir dans une équipe de freestyle, et il l'a vu. Ce n'était juste pas le résultat que j'espérais.

Mike tend la main pour m'arrêter.

— En fait, il y a autre chose.

36

AVERY

— Félicitations !

Colter lève son verre en direction du milieu de la table et sourit à Knox.

— Je savais que tu retomberais sur tes pattes.

— N'oublie pas Avery.

Quinn lève son verre d'eau vers moi.

— Troisième place lors de la première compétition de la saison, c'est pas rien. T'aurais fini première si t'avais fait ta sortie initiale.

Knox et moi, on accepte les félicitations et on trinque tous les quatre. L'ancien propriétaire de l'équipe de Knox ne lui a pas proposé de place dans l'équipe, mais il a fait quelque chose de presque aussi bien. Il a trouvé une autre équipe à la recherche de sang neuf. Colter dit que Neon Punch est le nouveau Thorne, mais en mieux. Il est aux anges.

Knox est... eh bien, plus difficile à cerner.

— Tu vas bien ? lui demandé-je une fois que Quinn et Colter nous ont quittés pour aller au bar.

— Je pense que je suis juste encore sous le choc.

Il secoue la tête.

— Je pensais vraiment que c'était fini pour moi.

— Impossible. T'es trop talentueux pour ne pas être recruté par quelqu'un.

Un coin de sa bouche tremble, puis se redresse légèrement.

— Alors, ça veut dire quoi ? Je suppose que tu dois aller les rencontrer, passer un entretien ou quelque chose comme ça ?

— Je dois les appeler demain, mais Mike pense qu'ils voudront que je sois au Nouveau-Mexique à la fin de la semaine prochaine.

— La semaine prochaine ?

Je n'ai pas le temps de cacher ma surprise.

Le Nouveau-Mexique est là où se trouve le siège du club. Je suppose que ça pourrait être pire. Il sera à quelques heures de route.

— La plupart des équipes s'entraînent déjà ou commencent la semaine prochaine. Des vacances rapides et on reprend juste après.

— Ouais, je comprends.

Je prends quelques jours de congé ici et là, parfois une semaine juste après la saison, mais je m'entraînerais toute l'année avec mon équipe si les règles de la NCAA le permettaient.

— Je suppose que ça veut dire qu'on ne pourra plus s'entraîner ensemble.

— Fais pas semblant d'être triste que je quitte ton gymnase, princesse. Tu comptes les jours depuis que j'ai débarqué.

— Peut-être avant, mais plus maintenant. C'est le meilleur moment de toutes mes journées.

Il sourit et pose une main sur ma cuisse. Je passe ma jambe par-dessus la sienne et me rapproche de lui.

— Félicitations ! Vraiment. Tu t'es fixé un objectif et tu l'as atteint. Je suis admirative.

— Je te renvoie le compliment, princesse.

Le reste du groupe arrive et on rapproche les tables pour faire de la place. Il y a beaucoup de shots et, comme je n'ai pas l'âge légal de boire, je me divertis en regardant ses amis en pousser quelques-uns de trop vers Knox.

À chaque verre, il se lâche un peu plus dans ses démonstrations d'affection. Je suis maintenant assise sur ses genoux tandis qu'il parle à Brooklyn, qui se trouve près de moi. Une de ses mains est posée sur mes cuisses et ses doigts dessinent des cercles sur ma peau.

Il essaie de m'impliquer dans la conversation, mais mon esprit est ailleurs. Il va partir la semaine prochaine, et après ? Est-ce qu'on continuera à se parler ou à se voir ?

Une vieille chanson passe dans le juke-box du bar et Knox me serre la taille.

— Tu veux danser avec moi ?

— Ici ?

— Non, dehors, sur le parking.

Son sarcasme est souligné par un sourire en coin.

Il me semble tout à fait possible qu'il soit sérieux, mais je glisse de ses genoux et me lève, puis il fait la même chose derrière moi.

Il me prend la main et m'entraîne vers un petit espace du bar qui peut difficilement être qualifié de piste de danse. Un vieil homme à la barbe grisonnante hausse sa bière vers nous quand on passe devant lui.

Knox s'enroule autour de moi comme s'il avait besoin de moi pour tenir debout. Ce qui, honnêtement, pourrait bien être le cas à ce stade.

— Tu te sens bien ? lui demandé-je.

— Maintenant que je t'ai toute à moi, oui.

Il nous fait balancer lentement au rythme de la musique.

— Je pensais que tu voudrais fêter ça avec tes amis.

Je n'ai promis à Quinn que de rester une heure, mais Knox n'a pas parlé de partir et je ne veux pas le forcer à s'en aller.

— C'est vrai, mais si j'ai la possibilité d'être seul avec toi, tu peux être sûre que c'est toujours le choix que je ferai.

Ses paroles me serrent la poitrine.

— T'es vraiment un beau parleur, Knox Holland.

— Joel, dit-il.

— Quoi ?

— Mon deuxième prénom, c'est Joel.

Ses paupières sont lourdes et sa bouche est douce. Je pose une main sur sa joue.

— Knox Joel Holland. J'aime bien.

— Mon père s'appelle Joel. J'ai toujours détesté qu'elle m'ait donné son prénom. Je veux rien avoir en commun avec lui.

— Je pense que t'as déjà prouvé à quel point t'es différent. Ce que t'as fait, abandonner l'école et prendre soin de tes frères, ce n'est pas rien.

Je vois bien qu'il veut minimiser ce qu'il a fait.

— T'as bon cœur, et c'est qu'un prénom. Le mien, c'est Sarah. Pas de raison particulière. Ma mère aimait ce prénom.

Son sourire réapparaît.

— Avery Sarah Oliver.

Il me serre plus fort dans ses bras et on reste silencieux un moment, en dansant et en se regardant dans les yeux.

— T'es heureux ? lui demandé-je. À propos de Neon Punch, ajouté-je. J'arrive pas à savoir. T'es hyper difficile à cerner ce soir.

— Ouais, c'est juste que...

Il fronce les sourcils.

— Je suppose que j'ai pas encore vraiment réalisé.

— Tu vas déménager là-bas ou faire l'aller-retour pour pouvoir rentrer à Valley le week-end et tout ça ? lui demandé-je finalement.

C'est tout ce à quoi j'ai pensé depuis qu'il m'a annoncé la nouvelle.

— T'es jolie.

Un rire de surprise m'échappe.

— C'était une réponse ?

— J'ai peut-être raté ta question parce que je regardais ta bouche. Elle m'obsède.

Il se penche vers moi et m'embrasse alors que je continue de rire.

On titube jusqu'à l'hôtel. Enfin, c'est Knox qui titube et je le soutiens.

— Je pense que tu devrais enlever tous tes vêtements, dit-il lorsqu'on entre dans la chambre.

Il enlève ses bottes et se laisse tomber en arrière sur le lit.

— Quelle bonne idée ! dis-je du ton le plus surpris dont je suis capable en retirant mon t-shirt.

Son sourire est nonchalant et insouciant.

— J'ai plein de bonnes idées.

— Ah ouais ?

Je traverse la moitié de la pièce pour le rejoindre tout en déboutonnant mon jean.

— Comme quoi ?

Il tend les mains et me fait signe d'avancer vers lui en remuant les doigts.

Je rampe vers lui, toujours en jean, mais j'ai balancé mon t-shirt au sol. Il m'enlace et me plaque contre son torse.

Je pousse des cris aigus et perçants comme pour protester, mais je ne voudrais être nulle part ailleurs. Je lèche son visage puis il mordille mon sein. On s'attaque mutuellement, mais en souriant et en roulant sur le grand lit.

Ma riposte suivante consiste à lécher le piercing de son téton, puis il prend mon visage à deux mains et me serre contre lui en m'embrassant jusqu'à ce que j'aie le souffle coupé.

À partir de ce moment-là, nos mains s'engagent dans une lutte acharnée pour nous débarrasser de nos vêtements, les siennes déchirant rapidement l'emballage du préservatif et l'installant sur sa queue pendant que je m'accroche à lui comme si je pouvais le retenir avec moi pour toujours. Quand il s'enfonce en moi, on reste tous deux immobiles.

— Je n'arrive pas à me lasser de toi, dit-il alors que ses yeux sont si sombres et sérieux que je me demande s'il a pensé ces paroles avant mais ne les dit que maintenant qu'il est ivre.

Ma gorge brûle d'envie de répondre : *Eh bien, je n'arrive pas à me passer de toi non plus. En fait, je suis amoureuse de toi et je me demande si tu pourrais reconsidérer ton refus d'avoir une relation sérieuse.*

Bien sûr, je ne dis rien de tout ça. Pas maintenant, et peut-être jamais.

Je me réveille avec les bras de Knox toujours enroulés autour de moi. On s'est endormis nus, lui toujours en érection, et on dirait que c'est comme ça qu'on se réveille. Pour quelqu'un qui prétend ne pas aimer les câlins, Knox Holland est un excellent câlineur.

Je me blottis contre lui sans ouvrir les yeux. On n'a passé que deux ou trois nuits ensemble, et elles se sont généralement terminées par son départ précipité le lendemain matin.

— Bonjour, princesse.

Je marmonne ma réponse en bâillant.

Son rire me chatouille l'oreille.

— On dirait que c'est toi qui as trop bu hier soir, dit-il.

— C'est moi qui ai veillé à ce que tu rentres dans ta chambre en un seul morceau.

— Dans mes souvenirs, c'est pas comme ça que t'as passé la soirée.

Ses lèvres se pressent contre mon cou, juste en dessous de mon oreille, et il murmure quelques mots.

— À moins que j'aie rêvé de toi à genoux avec cette putain de bouche autour de ma queue.

Je fonds littéralement.

— T'as pas rêvé de ça.

— Pas hier soir, mais je fais ce rêve souvent.

Je me retourne dans ses bras. Son sourire en coin, encadré par une barbe naissante et par ses cheveux ébouriffés, le rend encore plus canon.

— Je suis tellement heureuse pour toi !

— Merci.

Il fronce les sourcils.

— Ouais, j'oublie tout le temps. C'était une journée de folie.

— Tu penses partir pour le Nouveau-Mexique quand ?

Son étreinte se desserre et il repose sa tête sur l'oreiller.

— Je dois voir avec mes frères, mais je partirai sûrement jeudi matin. Flynn a un match mercredi, donc si je peux rester pour ça, je le ferai.

Encore trois jours. Je sens mon cœur se serrer.

— Ouah ! C'est bientôt. Je parie que t'as beaucoup à faire d'ici là.

Il se redresse.

— Pas vraiment. J'aurai largement le temps de t'emmener prendre le petit-déjeuner.

Pendant que Knox se lève et commence à s'habiller, je remarque que je suis incapable de bouger. Comme si rester là, allongée dans ce lit, suffirait à tout arranger. Qui a besoin de nourriture ou du reste du monde ?

— Tu pourras revenir souvent ? lui demandé-je, toujours

clouée sur place, son odeur imprégnée dans les draps autour de moi.

Il ne m'a jamais répondu quand j'ai essayé de savoir à quoi ressemblerait son emploi du temps.

— Les week-ends, quand je pourrai, avant le début de la saison. Pendant la saison, ça dépendra. Comme Flynn termine ses études en mai et part à l'université, j'aurai moins besoin de rentrer.

Je ravale ma fierté et rassemble mon courage alors que je tire les draps autour de moi et me redresse en appuyant le dos contre la tête de lit.

— Et nous ?

J'ignore pourquoi je choisis de parler de « nous » pour la première fois. On n'est pas un « nous ». Pas vraiment. Peut-être parce que c'est comme ça que je nous vois depuis des semaines. Nous. Ensemble. Vraiment ensemble.

Il tire lentement son t-shirt noir et croise mon regard. Son expression me noue l'estomac.

Mais je ne peux pas revenir en arrière, alors je décide de lui ouvrir mon cœur.

— Je sais qu'on est censés juste traîner ensemble et passer du bon temps, mais je t'apprécie beaucoup. On s'amuse tellement et je veux pas que ça s'arrête.

— Je t'apprécie aussi.

— Mais ? lui demandé-je parce que je le vois venir.

— On peut toujours se voir quand je suis en ville, mais je veux pas te faire de promesses alors qu'on risque de pas se voir pendant des semaines, voire des mois.

Un éclair de vulnérabilité rabat le coin de sa bouche.

— Tu vas être occupée avec tes compétitions aussi.

C'est vrai, mais j'ai quand même envie de ça et je crois que c'est possible. Seulement, ça ne l'est pas, parce que lui n'en a pas envie.

Son sourire redevient léger et taquin, celui auquel je me suis tant habituée. Il s'approche du lit, me prend les mains et m'attire dans ses bras.

— Fais-moi confiance. Je sais ce que c'est que de voir des gens qui comptent pour nous entrer et sortir de notre vie. Passer son temps à attendre leur retour, toujours espérer des choses qui n'arrivent jamais, toujours être déçu. Je veux pas que tu vives ça, et je ne pourrais jamais faire ça à quelqu'un d'autre.

Je serre les lèvres pour les empêcher de trembler.

— Le Nouveau-Mexique, c'est pas si loin que ça. Tu pourras peut-être venir me rendre visite un week-end, dit-il avec désinvolture, comme s'il disait à un vieux pote qu'il espérait le revoir en ville un de ces quatre.

— Ouais. Peut-être.

Étonnamment, ma voix est beaucoup plus stable que les battements de mon cœur brisé.

Knox dépose un doux baiser sur mes lèvres et sourit.

— Allez, laisse-moi t'offrir à manger, et après on rentre à Valley. Il nous reste quelques jours avant mon départ, et je sais exactement comment je veux les passer.

37

KNOX

Les jours suivants passent rapidement. Je discute avec Burt, le propriétaire de l'équipe Neon Punch, et je l'apprécie tout de suite. Il a fait de la course quand il était plus jeune avant de décider de devenir avocat. Il a exercé ce métier pendant quinze ans, et puis, comme il le dit lui-même, il a décidé qu'il était fatigué de passer son temps assis derrière un bureau.

Son équipe est nouvelle sur le circuit, mais elle bénéficie déjà du soutien de sponsors influents, dont certains qu'ils ont arraché à Thorne. Je suis excité.

Mais il y a cette émotion sous-jacente qui m'a travaillé toute la semaine. Mes frères étaient ravis pour moi et m'ont tous rassuré en me disant que tout se passerait bien, que c'était pour ça que j'avais travaillé si dur. J'ai déjà passé du temps loin d'eux, donc ça ne devrait pas être différent. C'est peut-être parce que Flynn arrive à la fin de ses études et que ses journées et ses semaines sont remplies d'activités scolaires annonçant la fin d'une époque. C'est drôle, parce que je ne me souciais pas de ces choses-là quand j'étais en terminale.

Et puis, il y a Avery. Je n'arrive pas à la sortir de ma tête. On a passé autant de temps ensemble que possible, mais entre ses cours et ses entraînements, et le temps que je passe avec mes frères et à préparer mon départ, les heures sont maigres.

Les choses sont bizarres entre nous. Elle n'a rien dit de plus sur son envie qu'on continue de se voir, mais je sens sa déception. Je suis dégoûté qu'on ne puisse plus se voir aussi souvent, mais je n'ai pas pu me résoudre à lui promettre que les choses resteraient comme avant.

J'ai vu ce que ça a fait à ma mère et à notre famille de voir mon père aller et venir en fonction de son emploi du temps. Je ne ferai jamais ça à quelqu'un, encore moins à Avery.

Ce soir, c'est ma dernière nuit à Valley. Avery avait un entraînement tardif, mais elle va me rejoindre après le match de basket de Flynn. Ça pourrait être un match important pour lui. Des recruteurs de deux de ses universités favorites sont présents. Il n'est toujours pas certain de vouloir jouer au basket à l'université en plus du baseball, mais avoir plusieurs options est toujours un luxe.

Pendant que l'équipe s'échauffe, je prépare mon emploi du temps pour le reste de la semaine. La première réunion ne devrait prendre que quelques jours, je pourrai donc probablement rentrer en milieu de semaine prochaine. Perdu dans mes pensées, je suis en train de me demander quand je pourrai trouver le temps de la voir, quand Archer et Brogan prennent leurs places habituelles dans la rangée devant moi, à ma gauche. Brogan me tend un sachet de M&M's.

— Merci.

Je pose un pied sur le gradin devant moi.

Hendrick s'affale sur le siège voisin du mien, Jane à sa gauche.

— Le gang est au complet, dis-je en me penchant en avant pour faire un signe de la main à la fiancée de mon frère. Salut, Hollywood !

— Salut, Knox !

Son sourire est crispé.

— Y faut que je te parle d'un truc, murmure Hendrick en inclinant le menton vers moi.

— Qu'est-ce qu'il se passe ?

Je suis distrait par le buzzer qui retentit et les joueurs qui se mettent à courir vers leurs bancs respectifs.

— Papa est là.

— Quoi ? demandé-je bruyamment en tournant les yeux vers lui.

J'ai forcément mal entendu.

Il incline la tête vers la porte, et quand je me retourne, je vois papa entrer dans la salle.

C'est quoi, ce bordel ?

Je m'apprête à me lever pour lui dire de s'en aller, mais Hendrick me retient par le bras pour que je reste à ma place.

— Attends, dit-il. Regarde Flynn.

Je serre la mâchoire et fais ce qu'il me dit. On n'est pas les seuls à avoir repéré notre salaud de père. Flynn aussi a remarqué la présence de papa, et il a un sourire hésitant sur le visage. Mon sang se met à bouillir.

Papa scrute le gymnase comme s'il le voyait pour la première fois depuis des années, ce qui est probablement le cas. Avec environ dix ans de retard. Il doit sentir la fureur qu'on a dans le regard, car il pose les yeux sur nous et ralentit le pas.

— Salut, les garçons !

Il incline la tête pour nous saluer.

Personne ne daigne lui répondre et il continue son chemin avant de s'asseoir au premier rang, juste après la ligne médiane.

Les joueurs de l'équipe adverse sont présentés, mais je n'entends presque rien. Je n'arrive pas à croire qu'il se soit pointé ici.

— Y faut que je lui dise quelque chose.

Je me lève et mes trois frères assis avec moi s'interposent.

— Je pense pas que ce soit une bonne idée, dit Hendrick.

Brogan acquiesce en hochant la tête.

Archer a l'air indécis. Comme s'il voulait être celui qui irait voir notre vieux pour lui coller un pain, mais qu'il ne voulait pas non plus faire de scène.

Faire l'un ou l'autre ne me pose aucun problème. Tout ce que je veux, c'est qu'il foute le camp.

— Attendons juste la mi-temps, suggère Hendrick. Et s'il fait quoi que ce soit avant, j'irai le voir avec toi et je t'aiderai à le mettre à la porte.

Je jette un coup d'œil à Flynn. Le sourire teinté d'espoir qu'il avait sur le visage est maintenant plus large et ça me brise le cœur. Je ne peux même pas compter le nombre de fois que j'ai eu ce même sourire sur le visage en voyant papa arriver. Pour qu'il me soit arraché la fois suivante, quand il me laissait tomber.

Le match commence et je fais de mon mieux pour rester concentré sur mon petit frère, mais quand papa se lève et applaudit le tir à trois points que Flynn a marqué depuis l'aile, je craque. Comme s'il avait le moindre putain de droit d'être debout là et de faire comme si c'était le père de l'année, toujours fier et présent.

Quand je me plante devant papa, je suis conscient que Brogan crie mon nom et je vois bien les regards qu'on me lance, mais je suis animé par une force indescriptible qui me pousse à le faire sortir de ma vie et de celle de mon frère. Il n'a juste pas le droit de débarquer ici et de faire comme si tout allait pour le mieux dans le meilleur des mondes.

— Je ne veux pas causer de problèmes, Knox, dit-il en me voyant.

— Alors t'aurais pas dû te pointer ici.

— Flynn a l'air content de me voir. Il devrait avoir son père près de lui.

— Ouais, il devrait, acquiescé-je. S'il en avait un qui n'était pas une grosse merde.

Une femme se racle la gorge dans la rangée située au-dessus de papa.

— Qu'est-ce que tu fais ? demande Flynn, me prenant au dépourvu.

Il trottine le long de la ligne de touche en nous observant, papa et moi. Son regard exprime un mélange d'embarras et de colère. Je sens mon estomac se nouer. Ce regard n'est pas destiné à papa, mais à moi.

— Tout va bien. On discute juste. Retourne sur le terrain et montre à l'équipe adverse ce que tu as dans le ventre, d'accord ? lui assure papa.

Après un moment d'hésitation, Flynn court rejoindre le match.

La voix de Hendrick retentit derrière moi.

— Knox, laisse tomber. Il n'en vaut pas la peine.

Mon père serre la mâchoire en levant les yeux derrière moi et en regardant mon frère aîné.

Comme je ne bouge pas, Hendrick pose une main sur mon épaule. Je sais qu'il veut me rassurer, mais ça me hérisse le poil. Le seul contact que je veux sentir là, tout de suite, c'est mon poing contre la mâchoire de papa.

Je me retourne en serrant les poings le long de mon corps.

Pendant le reste de la première mi-temps, je suis impatient et compte les secondes qui me séparent du moment où je pourrai enfin sortir prendre l'air. Archer a suggéré qu'on s'en aille, mais il est hors de question que je le laisse me chasser ou me pousser à faire exactement ce pour quoi il est tristement connu. Flynn serait le seul à souffrir de notre départ.

— Qu'est-ce qu'on fait ? demandé-je en regardant Hendrick, parce que je suis incapable de réfléchir rationnellement.

Et je ne peux pas m'empêcher de revoir le regard de Flynn.

Est-ce qu'il est contrarié qu'on ait fait une scène ou est-ce qu'il a vraiment envie que papa soit là ?

— Je sais pas. On peut pas le forcer à s'en aller, dit-il.

— Malheureusement, ajoute Archer.

Papa s'approche de nous avant qu'on soit parvenus à prendre une décision.

— Content de vous voir, les garçons.

Je dois reconnaître qu'il a des couilles. Hendrick est le seul à lui répondre, en grognant quelque chose qui ressemble à « pourquoi t'es là ? » Il place une partie de son corps devant Jane, comme s'il voulait la protéger de l'être répugnant qui prétend être notre père.

Personne d'autre n'ouvre la bouche. Je serre la mâchoire tellement fort que je ne serais pas surpris de m'être cassé une molaire.

Il ne comprend pas le message, et au lieu d'aller se faire foutre, décide de reprendre la parole.

— Flynn est doué. Probablement le meilleur gamin de l'équipe. Il prévoit d'aller à l'université ?

J'ignore ce qui me met le plus en rogne. Le fait qu'il ne réalise que maintenant à quel point Flynn est doué ou qu'il pense avoir le droit de poser des questions sur son avenir alors qu'il a été absent des années. Il devrait déjà savoir tout ça, et bien plus encore. C'est lui qui aurait dû être sur le dos de Flynn pour s'assurer qu'il ait de bonnes notes, c'est lui qui aurait dû l'aider à chercher une université et à remplir les formulaires de demande de bourse scolaire.

Hendrick a eu la chance d'obtenir une bourse complète pour jouer au football américain. Archer et Brogan sont restés faire leurs études à Valley en partie parce que c'était moins cher. Je suis sûr qu'ils ne voulaient pas me laisser seul avec Flynn non plus.

Mais je veux que mon petit frère aille où bon lui semble. Il le mérite, car malgré son enfance difficile, il a hérité de ce que nous tous avons de meilleur.

— Pourquoi t'es ici ? lui demandé-je en serrant les dents.

— Pour la même raison que vous tous, j'imagine.

— Non.

Je secoue la tête avec détermination.

— On est ici pour soutenir Flynn. Toi, t'es là pour quoi faire ? Montrer que tu peux toujours débarquer quand tu veux et nous prendre pour des cons ?

Une lueur de honte traverse son visage si rapidement que je ne suis pas certain de l'avoir vue. Il a bien raison d'avoir honte. Quel genre d'homme abandonne ses enfants sans même leur envoyer une carte pour leur anniversaire ? Mon Dieu, j'étais tellement dévasté quand il promettait d'être là et finissait inévitablement par rompre sa promesse. Je ne peux pas rester là et le laisser faire ça à Flynn.

Il est gentil et mérite mieux que ça. Je veux tellement plus pour lui.

— Je veux juste voir mon fils jouer. C'est tout, dit-il.

—Mais tout ce que j'entends, c'est : « Je n'ai jamais été présent pour toi, ni pour Hendrick ou Archer, mais me voilà. J'ai trouvé le moyen de venir à un putain de match en dix-sept ans. Je suis pas génial ? »

— *Si c'est tout, alors après le match, tu repartiras et on ne te reverra plus jamais ici ?* signe Archer sans prononcer les mots à voix haute comme il le fait d'habitude.

J'ai presque envie de rire. Papa n'a jamais appris la langue des signes pour Archer, et je doute qu'il l'ait apprise depuis la dernière fois qu'on l'a vu. Où est-ce qu'il aurait trouvé le temps, avec tout son boulot et son rôle de gros connard de loser ?

Les dégâts causés par papa nous ont tous affectés différemment. Hendrick a essayé d'échapper à tout ça en partant tenter de construire sa vie autre part, ce qu'il a fait avant de décider que ce n'était pas ce qu'il voulait. Je suppose que j'ai géré ça en laissant ma haine me pousser à être aussi différent de lui que possible. Mais Archer n'a jamais fui et ne s'est jamais clairement rebellé. Je pense qu'il blâme en partie la disparition de papa après son accident, celui qui lui a fait perdre l'ouïe. Je me souviens encore assez de cette époque pour savoir que papa n'était pas très présent avant de toute façon, mais c'est vrai qu'il a commencé à s'absenter pendant de plus longues périodes après ça. Donc, pour Arch, je pense qu'être lui-même a toujours été sa façon ultime de lui dire d'aller se faire foutre.

— Il ne reviendra pas après ce soir, répliqué-je à sa place avant de lancer un regard noir à papa. N'est-ce pas ?

Son visage devient rouge et il ouvre la bouche comme s'il s'apprêtait à parler, mais il se ravise. L'équipe de Valley High revient sur le terrain au pas de course. Flynn nous observe en attrapant une balle de basket avant de se mettre à dribbler vers le panier sur lequel ses coéquipiers ont commencé à tirer.

Sans un mot, papa s'en va. Je sais que s'attendre à ce qu'il quitte le bâtiment est trop demander, mais on reprend tout de même notre souffle.

Brogan écarquille les yeux de manière presque comique et pousse un énorme soupir.

— Eh bien, c'était gênant. Ça va, les gars ?

Arch hausse les épaules.

— Moi, ça va.

Hendrick n'a pas l'air très calme, mais il hoche la tête et passe un bras autour de Jane.

— Je vais aller marcher un peu, dis-je.

— Ne t'en prends pas à lui, m'ordonne Hendrick.

— Je n'en ai pas l'intention.

Même si j'en ai envie. Je marche vers les vestiaires. Il y a une porte de secours qui donne sur le parking, et qui, plus important encore, se trouve dans la direction opposée à celle dans laquelle est parti papa.

Je sors mon téléphone sans même m'en rendre compte. Je tape sur le nom d'Avery et commence à écrire un texto : **Devine qui s'est pointé au match ?** 😊😊, mais je l'efface aussitôt. Elle a ses propres problèmes à régler et je suis sûr qu'elle est fatiguée d'entendre les histoires larmoyantes de ma relation avec mon père.

MOI

Comment se passe l'entraînement ? Ça te manque de me regarder faire le poirier ?

Je fais les cent pas sur le parking en attendant sa réponse. Mon cœur bondit quand j'entends la notification indiquant que j'ai reçu un nouveau message. C'est un selfie d'elle sur la poutre.

AVERY

Si tu me demandes si ça me manque de te voir torse nu, alors la réponse est oui.

Un petit rire s'échappe dans la nuit et, contre toute attente, je souris.

Quand je retourne au gymnase, la deuxième mi-temps vient à peine de commencer. Je m'arrête et reste debout près du mur pour regarder l'action qui se déroule devant moi. Flynn intercepte le ballon et s'élance à toute vitesse à l'autre bout du terrain. Les autres joueurs sprintent pour tenter de le rattraper, mais il arrive au panier le premier, saute incroyablement haut et marque avec style.

Ce qui se passe ensuite semble se dérouler au ralenti. L'un des joueurs de l'autre équipe fait un dernier effort pour l'arrêter.

Il saute, mais Flynn est déjà en train de redescendre et ils entrent en collision dans les airs. Les jambes de mon frère se dérobent sous son corps et il tombe sur son bras droit.

Je cours sur le parquet avant même qu'il touche le sol. Flynn pousse un cri guttural et le gymnase plonge dans un silence sinistre.

38

KNOX

Brogan me tend une tasse de café infect qui provient de la cafétéria.

— Non merci.

Je secoue la tête et continue de faire les cent pas dans la salle d'attente, sans croiser le regard de qui que ce soit.

Les sièges sont occupés par les coéquipiers de Flynn et les parents qui les ont accompagnés. Son entraîneur est là aussi. Et puis il y a nous tous. Hendrick et Jane sont assis en silence, Archer et Brogan s'affairent autour du distributeur automatique, et papa est assis aussi loin de moi que possible. Sage décision.

Je ne me souviens pas très bien des instants qui ont suivi la blessure de Flynn. J'avais l'impression d'être dans un cauchemar quand ils l'ont aidé à quitter le parquet. Un seul coup d'œil à son coude nous a suffi pour comprendre qu'il était cassé. Je l'ai conduit à l'hôpital, où il a été pris en charge sur le champ. La seule information qu'on a eue pour le moment, c'est qu'il devait être opéré de toute urgence. Opéré. J'avale la boule coincée dans ma gorge.

Un murmure discret gronde dans la salle d'attente tandis qu'on fait tous de notre mieux pour faire passer le temps. Je compte les carreaux au sol, en marchant dessus un par un. Treize, quatorze, quinze.

Les portes coulissantes s'ouvrent tout à coup avec un bourdonnement électronique, suivi de coups de klaxon et du clapotis régulier de la pluie sur l'asphalte. Elle s'arrête dans l'embrasure de la porte. Le regard inquiet d'Avery balaye la pièce jusqu'à ce qu'elle me trouve, puis elle se précipite vers moi. Je suis incapable de bouger, mais quand ses bras m'enlacent, je fonds dans son étreinte.

Elle glisse ses doigts entre les miens et me guide vers une chaise avant de s'asseoir près de moi.

— Vous avez eu des nouvelles ? demande-t-elle.

— Pas encore.

— Je suis tellement désolée !

Elle serre ma main.

— Flynn est un coriace. Il s'en sortira.

Il s'en sortira, mais est-ce qu'il sera capable de reprendre le sport ? Personne n'a abordé le sujet pour le moment, mais je sais que les autres se posent la même question. Il s'est cassé le coude droit. Son bras de lanceur. J'ignore ce que ça veut dire pour lui aujourd'hui ou dans l'avenir, mais j'ai l'impression que tout ce qui est bon dans ma vie me file entre les doigts comme du sable et que je ne peux rien faire pour l'empêcher.

L'entraîneur de Flynn se lève, se sert une tasse du café infect de la salle d'attente, puis se dirige vers papa. Le médecin fait pareil, supposant que c'est lui le responsable de Flynn. Quelle putain de blague !

— Je me sens tellement impuissant ! dis-je à Avery.

Je remue la jambe avec une énergie frénétique que j'ai besoin d'évacuer.

— J'aimerais être là-bas à sa place.

— Je sais, répond-elle.

Je la regarde enfin. La regarde vraiment. Un jogging noir

enfilé par-dessus un justaucorps rose, des baskets, les cheveux relevés en une queue de cheval en bataille.

— T'avais pas besoin de quitter l'entraînement plus tôt pour venir ici.

— C'est pas ce que j'ai fait, dit-elle rapidement avant de m'adresser un sourire penaud. D'accord, c'est ce que j'ai fait. Mais j'aurai tout le temps de me prendre la tête sur mon enchaînement demain.

On est assis là, main dans la main, sur des chaises en plastique bon marché, dans la pièce faiblement éclairée et imprégnée d'une odeur de café brûlé. Je me surprends à penser qu'elle est la seule chose qui m'évite de perdre pied.

Le médecin revient et la famille se rassemble autour de lui pour entendre les nouvelles de Flynn. Papa nous rejoint, mais Avery aussi et elle serre ma main encore plus fort.

Il explique en termes médicaux compliqués ce qui a été cassé et comment il l'a réparé. Dans des circonstances normales, je serais pendu à ses lèvres et demanderais toutes sortes de précisions pour comprendre exactement ce qu'il s'est passé, mais je suis consumé par le besoin de voir Flynn et de m'assurer de mes propres yeux que tout va bien.

— On peut le voir ? demandé-je finalement lorsque le médecin a fini de parler.

— Oui, mais faites vite. Il est groggy et a besoin de se reposer. Sa douleur est sous contrôle pour l'instant, mais il va beaucoup souffrir au cours des prochaines vingt-quatre heures. Je veux le garder au moins pour cette nuit. Si tout va bien demain matin, vous pourrez le ramener à la maison.

— Je vais prévenir les autres, dit Brogan en faisant un geste de la main vers les coéquipiers et l'entraîneur de Flynn, qui nous regardent tous avec inquiétude.

Le reste d'entre nous pénètre dans la salle de réveil avec une infirmière. Enfin, presque tous. Papa disparaît en chemin. Il a probablement peur de devoir payer les frais d'hôpital.

Flynn est encore sous l'effet des médicaments. Il sourit et dit en blaguant qu'il ne pourra pas signer d'autographes pendant quelques mois.

On le serre dans nos bras à tour de rôle et on lui offre des mots de réconfort insignifiants. Quand vient mon tour, il arrive à peine à garder les yeux ouverts.

— Je vais foncer à la maison te chercher des fringues propres. Tu veux autre chose ? dis-je avec la gorge serrée.

Il ferme les yeux et secoue la tête.

Dans le parking, Avery, les bras enroulés autour de sa taille, marche à côté de moi.

— Tu veux que je vienne avec toi ?

J'ai envie de dire oui, mais je sais qu'elle ne peut rien faire, et ce n'est pas comme si j'allais être de très bonne compagnie. Flynn a besoin de moi et c'est ce sur quoi je dois me concentrer.

— Non, ça va. Je vais juste prendre ses affaires et je reviendrai passer la nuit ici. Je suis désolé de devoir annuler nos projets.

— Non, c'est normal. Il faut que tu restes avec lui.

On s'arrête devant sa Bronco.

— Est-ce qu'il pourra encore être lanceur ? lui demandé-je.

Je n'ai confiance qu'en son jugement. Elle a vécu la même chose. Pas ça exactement, mais elle a subi une blessure traumatisante et s'en est remise. Si elle dit que Flynn peut y arriver, alors je la croirai.

— Je ne sais pas, répond-elle tandis qu'une partie de mes espérances se liquéfient à mes pieds.

Elle me prend la main et accroche nos auriculaires.

— Mais s'il est aussi borné que son grand frère, je pense qu'il a de bonnes chances de retrouver son niveau.

Je prends une inspiration profonde, mais ma poitrine reste comprimée.

— Hé, dit-elle en balançant nos mains jointes. J'ai rien de prévu pour le reste de la soirée. Je pourrais aller chercher à manger et te rejoindre ici pour te tenir compagnie.

Un sourire recourbe mes lèvres. Elle ne réalise pas à quel point cette idée m'emballe, mais rester assis à l'hôpital pendant que je m'occupe de mon petit frère n'est pas exactement la soirée qu'on avait prévue de passer ensemble.

— Ça va. Je ne suis probablement pas de très bonne compagnie en ce moment et je sais que t'as cours demain.

— Si tu changes d'avis ou si t'as besoin de quoi que ce soit, je serai pas loin, réplique-t-elle après une légère hésitation.

Je hoche la tête et elle se retourne pour ouvrir la portière de sa voiture.

— Avery.

Ma voix est basse, mais elle s'arrête et jette un coup d'œil par-dessus son épaule.

— Merci d'être là.

39

AVERY

Knox m'a envoyé un texto ce jeudi pour me remercier encore une fois d'être venue hier soir et me dire que Flynn est rentré à la maison. Il ne m'a pas demandé de passer et n'a pas mentionné non plus son départ imminent. Je lui ai proposé d'apporter à manger ou de l'aider à s'occuper de Flynn, mais il m'a répondu qu'ils avaient les choses en main. C'est tout.

Je sais qu'il a beaucoup de choses à gérer, mais je veux être là pour lui. Je veux qu'il me laisse m'approcher pour que je puisse alléger son fardeau.

Mais débarquer à l'improviste ne me semble pas être la bonne chose à faire, alors je lui envoie un autre texto pour lui dire de ne pas hésiter à me contacter s'il changeait d'avis.

Je ne peux pas le forcer à me faire une place ou à avoir besoin de moi. Et je ne peux pas le forcer non plus à lui manquer autant qu'il me manque. Il n'est même pas encore parti, et j'ai déjà l'impression de l'avoir perdu.

Bien sûr, on a passé du temps ensemble cette semaine, mais il est distant depuis que j'ai ouvert ma grande bouche et lui ai dit que je voulais plus que de coucher ensemble quand on se retrouverait dans la même ville.

J'ai ma réponse, même s'il ne l'a pas formulée explicitement. Se voir de temps en temps après avoir passé quasiment tous les jours ensemble serait une torture. C'est déjà une torture. Je suis tombée raide dingue de lui. Knox Holland, avec ses manières brusques et son caractère épineux, a conquis mon cœur, même s'il essaie de me le rendre un peu plus tous les jours.

J'ai déjà ressenti le manque de certaines personnes. Des ex, des coups de cœur, des grand-tantes décédées que je n'avais jamais vraiment connues. Mais la douleur qui me déchire la poitrine quand je m'imagine ne plus jamais revoir Knox est quelque chose qui m'est totalement inconnu.

Dans les films, il y a toujours une scène où l'héroïne a le cœur brisé ou vit un moment difficile. Elle se goinfre de pots de glace et s'enferme dans sa chambre en portant le même pull plusieurs jours d'affilée.

Je suis une experte dans l'art de m'apitoyer sur mon sort, mais avec tout ce qui est arrivé à Flynn et à Knox, je ne vois pas comment je pourrais faire la victime. Je suis en bonne santé. J'ai des parents qui m'aiment et je peux toujours faire la chose que j'aime le plus au monde, même après une blessure qui aurait dû m'en empêcher.

Donc, je ne pleure pas, je n'avale pas de quantités astronomiques de sucre, je ne relis pas tous les textos que Knox et moi avons échangés et je ne me repasse pas chaque moment passé ensemble. OK, je suis coupable des deux dernières choses, mais je ne vais pas plus loin. Ensuite, je consacre toute mon énergie à mon entraînement.

Ou du moins, j'essaie. Je suis allongée sur la poutre, les yeux rivés au plafond. Ça a toujours été mon endroit préféré, mais aujourd'hui, il ne m'apaise pas autant que d'habitude.

Je secoue la tête pour m'éclaircir les idées et pousse sur mes bras pour me mettre en position de poirier. J'ai une nouvelle sortie à peaufiner et une autre compétition dans deux semaines.

Si je cherchais la distraction idéale, la coach Weaver me l'a offerte.

— T'as l'air un peu endormi ce matin, Ollie, me dit Tristan en se pavanant devant moi.

Irritée, je sens mes poils se hérisser et je jurerais apercevoir un sourire sur son visage alors que j'entame le premier mouvement de mon enchaînement.

La douleur sera toujours là plus tard, mais pour le moment, je suis prête à me mettre au boulot.

40

KNOX

— Flynn !

Je frappe à la porte de sa chambre en appelant son nom.

— Il n'est pas sorti depuis qu'on est rentrés de cours il y a une heure, dit Brogan depuis le canapé sur lequel Archer et lui semblent avoir arrêté de jouer à la console pour faire leurs devoirs.

— Il n'est pas sorti de toute la journée, dis-je en m'affalant sur une chaise dans le salon.

Je le sais parce que j'essaie de le faire sortir depuis le petit-déjeuner.

— Le bon côté, rien de grave ne peut arriver là-dedans, dit Brogan.

Mon portable vibre dans ma poche. Je l'attrape et presse « ignorer » pour rejeter l'appel. Archer m'observe tandis que je pose le téléphone sur ma cuisse, l'écran tourné vers le bas.

— Quand est-ce que tu pars au Nouveau-Mexique ? demande-t-il.

— Je ne sais pas encore.

Brogan et lui échangent un regard qui s'interrompt à l'entrée de Hendrick par la porte du garage.

Il nous voit tous les trois et jette immédiatement un coup d'œil vers la chambre de Flynn.

— Comment il va ?

— Pareil, dit-on à l'unisson.

Hendrick tourne son attention vers moi.

— Je pensais que le pick-up serait déjà chargé. À quelle heure tu pars ?

Je hausse les épaules.

— Je leur ai dit que j'avais besoin de plus de temps.

Le lendemain de l'accident de Flynn, j'ai appelé ma nouvelle équipe pour leur dire que je ne pourrais pas être là avant vendredi. C'était il y a cinq jours.

J'avais vraiment l'intention de partir, mais même si le coude de Flynn finira par guérir, il est découragé. Il n'a toujours aucune certitude quant à son avenir, et pendant que le reste de son équipe poursuit sa saison — l'un de ses coéquipiers a même signé une lettre d'intention pour rejoindre le programme de basket de l'une des facs favorites de Flynn —, mon frère broie du noir dans sa chambre.

Burt a appelé deux fois aujourd'hui pour prendre de mes nouvelles, mais je ne sais pas encore quoi lui dire, alors je l'ignore jusqu'à ce que j'aie une réponse. Rien d'autre ne compte.

— Tout est sous contrôle ici, dit Hendrick en plaquant ses mains sur ses hanches. J'ai du monde au bar. Je peux rester à la maison avec Flynn et l'emmener à ses rendez-vous.

— Je pars pas. Tout ira bien. Je peux continuer de m'entraîner ici et rejoindre l'équipe dans un mois ou deux.

Même si je ne suis pas allé sur la piste depuis près d'une semaine, c'est vrai que je pourrais reprendre mon entraînement ici.

— Knox !

C'est la voix d'Archer qui s'élève.

— Y faut que t'y ailles. Hen a raison. On a tout sous contrôle ici.

Je secoue la tête, mais je ne sais pas trop quoi dire pour qu'ils comprennent.

— J'apprécie, mais c'est logique que ce soit moi. Ça a toujours été logique que ce soit moi.

Archer fronce les sourcils.

— Pourquoi il faut que ce soit toi ?

— Hendrick a le bar et Jane, vous deux, vous avez le football et les cours. Flynn et les courses, c'est tout ce que j'ai.

La vérité que révèlent ces mots me serre la gorge. Le visage d'Avery me traverse furtivement l'esprit, mais je ne suis pas certain de toujours l'avoir. On s'est à peine parlé depuis l'accident de Flynn. C'est ma faute et je le sais, mais le poids de mes responsabilités m'a rappelé pourquoi je ne m'étais jamais autant impliqué avant.

— T'auras toujours ces deux choses, mais tu risques beaucoup en restant ici, dit Arch.

Les autres hochent la tête.

— Je m'en fous.

D'habitude, Arch cède assez facilement, mais pas cette fois-ci.

— Je sais que tu ferais n'importe quoi pour Flynn. Tu l'as prouvé plus de fois que je peux le compter. On aurait tous dû t'aider davantage dans le passé, mais on ne l'a pas fait. On peut le faire maintenant. Il faut juste que tu nous laisses t'aider.

— Je me fous de tout ça, répliqué-je sincèrement. Je ne vous en veux pas du tout. Mais je ne peux pas l'abandonner maintenant. Pas alors qu'il a vraiment besoin de moi.

— Tu ne l'abandonnes pas.

Le visage de Hendrick s'assombrit et je sens mon estomac se nouer.

— Tu penses que le fait de t'en aller te rendra comme papa.

Mes oreilles sifflent quand j'entends ces craintes exprimées à voix haute. Ça semble stupide. Peut-être que ça l'est. Mais Flynn devrait avoir quelqu'un qui soit toujours présent pour lui, même si ce n'est pas son père.

— T'as quitté l'école, trouvé un travail, payé les factures, appris à cuisiner et à faire nos putains de lessives. T'as emmené Flynn à l'école, t'es venu le chercher, tu lui as acheté des vêtements et t'as fait plein d'autres trucs dont je ne sais probablement rien. Tu t'es assuré qu'il ne manque de rien...

La voix de mon frère aîné s'éteint.

— Et alors ?

— T'es pas lui. Tu ne pourras jamais être lui.

Pas aujourd'hui, mais combien de fois est-ce qu'on peut laisser tomber quelqu'un avant qu'il ne cesse de vous chercher ?

J'ouvre la bouche pour protester, mais la voix de Flynn retentit dans la pièce.

— Il a raison.

Je me lève et me tourne vers lui. Ses cheveux roux-marron sont ébouriffés et je pense qu'il n'a pas changé de vêtements depuis plusieurs jours. L'écharpe qui soutient son bras droit le maintient près de son corps. Pendant l'année, il a commencé à s'épaissir un peu et il est maintenant un mélange étrange d'homme et de jeune garçon. D'un côté, je suis soulagé qu'il soit sur le point d'obtenir son diplôme et de devenir un adulte, mais d'un autre côté, je suis triste et inquiet de le voir commencer à prendre lui-même toutes les décisions qui le concernent et ne plus avoir besoin de moi.

— T'as vraiment fait beaucoup pour moi et je t'en serai toujours reconnaissant, mais que tu restes ici ne va pas guérir mon coude plus vite. Je t'ai ralenti pendant bien trop longtemps. S'il te plaît, ne perds pas une autre équipe à cause de moi.

— Ton coude ira bien, lui dis-je en voyant une lueur d'incertitude dans ses yeux. Et je veux être là pour toi. C'est pas un fardeau. *Tu* n'es pas un fardeau.

Il remue les pieds et n'ose pas me regarder dans les yeux, alors j'avance vers lui et baisse la tête pour le forcer à me regarder.

— Tu m'entends ? T'es pas un putain de fardeau.

— Mais t'aurais quitté Valley il y a des années si j'étais pas là.

Sa voix trahit une sorte de lamentation d'ado.

— Peut-être, mais t'es ma famille. Je ferais n'importe quoi pour toi.

— Alors fais ça pour moi, dit Flynn d'une voix fébrile. Je ne supporte pas l'idée que tu rates cette opportunité. T'es né pour ça. Personne ne le mérite plus que toi.

Je l'entends. Je les entends tous, mais je suis toujours réticent à partir.

— C'est ce qu'on veut tous, dit Archer.

Il s'approche de notre plus jeune frère et passe délicatement un bras autour de son cou, en évitant de bousculer son bras blessé.

— On t'enverra des nouvelles de Flynn toutes les heures si tu veux.

Brogan se frotte les mains.

— J'adore l'idée de voir le chat de groupe reprendre vie. Nouveau nom de groupe : « Nouvelles de Bébé Holland ».

Hendrick secoue la tête et rit. Le son de son rire dissipe la tension dans la pièce.

Ils me regardent tous avec impatience. Une énergie à la fois anxieuse et excitée bouillonne sous ma peau.

— Vous êtes sûrs ? leur demandé-je. Je peux repousser mon départ d'une semaine, voire deux, ou je peux voir si je peux m'entraîner à Valley à plein temps.

D'autres gars l'ont fait. Je pourrais embaucher quelqu'un pour m'aider à m'entraîner et rester en contact avec mon équipe en visio. En supposant qu'ils acceptent. Ça voudrait dire moins de temps avec mes entraîneurs et mes coéquipiers, mais je pourrais m'en sortir.

— Sûrs à cent pour cent, dit Hendrick.

Archer et Brogan hochent la tête. Je me tourne vers Flynn.

— Cent pour cent, répète-t-il.

— Si quelque chose arrive ou si vous changez d'avis. Si vous avez besoin de quoi que ce soit...

— On t'enverra un texto, m'interrompt Archer.

— « La ligne d'urgence des frères Holland », propose Brogan comme autre nom pour le groupe, avec un sourire aux lèvres.

— On gère. Va botter des culs.

Hendrick s'approche de moi et me serre dans ses bras.

Brogan le rejoint une seconde plus tard.

— « Les câlins et bisous des frères Holland », propose-t-il à son tour.

J'entends Archer ricaner dans sa barbe en venant se placer de l'autre côté de mon corps.

— Si tu m'embrasses, je te fous un coup de pompe dans les couilles, lui murmure Hendrick.

Puis Flynn passe doucement son bras valide autour de mes épaules.

J'arrive au Nouveau-Mexique un mardi après-midi. J'ai passé les cinq heures de route à me demander si j'ai pris la bonne décision et j'ai été à deux doigts de faire demi-tour. La seule chose qui m'en a empêché, c'est d'entendre la voix de Flynn me répéter que j'étais né pour ça. J'espère qu'il a raison.

J'ai beaucoup de temps à rattraper et ma nouvelle équipe ne perd pas une seconde. Les jours se succèdent, entre les entraînements et les réglages de ma moto. Burt a formé un groupe formidable. On s'entend très bien et on est tous sur la même longueur d'onde sur plein de choses. Ça me donne beaucoup d'espoir pour la saison qui arrive.

La nuit, quand j'ai enfin l'occasion de prendre un moment pour moi, j'appelle Flynn et prends des nouvelles de tout ce qui se passe à Valley.

— C'est tellement frustrant d'être sur le banc ! me dit-il tard ce vendredi soir.

Mes yeux brûlent de fatigue.

— Je veux juste être sur le terrain. On a perdu de deux points. Deux !

La saison touche à sa fin et il ne sera pas de retour à temps pour aider son équipe. Je sais à quel point c'est difficile.

— La saison de baseball va bientôt commencer.

— Ouais, dit-il en hochant la tête. Comment ça va là-bas ?

— Bien, répliqué-je rapidement. Fatigant.

— C'est la première semaine. Serre les dents.

Mon petit frère m'offre un grand sourire.

Je ris doucement et passe une main dans mes cheveux emmêlés.

— Ouais, clairement. J'ai besoin d'une douche et d'une nuit de sommeil.

— Il est quelle heure là-bas ?

— La même heure qu'à Valley.

Il hausse les sourcils.

— Il est encore tôt.

— Pas quand t'es réveillé depuis cinq heures.

— Bon, je vais te laisser, l'ancien. Je vais retrouver des amis pour fêter l'admission de Charlene à Stanford.

— Hendrick t'emmène ?

— Non, mes potes passent me chercher.

Il se met déjà à s'affairer dans sa chambre comme s'il se préparait à partir.

— Amuse-toi bien. Fais attention à toi. Je t'appelle demain.

Dès qu'on raccroche, je fais défiler mes messages non lus. Le chat de groupe, actuellement intitulé « **Brogan, ARRÊTE de changer le nom du groupe** », contient plusieurs nouveaux messages.

> ARCHER
>
> Grosse nouvelle concernant Flynn : il a pris une douche !
>
> BROGAN
>
> Je crois que j'ai senti un peu d'eau de Cologne.
>
> HENDRICK
>
> Un peu ? Je la sens depuis le garage.

Je souris en tapant une réponse.

> MOI
>
> Dis-leur d'aller se faire foutre, petit frère.
>
> FLYNN
>
> Vous êtes juste en rogne parce que vous êtes vieux.
>
> BROGAN
>
> Oh putain, il m'a traité de vieux !

J'ai d'autres textos. De la part de Colter et Oak, et même de Brooklyn. Ils sont au Texas ce week-end et ça me fait bizarre de ne pas être avec eux. Je ne pense pas pouvoir m'entraîner au freestyle avec mon emploi du temps actuel.

Après avoir envoyé quelques réponses, mon regard tombe sur le numéro d'Avery. Elle était là pour moi quand j'avais besoin d'elle, et ça compte plus que je ne pourrais le dire. Je ne suis pas doué pour accepter de l'aide, mais savoir qu'elle était prête à être là pour moi a suffi à alléger la pression.

J'ai pensé à lui envoyer un message plus de fois que je ne peux le compter.

Je suis parti sans lui dire au revoir et ça me pèse. Ça m'a juste semblé trop définitif.

J'aimerais que les choses soient différentes et pouvoir être à deux endroits à la fois. Bien sûr, je veux continuer à la voir, mais elle mérite mieux que des miettes de mon temps et de mon énergie. Elle pense que ça lui convient pour l'instant, mais je sais à quel point ça fait mal d'être celui ou celle qui passe son temps dans l'attente. Elle pourra peut-être vivre avec ça pendant un moment, mais elle finira par être déçue.

Et en attendant, je m'en voudrais de ne pas l'avoir protégée de cette sensation. Mais peut-être qu'on peut quand même se voir quand je suis à Valley. Je prévois d'y retourner presque tous les week-ends jusqu'au début de la saison. Si tout se passe bien, on pourra se voir à ce moment-là. Ce sera comme avant.

Cette pensée me provoque une petite étincelle d'espoir qui se propage dans mon cœur comme un feu de forêt.

Je serai à la maison le week-end prochain. Je prendrai des nouvelles de mes frères, puis je lui enverrai un texto pour voir si elle est libre.

Je m'allonge sur mon lit, en me sentant tout de suite déjà apaisé par mon plan. Tout ce que j'ai à faire maintenant, c'est de tenter de survivre sept jours de plus sans la voir.

41

AVERY

Vendredi, Quinn me convainc de sortir de la maison et d'aller sur la piste pour passer du temps avec Colter et ses potes. Ils ont donné leur dernière grande représentation le week-end dernier et vont faire une pause de quelques semaines avant d'organiser des événements plus modestes et de participer à des shows de Supercross.

Quelques pilotes font des figures, d'autres sont assis sur leurs motos et discutent en groupe. Colter est assis avec Quinn et moi à l'arrière de son pick-up. Oak a troqué son moto-cross pour un skateboard et en fait devant nous pendant que Colter et lui réfléchissent à des figures de groupe.

— Colter a dit que Knox aimait beaucoup sa nouvelle équipe, me dit Quinn en me donnant un petit coup de coude.

— C'est une bonne chose.

J'ai l'estomac noué quand j'entends son nom, mais je garde soigneusement mes émotions pour moi. Ce n'est pas comme si je parvenais à tromper qui que ce soit, encore moins Quinn.

— Il a aussi dit..., commence-t-elle mais je me penche vers elle et lui serre le bras lorsque l'objet de notre conversation apparaît.

Mon cœur s'arrête. Mon Dieu, il m'a manqué !

Il porte son uniforme classique : un jean et un t-shirt noir sous sa veste en cuir. Depuis combien de jours je ne l'ai pas vu ? Je ne sais pas, mais j'ai l'impression que la réponse s'approche d'un million.

— Knox !

Colter saute de l'arrière du pick-up pour le saluer, et les autres pilotes se rassemblent autour d'eux.

Il lève les yeux du groupe et croise mon regard en continuant de discuter. La nuée de papillons qui m'agite l'estomac s'approche dangereusement près de mon bas-ventre.

— Tu savais qu'il était de retour ? demande Quinn.

— Non. On ne s'est pas parlés, répliqué-je en détournant les yeux de lui.

Ça me fait mal qu'il soit revenu sans même prendre le temps de m'envoyer un texto pour me le dire. Presque autant que lorsqu'il a quitté Valley sans un mot.

— Tu vas pas aller le saluer ? demande Quinn avec un grand sourire. Il n'arrête pas de regarder par ici.

Avant que je puisse répondre, il tape sur l'épaule d'un des gars et se dirige vers moi.

— Oh, je pense que c'est le moment que j'aille faire un tour, murmure ma meilleure amie avant de sauter du hayon.

Dans sa fuite, elle passe rapidement devant Knox, lui fait un petit signe de la main et lui lance un « Salut ! » sans s'arrêter.

Je descends du pick-up lorsqu'il s'arrête devant moi.

— Salut !

— Salut, princesse !

J'entends un peu de taquinerie dans sa voix et ça me va droit au cœur.

On s'approche l'un de l'autre. Je m'arrête juste avant de le serrer dans mes bras, mais c'est lui qui fait le premier pas et m'enlace tendrement. Cuir, savon et un soupçon d'eau de Cologne.

— Qu'est-ce que tu fais ici ? lui demandé-je, un peu essoufflée et nerveuse, en m'écartant de lui avant de croiser les bras sur mon ventre.

— Colter m'a dit que les gars traînaient ici ce soir et que t'étais là.

Je jette un coup d'œil vers Quinn. Elle nous observe, Knox et moi, avec un sourire hésitant. Son copain est désormais sur ma liste noire. Il n'aurait pas pu me prévenir ?

— Je voulais dire à Valley. Je croyais que t'étais au Nouveau-Mexique.

— J'y étais.

Il hoche la tête.

— Je suis juste rentré pour le week-end. Flynn a son dernier match à domicile demain soir. Bien sûr, il ne pourra pas jouer, mais je voulais pas manquer l'occasion de le voir entrer sur le terrain pour la dernière fois.

— Je suis sûre que ça compte beaucoup pour lui que tu sois venu. Comment va son coude ?

— Mieux. Ses médecins disent qu'il fait beaucoup de progrès. Il pourra peut-être lancer un peu pendant la saison de baseball.

— Je suis vraiment contente de l'entendre.

— Merci de nous avoir recommandé un rééducateur physique. Flynn m'a dit que t'avais appelé pour lui.

— Oh, c'était pas grand-chose. John s'est occupé d'une partie de ma rééducation pour mon genou.

— Il t'en est très reconnaissant, et moi aussi.

— De rien.

Un silence gênant s'installe entre nous, puis le bruit ambiant envahit notre petite bulle. Je fais un signe de tête vers la piste, où l'un des pilotes réalise une figure que j'ai vu Knox s'entraîner à faire récemment.

— Ça te manque pas, tout ça ?

— Ça me manque pas mal, en fait, répond-il. Et toi aussi.

Mes poumons sont tellement contractés que j'ai du mal à respirer. Ses paroles sont un soulagement mais me font quand même souffrir. Je surmonte mon malaise et lui offre un sourire. C'est Knox. Peu importe comment les choses se sont terminées entre nous, je veux au moins qu'on puisse rester amis. Ou du moins en bons termes.

— Ouais, tu me manques aussi, mais j'ai entendu dire que t'aimais beaucoup ta nouvelle équipe.

— Ouais, c'est vrai.

Il hoche à nouveau la tête.

Brooklyn et un autre motard qui était sur la piste quand Knox est arrivé nous rejoignent. Ils le saluent et le bombardent immédiatement de questions. Très vite, presque tout le monde s'est rassemblé autour de lui.

Quinn se place à côté de moi et me prend la main avant de la serrer légèrement.

— Ça va ? me murmure-t-elle.

— Ouais, répliqué-je.

Pendant les deux heures qui suivent, Knox est constamment entouré de personnes qui veulent lui parler. Je traîne avec Quinn jusqu'à environ onze heures, à ce moment-là, la plupart des gens ont arrêté de rouler et s'enfilent des bières.

— Je crois que je vais y aller, lui dis-je.

— Non. Déjà ? demande-t-elle en me serrant dans ses bras.

— Ouais. Je dois me lever tôt.

Je lui adresse mon sourire le plus désinvolte, qu'elle interprète sans hésiter comme « Oui, je fuis Knox parce que je suis amoureuse de lui. »

— Envoie-moi un texto quand t'arrives pour que je sache que t'es bien rentrée.

— Promis.

Je fais un signe de main à Colter. Personne d'autre ne remarque vraiment mon départ. Tout le monde est sympa, mais pour la plupart d'entre eux, je reste l'amie de la copine de Colter. Knox est en train de discuter avec Brooklyn et me tourne le dos. Je me demande si je dois lui dire au revoir, mais je décide finalement que c'est mieux que de m'éclipser comme une voleuse. J'aimerais vraiment qu'on puisse se voir et papoter sans que ça soit bizarre. Ce n'est pas pour aujourd'hui, mais peut-être un jour.

— Hé ! dis-je en entrant dans son champ de vision.

Brooklyn me sourit poliment, puis s'éloigne en prétextant devoir aller chercher un autre verre.

— Hé !

Le sourire de Knox est plus large que celui qu'il m'a adressé tout à l'heure. Il semble presque plein d'espoir lorsqu'il se tourne vers moi.

— Je m'apprête à partir, mais je voulais te dire au revoir.

Son sourire s'assombrit.

— Tu pars déjà ?

— Ouais. Mais c'était sympa de te voir. Je suis vraiment contente que tout se passe bien. On se verra à l'occasion.

Je m'éloigne rapidement. Je sens les larmes gonfler dans mes yeux et je refuse de pleurer ici.

— Attends, dit-il en se précipitant devant moi. Tu vas où ?

— Chez moi.

— Tu veux peut-être un peu de compagnie ? dit-il tandis que sa bouche dessine un sourire en coin. J'ai presque pas pu te parler. J'ai pas arrêté de penser à toi depuis que je suis parti.

Mon cœur s'arrête et s'emballe.

— Je dois me lever tôt demain. On a une compétition

dimanche, donc il faut qu'on s'entraîne le matin pour répéter nos enchaînements.

— Je comprends. C'est à Valley ?

— Ouais. C'est notre première compétition à domicile.

Je suis à deux doigts de l'inviter, mais je sais qu'il doit rentrer au Nouveau-Mexique.

— Et demain après-midi ? T'es libre après l'entraînement ?

Ce serait tellement facile de dire oui et de retomber dans notre ancienne routine, mais ensuite, il partira et j'aurais le cœur brisé une fois de plus.

— Je pense pas que ce soit une bonne idée, lui dis-je en baissant les yeux. Tu m'as manqué aussi et, bien sûr, j'aimerais passer du temps avec toi, mais après ?

— Je sais pas, admet-il. J'ai pas tout prévu dans ma tête, mais je sais que je veux te voir quand je peux. Je serai de retour presque tous les week-ends. Les choses n'ont pas besoin de changer.

Il tend la main et accroche son petit doigt au mien.

— C'est ça, le problème. Je ne veux pas me contenter de passer du temps avec toi quand nos emplois du temps le permettent. Je veux dire, je veux ça, mais c'est pas tout ce que je veux. Je veux *plus*. Je te veux tout le temps, même quand on n'est pas ensemble.

— Tu crois que c'est ce que tu veux, mais qu'est-ce qui se passera si t'en as ras le bol d'avoir un copain qui n'est là qu'un week-end sur deux ? Ce serait beaucoup de pression pour nous deux. Ce qu'on a est sympa. Pourquoi tout gâcher ?

Je prends une profonde inspiration et plonge le regard dans ses magnifiques yeux noisette.

— Parce que je suis amoureuse de toi, Knox.

Je vois immédiatement une vague de panique traverser son visage. Est-ce qu'il est vraiment si surpris ?

— Je..., commence-t-il avant de s'interrompre.

Il serre la mâchoire et déglutit péniblement.

— T'as pas besoin de répondre quoi que ce soit. Je sais que tu ne ressens pas la même chose et que tu ne veux pas d'une relation de couple. L'une des choses que j'admire le plus chez toi, c'est ton honnêteté depuis le début avec moi. Mais si *je* suis honnête, je peux pas continuer à coucher avec toi en faisant semblant que c'est ce que je veux. Je sais que j'ai dit que je voulais pas d'une relation de couple non plus, et j'étais sincère quand je l'ai dit. Mais à un moment donné, je suis tombée amoureuse de toi, et très fort.

— Avery !

Sa voix se brise quand il prononce mon prénom.

— C'est pas grave, dis-je pour le soulager.

Savoir qu'il ne partage pas mes sentiments est une chose, mais l'entendre me briserait le cœur.

— Je dois y aller.

Je fais un pas, puis m'arrête pour le regarder. Il a le front plissé et a l'air... perdu.

— C'était vraiment sympa de te voir. Bonne chance au Nouveau-Mexique.

42

KNOX

Le gymnase du lycée Valley High est bondé ce soir. Hendrick et moi, on échange un regard en entrant et on se dirige vers nos places habituelles. Elles sont prises, mais Archer et Brogan nous font signe depuis une section plus haut.

— T'étais au courant ? me demande Hendrick.

Je secoue la tête. C'est la soirée des parents d'élèves, ce qui explique pourquoi il y a presque deux fois plus de monde que d'habitude. Tous les parents des joueurs ont fait l'effort d'être présents et de montrer leur soutien.

Le principe de cette soirée m'agace, mais je me rends compte que je suis probablement juste en colère que, contrairement à ses coéquipiers, Flynn ne puisse pas profiter du soutien de ses parents.

Il n'a rien dit à propos de ce soir, mais chaque année, c'est la même chose. Il y a toujours des t-shirts, des pancartes ou quelque chose qui permet à tous les parents de se démarquer dans la foule. Cette année, on dirait que ce sont des badges. De gros badges ronds avec la photo de l'équipe du joueur dessus. Bon sang !

— Ohhhh ! Dans dix-huit ans, tu seras ridicule avec ce truc

épinglé sur le torse pour soutenir ton petit Hollywood. Tu promets d'envoyer des photos ?

Hendrick me lance un regard irrité, mais une étincelle d'excitation qu'il ne peut camoufler trahit son état.

On s'installe sans rien dire. Flynn est sous le panier en train de rattraper des ballons à une main pendant que son équipe s'échauffe. Il a un sourire hésitant lorsqu'il jette un coup d'œil vers nous. J'essaie de le déchiffrer. Est-ce qu'il se sent exclu de tout cet événement ? Est-ce que maman lui manque encore plus que d'habitude ? Le fait que ce soit sa dernière année doit être encore plus dur pour lui. Ou peut-être qu'il est soulagé de ne plus avoir à revivre tout ça.

— *Quelqu'un a vu Papa ?* nous demande Archer en langue des signes.

— Non.

Hendrick serre la mâchoire. Papa n'est pas revenu depuis l'hôpital. Il est resté pendant l'opération de Flynn, mais n'a même pas pris la peine de revenir le voir après sa sortie. J'aimerais pouvoir être surpris.

— *Quel connard !* dit Brogan à voix basse tout en signant pour Arch.

On est tous d'accord là-dessus.

— S'il devait se pointer un soir, la moindre des choses aurait été de se rendre utile en venant à la soirée des parents d'élèves, dit Hendrick. Avant, je détestais cette putain de soirée.

— Moi aussi, disent Archer et Brogan en même temps.

— Il ne mérite pas le nom de parent, dis-je.

— C'est pas ça l'important, dit Archer. C'est Flynn. Il veut juste être un enfant normal avec une famille normale pendant des soirées comme celle-ci. C'est ce qu'on voulait tous.

Je sens mon estomac se nouer. Je n'avais jamais vu les choses sous cet angle. Je jette un coup d'œil à Flynn. Putain !

— Je vais aller prendre l'air.

Je pars sans un mot de plus et sors mon portable de ma poche lorsque j'arrive à la cafétéria. L'odeur de pop-corn brûlé me donne la nausée. Ou peut-être que c'est le fait de regarder le numéro de mon père dans mon répertoire. Je débloque son numéro et j'appuie sur « appeler » sans trop réfléchir.

Il répond à la deuxième sonnerie. Je me dirige vers un coin plus calme, mais il y a aussi un bruit de fond de son côté.

— C'est la soirée des parents d'élèves, dis-je en me passant des salutations d'usage.

— O... K.

Je grince les molaires avant de continuer.

— Tu peux venir au match ou pas ?

— Je suis déjà là, répond-il.

Cette fois, sa voix semble plus proche et je réalise que je ne l'entends pas uniquement à travers le téléphone.

Je me retourne et me retrouve face à lui. Il baisse son téléphone de son oreille plus lentement que moi. S'il veut que j'aie l'air heureux ou surpris de le voir, il va être déçu.

— Flynn m'a appelé hier soir pour me parler du match, dit-il.

J'ai vraiment beaucoup de questions sur le bout de la langue, mais je ne veux à aucun prix les lui poser et lui donner une nouvelle occasion de me servir ses réponses bidon.

Le buzzer retentit et je me retourne pour revenir dans le gymnase. Papa me suit. Quand on arrive près de mes frères, je m'arrête et lui aussi. Je fais un signe de la main pour lui indiquer de s'asseoir avec nous. Il hausse légèrement les sourcils, mais s'assoit sans rien dire.

— *C'est quoi, ce bordel ?* signe Archer tout en articulant ses paroles alors que notre père s'assoit avec nous pour la première fois depuis... trop longtemps.

— Ça ne change rien entre nous, dis-je à papa en faisant un geste entre lui et moi. Flynn est quelqu'un de bien. Il a le meilleur de chacun de nous. Je ne comprends pas pourquoi il veut que tu sois là, mais sache que quand tu lui briseras le cœur, ce sera un soulagement. Je pourrai enfin oublier ton existence.

Je prends place sans un mot. Hendrick hoche la tête comme s'il approuvait tout ce que j'ai fait ou dit. Jane est arrivée avant mon retour et hausse le pouce vers moi. Son approbation me fait sourire.

Mon cœur tambourine dans ma poitrine, mais je n'ai pas le temps de me calmer avant de voir Flynn s'approcher. Vêtu de son survêtement rouge aux couleurs de Valley High, il est prêt à s'asseoir sur le banc. Et dans sa main, il a deux badges avec la photo de son équipe.

On le salue tous comme si les secondes qui venaient de s'écouler n'étaient pas tendues et franchement inconfortables.

— Ils... euh... m'ont donné ça.

Il les brandit avec un sourire timide. Il en tend un à papa. Je déteste chaque seconde de ce moment, même si je comprends qu'il s'agit plus de participer au rituel que de proclamer papa le parent de l'année. Puis Flynn me tend l'autre. Son visage est rouge. L'émotion me serre la gorge lorsque je le prends. Je le brandis pour le remercier et il fait un pas en arrière avant de se retourner pour regagner le banc.

J'enfonce maladroitement l'épingle dans mon t-shirt et attache le badge. Lorsque je lève les yeux, Hendrick sourit de toutes ses dents.

— Qui est ridicule maintenant ?

Je me gratte une narine avec le majeur et concentre toute mon attention sur l'annonce des joueurs qui composent le cinq de départ.

Après le match, on attend tous que Flynn termine. Papa aussi, mais il garde ses distances. Notre petit frère sort rapidement, car il n'a pas joué. Il se dirige d'abord vers papa. Je n'entends pas ce qu'ils se disent, mais Flynn a l'air heureux.

— Ça ira bien pour lui, dit Brogan comme s'il lisait dans mes pensées.

— Papa va le décevoir à coup sûr.

— Et quand il le fera, Flynn s'en remettra. Vous avez survécu tous les trois, il y arrivera aussi. En plus, il nous a, nous tous. On compense largement un père indigne.

Il me donne un coup de coude avec un sourire arrogant.

J'espère qu'il a raison.

Lorsque Flynn se dirige vers nous, papa s'en va. Personne ne dit rien à son sujet ni sur le fait que Flynn lui a demandé de venir.

— Tu veux aller dîner ? lui demandé-je.

— Ouais, ça serait cool.

On va au Hideout parce que Hendrick veut passer au bar après et que c'est le restaurant le plus proche. Une fois installés, Archer et Brogan aperçoivent des potes à eux assis au bar et nous quittent pour aller les saluer.

Flynn est sur son portable et nous ignore.

— T'as vu Avery depuis que t'es rentré ? demande Hendrick.

Jane se redresse soudainement, visiblement impatiente de connaître la réponse.

— Ouais, je l'ai croisée hier soir.

— Et ? insiste Jane.

— Elle va bien. Elle a une compétition demain.

— Tu vas y aller ?

— Non, répliqué-je lentement. J'ai pas été invité et je pense pas qu'elle serait très contente de me voir.

— Pourquoi pas ?

Flynn, les sourcils froncés, lève les yeux de son portable.

Archer revient sans Brogan.

Je lui lance un regard qui veut très clairement dire « Sors-moi de ce traquenard ! », mais il ne comprend apparemment pas le message et l'ignore.

— Quoi ? demande-t-il.

— *Il va nous raconter comment il a tout foiré avec Avery*, dit Hendrick en signant.

Il y a beaucoup de bruit dans la pièce et même si Archer sait lire sur les lèvres, il a parfois du mal à suivre une conversation de groupe.

— *Elle voulait davantage ou rien du tout.*

— *Davantage ?* demande Hendrick en haussant un sourcil.

— *Elle voulait plus qu'une aventure sans lendemain*, avoué-je avant de m'éclaircir la gorge. *Mais je pars demain et je ne reviendrai que quelques week-ends par mois jusqu'à la fin de la saison.*

— Alors tu l'as juste rembarrée ? demande Jane.

Elle est si stupéfaite qu'elle écarquille ses grands yeux verts et reste bouchée bée.

Putain, il commence à faire chaud ici ! Je bois une gorgée d'eau.

— *C'est la meilleure chose à faire pour l'instant. Je ne peux pas être là pour elle quand je ne suis pas dans le coin.*

Elle devrait avoir quelqu'un qui est en mesure de passer du temps avec elle, de l'emmener dîner et de la soutenir pendant ses compétitions. Et quelqu'un qui sera là pour l'écouter raconter chaque détail barbant de ses journées, parce que ce sont ces moments-là qui comptent. Une grande partie de la vie a lieu pendant les jours qui ne sont pas marqués d'une croix rouge sur le calendrier.

Il y a un silence de plusieurs longues secondes, puis Archer hoche la tête.

— Ouais. Les relations à distance, c'est pas évident, dit-il. J'ai plusieurs potes qui ont tenté le coup et presque aucun n'a tenu plus d'un semestre.

Hendrick choisit ses mots longuement, mais hoche la tête également.

— *Tu ne la vois pas depuis si longtemps que ça, alors peut-être qu'une relation sans engagement est la meilleure option. La distance et le temps te permettront de voir ce que tu ressens pour elle.*

— *C'est sûr*, dis-je bien que je n'aie besoin d'aucune de ces choses.

Je sais ce que je ressens pour elle. Mais d'une certaine manière, ça rend d'autant plus important que je fasse ce qu'il faut pour éviter de la faire souffrir.

J'ai cru que ma poitrine allait exploser quand elle m'a dit qu'elle m'aimait.

— T'en penses quoi, Hollywood ? demandé-je.

Jane hausse les épaules lentement.

— J'aime beaucoup Avery, mais si t'es pas sûr d'être prêt à te lancer dans une relation avec elle, je pense que t'as pris la bonne décision.

Ce n'est pas exactement ce que j'espérais, mais au moins, elle ne m'a pas traité d'idiot.

— *Je l'aimais bien aussi*, dit Flynn. *Et j'aimais bien ta façon d'être avec elle. Mais je suppose que je t'ai jamais vu avec une fille avant, alors c'est peut-être juste ta façon d'être quand tu baises régulièrement.*

Je lui lance un regard qui le fait rougir et se taire.

— J'espère que c'est pas comme ça que tu parles aux filles au lycée.

Son sourire timide s'élargit.

Brogan s'affale sur sa chaise vide.

— Qu'est-ce que j'ai raté ?

— *Knox a rembarré Avery. C'est fini entre eux.*

La façon dont Archer signe ces mots les rend particulièrement brutaux. Je n'aime pas la façon dont cette phrase sonne.

Brogan se tourne vers moi. Son expression habituellement si aimable et enjouée a disparu.

— T'es un crétin.

Archer lui donne un léger coup de coude, tout en continuant de signer.

— *Il essaie de faire ce qu'il faut et de leur éviter à tous les deux les emmerdes d'une relation à distance.*

Brogan me regarde toujours comme si j'étais le plus gros crétin du siècle.

— Qu'est-ce qu'elle a dit exactement ? demande Jane. C'est peut-être pas aussi grave que tu le laisses entendre.

— *Qu'elle était amoureuse de moi et qu'elle voulait être à moi tout le temps, pas juste quand nos emplois du temps nous permettraient de nous voir.*

Je bois une autre gorgée d'eau, mais ça ne fait rien pour apaiser le feu qui brûle dans mes tripes.

— *Elle a dit qu'elle était amoureuse de toi ?* demande Hendrick.

— *Ouais.*

— *C'est assez énorme.*

— *Colossal*, dit Brogan. *Tu sais bien que ce type ne lui a pas facilité les choses pour qu'elle s'approche et tombe amoureuse de lui.*

Aïe, mais c'est probablement vrai.

— Mais ça n'a pas d'importance s'il ne ressent pas la même chose, dit Jane.

— *Il ressent la même chose.*

Brogan, toujours clairement irrité, agite la main vers moi.

— *Regarde-le. Il a le même air malheureux que Henny quand il prétendait ne pas être amoureux de Jane.*

Jane se blottit contre mon frère aîné et pose sa main sur son épaule.

— *Je suis clairement pas sur un putain de nuage en ce moment,* avoué-je. *Encore moins depuis qu'on a commencé cette conversation.*

Je jette un coup d'œil à tout le monde, et je ne vois que le reflet de mon idiotie dans leurs yeux.

Brogan hausse un sourcil comme pour me mettre au défi de le contredire.

— Bien sûr que je l'aime, putain ! dis-je un peu plus fort que j'en avais l'intention.

Prononcer ces mots à voix haute me submerge d'une nouvelle forme de panique. Je pense que je l'aime depuis un moment, mais je n'avais pas réalisé que le sentiment horrible et lancinant qui me ronge depuis mon départ, c'était ça, jusqu'à ce qu'elle me dise ces mots.

Brogan agite à nouveau la main comme pour dire « Évidemment ! »

Mais est-ce que ça a vraiment de l'importance ? Je suis toujours moi.

— *Et alors, même si je l'aime ? Ça change rien à la situation. J'ai vu ce que maman a vécu quand papa allait et venait. Je veux jamais imposer ça à quelqu'un d'autre.*

Je ne commettrai pas ses erreurs. Je l'ai juré il y a des années et je tiendrai ma promesse.

— *Papa était un salaud avec elle, même quand il était là, dit Hendrick. Ça n'avait rien à voir avec la distance.*

— *Les relations à distance, ça craint, mais tu vas vraiment tourner les talons alors que la personne que t'aimes te dit qu'elle ressent la même chose ?* demande Archer, stupéfait, en haussant un sourcil.

Je n'ai pas besoin de répondre pour qu'ils comprennent que ce n'est pas ce que je veux. Mais tout de même...

— *Et si je finissais par lui faire du mal ou par tout gâcher ?*

— Tu vas absolument tout gâcher, dit Jane en riant doucement. Tout le monde fait de la merde et t'as moins d'expérience que la plupart des gens. C'est ce que tu fais après avoir tout gâché qui fait la différence.

— Putain ! marmonné-je à nouveau. *Il faut que j'aille la voir.*

Archer pose une main sur mon épaule pour m'empêcher de me lever.

— Tu peux pas y aller maintenant. Elle a une compétition demain et elle est sûrement déjà couchée.

— *Je pars demain*, dis-je.

— *Pas avant la fin de sa compétition, hors de question.*

Brogan sourit et trinque avec moi.

— *Maintenant, réfléchissons à ce que tu vas bien pouvoir lui raconter pour te faire pardonner d'avoir été le plus gros des crétins.*

43

KNOX

— C'était une mauvaise idée, dis-je à Brogan alors qu'on entre dans le gymnase, moi avec l'estomac noué et les mains moites.

Derrière moi, il pose ses deux mains sur mes épaules, comme pour m'empêcher de me retourner et de partir. L'idée m'a traversé l'esprit. Qu'est-ce que je fous ici ? Elle se prépare pour une compétition. La dernière chose dont elle a besoin, c'est qu'on la déconcentre. Et c'est exactement ce que j'ai l'impression de faire. Le crétin qui s'est pointé sans être invité. Elle ne veut peut-être même pas me voir.

— Suis juste le plan, Casanova, dit-il. C'est un plan génial.

— Tu dis ça juste parce que c'est le tien.

Un sourire plein de fierté illumine son visage.

Je voulais aller lui parler hier soir, pas me pointer comme une sorte de pervers à sa compétition, sans prévenir. Je n'arrive pas à croire que je l'ai laissé me convaincre de faire ça.

Je hausse les épaules pour me dégager de son étreinte et m'assois. Le gymnase est équipé de gradins sur un côté. Il y a assez peu de monde pour le moment, mais les épreuves ont lieu assez loin de nous pour que je ne craigne pas trop d'être repéré tout de suite.

Je scrute la salle jusqu'à ce que je trouve Avery. Elle est debout dans le coin le plus éloigné du gymnase, en train de s'échauffer près de la table de saut. Mon cœur tambourine dans ma poitrine.

Et si elle avait changé d'avis ? Je l'ai blessée. Je l'ai vu sur son visage. Avery est coriace. Elle est forte. Elle a peut-être déjà décidé que je ne suis pas le genre de mec avec qui elle veut perdre son temps.

— T'avais pas besoin de venir, dis-je tandis que ma jambe tressaute nerveusement.

— J'aurais pas raté ça pour tout l'or du monde, répond Brogan. Te voir ouvrir ton cœur à une meuf ? Ça va créer des souvenirs uniques dont je pourrai me servir pour te charrier jusqu'à la fin de tes jours.

Je lui lance un regard noir, mais il ne fait pas attention à moi. Ses yeux sont rivés sur l'échauffement de l'équipe.

— En plus, les gymnastes sont super sexy.

La première épreuve est celle des barres asymétriques. Avery ne fait pas partie des six membres de l'équipe de Valley qui y participent. Elle se tient sur le côté et encourage les deux premières gymnastes, puis elle enlève sa veste d'échauffement et se place sur la ligne de touche. Elle sautille sur place, puis fait des genoux hauts et se met à trottiner le long de la ligne en s'arrêtant chaque fois qu'une de ses coéquipières termine son enchaînement aux barres, afin de la féliciter.

Lorsque l'épreuve est terminée et que Valley passe au saut de cheval, son expression change. Je vois sa concentration soudaine et je sens presque sa nervosité.

— Knox ! m'appelle quelqu'un.

Je baisse les yeux et vois Hope me sourire et me faire un signe de la main. Elle dit quelque chose à la femme qui se trouve derrière elle, puis elles grimpent toutes deux les gradins vers nous.

— Hope !

J'offre un sourire aimable à l'adolescente arrivée devant moi.

— Salut ! Content de te voir.

— Moi aussi.

La femme vient se placer près d'elle. Elle a la même couleur de cheveux et le même nez droit que Hope.

— C'est ma mère, dit-elle. C'est le copain d'Avery, Knox, dit-elle ensuite à sa mère.

Brogan ricane discrètement et ne manque pas de faire son petit commentaire.

— Il aimerait bien, murmure-t-il.

— Enchanté.

Je salue la maman d'un signe de tête. Hope s'assoit à côté de moi et sa mère prend place à côté d'elle.

Hope se penche vers moi.

— C'est plus facile que de lui expliquer qui t'es vraiment pour elle. Et d'ailleurs qu'est-ce que t'es exactement en ce moment ?

J'entends une certaine fermeté dans sa voix, ce qui me fait comprendre qu'elle soutient Avery sans réserve.

Brogan se penche vers nous.

— Je t'aime bien, gamine. Je suis le frère de Knox, Brogan.

Hope lui fait un signe de la main, puis rougit. On dirait bien que je suis désormais son deuxième Holland préféré.

— C'est la première fois qu'elle participe à l'épreuve de saut de cheval depuis la saison dernière, dit Hope en regardant Avery s'échauffer.

— Super, dit Brogan en applaudissant avec le reste de la foule. Elle va assurer.

Je ne quitte pas Avery des yeux lorsque les premières membres de son équipe commencent leur rotation au saut de cheval. La première fille doit faire forte impression, car tous les gens assis autour de nous se mettent à applaudir bruyamment.

Une femme que je suppose être sa coach lui dit quelques mots pendant qu'elles attendent le verdict des juges. Je transpire encore plus qu'avant mes propres courses.

Avery est la troisième à passer au saut de cheval. Plus son tour approche, plus elle semble confiante. J'ai l'impression d'être sur le point de gerber. Lorsqu'elle prend place à l'extrémité de la piste, elle agite la tête d'un côté à l'autre, le regard fixé droit devant elle. Elle replie ses orteils sous son pied et les étire un à un. Lorsqu'elle est prête, elle lève les bras et sourit aux juges. Elle prend une inspiration profonde qui soulève et abaisse ses épaules, puis elle s'élance et sprinte en avant. Elle lève les bras, exécute une rondade suivie d'un flip avant de pousser sur la table de saut avec ses mains et de faire une vrille dans les airs juste par-dessus. Du moins, c'est ce qu'elle semble avoir fait. Tout se passe tellement vite qu'il est difficile d'identifier les différentes parties de son enchaînement.

Je pousse un soupir de soulagement quand Avery atterrit brillamment, mais c'est de courte durée, car je remarque presque immédiatement que quelque chose cloche. Son sourire est crispé et sa façon de se tenir quand elle lève les mains vers les juges est tout simplement... bizarre.

J'ouvre la bouche pour demander à Hope si elle voit la même chose que moi alors qu'Avery s'effondre sur le tapis.

— Qu'est-ce qu'il s'est passé ?

Tout semblait parfait, mais quelque chose a dû mal tourner.

— Je sais pas. Peut-être son genou.

Mon cœur cogne dans ma poitrine et mon estomac se noue. Non, non, non. Elle a travaillé trop dur pour connaître un tel revers. Le gymnase devient silencieux jusqu'à ce que Tristan et un autre mec l'aident à se relever. Des applaudissements inquiets accompagnent sa sortie alors qu'ils l'emmènent hors de

la salle principale en empruntant une porte située de l'autre
côté.

— Je vais..., commencé-je à dire à Brogan.

— Vas-y, répond-il sans même me laisser terminer.

L'idée qu'elle puisse ne pas être très heureuse de me voir,
surtout maintenant, ne me traverse l'esprit que lorsque je me
retrouve dans l'embrasure de la porte.

Avery est allongée sur une table d'examen improvisée alors
qu'un mec en polo bleu et en pantalon kaki examine son genou.
L'étau qui agrippait mes poumons se desserre enfin et un filet
d'air les remplit quand je la vois. Je ne vois pas son visage. Elle a
les deux mains sur les yeux.

J'ai le cœur serré lorsqu'elle laisse tomber sa tête sur le côté
et me regarde droit dans les yeux. Elle cligne des paupières pour
chasser les larmes qui gonflent dessous.

— Knox ?

44

AVERY

Il reste debout dans l'embrasure de la porte alors que la coach Weaver et l'un de nos entraîneurs examinent ma cheville.

— Je vais bien, leur dis-je en me redressant. Je crois que je l'ai juste foulée.

Ça m'a plus effrayée que fait souffrir. Dès que j'ai atterri dessus de travers, j'ai paniqué. Bien trop consciente que chaque blessure peut me faire perdre des mois, voire des années d'entraînement, ou même mettre fin à ma carrière.

Mes nerfs sont dans tous leurs états et je ne peux pas empêcher mes mains de trembloter, mais je ne pense pas m'être blessée. Ma cheville est douloureuse, mais je ne pense pas qu'elle soit cassée. Dieu merci.

L'adrénaline coule encore à flots dans mes veines alors que j'essaie de me détendre et de les laisser m'examiner. Je tends la main vers Knox et il se précipite vers moi, comme s'il attendait le moindre signe de ma part pour s'approcher de moi.

— Salut ! dis-je doucement alors que ses doigts enveloppent les miens.

— Salut, princesse !

Sa voix grave et ce surnom familier apaisent quelque chose en moi.

— Tu m'as foutu une peur bleue.

— Qu'est-ce que tu fais ici ? lui demandé-je.

Avant qu'il puisse répondre, l'entraîneur intervient. Comme je le pensais, ma cheville n'est pas cassée, mais la coach Weaver et lui pensent qu'il vaut mieux que je reste sur le banc pour le reste de la compétition.

— Non.

Je secoue la tête et tente de me lever.

Ils se précipitent tous vers moi comme s'ils avaient peur que je m'effondre. Je m'appuie sur ma cheville gauche pour la tester un peu. Elle est sensible et douloureuse, mais on dirait que je peux m'appuyer dessus.

— La poutre est notre dernier agrès. Ça ira d'ici là.

La coach Weaver fronce les sourcils et m'observe attentivement. Ce qu'elle trouve dans mon expression doit la convaincre que je dis vrai, car elle hoche la tête.

— Une fois qu'on aura bandé ta cheville, teste-la en faisant quelques échauffements légers, et on décidera ensuite.

Je souris, sachant qu'elle va me laisser participer. Je ne forcerai pas si je pense que ça pourrait aggraver ma blessure, mais il faut que je retourne là-bas pour des raisons que je ne peux pas expliquer.

Knox me tient la main en serrant mes doigts fermement, et son pouce effleure mes jointures pendant que l'entraîneur s'occupe de moi.

Une fois que je suis prête, Knox m'aide à me relever et on retourne dans la salle. Quelques-unes de mes coéquipières me jettent des regards interrogateurs, mais je reste avec Knox quelques secondes de plus.

— Je pensais que tu serais déjà reparti vers le Nouveau-Mexique, dis-je.

— Moi aussi.

Il se tourne vers moi et me regarde droit dans les yeux.

— Il fallait que je te voie avant de partir.

Mon cœur veut se briser en mille morceaux à ses pieds. Il est venu me dire au revoir. On ne s'est jamais vraiment dit au revoir avant son dernier départ. Je sais que ça va faire mal de le voir s'en aller, mais au moins, je lui ai dit ce que je ressentais. Je n'ai aucun regret. Je referais tout exactement pareil, même en connaissant le dénouement.

— Merci d'être là, dis-je en avalant la boule qui m'étreint la gorge. Je ferais mieux de tester ce bandage.

— Ouais, bien sûr.

Il s'éclaircit la gorge. On dirait que quelque chose le tracasse, mais c'est peut-être juste la gêne qui va exister entre nous à partir de maintenant.

— Tu restes jusqu'à la fin ?

— Ouais. Je serai là. J'espérais qu'on pourrait parler.

Mon pouls accélère.

— De quoi ?

— Je... Euh... Après, ce serait mieux. Je pense.

— Dis-le-moi maintenant.

Je ne peux pas attendre une heure de plus pour entendre ce qu'il a à dire. Je deviendrais folle.

— C'est pas un gros truc. Concentre-toi sur ton enchaînement et mets-leur-en plein les yeux.

Il essaie de sourire, mais ce n'est pas convaincant du tout.

— Knox ?

Ses lèvres deviennent une fine ligne bien droite et sa mâchoire se crispe. S'il a peur de me faire encore plus de mal, je ne pense pas que ce soit possible.

— Avery ! appelle la coach Weaver.

On est sur le point de passer à la troisième rotation et il faut vraiment que j'aille rejoindre mon équipe.

— Dis-le-moi, Knox. Tout va bien. Quoi que ce soit. Je m'en remettrai.

— Je t'aime, lâche-t-il avant de fermer les yeux. Merde ! Attends. Non. C'est pas ça.

Tout autour de moi semble se mouvoir au ralenti tandis que mon cerveau analyse ses paroles et son visage adorablement frustré.

— Alors, tu m'aimes pas ?

— Si, je t'aime. C'est... Putain ! Je suis en train de tout foutre en l'air. J'avais préparé tout un discours.

Mon cœur tambourine dans ma poitrine et je lutte pour m'empêcher de sourire.

— Je suis désolé d'avoir été lâche. J'aurais dû te dire ce que je ressentais plus tôt, mais je pensais pas que ça avait de l'importance. Peut-être que ça n'en a plus maintenant. Je t'en voudrais pas si tu me disais que c'est trop peu, trop tard, mais je pouvais pas m'en aller sans te le dire. Je t'aime, Avery. T'es la personne la plus impressionnante que j'aie jamais rencontrée. T'es belle, intelligente et tellement talentueuse ! Tu travailles plus dur que n'importe qui, tu poursuis tes rêves sans relâche, et pourtant, tu trouves quand même le temps d'aider les autres à réaliser les leurs. Tu ferais n'importe quoi pour les gens que t'aimes. Quinn, Colter, Hope, Flynn, moi...

Un coin de sa bouche se redresse.

— Ça fait longtemps, reprend-il, que j'ai pas laissé quelqu'un entrer dans ma vie, mais tu m'as pas laissé le choix. Tu t'es imposée et t'es frayée un chemin à l'intérieur en étant juste toi-même, et j'ai pas pu lutter. J'ai peut-être pas réussi à te montrer que j'étais déjà tout à toi, mais c'était le cas. Je le suis toujours. Je veux que tu sois à moi. Pas juste quand on est dans le même secteur, mais tout le temps.

Il me fixe, attendant une réponse. L'adrénaline coule dans

mes veines comme un torrent déchaîné et mon cœur bat si fort que j'ai l'impression qu'il va jaillir de ma poitrine.

L'annonceur donne la liste des participants à l'épreuve suivante, et je sais que je dois y aller. Il y a tellement de choses que j'ai envie de dire, mais tout ce que je peux faire, c'est le serrer rapidement dans mes bras, comme j'ai pensé à le faire toute la semaine. Mes yeux me picotent et je laisse couler des larmes avec un sourire aux lèvres avant de marcher à reculons vers le reste de mon équipe.

— Je dois y aller. Je te rejoins dès que c'est fini.

Je vois une pointe d'inquiétude et de doute se dessiner sur son front, et il hoche la tête. Je garde les yeux sur lui tandis que je prends ma place au sol, et il s'assoit dans les gradins avec Brogan et Hope. Cette dernière me fait un signe de la main, visiblement ravie de voir que je ne suis pas sur la touche pour le reste de la compétition. Elle hausse ensuite le pouce vers moi pour s'assurer que tout va bien et je lui rends son geste, ce qui élargit le sourire qui éclaire son visage radieux.

J'encourage mes coéquipières pendant l'épreuve au sol avec un regain d'énergie. J'essaie de ne pas jeter trop de coups d'œil à Knox, mais chaque fois que je le fais, je vois qu'il me regarde. Et même si j'essaie de chasser toute distraction, je n'arrête pas d'entendre ses paroles résonner dans ma tête. Il m'aime. Knox Holland m'aime. Je pense que je le savais déjà, mais je n'aurais jamais pensé l'entendre le dire.

Quand on arrive à l'épreuve de la poutre, je suis une boule d'énergie impatiente et excitée. J'ai l'impression d'attendre l'occasion d'exécuter cet enchaînement depuis des années. Je suis la dernière aujourd'hui, je dois donc rester en retrait et regarder toutes les autres passer avant moi.

L'autre équipe est au saut de cheval, et elle termine avant nous, alors quand je salue les juges, tous les regards sont braqués sur moi.

Je ferme brièvement les yeux et expire lentement, puis je pose les mains sur la poutre et me hisse dessus. À chaque figure que j'exécute, je repense à tous les moments où Knox et moi on s'est entraînés ensemble. Je revois à quel point il était irritant, à quel point il me poussait, sa façon d'être avec Hope, et son corps ridiculement sexy ; torse nu et en sueur, les muscles gonflés après une heure d'entraînement intensif.

Je ne peux pas mettre le doigt sur le moment précis où je suis tombée amoureuse de lui. C'est arrivé petit à petit, un moment après l'autre.

Quand j'effectue le triple tour de loup, j'entends Hope crier plus fort que tout le reste de la salle. J'enchaîne avec ma série acrobatique, un salto costal suivi d'un salto arrière tendu. J'ai l'impression de flotter au-dessus de moi-même et de m'observer d'en haut. Ma poitrine se gonfle de fierté et mon sourire est plus large que jamais. Je ne veux plus jamais perdre cette sensation. La poutre est mon endroit préféré et je sais que chaque moment passé dessus est un cadeau.

Après tous mes sauts, j'atterris avec un contrôle hors pair, je ne vacille pas lors de mes tours et mes mouvements de danse sont la grâce incarnée. Mes heures d'entraînement ont porté leurs fruits. Il ne me reste plus que la sortie. Je teste ma cheville en levant le pied gauche et en pointant les doigts de pied. Heureusement, je ne ressens qu'une légère douleur. Je veux y arriver, mais pas au détriment du reste de la saison.

Ça fait maintenant deux semaines que je travaille cette nouvelle sortie, que je réussis la plupart du temps. Mais c'est toujours différent devant un public. Je ravale le moindre doute tentant de me déstabiliser et je me concentre sur l'objectif. La voix de Knox résonne dans ma tête. *Tu vas assurer, princesse.*

Une fois que je m'élance vers l'extrémité de la poutre pour cette série acrobatique, tout devient silencieux. Le doute dans ma tête et le public également. J'ignore si les gens se taisent vraiment ou si je cesse simplement de percevoir le reste du monde, mais lorsque je jaillis de l'extrémité de la poutre comme d'une rampe de lancement et que j'effectue le double salto arrière groupé avec vrille, je jurerais entendre toute la salle inspirer d'un même souffle.

Mes pieds atterrissent sur le tapis, ma poitrine un peu plus basse que lors de certains entraînements, mais je me redresse rapidement, plaque mes pieds l'un contre l'autre et lève les mains au-dessus de la tête.

Le silence persiste une seconde de plus, puis une explosion assourdissante fait trembler les murs. Mes coéquipières de Valley U hurlent mon nom, la foule applaudit et m'acclame bruyamment. Je cours vers la coach Weaver. Elle a l'air soulagée lorsque je me jette dans ses bras.

— Merci d'avoir cru en moi, lui dis-je en la serrant contre moi tellement fort qu'elle a du mal à me répondre.

— Bon boulot, Avery.

Dès qu'on se sépare, je suis entourée de mes coéquipières. On s'embrasse et on se tape dans les mains, et lorsque les juges reviennent et m'offrent une note parfaite de dix, on pousse toutes des cris de joie.

Tristan s'approche de moi avec un air à mi-chemin entre la suffisance et la fierté.

— Beau travail, Ollie.

— T'as dit quoi ? lui demandé-je en portant ma main à mon oreille.

Il lève les yeux au ciel.

— Tu t'es pas laissée abattre. T'es de retour.

— Je ne suis jamais partie.

Je lui tape dans le poing, puis me fraye un chemin à travers la foule pour aller rejoindre Knox. Il n'a pas bougé, alors je grimpe rapidement les gradins vers lui.

Hope me saute dessus et me serre dans ses bras en sautillant sur place.

— Un dix parfait ?! J'arrive pas à y croire. T'es trop cool.

— Merci. Je suis contente que t'aies pu venir.

Je jette un coup d'œil à Knox. Je ne crois pas avoir déjà vu un sourire si large sur son visage.

— Félicitations ! C'était... Je suis sans voix.

— Une chose rare, c'est clair.

Brogan s'approche de moi.

— T'étais explosive.

— J'ai eu un peu d'inspiration, lui dis-je avant de reporter mon regard sur Knox.

— Je suis content que ça t'ait inspirée, parce que j'étais complètement paniqué. Quel genre de crétin dit pour la première fois à une fille qu'il l'aime avant qu'elle se produise devant une foule si nombreuse ?

Son visage devient penaud.

— Mon idiot, dis-je en passant mes bras autour de son cou. Je t'aime aussi.

Je m'apprête à l'embrasser quand j'entends Brogan ajouter autre chose.

— Attends ? Tu lui as déjà dit ? T'as fait quoi du plan ? Il avait préparé tout un discours pour après ta victoire.

Les lèvres de Knox tressaillent et esquissent un sourire.

Je hausse un sourcil vers lui.

— J'ai hâte de l'entendre.

— Plus tard, dit-il avant de plaquer sa bouche contre la mienne.

45

AVERY

— C'est Knox ?

Hope fait un signe de tête en direction de mon portable lorsqu'elle s'approche de la poutre sur laquelle je suis assise, en train de faire une pause et de papoter avec mon copain.

Copain. Knox est mon *copain.* Bizarre. Je n'ai pas encore essayé de me servir de ce mot en public, mais je l'aime bien.

Ça fait deux semaines qu'il m'a dit qu'il m'aimait et qu'il a dû partir pour le Nouveau-Mexique. Deux semaines de coups de fil quotidiens, de centaines de textos et d'une sensation de manque qui est sur le point de me rendre folle.

Je tends mon portable à Hope pour qu'elle voie Knox.

— Salut ! dit-elle en lui faisant un grand sourire et un signe de la main. Tu rentres quand ? Avery est toute maussade sans toi.

— C'est pas vrai, dis-je d'un ton un peu trop défensif.

D'accord. Je l'étais au début. C'est bizarre de ne pas l'avoir près de moi tout le temps. Chaque jour, il se passe tellement de choses que j'aimerais partager avec lui et, au début, ça me mettait mal à l'aise de l'inonder de messages sur des sujets banals dont il se fichait sûrement. Mais quand j'ai dit ça à Knox, il a ri.

— Je veux tout savoir, princesse, m'a-t-il répondu.

C'est comme ça que nos conversations épiques par texto ont commencé. Est-ce qu'il a besoin de savoir ce que j'ai mangé au déjeuner aujourd'hui, ou vice versa ? Non, mais d'une certaine manière, partager ces petits moments de notre quotidien réduit la distance qui nous sépare.

— J'espère pouvoir rentrer ce week-end ou le week-end prochain, lui répond-il. Comment s'est passée ta compétition le week-end dernier ?

Elle prend mon portable et lui fait le topo. Je les écoute avec le sourire aux lèvres. Je suis presque certaine qu'il lui manque presque autant qu'à moi.

Quand leur conversation marque une pause, j'en profite pour lui demander d'un geste de la main de me rendre mon portable.

— Attends, me dit-elle avant de s'adresser à Knox. J'ai besoin de ton avis sur un truc.

— Balance.

Je me penche pour voir son visage à l'écran. Il a appelé depuis la salle de sport dans laquelle il s'entraîne et il est assis par terre, torse nu et en sueur.

— Ce mec qui me plaît m'a dit qu'il avait le béguin pour quelqu'un, mais qu'il ne pouvait pas me dire pour qui. Ma copine Janet dit que ça veut dire que c'est moi, mais j'en suis pas sûre. J'ai nommé toutes les élèves de notre classe, mais il a dit non à chaque fois.

— O... K, dit Knox lentement. Tu veux mon avis sur quoi exactement ?

— Est-ce que je lui plais ? demande-t-elle avec une pointe d'exaspération dans la voix. Et comment je fais pour le pousser à me le dire ?

Knox hausse les sourcils et ouvre la bouche comme s'il voulait dire quelque chose, mais aucun mot ne sort. Il se frotte la nuque. Il est tellement dépassé que c'en est hilarant.

Je m'empresse de le sortir d'embarras.

— Quand t'as passé en revue toutes les filles de ta classe, tu lui as demandé s'il t'aimait bien ?

Le visage de Hope pâlit.

— Jamais. Je mourrais de honte s'il me riait au nez ou un truc comme ça.

C'est compréhensible. Les premiers béguins sont délicats, tout comme les premiers râteaux.

— Tu vas au collège de Valley, c'est ça ? demande Knox.

— Ouais. Pourquoi ?

Hope pince les lèvres en l'observant attentivement.

— S'il rit, je devrai lui rendre une petite visite la prochaine fois que je serai en ville.

Je serre les lèvres pour m'empêcher de rire. Est-ce que je pense qu'il plaisante ? Absolument pas.

— Knooooox ! grogne-t-elle.

— OK, dit-il.

Il prend un air pensif, puis hoche la tête.

— Oui, je pense que ta copine Janet a sûrement raison et qu'il essaie de te dire qu'il t'aime bien sans te le dire. Il est évasif pour la même raison que celle qui t'empêche de lui dire ce que tu ressens. Tu peux soit attendre qu'il se décide, soit lui poser la question.

Son sourire s'efface, mais elle hoche la tête.

— Si tu le lui demandes, au moins tu seras fixée. Tu veux pas perdre ton temps avec un garçon qui ne réalise pas à quel point t'es géniale.

— Ouais, dit-elle solennellement.

— Si tu ne lui plais pas, c'est un idiot, lui dit Knox. T'es la fille la plus cool que je connaisse.

Son sourire radieux réapparaît.

— T'as raison. Je suis géniale. Merci, Knox !

Sur ces mots, Hope me rend le portable et part s'échauffer.

En riant, je ramène le portable devant moi pour qu'il me voie.

— Je crois que tu viens de la rendre très heureuse.

Mon copain lâche une expiration bruyante qui lui gonfle les joues.

— Grandir avec des frères ne m'a pas préparé aux conversations de filles.

— Tu t'en es bien sorti.

Il baisse les épaules et secoue la tête.

— J'espère vraiment ne pas avoir à faire un voyage d'urgence pour aller tirer les oreilles d'un collégien travaillé par ses hormones.

— S'il faut que tu viennes, ça a intérêt à être un voyage d'urgence pour que je puisse t'embrasser jusqu'à en perdre haleine.

— Ne pas pouvoir t'embrasser est clairement une situation à régler en urgence, dit-il avec un sourire en coin.

Le vendredi après les cours, je rentre à la résidence universitaire et trouve un mot dans ma boîte aux lettres, m'informant qu'un colis m'attend à la réception.

Le visage de la fille qui y travaille s'illumine en me voyant. Elle se lève, attrape le grand vase de roses roses posé sur le bureau derrière elle et me le tend.

— Quelqu'un est vraiment dingue de toi. C'est la troisième fois cette semaine, dit-elle.

En fait, c'est la quatrième, mais quelqu'un d'autre travaillait mardi après-midi.

— Merci.

Je les prends et approche les fleurs de mon nez pour les sentir un moment.

— Ça aussi, c'est pour toi.

Je déplace le lourd vase pour prendre l'enveloppe à bulles qu'elle me tend.

— Merci.

J'appelle Knox dès que j'arrive dans ma chambre et peux poser mes affaires. Je n'ai plus de place sur mon bureau, alors j'ai dû commencer à disposer les compositions florales au sol. Ma chambre a l'air d'un très joli parcours d'obstacles. Il s'avère que Knox ne sait rien faire à moitié.

Il était terriblement inquiet de ne pas être un bon petit ami et de ne pas être là pour moi pendant les moments où on est éloignés, mais c'est la personne la plus présente qui soit, même depuis un autre État. Je sais que ses cadeaux sont sa façon de me montrer qu'il pense à moi.

Certains jours sont plus difficiles que d'autres, mais la plupart du temps, je me sens incroyablement chanceuse qu'on puisse tous les deux faire ce qu'on aime.

— Hey, répond-il à bout de souffle.

— Merci pour les fleurs.

— De rien.

— J'ai aussi un colis suspect dans les mains, dis-je en regardant l'enveloppe à bulles provenant d'une adresse au Nouveau-Mexique.

— Tu l'as ouvert ?

— Pas encore. Je viens d'arriver.

Le déchirer me donne l'impression d'être le matin de Noël. La seule autre personne qui m'envoie du courrier est ma mère. J'ai aussi cette image étrange de Knox faisant la queue à la poste comme un humain lambda. Qui l'aurait cru ?

Je plonge la main à l'intérieur et en sors un t-shirt rose vif bien plié. Quand je le tiens devant moi, je souris en apercevant le nom et le logo Neon Punch floqué en noir sur le devant. Au dos, il y a son numéro, 18, et Holland. J'en suis toute remuée et je le serre contre ma poitrine.

— J'adore. Merci !

Je suis déjà en train d'enlever mon t-shirt pour mettre celui-ci à la place. Il sent légèrement son odeur.

— De rien.

Et puis ça me frappe...

— Oh, mon Dieu ! La couleur de ton équipe est le rose ?

— Rose *néon*.

J'éclate de rire.

Il émet un son, moitié ricanement, moitié grognement.

— *Et* noir.

Je ris tellement fort que j'ai du mal à parler.

— Tu vas devoir porter du rose ? C'est trop drôle.

Une seconde plus tard, son rire discret se mêle au mien.

— Au moins, dit-il, ça me fera penser à toi.

46

KNOX

Je suis dans mon pick-up quand Avery m'appelle.

— Salut, princesse ! dis-je après avoir décroché.

— Salut ! répond-elle d'une voix enjouée qui me donne l'impression qu'on m'a injecté une dose de dopamine directement dans les veines. Comment s'est passée ta journée ?

— Bien. Et la tienne ?

— Plutôt bien. L'entraînement était rude. Je travaille sur une nouvelle figure de saut de cheval qui ressemble à celle que j'ai faite l'année dernière, et mon cerveau n'arrête pas de vouloir faire celle-là à la place. C'est frustrant.

— T'y arriveras, lui dis-je pour la rassurer.

Elle fait un « Mmm ! » qui montre qu'elle n'est pas tout à fait d'accord.

— Et toi ? Comment les choses se passent là-bas ? Tu me manques. Oh, j'ai une nouvelle sympa aujourd'hui !

— Tu me manques aussi.

Je prends la première sortie d'autoroute vers Valley.

— J'ai rencontré le nouvel entraîneur aujourd'hui. Il a accepté de me laisser préparer mon propre programme d'entraînement hors-piste.

— Poiriers à gogo ? me demande-t-elle d'un ton moqueur.

— Tu le sais bien. Poiriers torse nu.

— Oh non ! Garde ton t-shirt. Je veux pas que quelqu'un te reluque quand je suis pas là pour sortir les griffes.

Je ris en l'imaginant se battre avec quelqu'un. Non pas qu'elle ait besoin d'en arriver là. Je suis tout à elle.

— T'es de retour dans ta résidence universitaire pour la nuit ? lui demandé-je. Et c'est quoi cette fameuse bonne nouvelle ?

— En fait, je viens juste de passer rendre visite à Flynn.

Elle doit avoir approché son portable de mon petit frère, car une seconde plus tard, je l'entends murmurer deux mots rapidement.

— Salut, mec !

Je me fige, me demandant s'il va me trahir. Il sait que je rentre ce week-end, mais pas Avery. Je voulais lui faire la surprise, mais je ne m'attendais pas à ce qu'elle soit chez moi.

— Bon, alors j'ai reçu un appel aujourd'hui d'une de mes coéquipières de l'équipe nationale. Elle organise une tournée estivale avec certaines des meilleures gymnastes du pays et elle m'a invitée à participer.

— Princesse, c'est génial !

— Je sais ! Elle ne prend que dix gymnastes au total et je suis l'une d'entre elles. T'arrives à y croire ?

— Bien sûr que oui. Félicitations !

— Merci. J'aimerais que tu sois là pour fêter ça avec moi. Quinn m'emmène sortir. Oh ! Colter te passe le bonjour. Je crois que tu lui manques. Il n'arrête pas de regarder tes vidéos de free-style et de dire que t'as fait de sacrés progrès en très peu de temps.

J'éteins le moteur et attrape mon sac sur la banquette arrière.

— Je ne devrais pas lui manquer trop longtemps.

— Tu reviens bientôt ? demande-t-elle sur un ton plein d'espoir qui ne m'échappe pas.

J'ouvre la porte brusquement et accélère le pas. J'ai hâte de la voir. Les semaines sont longues. On se contente d'appels téléphoniques et de nombreux textos, mais chaque fois que je quitte Valley, je compte les jours qui me séparent de mon retour.

— Ouaip. Très bientôt.

— Quand ? demande-t-elle tandis que j'entends sa voix depuis la cuisine.

Je jette mon sac au sol et, quand elle me voit, elle pivote comme une toupie et reste bouche bée. Elle pousse ensuite un cri perçant, court vers moi et saute dans mes bras. Je l'attrape au vol et la soulève pour lui offrir le baiser qui hante mes fantasmes depuis si longtemps.

Putain ! Elle m'a manqué, et à sa façon de m'embrasser, je suis sûr que c'est réciproque.

Flynn se racle la gorge et je ris en m'éloignant de ma copine. Avery rougit lorsque je la pose au sol, mais je ne la laisse pas s'éloigner. Je passe un bras autour de sa taille et me dirige vers mon frère.

Je ne la lâche que pour le serrer dans mes bras. Il m'a manqué aussi.

— Je jurerais que t'as encore grandi de cinq centimètres cette semaine.

Il sourit et bombe le torse.

— Je suis plus grand que Hendrick maintenant. Il déteste ça.

— Ouais, j'en doute pas.

Je lui ébouriffe les cheveux.

— Arch m'a dit que t'es allé dîner avec papa hier soir. Tout s'est bien passé ?

Je déteste poser cette question, mais je sais que Flynn ne me parlera jamais de papa après tout ce que j'ai dit sur lui. Et je veux savoir, pour la simple raison que je ne cesserai jamais de veiller sur mon petit frère.

Il marque une pause, comme s'il ne savait pas comment répondre.

— Ouais. Il m'a emmené fêter ça.

Son coude n'est pas encore tout à fait guéri, mais il fait des progrès chaque semaine, et il a accepté une bourse pour intégrer l'université de Houston, qui trônait au top de sa liste et dans laquelle il jouera pour l'entraîneur de ses rêves, Luka Champe. La bourse ne couvre pas la totalité de ses frais de scolarité et de logement, mais quand j'ai vu son visage s'illuminer à l'annonce de cette nouvelle, j'ai su que je ferais tout ce qu'il faudrait pour que ça marche. Je ferais n'importe quoi pour le voir réaliser ses rêves. Ça va être dur de le voir s'en aller, mais je ne pourrais pas être plus fier.

— Tant mieux. Ça me fait plaisir.

Il ricane.

— Vraiment ?

Je pèse mes mots soigneusement.

— Tu devrais avoir plein de gens avec qui fêter tes succès.

Est-ce que je pense que papa va rester dans le coin et commencer à se comporter comme le père que Flynn mérite ? Non. Mais je ne suis même pas sûr que Flynn s'y attende à ce stade. Et au bout du compte, je suppose que tout ce que je peux faire, c'est être là pour lui. Je continuerai à être la boussole et la bouée que j'aurais aimé avoir aussi.

Flynn attrape son portable sur le comptoir.

— Ils vous attendent au bar. Tu peux me déposer au lycée en passant ? Il y a un bal ce soir.

— Attends. Ils savaient que tu venais ? demande Avery en nous regardant tour à tour.

— Je voulais te faire la surprise. Quinn m'a dit que t'avais une grande nouvelle à annoncer. Je pouvais pas manquer ça.

Elle se jette sur moi et me serre à nouveau dans ses bras. Je jette un coup d'œil à Flynn par-dessus son épaule et le regarde avec plus d'insistance. Il porte une chemise et son jean n'est pas du tout froissé.

— Attends, t'as dit que tu voulais aller à un bal ?

Après avoir déposé Flynn et être passés chez Avery pour qu'elle se change, on se rend au Tipsy Rose. Archer et Brogan me saluent depuis l'autre côté du bar. Arch n'est pas barman, mais il aime parfois traîner derrière le comptoir quand Brogan est de service.

— Content de te voir, frère, dit Arch.

Brogan pose devant moi un verre à shot rempli d'un liquide rose.

— C'est quoi ? demandé-je.

— Je l'ai appelé Neon Punch.

Il me fait un clin d'œil.

Je le bois d'un trait et le goût sucré et un peu fort me fait grimacer. Le nom est bien trouvé. Je m'assois et tire Avery sur mes genoux. Je ne peux pas m'empêcher de la toucher.

Colter et Quinn arrivent peu de temps après. Avery se lève pour embrasser son amie et Colter s'approche de moi. Il écarte les mains en m'observant de haut en bas, puis s'avance pour me serrer dans ses bras et me taper dans le dos.

— Comment ça va, la nouvelle équipe ? demande-t-il en s'écartant.

— Bien. Très bien. Je pense que ça va être une saison d'enfer.

— Je suis vraiment content pour toi, dit-il. Mais tu nous manques ici. À tout le monde sur la piste. Même Brooklyn est moins rayonnante, si t'arrives à le croire.

J'éclate de rire.

— Ouais, j'arrive à le croire. Vous me manquez aussi.

C'est vrai. De toutes les équipes dont j'ai fait partie, celle-là a été la plus facile à vivre, comme une famille.

— Tu penses qu'il y aura encore une place pour moi pendant le break ?

Il baisse la tête et écarquille les yeux.

— Tu veux revenir ?

Je hoche la tête.

— J'y pense depuis un moment. Je suis déjà bien meilleur que toi dans un sport. Je devrais probablement aller jusqu'au bout pour pouvoir te botter le cul aussi en freestyle.

Il rit fort et longtemps.

— Continue de rêver, Holland.

Avery et moi, on est les premiers à quitter le bar. Même si je suis content de voir tout le monde, j'ai besoin de passer du temps seul avec ma copine.

À l'extérieur du bar, on marche main dans la main vers ma moto. Je lui tends le casque sans un mot et elle l'enfile sur sa belle chevelure blonde.

— On va où ? demande-t-elle alors que je l'aide à monter.

— Où tu veux, princesse.

ÉPILOGUE

— Le voilà !

Je m'agrippe au bras de Flynn alors que Knox négocie le dernier virage de la piste et fonce vers la ligne d'arrivée. Son maillot rose ne cessera jamais de me faire sourire.

Je crie pour l'encourager, comme je l'ai fait à chaque fois qu'il est passé devant nous. Je doute qu'il puisse m'entendre par-dessus le bruit, mais c'est le seul exutoire que j'ai trouvé pour soulager mon anxiété refoulée. Il reste encore cinq minutes, mais à chaque tour, je suis de plus en plus nerveuse.

Son visage est presque entièrement camouflé sous ses lunettes et son casque, mais lorsqu'il saute devant nous en maniant sa moto avec classe et brio, je jurerais qu'il a le sourire aux lèvres. Il adore être là et j'adore le regarder.

Sa moto, y compris la plaque fixée à l'avant et affublée du numéro dix-huit, est couverte de boue. Il a plu après la première course de la journée, ce qui a rendu la piste boueuse. Mais le soleil est maintenant de retour, il n'y a pas un nuage en vue, et Knox est en train de tout déchirer et de laisser littéralement tous les autres dans la poussière.

Il a fait une excellente saison jusqu'à présent. Il est en tête du classement par points et du classement par nombre de victoires. Il est inarrêtable. Tout ça en continuant à m'encourager alors que je terminais ma deuxième année et remportais mon premier titre NCAA, tout en s'assurant que Flynn obtienne son diplôme et que tout soit prêt pour sa rentrée à l'université à l'automne, en passant du temps avec Archer et Brogan, et en aidant Hendrick à organiser son mariage.

Je suis impressionnée par cet homme et son grand cœur.

Il est là, puis il disparaît. En un claquement de doigt, comme une étoile filante.

Je retire mes doigts du biceps de Flynn avec un sourire contrit.

— Désolée.

Pendant une seconde, son sourire est tellement semblable à celui de son frère que j'ai l'impression de regarder un Knox plus jeune, mais ensuite, Flynn m'adresse un des doux sourires dont seul lui a le secret.

— Il a la course dans la poche. Personne ne peut le rattraper, sauf s'il se plante.

Il ne va pas se planter. Il a été parfait aujourd'hui.

Tous les membres de sa famille sont venus, et je sais qu'il ne laissera pas passer l'occasion de remporter la victoire. Il veut partager ça avec eux tous. C'est tout Knox.

Flynn et moi, on est venus avec Knox, donc on est là depuis quelques jours et on a pu profiter pleinement du week-end de course. Archer et Brogan sont arrivés hier soir et font actuellement le tour des tentes à la recherche de jolies filles. Hendrick et Jane sont rentrés hier de leur lune de miel aux Fidji et nous ont rejoints ce matin. Ils rayonnent de bonheur. Même Colter et Quinn sont venus, mais ils sont perdus quelque part dans la foule avec des potes motards de Colter.

J'adore que Knox ait autant de gens pour le soutenir. Ils sont tous venus lui prêter main forte, comme il l'a toujours fait pour eux.

Les coureurs continuent de filer devant nous. J'encourage sans conviction le nouveau coéquipier de Knox, Ronnie. Il est jeune, juste un an de plus que Flynn, et son charme de blond aux yeux bleus lui vaut un franc succès auprès de la gent féminine. Knox dit que c'est un bon garçon. Je pense qu'il apprécie le fait d'avoir quelqu'un de si proche de l'âge de son petit frère pour lui rappeler sa famille lorsqu'il est en déplacement. Je ne l'ai rencontré qu'une seule fois et il m'a semblé sympa, mais je veux quand même que Knox le batte.

Un accident devant nous arrache un « Ooooh ! » à la foule.

— C'était qui ? demande Flynn.

Hendrick ricane, assis à côté de Flynn.

— Link.

Je regarde un gars ramasser sa moto tout-terrain et remonter dessus. Il essaie de la redémarrer plusieurs fois avant de descendre de selle, de la pousser et de lui balancer des coups de pied rageurs.

Nos éclats de rire résonnent dans notre tente. Mesquin ? Probablement.

Le temps s'écoule lentement, mais Knox augmente son avance à chaque tour. On dirait que personne ne tente même plus de le rattraper, mais la foule est debout pour l'encourager.

Lors du dernier tour, je sautille sur place. Flynn me regarde du coin de l'œil et me sourit sans rien dire. Il la joue décontracté, mais je sais qu'il est aussi excité que moi.

Quand le maillot rose de Knox apparaît à nouveau, je me fiche d'avoir l'air ridicule et je saute sur place en m'accrochant à Flynn. Il me fait le plaisir de se joindre à moi et on se met à hurler à pleins poumons quand le drapeau noir et blanc annonce que Knox vient de franchir la ligne d'arrivée.

On se dirige tous vers la remorque Neon Punch pour le

rejoindre. Knox est descendu de sa moto et enlève ses lunettes et son casque lorsqu'on arrive. Je me jette dans ses bras, probablement avec plus d'enthousiasme que je ne le devrais vu son probable état de fatigue.

— T'as gagné ! crié-je en le serrant contre moi de toutes mes forces.

— T'en doutais ?

Sa respiration est haletante, mais son corps musclé m'enveloppe malgré tout et me serre contre lui.

— Jamais.

Je m'écarte et lève les yeux vers lui.

— Je t'aime. Je suis tellement fière de toi ! Tu l'as vraiment fait, putain !

— Il fallait que je gagne, sinon mes frères n'auraient pas arrêté de me charrier en me disant que je faisais pas ma part de boulot dans notre couple vu que tu remportes plus de trophées que moi.

Je renverse la tête en arrière et éclate de rire.

— Je savais pas qu'on faisait le compte.

— *Nous,* non. À moins que ce soit pour quelque chose de beaucoup plus important que des trophées.

— Comme... qui a le plus de vêtements roses maintenant ?

Il secoue la tête, les yeux pétillants et amusés.

— Je t'aime aussi, princesse.

— Mais je t'aime encore plus, rétorqué-je pour voir un sourire illuminer son beau visage couvert de poussière.

— Impossible.

AUTRES LIVRES DE REBECCA JENSHAK

<u>Holland Brothers</u>

Burnout

Playbook

<u>Wildcat Hockey</u>

Coup du sort

Sur le coup

Coup de bluff

Coup sur coup

Coup de pouce

<u>Les Filles Du Campus</u>

Cours particuliers

Rapprochement forcé

Terrain miné

Garde rapprochée

<u>Les Nuits Du Campus</u>

Tendre Passion

Plaisir Coupable

Cœurs Brisés

Amour Fou

<u>Série Smart Jocks</u>

Passe décisive

Droit au but

Un entre-deux

La Feinte

Remise en jeu

À PROPOS DE L'AUTEURE

Rebecca Jenshak est une auteure de romances sportives et new adult figurant au classement de best-sellers du *USA Today*. Elle vit dans l'Arizona avec sa famille. Quand elle n'écrit pas, on la trouve généralement aux événements sportifs de sa région, avec sa famille et ses amis, ou encore le nez entre les pages d'un bon livre.

Inscrivez-vous à sa newsletter pour tout savoir sur les promos et les nouvelles parutions.